Sammlung Luchterhand 2052

Joshua Sobol, 1939 in Tel Mond geboren, ist Israels führender Dramatiker, sein Stück *Ghetto* wurde 1985 von deutschen Kritikern zum besten ausländischen Theaterstück der Saison gekürt. Mit dem Roman *Schweigen* betritt er zum ersten Mal als Romancier die literarische Szene. Weise, humorvoll und kritisch porträtiert er das 20. Jahrhundert in Israel.

»Joshua Sobol ... hat ein Werk von herrlich polyphoner Vielfalt und sprachlicher Dichte geschaffen, dessen Lektüre gleichsam ein mehrstündiges Atemanhalten erfordert.« DIE ZEIT

JOSHUA SOBOL SCHWEIGEN

Roman / Aus dem Hebräischen von Markus Lemke

LUCHTERHAND

Die Originalausgabe erschien 2000 unter dem Titel *Silence*
bei Hakibbuz Hame'uchad, Tel Aviv.

Fotografie Seite 2: Luchterhand Verlag
Umschlagkonzeption und -gestaltung:
R · M · E / Roland Eschlbeck
Satz: Filmsatz Schröter, München
Druck und Bindung: Elsnerdruck, Berlin

ISBN 3-630-62052-3

EINS

SEIT DEM TAG, AN DEM ICH LESEN UND SCHREIBEN lernte, habe ich nicht ein eigenes Wort geschrieben. Ich habe nur kopiert, was andere geschrieben haben. Als kleiner Junge schrieb ich Passagen aus Büchern ab. Danach fing ich an, das Manuskript des Schriftstellers, der in unserem Dorf wohnte, abzuschreiben, damit er es in Druck geben konnte. Ich erinnere mich an den Tag, an dem der Schriftsteller mich einlud, in sein Haus zu kommen und sein Manuskript für ihn zu kopieren. Ich war damals zehn oder elf. Genau weiß ich es nicht mehr. Aber ich erinnere mich an den Tag und die Stunde. Der Schriftsteller beschrieb sie an einer Stelle, die ich beim Abschreiben in seinem Buch *Das verbotene Dorf* fand:

»Es war am Nachmittag eines heißen Sommertages. Die Luft stand von Hitze betäubt. Die kleinen verriegelten Häuser des Dorfes lasteten schwer auf sich selbst und auf den Menschen, die in ihnen Versteck und Zuflucht vor der Hitze suchten. Über allem herrschte Stille. Keine Kuh muhte, kein Hahn krähte, kein Vogel zwitscherte, und nicht einmal die Esel schrien. Auch die Hunde schliefen ermattet in schattigen Fleckchen, die die Bäume auf den weichen Sand warfen. Nur die Bande der Kinder war der einzige Beleg, daß das Leben hier weiter seinen Gang ging. Sie hatten sich unter dem uralten Johannisbrotbaum, der sich auf dem kahlen Kalksteinhügel über dem Meer erhob, um ihren Anführer geschart und waren entweder damit beschäftigt, irgendeinen Streich auszuhecken, oder aber versunken in eine andere geheimnisvolle Angelegenheit.«

Ich erinnere mich an sie. Viele von ihnen sind schon nicht mehr am Leben. Der Anführer, Eli, wurde Pilot. In einem kleinen Militärflugzeug kam er über das Dorf geflogen. Flog ganz dicht über die Bäume und Häuser. Flog nah an den Stromleitungen vorbei. Eines Tages wird er noch umkommen, hörte ich meinen Vater zu meiner Mutter sagen. Eines Tages ist er dann tatsächlich umgekommen. Sie brachten ihn, um ihn auf dem Friedhof des Dorfes beizusetzen. Als sie den Sarg ins Grab hinabsenkten, schrie seine verwitwete Mutter ihn an. Eli, warum tust du mir das an, Eli, kreischte sie. Wenige Jahre zuvor, als er noch ein Junge war, hatte er sich Pfeil und Bogen gemacht und in die Köpfe der Pfeile lange Nadeln gesteckt, deren Spitzen nach außen zeigten. Wenn dann die Hunde brünstig wurden, schoß er seine Pfeile auf die Rüden ab, die seine Hündin Dizi besprangen. Die Pfeile bohrten sich ins Fleisch der Hunde, die laut winselten und bei ihrem Versuch, die Pfeile loszuwerden, Dizi hin und her zerrten. Alle Kinder standen da und verfolgten schweigend das Schauspiel. Eli war der erste Junge, der Ruta fickte, deren Mutter die Nachbarin und Geliebte des Schriftstellers war, die dieser auf seinen nachmittäglichen Spaziergängen beehrte. Dieser Umstand wurde mir klar, als er mich mitnahm, um das Manuskript seines Buches *Das verbotene Dorf* ins reine zu schreiben.

Zu der Bande der Kinder gehörte auch Benzi, der Professor, der später, wie alle prophezeit hatten, wirklich Professor an der Universität wurde und vor vielen Jahren an einem Herzschlag gestorben ist. Und da war Se'evik, der Raketenbauingenieur wurde und geschäftlich die große weite Welt bereiste, bis sie ihn eines Tages aus der großen weiten Welt zurück ins Dorf brachten, todkrank und gelähmt, und seine Frau Rina, die auch zu der Bande der Kinder gehörte, ihn im Rollstuhl auf dem Bürgersteig vor dem Haus seiner Eltern durch das Dorf schob, das inzwischen zu einer Kleinstadt geworden war. Auf meinen täglichen Streifzügen durch die Straßen der Stadt begegnete ich ihnen viele Male, doch sie erinnerten sich nicht an mich. Se'evik saß eingefallen in seinem Rollstuhl und beglotzte die Welt mit leeren Augen, und Rina, eine fette, schwerfällige Frau, die einmal ein schönes und zartes Mädchen gewesen war, schob mit ausdrucksloser Miene den Rollstuhl vor sich her. Ich fragte mich, ob er wußte, daß auch seine Mutter Klara, unsere ehemalige Sportlehrerin, dem Schriftsteller, der – wenn man seinen Beschreibungen glauben darf – viele Jahre lang ein Kunde-Nutte-Verhältnis zu ihr unterhielt, verfallen war. Das war, bevor ihn die Parkinsonsche Krankheit befiel und ganz allmählich zu einem menschlichen Wrack machte. Nach seinem Tod lud mich Klara in ihr Haus ein, um mir ihre Version zu erzählen, da im Dorf das Gerücht die Runde machte, ich schriebe eine Biographie des Schriftstellers, und ich verbrachte Stunden damit, mir ihre verwickelte Lebensgeschichte anzuhören, ehe sie am Ende auch mich in ihr Bett zog und zu ihrem letzten Liebhaber machte.

Zu der Bande der Kinder gehörten außerdem zwei Freunde, die einige Jahre später, als sie des Nachts von einer Feier aus einem der Nachbardörfer zurückkehrten, in den Obstplantagen von arabischen Freischärlern, die über die Grenze gekommen waren, ermordet wurden. Und da war der Sohn des Schächters, der von zu Hause weglief, um mit den Kindern zu spielen, seine Kippa abnahm und über seinen Vater lachte. Er wußte nicht, welchen Anteil sein Vater, der Schächter, am Ausbruch meines Schweigens und auch an seinem weiteren Verlauf hatte. Eines Tages überführten sie seinen Leichnam aus einem afrikanischen Land, wo er als Söldner in einem Krieg zwischen zwei Stammesgruppen getötet worden war.

Und dann war in der Bande der Kinder noch Noga, die das schönste und verrückteste Mädchen im Dorf war. Sie hatte glatte, sonnengebräunte Haut, honigfarbenes Haar und grüne Augen. Jedesmal, wenn es im Haus des Volkes Tänze gab, schleuderte Noga ihre Sandalen fort und tanzte barfuß. Ihr blauer Rock hob sich bis zu den Hüften, so daß man ihre schönen Oberschenkel, ihre Waden und auch ihren Schlüpfer sehen konnte, doch ihr machte es nichts aus, und alle waren in sie verliebt. Auch ich. Eines Tages war ich beinahe soweit, zu ihr zu gehen und ihr zu sagen, daß ich sie liebe, auch wenn dann große Aufregung im Dorf geherrscht hätte, weil – sieh mal einer an – unser Stummer plötzlich redet und ich danach bis zu meinem Lebensende nicht mehr hätte schweigen können und gezwungen gewesen wäre, mit den Menschen zu reden. So sehr war ich in Noga verliebt. Aber als ich gerade zu ihr gehen und es ihr sagen wollte, kam Avinoam, einer von den älteren Jungen, verdrehte ihr den Arm, und Noga drückte den Rücken durch und warf den Kopf in den Nacken, so daß ich ihre Augen sehen konnte, die ihn lachend, herausfordernd und einladend anblickten, und da wollte ich ihr schon nichts mehr sagen und war froh, daß ich nicht zu ihr gegangen war und den Mund aufgemacht hatte, um zu sprechen. Als Noga fünfzehn oder sechzehn war, verliebte sie sich in den Tanzlehrer, den man zum Einstudieren einer Aufführung für die Abschlußfeier der Schule aus der Stadt geholt hatte. Er war jung, mager und dunkel. Seine Brust war eingefallen, seine Augen blutunterlaufen und seine Stirn von Falten zerfurcht. Als alles vorbei war, kehrte der Tanzlehrer in die Stadt zurück, und kurze Zeit später verschwand Noga aus dem Dorf. Aber ich vergaß sie nicht. In den Nächten sah ich sie in meiner Phantasie und wußte nicht, wie ich zu ihr gelangen konnte.

Eines Tages zogen Kompanien von Soldaten am Dorf vorbei, und Gruppen von Zivilisten marschierten über die Hauptstraße. Viele der Dorfbewohner kamen auf die Straße, um die Marschierenden zu bestaunen. Die Kompanien zogen im Gleichschritt gemächlich dahin, und die Soldaten sangen Marschlieder. Sie erinnerten an die Schiffe auf dem Meer vor unserem Dorf, wenn sie die Bucht verließen und aufs offene Meer hinausdampften. Groß und behäbig lagen sie auf den Wellen, rollten von einer Seite auf die andere und bahnten sich ihren Weg, und keine Macht der Welt konnte sie aufhalten. Genau so sahen die Kompanien der Soldaten aus. Ich spürte, daß mich eine gewaltige Kraft packte und zwang, mit ihnen zu gehen. Ich begann, in ihrem Rhythmus hinter ihnen herzumarschieren, und hatte das wunderbare Gefühl, so bis ans Ende der Welt laufen zu können. Nachts schliefen die Kompanien in Zeltlagern inmitten von Feldern und Wäldern, und früh am Morgen standen sie auf und machten sich wieder auf den Weg. Nach einigen Tagen erreichten wir eine große, von Wäldern und Bergen umgebene Stadt. Ich war durstig und schlüpfte in den Innenhof eines großen steinernen Hauses, um aus einem Wasserhahn, der neben einem Olivenbaum tropfte, zu trinken. Als ich den Hahn aufdrehte und mich niederbeugte, kam aus dem Haus eine Frau, die eine große Schüssel voller Wäsche in den Händen hielt. Zwei kleine Kinder liefen barfuß hinter ihr her und plärrten mit piepsiger Stimme. Die Frau trug ein geblümtes, zerschlissenes Kleid in verschossenem Blau, das vorne von der Wäsche durchnäßt war. Ihre Füße steckten nachlässig in kaputten Hausschuhen, und die Haut an ihren Fußgelenken war verhornt und rissig. Die Frau fing an, die Wäsche an einer zwischen den Bäumen gespannten Leine aufzuhängen. Es war Noga. Ihre Brüste hingen schlaff herab, ihr Bauch war aufgebläht. Ihr Rücken war ein wenig gebeugt, als wüchse ihr ein Buckel. Ihr Haar war verblichen und grau geworden, ihre Augen matt und erloschen. Ich hätte sie fast angesprochen, das zweite Mal in meinem Leben, daß ich wegen Noga beinahe den Mund aufgemacht hätte. Ich war kurz davor, ihr zu sagen, was ist mit dir geschehen, Noga, daß du so gealtert bist, so abgestorben wirkst. Aber im letzten Moment blieb ich stehen, drehte mich um und verließ schweigend den Hof.

Als ich nach einigen Tagen nach Hause zurückkam, fielen alle aufgeregt über mich her. Sie dachten, ich sei verlorengegangen, und jetzt war ich wieder da. Alle versuchten zu erraten, wo ich gewesen und was mit mir passiert war, aber niemand kam auf die Idee, daß ich ging, um Noga zu sehen, sie auch wirklich sah, mich umdrehte und zurückkehrte. In jenem Moment hatte ich nichts zu sagen, und auch jetzt, da ich Jahrzehnte später hier sitze und diese Dinge niederschreibe, habe ich nichts über diese Wanderung zu Noga und von ihr zurück ins Dorf zu sagen. Eines Tages, als ich wie gewohnt die Todesanzeigen in der Zeitung aufschlug, sah ich, daß Noga »nach unheilbarer Krankheit« verstorben war.

Die Kinder – wie die Erwachsenen – duldeten mich in ihrer Mitte, obwohl ich zeit meines Lebens kein Wort hervorbrachte. Es störte sie nicht, daß ich nicht sprach. Meine Stimme fehlte ihnen nicht. Sie begnügten sich mit dem Lärm, den sie ohne mich produzierten. Ich schaute ihnen zu, wenn sie Völkerball spielten, rannte und brachte Bälle zurück, die weit weggerollt waren, und manchmal, wenn ihnen einer zum Spielen fehlte, teilten sie mich großzügig einer der Gruppen zu. Bei den Spielen tat ich mich nie großartig hervor, aber da ich mich bemühte, so gut zu spielen, wie ich konnte, nahmen sie mich in ihre Gemeinschaft auf. Die Erwachsenen hatten sich schon lange mit meinem Schweigen abgefunden und betrachteten es als eine Krankheit, für die es keine Bezeichnung und keine Erklärung gab, eine Art rätselhaften Schicksalsschlag. Daher erlaubten sie mir, mich in ihrer Gesellschaft aufzuhalten, und beachteten mich nicht. Sie gewöhnten sich an meine stille Anwesenheit und nahmen sie hin, als wäre ich ein Gegenstand. Nur einmal geschah es, daß ein Junge mich verdächtigte, nicht wirklich stumm zu sein. Ich erinnere mich gut an ihn. Er hieß Libi. In einem Sommer kam er aus der

Stadt, um Ruta, die seine Cousine war, zu besuchen. Er war ein Fleischklops mit Schlitzaugen, die wie scharfe, mit einem Rasiermesser in sein Gesicht geschnittene Ritze aussahen. Seine Wangen waren aufgeblasen und gerötet, seine Stirn niedrig und eng. Vom ersten Augenblick an haßten wir einander. Ich nannte ihn bei mir Bontz. Denn das war der Name, der auf ihn paßte: Bontz. Er hatte ein Bontzgesicht, einen Bontzkörper, einen Bontzblick und eine Bontzstimme. Ich war sicher, daß in seinem Kopf die ganze Zeit über nur ein Wort widerhallte: Bontz. Seit seiner Ankunft im Dorf wurde er nicht müde, mich zu drangsalieren und mich mit seinen Versuchen, mir einen Laut zu entlocken, zu peinigen. So auch an jenem reglosen Nachmittag. Ich weiß nicht, was noch geschehen wäre, wenn nicht der Schriftsteller plötzlich zwischen uns gestanden hätte, wie vom Erdboden ausgespuckt.

Tag für Tag, sommers wie winters, bei Sonnenschein und bei Regen zog der Schriftsteller seinen hellen Khakianzug an, setzte den grauen Filzhut auf seinen kahlen, kürbisglatten Schädel, nahm seinen Spazierstock und machte sich zu seinem täglichen Gang durch die Straßen des Dorfes auf. Zuweilen wurde er von seiner Frau begleitet. Nach ihrem Tod blieb er seiner Gewohnheit treu, als hätte sich nichts auf der Welt geändert. Später dann, als ich in seinem Haus ein und aus ging und jeden Tag für ihn *Das verbotene Dorf* abschrieb, wurde ich Zeuge, wie er, bevor er zu seinem Spaziergang aufbrach, eine Reihe mühsamer Gymnastikübungen absolvierte. Das war Teil seiner Selbstdisziplin und entsprang der Sorge um seinen Körper, der ihm mehr bedeutete als alles andere. Anfangs war ich überrascht, wie sehr er seinen Körper liebte, und konnte mich auch nach einiger Zeit noch nicht an dieses sonderbare Phänomen gewöhnen. Selbst nachdem ich große, mitunter intime Teile von *Das verbotene Dorf* abgeschrieben und dabei die mannigfaltigen und unterschiedlichen Äußerungs- und Erscheinungsformen dieser absonderlichen oder anormalen Neigung kennengelernt hatte, verstand ich sein exzentrisches Gehabe nur wenig besser. Das erste Mal wurde ich damit konfrontiert, als er mir ein Wort, das ich in seiner Handschrift nicht entziffern konnte, erklären mußte. Ich rief ihn mit dem vereinbarten Zeichen, das er für diesen Zweck bestimmt hatte: dreimaliges Klopfen auf den Schreibtisch, an dem ich arbeitete. Einige Sekunden später erschien er, und ich deutete auf das Wort, das ich nicht entziffern konnte. Ich nahm an, er würde mir das Wort sagen und wieder gehen, aber es kam anders.

Der Schriftsteller meinte in mürrischem, befehlendem Ton: »Erheb dich vom Stuhl.«

Ich stand auf. Er setzte sich auf meinen Platz, betrachtete das Wort, sprach es aus, stand auf und ging. Jedesmal, wenn ich Hilfe beim Entziffern eines Wortes benötigte, wiederholte sich diese sonderbare Zeremonie auf exakt dieselbe Art und Weise: Er kommt. Ich deute auf das unleserliche Wort. Er befiehlt mir aufzustehen. Ich stehe auf. Er setzt sich. Er entziffert das Wort. Er steht auf und geht, und ich schreibe das Wort in meiner unschuldigen, gut lesbaren Handschrift ab.

Aber das war nur eine von den kleineren Schrullen des Schriftstellers. Bis heute verstehe ich nicht, warum Frauen diesen egoistischen, drögen und gefühllosen Mann, der Liebe nur seinem eigenen Fleisch gegenüber empfand, so sehr liebten.

Alles begann, wie gesagt, an jenem Nachmittag eines heißen Sommertages, als die Luft stand und die Hitze Bäume, Häuser und Tiere in die Knie zwang, sich die Menschen in den kleinen Häusern des Dorfes verschanzten und hinter geschlossenen Fensterläden in Unterhose und Unterhemd ihren Mittagsschlaf hielten. Als der Schriftsteller den Pfad, der zu dem kahlen, das Meer überblickenden Hügel führte, heraufkam, bemerkten ihn die Kinder nicht, die sich im Schatten des großen Johannisbrotbaums auf der Hügelkuppe versammelt hatten. Sie umstanden Eli, ihren Anführer, der mit einem Stein aus seiner Schleuder eine wilde Taube erlegt hatte. Die Taube sank vom Baum und fiel zu Boden, und alle betrachteten sie. Die schöne Noga war dort, die eines Tages an einer unheilbaren Krankheit sterben würde, und Benzi, der Professor, der einem Herzschlag erliegen sollte, und Rina und Se'evik, die schon damals befreundet waren, und auch Ruta, die über die beiden dichtete: »Um Mitternacht bei Aufgang der Sterne / Se'evik und Rina einander trafen / wer's nicht glaubt und zurückkehrt aus der Ferne / wird sie sehen in der Ehe Hafen.« Und so war es tatsächlich. Ein paar Jahre später heirateten sie, und Se'evik, der Raketenbauingenieur wurde, fuhr mit Rina in die große weite Welt, ehe er von dort wegen irgendeiner verfluchten Krankheit als Wrack im Rollstuhl zurückkehrte, ganz langsam verlöschte und schließlich starb. Und Libi, der fleischklopsige Cousin von Ruta, war dort, der mich ständig drangsalierte und kniff und mir zuflüsterte: »Du bist gar nicht stumm, du bist ein Betrüger, ich weiß, daß du ein Betrüger bist, du kannst reden. Man sieht an deinen Augen, daß du reden kannst. Rede! Rede! Rede!« Der Tod der Taube erregte ihn ungeheuer und brachte ihn dazu, mich schlimmer zu mißhandeln als je zuvor. Ich schaute unverwandt in seine schmalen Augen, die wie zwei Schlitze in seiner dämlichen Visage klafften, und genoß in vollen Zügen meine Macht, zu schweigen und mich nicht an dem bewundernden Getuschel, dem Geheuchel und Flehen der Kinder zu beteiligen, die Eli bestürmten: »Zeig sie mir, Eli, laß mich die Taube berühren.« Eli hielt die Taube, deren Kopf herabhing und wie ein lebloses Körperteil hin und her pendelte, in der Hand und ließ die Kinder sie berühren, und einigen von ihnen erlaubte er sogar, sie für ein paar Sekunden zu halten. Mein Schweigen erzürnte Libi, der mich kniff und drängte: »Bitte ihn, daß du die Taube berühren darfst, mach schon, mach schon!« Genau in dem Moment stand plötzlich der Schriftsteller unter uns.

Der Schriftsteller liebte Kinder. So sagten die Frauen, vor

allem die alten. Die Männer hingegen waren von seiner Kinderliebe nicht begeistert, zumindest gestattete mein Vater ihm nicht, mit mir zu machen, was er gewöhnlich mit anderen Kindern, die ihm in die Hände fielen, machte. Es kam darüber sogar zum Streit zwischen meinem Vater und meiner Mutter. Wenn der Schriftsteller einem Kind nachsetzte, eroberte er zunächst dessen Herz mit Kunststückchen, die er mit seinem Spazierstock mit dem gebogenen Griff vollführte. Er beherrschte mehrere Kunststückchen, die er nacheinander abspulte. Da war zum Beispiel das Windmühlenkunststück. Dazu packte er den Stock in der Mitte und ließ ihn wie die Flügel einer Windmühle durch die Finger wirbeln. Danach warf er den Kopf in den Nacken und balancierte den Stock in der Mulde zwischen Nase und Stirn aus. Wenn der Stock ruhig in der Waagerechten lag, fing der Schriftsteller an, ganz langsam und behutsam seinen Kopf hin und her zu bewegen, so daß der Stock auf seiner Nasenwurzel ins Wippen geriet. Womit er bereits beim Wippenkunststück war. Und während der Stock noch auf seiner Nasenwurzel auf und ab wippte, verfolgten seine grauen, wäßrigen Augen das von der Wippe hypnotisierte Kind wie die Augen einer Katze. Zu guter Letzt, wenn alle Sinne des Kindes eingeschläfert waren, faßte der Schriftsteller den Stock beim unteren Ende, fing mit Hilfe des gebogenen Griffhakens den Hals des Kindes, zog es mit einem schnellen, kräftigen Ruck zu sich und klemmte es sich zwischen die Oberschenkel. Jetzt war das Zwicken und Kneifen an der Reihe. Der Schriftsteller kniff in Gesäß, Bauch und Wangen des Kindes, kniff und zwickte ohne Erbarmen und verlangte von dem Kind, für seine Freilassung die richtigen Antworten auf folgende sonderbaren Fragen zu geben: Welche Stadt eroberte Jehoschua? Darauf mußte man ihm mit »Aij« antworten. Warum nennt man mich »Kneifi«? Weil du kneifst. Und warum kneife ich? Weil du Kinder liebst. Richtig! rief der Schriftsteller voller Siegesfreude, ließ das

Kind danach frei und stieß ein hustendes Lachen aus, so daß sein Gesicht die Farbe von roter Beete annahm und die feinen Äderchen, die sich wie eine Flechte über seine fleischige Nase zogen, dunkelviolett wurden, als würden sie gleich platzen.

Einmal versuchte er auch an mir den Kneifblödsinn. Doch im Gegensatz zu den anderen Kindern antwortete ich nicht auf seine Fragen. Der Schriftsteller hielt mich zwischen seine Oberschenkel geklemmt, kniff mir in die Wangen und wiederholte pausenlos die Frage, welche Stadt Jehoschua erobert habe, und obwohl ich wußte, daß man »Aij« schreien mußte, gab ich keinen Laut von mir. Meine Mutter flehte den Schriftsteller mit kläglicher Stimme an, er möge von mir ablassen, aber der Schriftsteller ließ sich nicht erweichen. »Bei mir wird er sprechen«, verkündete er mit seiner roten, selbstgewissen Stimme. »Ihr Weibsleute werdet noch sehen, daß er bei mir spricht.« Nicht einmal in einem aufregenden Moment wie diesem vergaß der Schriftsteller, auf die Reinheit der Sprache zu achten. Ich sah sein puterrotes Gesicht und seinen fleischigen Nasenzinken mit den violetten Äderchen vor mir und hinter ihm die Gesichter meiner Tanten und unserer Nachbarinnen, die mit krankhafter Begierde und stockendem Atem auf das Wunder warteten, das der Schriftsteller vor ihren staunenden Augen verüben würde. Was den größten Doktoren und Professoren nicht gelungen war, würde er, der Schriftsteller, mit seiner Beharrlichkeit und seinem großen Enthusiasmus schaffen. Die erregten Gesichter der Frauen, die auf das Wunder lauerten, riefen mir zwei Bilder ins Gedächtnis.

Das eine bot sich Jahr für Jahr am Vorabend des Pessachfestes, wenn die Frauen des Dorfes zum Hof des Schächters gingen und dabei in ihren Händen Federvieh hielten, dem die Füße zusammengebunden waren, Hühner, Enten, gestopfte Gänse und Truthähne mit schwarzem Gefieder und blutroter Gurgel. Eine nach der anderen überließen die Frauen die lebenden Tiere den Händen des Schächters, und dieser breitete die Flügel des Vogels aus, packte sie und drückte sie gewaltsam über Kreuz zusammen. Und während der verstörte Vogel noch über die unnatürliche Stellung seiner Flügel staunte, hatte ihn sich der Schächter bereits zwischen die Schenkel gepackt, beugte sich nun über das Tier, griff mit der linken Hand den Kopf des Vogels, bog ihn nach hinten, rupfte einige Federn von seinem Hals ab, nahm das Schächtermesser zwischen den Zähnen hervor, führte es mit zwei schnellen Bewegungen am Hals des Vogels entlang, und mit einemmal blühte der aufgeschlitzte Hals wie roter Mohn zwischen den gespreizten Federn, der Vogel beruhigte sich für einen Moment, als verstünde er nicht, was soeben mit ihm geschehen war, und noch ehe er begriff, schleuderte ihn der Schächter von sich, wie man einen alten Lappen wegwirft, und auf halbem Weg durch die Luft, die über seine Flügel strich, erinnerte sich der Vogel, daß er ein Vogel war, befreite unter Aufwendung allen Lebenswillens seine gekreuzten Flügel, schlug damit in die Luft, als versuchte er, aufzusteigen und dem schneidenden Schmerz an seiner Kehle zu entrinnen, stürzte aber im Nu zu Boden und gesellte sich dort verzweifelt trippelnd zu den geschächteten Enten, Gänsen und Truthähnen, die wie er im Todeskampf mit den Flügeln schlugen, bis sein Blut und seine Kräfte versiegten und man ihn auf den Haufen der toten Tierkörper, die noch in letzten Zuckungen lagen, warf, ehe er glotzenden Auges das letzte Bild seines Lebens sah: das Gesicht des Schächters, das Messer zwischen den Zähnen und in den Händen einen anderen Vogel, der noch nicht weiß, was ihm blüht, und hinter dem Schächter verschwimmend die fettglänzenden Gesichter der Frauen, deren Augen voller Fleischeslust, Lebenslust und Todeslust gaffen.

Dies ist das eine Bild, das dem Jungen in dem Moment kommt, da der Schriftsteller ihn zwischen den Knien hält und ruft: »Bei mir wird er sprechen« und ihn die von Begierde verschleierten Augen der Frauen anstarren. Das zweite Bild hingegen ist vager und schwerer zu ertragen.

Unklar ist, ob es Tag oder Nacht ist. Wenn es Nacht ist, dann scheint sie vom Licht einer glühenden Orange erhellt. Und sollte es Tag sein, dann ist sein Licht verdunkelt wie bei einer Sonnenfinsternis am Mittag. Jemand, der auf einem Stuhl sitzt, dessen Rückenlehne gegen die kurze Querseite des großen Tisches zeigt, hält mich zwischen seinen Knien auf einem weißen, weichen Tuch und spreizt mit den Händen meine Beine. Und ich bin nackt, das heißt, ich habe nur ein Hemd mit langen Ärmeln am Körper. Aber vom Bauch an abwärts bin ich nackt. Und vor mir steht der Schächter. Ich sehe seinen Bart, und ich sehe das Messer in seinem Mund. Hinter seinem Rücken drängen sich hochrote Gesichter und äugen auf mich herab. Glotzen. Grinsen. Ich sehe Gesichter von Frauen und Gesichter von Männern. Die Männer weichen zurück, wirken reserviert. Ich sehe die Furcht in ihren Augen. Die Augen der Frauen blitzen. Ich höre jemanden eine Frage stellen und jemand anderen antworten. Mir scheint, daß der Frager der Schächter ist und der Mann, der ihm antwortet, mein Vater. Ich höre seine Stimme über mir. Hinter mir. Ich verstehe jedes Wort, das gesagt wird. Sie sprechen über mich. Der Schächter fragt meinen Vater, ob er mich bei ihm freikaufen will. Mein Vater sagt ja. Der Schächter fragt, für wieviel. Mein Vater sagt etwas, das ich nicht verstehe. Ich meine, er sagt, fünf Pfund. Die Leute um mich herum reagieren mit Entzücken. Und dann geschieht etwas, an das ich mich nicht erinnern und das ich nicht vergessen kann. Der Schächter beugt sich über mich und greift sich das Fleisch zwischen meinen Beinen. Er zieht und zieht irgend etwas wie aus meinem Bauch, und dann zwickt er mich kräftig. Ich will den Mund aufmachen und sagen, er soll mich in Ruhe lassen und mir das nicht antun, aber zu sprechen hat keinen Sinn. Die Entscheidung ist bereits gefallen, und ich bin machtlos, irgend etwas zu unternehmen, um sie zu verändern. Ich höre mir alles sehr genau an, was und wie es gesagt wird, ohne auch nur einen Laut von mir zu geben. Der Schächter nimmt das Messer in die Hand und beugt sich zwischen meine gespreizten Schenkel. Er tut dort irgend etwas. Ich spüre ein scharfes Stechen. Ich will sagen: »Hör auf«, aber ich schweige. Ich höre die Stimmen der Leute, die sich über mein Schweigen wundern. »Er hat nicht mal geschrien«, sagt eine Tante meiner Mutter. »Was für ein stiller Junge.«

Jetzt also war der Schriftsteller wie aus dem Erdboden aufgetaucht und stand inmitten der Kinderbande. Und sie, die bis vor einem Sekundenbruchteil bei Eli und der Taube mit dem herabhängenden Kopf waren, drehten sich erschrocken zu dem großen Mann, unter dessen grauem Hut ein rotes, aufgedunsenes und von Schweißperlen bedecktes Gesicht zu sehen war. Nicht vertraut mit der Hitze, dem Kalkstaub, den Büschen des dornigen Poterium und den haarigen Sennesblättern stand der kinderfreundliche Schriftsteller zwischen ihnen, bemüht, sich mit gezwungener Nettigkeit unter sie zu mischen, und sogar mit einem gewissen Maß an Selbstverleugnung angesichts ihrer unschuldigen Wildheit und ihrer nackten, barfüßigen Beine, deren Sonnenbräune von bleichem Kalkstaub verdeckt war. Er würde niemals wie sie sein. Sie waren von hier, er stammte von dort. Aus einer Welt, in der man die Haut mit fettigen Salben einrieb und mit Schichten weichen Stoffs bedeckte, auf die weitere Schichten gröberen Stoffs folgten. Und wenn man all diese Stoffschichten entfernte, kam rosafarbene, weiche und feuchte Haut zum Vorschein, wie die Haut von neugeborenen Mäusejungen, die plötzlich entblößt sind, wenn man einen alten Sack in der Futterkammer hochnimmt, fiepen und sich im grellen Tageslicht unbehaglich winden, bis das eiserne Blatt der Schaufel mit dumpfem Schlag auf sie niederfährt. So stand der Schriftsteller unter ihnen, der Sommermantel hing ihm um die Schultern und verdeckte den Khakianzug, unter dem ein schmutzigweißes, speckiges Hemd hervorschaute, das ein verschwitztes Unterhemd verbarg, das seine empfindliche, eingecremte Haut schützte. Er stand unter ihnen, fasziniert vom dunklen Teint der halbnackten Jungen, deren sehnige, muskulöse Beine wie die Stämme junger Olivenbäume aus den Löchern ihrer kurzen Hosen ragten und mit dem Erdboden durch nackte Füße, knorrig wie Wurzeln, verbunden waren. Er stand unter ihnen und begehrte die Sonnenbräune von Nogas festen Schenkeln und wohlgeformten Waden, deren goldener, auf dem Untergrund ihrer wie poliertes Kupfer schimmernden Haut kaum sichtbarer Flaum in ihm die schmerzhafte Lust weckte, diesen mit seiner fleischigen Zunge zu lecken, sie mit an den Strand zu nehmen, ihr mit dem Wasser des Meeres den Staub von den Füßen zu waschen, bis die Haut zum Vorschein kommt, mit seiner Zunge das Salz zwischen ihren Zehen aufzulecken, sie auf den Sand zu betten und die schokoladige Haut ihrer Waden und Schenkel zu lecken, bis ihre Beine sich von selbst öffnen und sie mit fiebrigen Fingern ihren Schlüpfer herabzieht und ihm ihre Blöße darbietet und er leckend mit seiner Zunge die großen, äußeren Lippen zerteilt, die anschwellen und sich spannen und seitlich aufklappen wie der begierige Mund einer Seerose, bis sich seine fleischige und lange Zunge zwischen ihre feuchten, rosigen Schamlippen schleicht und seine Zungenspitze emporklettert und die Knospe in der Blüte berührt, dann zur Blüte zurückkehrt und den Nektar aufsaugt und wieder zur Knospe findet, bis Noga erzittert und wimmert und schreit und flüstert, tut das gut … tut das gut …

Niemand im Dorf wäre in den Sinn gekommen, daß dies die Gedanken waren, die sich wie fette Würmer im Kopf des Schriftstellers wanden, als er hier umringt von der Bande der Kinder auf der Kuppe des Kalksteinhügels stand, im Schatten des uralten Johannisbrotbaums. Ich sollte erst einige Zeit später von diesen Dingen erfahren, nachdem der Schriftsteller durch die Schüttelkrankheit endgültig die Kontrolle über seine Hände und die Schließmuskeln seines Körpers verlor und er mir mit zitternder Stimme diktierte.

Jetzt, da er hier stand, wußte noch niemand im Dorf, daß die Schüttelkrankheit insgeheim bereits im Gewebe seiner Muskeln nistete. Die Schichten seiner Kleidung schützten ihn wie ein dicker Panzer, verbargen die Krankheit vor den Augen der Leute, und noch kündete kein äußeres Anzeichen von dem langsamen Verfall. Nur der Schriftsteller selbst wußte von der sich anbahnenden Katastrophe. Zu nächtlicher Stunde in der Stille seines Arbeitszimmers und beim Schein der Schreibtischlampe mit dem schwarzen Emailleschirm betrachtete er mit Grauen, wie die Buchstaben entstellt und verkrüppelt aus seinem Füllfederhalter rannen, wie Sommerraupen, die ein Netz von Fäden um sich selbst weben, oder wie Würmer, die in kochendes Wasser geworfen im Krampf erstarren. Er versuchte, seine Hand unter Kontrolle zu bekommen und das Entstellte zu berichtigen, doch seine Hand verriet ihn, und je mehr er sich bemühte, desto unleserlicher gerieten die Buchstaben. Die Anstrengung, die die Konzentration auf seine Handschrift ihm abverlangte, verwirrte seine Gedanken und ließ seinen Stil immer ungenauer werden. Anfangs mied er Wörter, die den Buchstaben Aleph, den zu schreiben ihm besonders schwer fiel, enthielten. Aber kurze Zeit später geriet ihm auch der Buchstabe Mem wie ein Seismograph, und er versuchte, ebenso auf ihn zu verzichten. Schnell wurde ihm klar, daß es ohne A und M auch keine Mutter und keinen Vater, keinen Menschen und kein Land, keinen Mann und keine Frau, kein Wasser und keinen Himmel und auch kein Niemals mehr gab. All dies würde ich später als Geständnis aus seinem Mund hören, nachdem ich einige Male versucht hatte, mich ihm und dem Abschreiben seiner Texte zu entziehen, und ihm keine andere Wahl blieb, als auf seinen Stolz zu verzichten und mir offen zu beichten, was ihn tatsächlich und eigentlich dazu gebracht hatte, meine Hilfe bei der Abschrift seines Manuskripts zu erbitten.

Denn zunächst sagte er mir nicht die Wahrheit. Nachdem er sich wie aus dem Erdboden gewachsen unter die Bande der Kinder gemischt hatte, fragte der Schriftsteller laut, »über was und zu welchem Behuf sich hier der Rat der Thoraweisen wohl eingefunden haben mag«. Benzi, der Professor, der nie eine Gelegenheit ausließ, sich bei Erwachsenen allgemein und insbesondere bei Lehrern einzuschmeicheln, erklärte mit schuldbewußter Stimme hastig, daß Eli die wilde Taube abgeschossen habe, da sei sie, gehe von Hand zu Hand, und noch bevor der Schriftsteller das Geschehen erfassen und darauf reagieren konnte, verkündete Benzi schnell, daß er, als die anderen Kinder die Taube bemerkt und Eli, der ein Zielobjekt für seine Schleuder suchte, auf sie aufmerksam gemacht hätten, dagegen gewesen sei, den Vogel zu töten. Er, Benzi, sei ausdrücklich dagegen gewesen, habe aber die Tat nicht verhindern können, denn von dem Moment an, da Eli die Taube gesehen habe, sei ihr Schicksal besiegelt gewesen, denn Eli sei in der Lage, den Kopf einer Sterneidechse auf dem Blechdach der Schlosserei zu treffen. Totenstille machte sich unter den Kindern breit. Alle waren sicher, daß der Schriftsteller Eli jetzt am Ohr fassen, ihn zwicken und ihm ein paar besonders knifflige Fragen stellen würde, ehe er von ihm abließe. Doch zur allgemeinen Überraschung wollte der Schriftsteller nur wissen, wo genau die Taube gewesen war, als Eli sie abschoß. Und als er hörte, daß die Taube im Wipfel des Johannisbrotbaums auf der Hügelkuppe gesessen und Eli sie vom Fuß des Hügels aus anvisiert habe, schnalzte er begeistert mit der Zunge und brachte kolossales Entzücken über Elis Fähigkeit, aus einer derart großen Distanz ins Schwarze zu treffen, zum Ausdruck. »Schejgez«, rief der Schriftsteller voller Bewunderung und kniff Eli in die Wange, wobei er ein dünnes Frauenlachen ausstieß: »Du bist ein großer Schejgez, vermaledeit, hihihi.«

Als ich anfing, die Werke des Schriftstellers ins reine zu schreiben, fand ich in einem Buchmanuskript einen Abschnitt, der nur aus einem langen Loblied auf die jungen Beduinen bestand, die ihre Lämmer an den Strand treiben und ihnen dort mit ihren Schabrijas, ihren Krummdolchen, die Öhrchen einschlitzen, um die Tiere zu markieren, und sie dann in die schäumenden Fluten halten, um das Blut wegzuwaschen und die Wunde zu desinfizieren. Ihre Hände waren stark und zitterten nicht einmal, wenn sie den Dolch schwangen, um das lebende Fleisch zu zerteilen. »An dem Tag, an dem unsere jungen Burschen nach Art der Beduinen ein Messer gegen ein Lebewesen schwingen können, ohne daß der Anblick des Blutes ihnen die Knie schlottern läßt, werden wir ein Volk unter den Völkern und erlöst sein«, schrieb der Schriftsteller mit großer Emphase. Und dann stieß er auf Eli, der auf dem Höhepunkt des Paarungsaktes Pfeile auf läufige Hunde abfeuerte und mit seiner Steinschleuder Falken im Flug erlegte, der der erste sein würde, der mit Ruta schlief, dann Pilot wurde und freudig den Tod herausforderte, bis er sich eines Tages mit seiner Maschine in den Hochspannungsleitungen verfing und der Schriftsteller in wohlgesetzten Worten die Trauerrede auf ihn hielt, nachdem Amalia, die Sanitäterin, Elis verwitwete Mutter mit ein paar Tropfen Baldrian aus dem Fläschchen, das sie speziell für solche Fälle immer bei sich trug, beruhigt hatte. Amalia war es auch, die auf dem Rückweg vom Friedhof, von dem aus das Meer zu sehen war, neben dem Schriftsteller gehen würde, sich in den Hüften wiegend und die Rundungen ihrer muskulösen Waden betonend, während sich ihre Schulter an der des Schriftstellers rieb, dessen hochrotes Gesicht von der wachsenden Erregung seines Fleisches kündete, und alle Frauen des Dorfes »Nutte, Nutte« murmelten. Aber nachdem er mit ihr geschlafen hatte, würde ihn ein solches Verlangen überkommen, daß nur Se'eviks Mutter, zu der er noch in jener Nacht wie ein Kunde zu einer Prostituierten kam, es stillen konnte. Denn immerhin begrub man bei uns nicht alle Tage einen jungen Piloten, eine Blume von einem Mann, wie Amalia dem Schriftsteller zuflüsterte, als sie neben ihm lag und weinte, nachdem sie sich geliebt hatten, so daß er plötzlich den untrüglichen Eindruck hatte, sie beweine sich selbst und wähne sich anstelle ihrer Tochter Ruta nackt in Elis Armen, öffne der Blume dieses jungen Mannes ihre kräftigen Schenkel, nehme sie in die Hand und weise ihr den Weg zwischen ihre gespreizten Schamlippen, gebe sich ihm hin und flüstere ihm zu, langsam, langsam, so wie sie es mir eines Tages zuflüstern würde, als sie mich mit in ihr Bett nahm und meine Nähe suchte, um mir die Geschichte ihrer langjährigen Liebe zu dem Schriftsteller und der Rolle, die sie als Quell seiner Inspiration gespielt hatte, zu erzählen. Welche Verschwendung, seufzte Amalia und dachte an all das Gute, das ihre Tochter Ruta von Eli empfangen hatte, bevor er mit seinem Flugzeug zerschellte, welche Verschwendung.

Doch jetzt, nachdem er sich voller Bewunderung über Elis Treffsicherheit geäußert, seine Taten gepriesen und ihn den anderen Kindern als leuchtendes Beispiel dargestellt hatte, wandte sich der Schriftsteller plötzlich mir zu, legte seine Hand auf meine Schulter und befahl mir, mit ihm zu kommen. Er schlug nicht vor oder bat, sondern befahl ausdrücklich: »Und du, mein junger Freund – kommst mit mir. Ich habe ein Wort an dich zu richten.« Als bestünde zwischen uns irgendein Einverständnis, irgendein gemeinsames Interesse an einer Sache, zu der die anderen keinen Zugang hatten.

Ich warf einen verstohlenen Blick auf die Kinder, um zu sehen, wie sie die Worte des Schriftstellers in seiner fremdartigen und sonderlichen Sprache aufnehmen würden, und es war so, wie ich es erwartet hatte. Im Nu entstand zwischen ihnen und mir erneut jene Mauer der Fremdheit, die zu durchbrechen ich so bemüht gewesen war, um ein Kind wie alle anderen zu sein. Ehrlich gesagt, von Anbeginn meiner Kindheit an bin ich nie Kind gewesen. »Von Anbeginn meiner Kindheit an« ist eine Wendung, die aus der Diktion des Schriftstellers haftengeblieben ist, so wie meine gesamte Sprache von ihr überzogen ist wie von Aussatz befallene Haut. Bitte sehr, auch »von Aussatz befallene Haut« habe ich nie mit eigenen Augen gesehen, auch dieser Ausdruck hat sich aus der Diktion des Schriftstellers bei mir eingeschlichen, aus seiner Sprache, die sich, einsam und verlassen, nachdem er das Zeitliche gesegnet hatte, an mich klettete und sich mir aufzwang, weshalb es mir, sosehr ich mich auch bemühe, nicht gelingen will, mich von ihrer Schlacke, die wie Schneestaub auf alle meine Sätze niederrieselt, zu befreien. Auch der Ausdruck »Schneestaub« stammt natürlich aus dem Wörterbuch des Schriftstellers. Aber anstatt einen verlorenen Krieg gegen die Sprache des Schriftstellers zu führen, beschloß ich, ihr zu erlauben, mich für ihre Zwecke zu gebrauchen, während ich sie für die meinen benutze, wobei ich nicht weiß, wer am Ende die Oberhand behalten wird. Werde ich mit ihrer Hilfe meine Geschichte erzählen können, oder sollte es ihr gelingen, mich zu überlisten, so daß zu guter Letzt sie es sein wird, die mit meiner Hilfe ihre Geschichte erzählt? Da ich zeit meines Lebens kein Wort mit einem lebenden Menschen gewechselt habe, verfüge ich über keine eigene lebende Sprache, denn auch das Schreiben ist nichts anderes als eine Art von Sprechen, das ein Mensch an einen anderen richtet, und zu wem ich spreche, weiß ich nicht. Alle Menschen, zu denen ich zeit ihres Lebens hätte sprechen können, sind schon lange tot, ohne daß ich auch nur einmal mit ihnen gesprochen hätte. Und jetzt, am Ende meiner Tage, haben sich mit einemmal all meine Toten erhoben, um sich für mein Schweigen an mir zu rächen. Das schreckliche Bedürfnis, mit jemandem, wer immer es auch sein möge, zu sprechen, hat mich wie eine Art Altersschwäche befallen, und wie von allen guten Geistern verlassen gebe ich ihm nach, auch auf die Gefahr hin, mich in den Augen der Jüngeren lächerlich zu machen.

Um ehrlich zu sein, ich bin nie Kind gewesen. Oder, genauer gesagt, von jenem Tag an oder jener Nacht, wenn es denn Nacht war, als der Schächter sich über mich beugte und mit seinen Händen zwischen meinen gespreizten Beinen herumtastete, während meine Knie von starken, warmen und rauhen Händen gehalten und gewaltsam auseinandergedrückt wurden. Dieser Moment hat sich meinem Gedächtnis mit gleißender Klarheit eingebrannt, denn ganz plötzlich blieb die Zeit stehen. Es war in dem Augenblick, als der Schächter das Messer ansetzte und im Begriff war, in mein Fleisch zu schneiden, und ich bereits darauf verzichtet hatte, ihn zu bitten, von mir abzulassen, als plötzlich der Schriftsteller durch die offene Tür im Rücken des Schächters trat und mit lauter Stimme verkündete: »Der Krieg ist ausgebrochen.« Auf einen Schlag herrschte Totenstille in dem großen Raum. Alles erstarrte. Und in dieser beredten Stille hallte die schroffe, schwere und gebrochene Stimme des Schriftstellers wider: »Die Deutschen sind in Polen eingefallen.«

In jenem Augenblick begriff ich den genauen Sinn der Worte nicht, aber ich spürte, daß etwas Entsetzliches geschah und die Welt und das Leben der Menschen, die mich umstanden, nicht mehr das sein würden, was sie bis jetzt gewesen waren. Ich verstand, daß auch mein Leben, das gerade erst begonnen hatte, schon nicht mehr das sein würde, das es hätte sein können, wäre nicht der Krieg ausgebrochen. Mit den Jahren wuchsen in mir die Zweifel, ob ich in jenem fernen Augenblick, da er den Raum betrat und die dort Versammelten über den Ausbruch des Krieges in Kenntnis setzte, die Worte des Schriftstellers tatsächlich begriffen habe. Der gesunde Menschenverstand sagt mir, daß ich seine Worte unmöglich begriffen haben kann. Was aber nichts daran ändert, daß das Bild mit absoluter Klarheit in meinem Gedächtnis eingraviert ist. Ich sehe das warme Licht, das sich über alle im Raum Versammelten ergießt, sehe den Schächter, der sich über mich beugt, seinen rötlichen Bart und seine Augen, ich sehe die Gesichter der Menschen, die sich hinter ihm drängen, um das Schauspiel zu verfolgen, das er gleich an mir vorführen wird – und vor allem sehe ich das Gesicht des Schriftstellers, das hinter dem Rücken des Schächters in der Tür auftaucht, und höre deutlich seine aufgewühlte Stimme, als er den Ausbruch des Krieges verkündet. Obwohl ich nicht glaube, daß ich damals seine Worte hätte verstehen können, weiß ich, daß ich alles verstanden habe. Über viele Jahre hat mich die Frage des Erlernens und des Vergessens von Sprache sehr beschäftigt, so wie es mir gerade in diesen Tagen wieder zu schaffen macht, da ich das einsetzende Schwinden der Sprache spüre. Denn Tag für Tag bin ich bei mir selbst Zeuge des unwiederbringlichen Verlusts von Wörtern. Dies ist einer der Gründe, warum ich mich entschieden habe, alles, was die Jahre über in mir verwahrt war, niederzuschreiben. Aber kehren wir für einen Moment noch zur Frage der Aneignung von Sprache zurück. Bei meinen unendlichen Streifzügen im Internet habe ich so und so viele Aussagen von Menschen gefunden, die eine Sprache innerhalb kürzester Zeit erwarben, als sie sich in extremen Gefahrensituationen befanden und ihre Errettung vom Verstehen einer Sprache, von der sie bis dahin nicht ein Wort kannten, abhing. In einem Fall etwa war ein Fluggast gezwungen, die Maschine zu landen, nachdem der Pilot beim Landeanflug einen Schlaganfall erlitten hatte. Jener Fluggast konnte nicht ein Wort Englisch und hatte nie zuvor die Kontroll- und Instrumententafel eines Flugzeugs gesehen. Und nun, unter dem Druck der Situation, lichtete sich plötzlich der Nebelschleier, der das Englische verhüllt und vor ihm verborgen hatte, brach die Sprache in einer Art Explosion in sein Bewußtsein ein und war ihm auf einen Schlag offensichtlich und verständlich, und ebenso wurde ihm die Anordnung der Instrumente im Cockpit der Maschine klar. Der Mann nahm Verbindung zum Kontrollturm auf, erhielt auf englisch Anweisungen, wie und wo er zu landen habe, und brachte das Flugzeug heil und nach sanfter Landung auf der ihm zugewiesenen Rollbahn zum Stehen. Und das ist nur einer von zahlreichen Berichten über das eruptive Eindringen einer Sprache in das Bewußtsein eines Menschen. Ich habe bislang zwar noch keinen Beleg dafür gefunden, daß so etwas jemals einem Menschen am achten Tag nach seiner Geburt geschehen ist, aber obgleich ich nur zu gern glauben würde, daß alles nur ein Traum war, muß ich mir wohl oder übel eingestehen, daß das die Wirklichkeit war. Im Augenblick, bevor es geschah, war mein Bewußtsein vollkommen leer, und im Moment danach war alles vorhanden. Ich weiß, daß der Leser mir nicht glauben wird, aber ich habe keine andere Wahl, als die Dinge so wiederzugeben, wie sie sich meines Wissen darstellen. Und nicht bloß eine Sprache, sondern mindestens deren zwei offenbarten sich mir in jenem Augenblick, als die Zeit stillstand und das Messer in der Hand des Schächters gefror. Die eine war die Sprache, in der ich in diesem Moment schreibe, und die andere war ungleich weicher, wärmer und meinem Herzen näher, wo ich sie verborgen halte, da ich, aus Gründen, die ich noch nicht näher ausführen möchte, vorläufig keinen Gebrauch von ihr machen kann.

In dem Moment, in dem ich wußte, daß ich alles um mich herum Gesagte verstand, wurde auf einen Schlag die Unschuld aus meinem Leben genommen, wurden die Unbeschwertheit und die Freude entfernt, und eine schwere und traurige Ernsthaftigkeit senkte sich auf mich herab. Ich glaube, daß ich mich in jenem Moment auch mit dem Schnitt, den der Schächter meinem Fleisch beibringen würde, abfand und daß das, was mir einen Augenblick zuvor noch als ein schreckliches Vergehen an meiner Person erschienen war, für mich jetzt plötzlich eine nebensächliche Angelegenheit ohne Bedeutung und

Gewicht war. Mich in mein Schicksal fügend und voller Trauer, überließ ich mein Fleisch dem Schächter, der kniff und schnitt, saugte und verband, irgendwelches Zeugs, das kein näheres Interesse bei mir weckte, murmelte und danach meine Lippen mit einem Wattebausch benetzte, getränkt mit süßem rotem Wein aus einer Flasche, auf die mein Vater in seiner runden Handschrift das Datum schrieb, sie mit Wachs versiegelte und zur Aufbewahrung in den Schrank legte, wo sie bis auf den heutigen Tag ruht. Dann vernebelte sich meine Wahrnehmung, so daß ich mich an die weiteren Ereignisse jener Nacht, in der mir meine Kindheit auf immer genommen wurde, nicht erinnere.

Der Verlust meiner Kindheit wurde mir bewußt, als ich etwas älter wurde und in die Kinderkrippe von Pnina ging, in Gesellschaft der Kleinkinder, die Jahre später zur Bande der Kinder werden würden, die sich um Eli und die erlegte Taube auf dem Hügel über dem Meer versammelte. Ich sah, mit welcher Leichtigkeit sie ihre Spiele spielten und in einer stammelnden, kümmerlichen und ungenauen Sprache vor sich hin brabbelten, und beneidete sie schmerzlich. Ich wollte wie sie babadaba und bulugulu lallen, konnte mich aber nicht dazu durchringen, es zu tun. Andererseits konnte ich meine Hosenmatzkameraden nicht davon in Kenntnis setzen, daß General Montgomery die Divisionen von Feldmarschall Rommel bei El-Alamein geschlagen hatte und daß man folglich die Strychnin- und Zyankalikapseln wieder im obersten Fach des Küchenschranks verstauen konnte, weil der Massadaplan außer Kraft gesetzt worden war und keine Notwendigkeit mehr bestand, kollektiven Selbstmord auf dem Carmel zu begehen, falls uns die Kugeln ausgingen und die Deutschen das Land überrannten. Es hatte auch keinerlei Sinn, ihnen zu offenbaren, daß mein Onkel Chaim, der sich freiwillig zum Dienst in der britischen Armee gemeldet hatte und nun aus Andamischk, wo er die Waffen- und Bombenlieferungen, die aus

Amerika nach Rußland gingen, überwachte und aus einem Grund, der noch zu klären sein wird, Salzwasser trank, auf Heimaturlaub bei uns weilte, daß Onkel Chaim also sagte, der russische Bär werde mit Hilfe des Generals Winter die Deutschen ebenso besiegen, wie er Napoleon vernichtend geschlagen habe. Einige Zeit später, als der Weltkrieg zu Ende ging, würde Onkel Chaim aus der britischen Armee entlassen werden, nach Hause zurückkehren und entdecken, daß auf seinem Arbeitsplatz im Büro eines berühmten Rechtsanwalts in der großen Stadt ein junger Drückeberger saß, der nicht in den Krieg gegen die Nazibestie gezogen war. Im Hausmantel und ohne Arbeit würde Onkel Chaim ganze Tage in dem langen Flur, der Großmutters Zimmer, das sich am südlichen Ende des Hauses befand, mit der Küche und Onkel Samsons Räumen am nördlichen Ende verband, auf und ab gehen und seinen Zorn über all das Deformierte, das in unserer aus den Fugen geratenen Welt der Reparatur bedurfte, vergießen. Mein Vater würde ihm mit aufreizendem Lächeln erwidern, Deformiertes könne man nicht reparieren, was Onkel Chaim zur Weißglut brächte. Da mein Vater aber rasch sein Pferd besteigen und in die Zitruspflanzungen reiten würde, um das Ausholzen, Düngen und Bewässern zu überwachen und hoch zu Roß sein Traumhaus zu zeichnen, das er eines Tages, wenn bessere Zeiten kämen, bauen würde, und, bis es soweit war, in seinem Notizblock die Namen der Arbeiter, die in den verschiedenen Kolonnen arbeiteten, und die lustigen Fehler des Vorarbeiters Schapira zu notieren, der »Fleckenmittel« anstatt »Pflücken mit Leiter« schrieb, und da Onkel Samson mit der Kartoffelernte beschäftigt sein würde, mit dem Abwiegen der Sorten Uptodate und Earnburner, dem Zunähen der vollen Säcke mit einer speziellen Nadel und dem Töten von unglückseligen Schlangen, die als gewundene Knäuel zutage traten, wenn man mit der Heugabel die Kartoffelsträucher umdrehte, und da Tante Batja mit dem Stopfen der Truthähne, die sie für das große Schächten am Vorabend des Pessachfestes mästete, beschäftigt sein würde, ungeachtet ihres Rheumatismus, der ihr seit jenem Tag keinen Moment Ruhe gönnte, an dem sie in Bialystok von einer morschen Treppe gefallen war, als ihr Mann Samson und sein Bruder Srul-Schimen einen Handwebstuhl aus dem oberen Stockwerk geholt hatten, und da Großmutter wie gewöhnlich mit dem Anfeuern der Primuskocher beschäftigt sein würde, mit dem Erhitzen der großen Kessel und ovalen Kochtöpfe, dem Rupfen der geschächteten Hühner und dem Schuppen von Fischen, und da man mit Mutter nicht ernsthaft reden konnte, wie Onkel Chaim behauptete, da sie im Menschen immer nur das Lustige sah – blieb Onkel Chaim keine andere Wahl, als mit großer Emphase mir leidenschaftliche Vorträge über die Revolution zu halten, die eines Tages auch hier bei uns ausbrechen würde, und dann würde man all die Schurken an Strommasten aufhängen. Und in der Zwischenzeit, bis es soweit war, bevölkerte Onkel Chaim das ganze Haus mit den Helden der großen Französischen Revolution, der Mutter aller Revolutionen. Robespierre kletterte auf den Bücherschrank und hielt von dort flammende Reden, während Marat in der Badewanne saß zwischen den Karpfen, die Großmutter für den Schabbat dort zu Wasser gelassen hatte, die Sansculotten in Unterhosen durchs ganze Haus liefen und sämtliche Bourgeoisen und Fahnenflüchtigen zu den Guillotinen schleppten und Onkel Chaim sie mit einer leidenschaftlich gesungenen Marseillaise anfeuerte und mich aufforderte, mit ihm zu singen und um den Tisch zu marschieren, an dem sich der Schächter in jenem Moment, als die Zeit stehenblieb, über mich gebeugt hatte, während der Schriftsteller in der Tür zum Flur erschien und den Ausbruch jenes Krieges verkündete, aus dem Onkel Chaim jetzt siegreich zurückgekehrt war. Nu, sing schon, drängte Onkel Chaim in der Hoffnung, daß sich nun gleich das Wunder, das die ganze Familie herbeisehnte, ereignen und die Revolution meinen Mund öffnen würde, so daß alle in der Familie, vor allem mein Vater, der ein böswilliger Leugner jedes Glaubens und ein Verspötter aller Weltverbesserer war, sich von ihrer Macht überzeugen konnten.

Aber all dies sollte sich erst in einigen Jahren ereignen, als ich bereits ein Schüler wie alle anderen war und die Schule besuchte, nachdem mein Vater Rosa, die Direktorin, überzeugt hatte, daß ich, obgleich ich nicht spräche, doch alles verstünde, was man mir sagte, und, obwohl ich kein Wort von mir selbst schriebe, ungeachtet meines jungen Alters sehr gut im Abschreiben von Worten aus der Feder anderer sei, womit ich genaugenommen über alles verfügte, was ein Schüler in der Schule und auch gewisse Schriftsteller benötigten. Diese letzte Bemerkung war ein unverblümtes Sticheln gegen den Schriftsteller, denn weder für ihn noch für seine Bücher hatte mein Vater ein gutes Wort übrig. In jenen Tagen verstand ich noch nicht, aus welcher Quelle sich der Groll und die Geringschätzung, die mein Vater für den Schriftsteller empfand, speisten.

Wenn ich jetzt an meinem Lebensabend in diesem Augenblick hier sitze und zum erstenmal in meinem Leben etwas Eigenes, nicht aus den Schriften anderer Kopiertes niederschreibe, dann geschieht dies einzig und allein dank der Hartnäckigkeit meines Vaters, mich lesen und schreiben zu lehren. Mein Vater hoffte, auf diesem Wege in irgendeiner Weise mit mir ins Gespräch zu kommen.

Ich weiß nicht, wann genau sie bemerkten, daß ich nicht sprach. Ich nehme an, es war in den ersten Monaten meines Lebens, als meiner Mutter auffiel, daß ich nicht weinte. Meine Wiege stand in einer Ecke des Schlafzimmers meiner Eltern. So konnte ich ihre nächtlichen Unterhaltungen belauschen. Eines Nachts hörte ich meine Mutter zu meinem Vater sagen, ich machte ihr Sorgen, weil ich nicht weinte. »Lachen tut er ja immerhin«, sagte sie, »und meistens weiß ich nicht einmal, warum. Wenn ich ihn kitzle und versuche, ihn zum Lachen zu bringen, blickt er mich teilnahmslos an und reagiert nicht. Aber dann kommt es plötzlich vor, daß er ohne jeden Grund anfängt zu lachen.« »Nu, dann ist ja alles in bester Ordnung«, sagte mein Vater. »Nein.« Meine Mutter wollte sich nicht beschwichtigen lassen. »Ich habe ihn noch nicht einmal weinen hören.« »Vielleicht geht es ihm einfach gut«, gab mein Vater zu bedenken. »Vielleicht hat er gar keinen Grund zu weinen.« »Nein«, beharrte meine Mutter. »Nicht einmal jetzt, wo er Zähne bekommt, weint er.« »Warum soll er da weinen?« wunderte sich mein Vater. »Alle Kinder weinen, wenn sie Zähne bekommen.« »Vielleicht tut ihm nichts weh«, meinte mein Vater, und ich konnte mich nicht länger beherrschen und brach in Lachen aus. Mein Zahnfleisch schmerzte und juckte, und wenn ich mich nicht zurückgehalten hätte, hätte ich lauthals geschrien und geflucht. Vor lauter Verzweiflung brach ich in Lachen aus. »Da, siehst du, er lacht«, sagte meine Mutter. »Was beweist, daß alles in Ordnung ist«, versuchte mein Vater das Gespräch zu beenden, aber meine Mutter blieb hartnäckig: »Ich habe den Eindruck, daß er über uns lacht.« Mein Vater setzte sich im Bett auf und sagte: »Bist du verrückt geworden?!« »Nein«, erwiderte meine Mutter, »ich bin nicht verrückt geworden. Ich sage dir, daß wir ihn zu Professor Marcus bringen müssen.« »Wieso denn auf einmal Professor Marcus«, fuhr mein Vater ungehalten auf. »Der Junge ist gesund.« »Etwas stimmt nicht mit ihm«, beharrte meine Mutter. »Ich will, daß Professor Marcus ihn sich anschaut.«

Von da ab begann in meinem Leben das Kapitel »Ärzte«. Meine Eltern nahmen sich in der Stadt ein Hotelzimmer, und jeden Tag bekam ich wenigstens zwei Ärzte zu Gesicht. Die erste Frage, die sie meiner Mutter stellten, war, wann ihr aufgefallen sei, daß ich nicht weinte, und meine Mutter sagte ihnen: bei der Brit-Mila, der Beschneidung. Dieses Wort war in meinen Augen unverständlich. Ich sah es durch die Luft schweben, konnte aber beim besten Willen nicht sehen, womit es zusammenhing. Und dann kam die Anweisung, mich auszuziehen. Das war ganz bestimmt nicht angenehm, zumal mir sogleich die Erinnerung an jene sonderbare Handlung kam, die der Schächter an meinem Körper vollzogen hatte, am Tag, als der Krieg ausbrach. Anfangs fürchtete ich, jeder der Ärzte könnte diese komische Tat wiederholen, und wieder war ich beinahe versucht, meinen Mund aufzumachen und sie zu bitten, auf diese Angelegenheit zu verzichten, aber ich beschloß, mich zu beherrschen. Ich wollte sehen, ob irgend jemand von all den Ärzten den Zusammenhang zwischen dem, was der Schächter an mir getan hatte, und meinem Schweigen und Nicht-Weinen entdeckte. Und siehe da, ausnahmslos alle betasteten sie mich dort, als spürten sie instinktiv, daß das Geheimnis meines Schweigens auf verborgene Art und Weise mit jener unverständlichen Affäre zusammenhinge, aber zu guter Letzt ließen sie alle diesen Verdacht fallen und machten sich daran, den Grund für mein Schweigen an anderen Orten zu suchen, die nichts, aber auch gar nichts damit zu tun hatten.

Der erste Arzt, der mich zu Gesicht bekam, war Doktor Raps, ein gelber Mann. Er hatte gelbe Haare, gelbe Haut und eine gelbe Stimme. Er untersuchte mich mit knochigen Fingern, drückte hier und drückte dort, und aus dem wenigen, was er sagte, verstand ich, daß er nicht wußte, was er sagen sollte. Abschließend schlug er meinen Eltern vor zu warten, bis ich wenigstens achtzehn Monate alt wäre.

Professor Marcus trug einen blauen Maßanzug. Er war ein behutsamer Mann mit weicher Stimme, und die Berührung seiner Finger war angenehm und beruhigend. Ich sah sogleich, daß er nicht noch einmal tun würde, was der Schächter getan hatte. Er tastete meinen Hals ab und leuchtete mit einer Lampe in meinen Mund. Danach ließ er mit kreisenden Bewegungen seinen Finger über meinen Fuß und zwischen meine Zehen gleiten. Ich preßte meine Zehen um seinen Finger und versuchte ihn spaßeshalber einzuklemmen, was Professor Marcus sehr erfreute, der meinen Eltern mitteilte, mein Sprachorgan und meine körperlichen Reaktionen seien vollkommen in Ordnung und seiner Ansicht nach bestehe kein Grund zur Sorge. Er schlug meinen Eltern vor zu warten, bis ich das zweite Lebensjahr vollendet hätte, ehe sie anfingen, sich Sorgen zu machen. »Ab dem Tag, da er den Mund aufmacht«, versicherte ihnen Professor Marcus, »wird er ihn nicht wieder zumachen.«

Als ich diese beängstigende Prognose hörte, beschloß ich mit Nachdruck, kein Sterbenswörtchen mehr über meine Lippen zu bringen. Dann aber kam die Zeit des Professor Rosenbaum. Dies war der furchteinflößendste und schrecklichste Besuch von allen, und sein Eindruck wird mich bis an mein Lebensende begleiten. Die Welt des Professors Rosenbaum war eine Welt in Weiß. Die Fußbodenfliesen im Wartezimmer seiner Klinik waren weiß. Die Wände waren mit strahlendweißen Kacheln bedeckt, und auch die Tür zum Zimmer des Professors war weiß. Als sich die Tür öffnete und wir den Raum betraten, erhob sich der in einen weißen Kittel gekleidete Professor hinter einem weißen Schreibtisch und wies meine Eltern mit unterkühlter weißer Stimme an, mich auszuziehen und auf den Untersuchungstisch zu legen, der mit weißem kaltem Wachstuch bespannt war. Wenn ich in jenem Augenblick nicht in lautes Weinen ausbrach, dann nur, weil ich vor Entsetzen wie erstarrt war. Professor Rosenbaum trat an mich heran und beäugte mich mit finsterem Blick. Dann streckte er seine Hand aus und befühlte mit seinen weißen kalten Fingern meinen Hals. Danach kehrte er zu seinem weißen Tisch zurück und begann schnell etwas in eine große Kladde zu schreiben, die vor ihm lag. Mein Vater drängte meine Mutter, sie solle doch den Professor fragen, ob man mich schon wieder anziehen könne, aber meine Mutter, die voller Ehrfurcht gegenüber Autoritäten war, bedeutete meinem Vater, sie hätten geduldig zu warten. Doch dem aufbrausenden

Gemüt meines Vaters, der für Amtspersonen nur die allerschlimmsten Spottnamen übrighatte, lag Zurückhaltung fern, und so fragte er selbst, ob es möglich sei, mich endlich wieder anzuziehen. Professor Rosenbaum hob seine kalten Sperberaugen von den Seiten, die er unermüdlich wie ein Wichtel vollschrieb – so die Worte meines Vaters, der später genüßlich bis ins kleinste Detail die ganze Affäre immer wieder zum besten gab. Es war dies der Augenblick, in dem kalter Haß zwischen meinem Vater und dem Professor geboren wurde. Dieser machte sich nicht einmal die Mühe, auf die Frage meines Vaters zu antworten, und nickte nur mit dem Kopf, um zu signalisieren, daß, sofern meine Eltern es wünschten, sie diese Kreatur, deren Urteil sie im nächsten Moment aus seinem Mund vernehmen würden, wieder anziehen könnten. Und tatsächlich befahl ihnen Professor Rosenbaum in dem Moment, da sie mich fertig angezogen hatten, sich zu setzen, und teilte ihnen mit, er werde mich operieren. Operieren? Mein Vater war bestürzt. Warum?

Die Fragen meines Vaters regten Professor Rosenbaum mächtig auf und weckten seinen Zorn. Mit weißer eiskalter Stimme tadelte er meine verschreckten Eltern, weil sie meine Krankheit derart nachlässig behandelt hatten. Wären sie vor drei Monaten gekommen, hätte man noch etwas tun können. Jetzt aber – wer weiß, ob der immense Schaden noch zu beheben war.

Am nächsten Tag, als mein Vater mit seiner Arbeit in den Plantagen fertig war, einen Bus in die Stadt nahm und ins Hotel kam, um zu sehen, wie es mir ging, fand er mich mit einem Eisbeutel um den Hals. Er wollte wissen, was das zu bedeuten habe, und als ihm meine Mutter berichtete, dies sei auf Anweisung von Professor Rosenbaum geschehen, der erschienen war, mich zu untersuchen, und verkündet hatte, er werde mich noch in derselben Nacht operieren, packte mein Vater den Eisbeutel und schleuderte ihn unter dem Protest meiner

Mutter aus dem zweiten Stockwerk direkt auf die Straße. Dann ließ er meine Mutter wissen, sollte dieser Verbrecher, der sich Professor Rosenbaum nenne, es wagen, mir zu nahe zu kommen, werde ihm widerfahren, was seinem Eisbeutel passiert sei. Meine Mutter versuchte kleinlaut zu protestieren, aber mein Vater warnte sie, sollte Professor Rosenbaum mich anrühren, würde er – das heißt mein Vater – ihm sämtliche Knochen brechen. Meine Mutter brachte auf ihre sanfte Art zögerliche Bedenken wegen der Vernachlässigung vor, über die Professor Rosenbaum gesprochen hatte, und äußerte den Wunsch, wenigstens noch einen weiteren Arzt zu konsultieren.

Dieser Arzt war Doktor Binjamini. Sein Haus lag in angenehmem Halbdunkel, für das der dichte Pflanzenbewuchs sorgte, der es umgab und die grünen, halb heruntergeklappten Holzfensterläden beschattete. Der lange Flur war mit weißschwarz gemusterten Kacheln gefliest, und Doktor Binjamini selbst trug einen alten seidenen Hausmantel von tiefpurpurner Farbe. Er war ein knochiger Mann mit grauem Haar, einem grauen Schnurrbart und dichten grauen Augenbrauen, die ein Paar lebhafte, schelmische und verschmitzt funkelnde Augen überwucherten. Als Binjamini die Geschichte über den Eisbeutel hörte, meinte er zu meinem Vater: Sie haben den Jungen gerettet. Dann fügte er noch hinzu: Lassen Sie niemandem mit einem Messer an ihn heran. Meinem Vater gefielen diese Worte, und auch mir gefielen sie. Im weiteren Verlauf des Gesprächs mit meinen Eltern musterte mich Binjamini hin und wieder verstohlen, tastete hier und tastete dort, gab keine Anweisung, mich auszuziehen, und schließlich, als meine Mutter fragte, was mir denn fehle, antwortete ihr Doktor Binjamini: Nichts. Der Junge ist vollkommen gesund. Und warum weint er dann nicht? Ich weiß es nicht, sagte Doktor Binjamini, ich weiß es ganz einfach nicht. Zwei Jahre darauf, als meine Eltern mich erneut zu ihm brachten, wiederholte Doktor Binjamini seine Diagnose, allerdings mit einer kleinen

Modifikation: Weiß der Teufel, sagte er diesmal und fügte hinzu: Ich meine es wortwörtlich. Weiß der Teufel. Aber meine Mutter ließ ihn nicht so einfach davonkommen. Als sie ihn noch und noch mit Fragen bedrängte, erklärte ihr Doktor Binjamini, aus anatomischer Sicht sei bei dem Jungen nicht die geringste Anomalität festzustellen. Auch habe er den Eindruck, der Junge verstehe bei weitem mehr, als Kinder seines Alters gemeinhin verstünden. Wenn er nicht redet, hat er vielleicht ganz einfach das Gefühl, daß er uns nichts zu sagen hat. Wenn alle Menschen überprüfen würden, was sie sagen, könnte es gut möglich sein, daß niemand mehr sprechen würde, schloß Doktor Binjamini. Aber was müssen wir tun, beharrte meine Mutter. Was wir tun müssen, weiß ich nicht, sagte Doktor Binjamini, aber ich weiß, was wir tun können: Wir können weiterhin mit ihm sprechen, falls wir ihm etwas zu sagen haben. Und worauf können wir hoffen? Meine Mutter gab nicht so leicht auf. Doktor Binjamini wiederholte die Frage meiner Mutter, indem er ihre Wortwahl korrigierte: Worauf *dürfen* wir hoffen, das ist die Frage, stellte er mit Entschiedenheit fest, und da er über die Richtigstellung der Frage äußerst zufrieden war, zog er den Stummel aus seiner bernsteinfarbenen Zigarettenspitze und bestückte das in Silber gefaßte Ende genüßlich mit einer neuen Zigarette. Und während er noch einmal die verbesserte und damit korrekt formulierte Frage »Worauf dürfen wir hoffen?« wiederholte, schob er sich nun das Mundstück zwischen die Lippen, zündete die Zigarette an und inhalierte tief, ehe er durch Mund und Nase den Rauch ausstieß, der durch das goldene Licht der untergehenden Sonne, das sich durch die halbgeschlossenen Fensterläden hereinstahl, mit scharfem Schnitt in zwei kopflose Kegel geteilt wurde. Dann seufzte er und antwortete mit seiner tiefen und von unzähligen Zigaretten heiseren Stimme: »Wir dürfen hoffen, daß er uns verstehen und uns unser Unvermögen und unsere unbeholfenen Versuche, seinen freien Willen zu umgehen, verzeihen wird.« »Glauben Sie, der Junge schweigt aus freien Stücken?« fragte meine Mutter entgeistert. »Ich glaube gar nichts«, entschied Doktor Binjamini, »ich weiß nur, daß das Sprechen eine willensbestimmte Handlung ist. *Die* willensbestimmte Handlung schlechthin.« »Wenn es so ist, was haben wir getan, daß er nicht spricht?« Die Stimme meiner Mutter zitterte. Doktor Binjamini legte seinen Arm um die Schultern meiner Mutter und mit einemmal hörte ich meine Worte aus seinem Mund kommen: »Mama, mach dir keine Vorwürfe.« Da Doktor Binjamini mir um einen Sekundenbruchteil zuvorgekommen war und meine Worte ausgesprochen hatte, blieb mir nichts anderes übrig, als ihm schweigend beizupflichten.

Am darauffolgenden Abend versammelte sich die Familie um den großen Eßtisch, und nachdem mein Vater ausführlich die Geschichte seines heroischen Kampfes gegen Professor Rosenbaum und seines großen Sieges über diesen zum besten gegeben und auch das Lob nicht unerwähnt gelassen hatte, das er aus dem Mund Doktor Binjaminis erfahren hatte, der zu ihm gesagt hatte: »Sie haben den Jungen gerettet« – Worte, die mein Vater drei- und viermal wiederholte, bemüht, die richtige Betonung zu treffen, mit der sie ursprünglich gesagt worden waren –, begann meine Mutter, die Diagnose Doktor Binjaminis wiederzugeben, und nachdem das Gesagte ins Jiddische übersetzt worden war, wurde gründlich darüber debattiert und die Größe Doktor Binjaminis gepriesen, über den man sagen konnte, was man wollte, einschließlich der Feststellung, er sei ein Arzt der alten Schule, aber nur wirklich große Ärzte seien nun einmal in der Lage zuzugeben, daß sie etwas nicht wußten.

Der Schriftsteller, der bei dieser schicksalhaften Aussprache ebenfalls zugegen war, behauptete, die richtige Auslegung dieses Satzes sei, daß die Medizin die Wurzel meiner Stummheit bislang noch nicht entdeckt habe, tröstete aber meine Eltern damit, es könne kein Zweifel bestehen, daß schon bald die Ursache aufgedeckt und dann auch ein Medikament gefunden würde. Nachdem sich die Debatte über das »Ich weiß es nicht« des Doktor Binjamini erschöpft hatte, machte man sich an die Klärung der übrigen Dinge, die er gesagt hatte. Meine Mutter zitierte die Fragen, die sie dem berühmten Arzt gestellt hatte, und erzählte, wie er ihre Formulierung korrigiert und auf jedem i-Tüpfelchen bestanden habe, und erntete viel Lob von Tante Batja dafür, daß sie nicht von Doktor Binjamini abgelassen und sich mit seinem »Ich weiß es nicht« nicht zufriedengegeben hatte, und der Schriftsteller fing an, die genaue Bedeutung von Doktor Binjaminis Korrekturen zu erläutern, und behauptete, dies seien nicht einfach so aus der Luft gegriffene Verbesserungen gewesen, sondern mit seinen korrigierten Formulierungen habe der gelehrte Arzt Mutters Fragen dem Stil der Fragen Immanuel Kants angenähert. Nun hatte er freie Bahn, sich in Lobreden auf Kant zu ergehen, ein großer, unübertroffener Pünktlichkeitsfanatiker, der jeden Tag um Punkt drei Uhr nachmittags zu seinem täglichen Spaziergang aufgebrochen sei, weshalb die Bürger von Königsberg ihre Uhren nach dem Spaziergang des Philosophen gestellt hätten. Jahre später, als der Schriftsteller plötzlich wie aus dem Erdboden auftauchte und mitten unter der Bande der Kinder stand, die sich um die erlegte Taube, die von Hand zu Hand wanderte, versammelt hatte, würde ich an die Geschichte von Immanuel Kant erinnert werden und verstehen, was im Kopf des Schriftstellers vorging, wenn er jeden Tag, sommers wie winters, zur selben Stunde und in denselben Kleidungsstükken zu seinem Spaziergang über die einzige Straße unseres Dorfes und dessen staubige Pfade aufbrach. Wahrscheinlich wollte auch er, daß alle Bewohner des Dorfes aus den Fenstern ihrer kleinen Häuser blickten, »Da, unser Schriftsteller bricht zu seinem täglichen Spaziergang auf« sagten und ihre Uhren nach ihm stellten. Jetzt aber, da der Schriftsteller begann, in endlose Lobeshymnen auf die mustergültige Ordnung und die Selbstdisziplin, unter die Immanuel Kant sein Leben gestellt hatte, auszubrechen, verlor meine Großmutter die Geduld und wollte wissen, was die Antworten Doktor Binjaminis auf Mutters Fragen gewesen seien. Zu meiner großen Bestürzung war seine Empfehlung, »weiterhin zu dem Jungen zu sprechen wie zu jedem normalen Kind«, alles, was meine Mutter und mein Vater von den Ausführungen des weisen Doktors in Erinnerung behalten hatten. Ich konnte mich nicht erinnern, daß Doktor Binjamini den Ausdruck »normales Kind« gebraucht hatte, und wenn ich seine Persönlichkeit richtig erkannt hatte, mußte allein der Begriff »normal« ihn empören. Es gab einen Moment, da ich mich aus meiner Liegeposition in meinem Kinderwagen, der an eine kleine Kutsche erinnerte, in das Gespräch einschalten und meinen Eltern die exakten Formulierungen des Doktors ins Gedächtnis rufen wollte, aber das hätte keinen Sinn gehabt. Als die richtige Umgehensweise mit meiner Stummheit gefunden war, erhob sich rund um den großen Tisch grenzenlose Begeisterung. In der anschließenden Diskussion darüber, wer der erste war, der gesagt habe, daß man genau so verfahren müsse, beanspruchte ein jeder dies Privileg für sich. Ich verstand, daß ich von jetzt ab keine Ruhe mehr haben würde und alle miteinander wetteifern würden, wer am meisten auf mich einredete. Und tatsächlich, ab dem Augenblick, da die Notwendigkeit, zu mir zu sprechen, wissenschaftliche Bestätigung erfuhr, wurden die Anstrengungen, mich zum Reden zu bringen, zur Lieblingsbeschäftigung aller Familienmitglieder. Jeder wollte der erste sein, der mein Schweigen brach und mich dazu brachte, meinen Mund aufzumachen und in einen wahren Redefluß zu verfallen.

Tante Lea mit ihren großen, traurigen Augen, die stille Schwester meiner lebenslustigen Mutter, fand sich bereit, mir Kindergeschichten vorzulesen. Sie breitete eine Strohmatte auf dem Rasenstück des großen Hofs hinter unserem Haus aus, setzte mich neben sich und las mir mit ihrer weichen, ein wenig näselnden Stimme vor. Kinderbücher gab es in jenen fernen Tagen vor der Mitte des vorigen Jahrhunderts nur wenige, und schon bald konnte ich *Das Krokodil und die Puppe*, *Der wilde Jehoschua* und *Kuschi-Nuschi* auswendig, und dazu noch ein paar Bücher, deren Titel ich im Verlauf der achtzig Jahre, die seither vergangen sind, vergessen habe. Wenn sie mir die Geschichten vorlas, sagte ich im stillen die einzelnen Wörter auf, noch bevor sie sie im Buch gelesen hatte, und plötzlich sah ich die Wörter auf dem Papier eines neben dem anderen stehen, jedes Wort dicht an dicht mit dem nachfolgenden. Ich ging Zeile um Zeile, Seite um Seite von *Das Krokodil und die Puppe* durch, während ich in meinem Herzen Wort für Wort hersagte. Als ich auf der letzten Seite angelangt war, konnte ich lesen. Dann nahm ich mir *Der wilde Jehoschua* und *Kuschi-Nuschi* und las auch sie. Tante Lea betrachtete mich mit großer Neugierde, als sie sah, daß ich die Seiten umblätterte. Still saß sie neben mir, ohne einen Laut von sich zu geben. Noch am selben Tag hörte ich sie zu meiner Mutter sagen: »Ich glaube, er kann lesen.« Und meine Mutter skeptisch erwidern: »Oj, geh, geh mir doch weg.« Eines Tages brachte mir Tante Lea ein neues Buch über zwei Kinder mit den sonderbaren Namen Max und Moritz mit und las es mir in einer Sprache vor, die der Sprache, in der Großmutter und Tante Batja zu mir redeten, sehr ähnlich war.

Tante Batja, die genaugenommen die Tante meiner Mutter war, verfügte nur über einen sehr begrenzten Wortschatz, so daß die Themen unser Gespräche nicht gerade weltumspannend waren. Immer wieder zählte sie mir die Namen ihrer Angehörigen und der ihres Mannes, Onkel Samson, auf, die *dort* geblieben waren. Manchmal versank sie in Erinnerungen und erging sich in der Beschreibung von Straßen und Gassen einer fremden Stadt, die Bialystok hieß. Wenn sie bei bestimmten Straßen, Gassen und Ecken angelangt war, weinte sie. Schon bald wußte ich, in welcher Straße der Apotheker wohnte, dessen Frau und dessen Söhne ihn eines Tages vor die Tür setzten, als sie ihn mit der Witwe Chaja erwischten, weshalb er auf den Hund kam und bei dem Schneider arbeiten ging, der über der Backstube wohnte, wo Tante Batja jeden Morgen frische warme Brötchen direkt aus dem Ofen kaufte, und eines Tages, als sie früh am Morgen dort eintrat, sah sie Lejbele, den Bäcker, völlig nackt, mit blankem Tuchess, in der warmen Backstube herumlaufen und mit seiner tiefen, kräftigen Stimme, die ihm den sonderbaren Titel Schaljapin der Zweite einbrachte, kantorale Lieder singen. Immer, wenn sie beim Hinterteil von Lejbele, dem Bäcker, angelangt war, brach sie in verschämtes, ersticktes Lachen aus und flüsterte beschwörend auf mich ein, ich möge niemandem diese Geschichte erzählen. Auf diese Art und Weise, mit ihrer bodenständigen und unbedarften Verschlagenheit, versuchte Tante Batja, mich zum Sprechen zu bringen. Aber die Gestalt, die in Tante Batjas sonderlichen Geschichten mein Herz besonders einnahm, war die Person des Namenlosen, der im Eingang des Lebensmittelgeschäfts von Gottlieb saß, der seinerseits ein Neffe des Erfinders der Esperantosprache war. Die Augen des Namenlosen waren entzündet, sein Gesicht unrasiert. Er arbeitete als Lastenträger, der Gottliebs Kunden half, ihre schweren Körbe nach Hause zu schleppen. Er war Analphabet und konnte kaum sprechen, weshalb er die meiste Zeit schwieg, wie du, flüsterte mir Tante Batja zu, wartete auf irgendeine Reaktion meinerseits, und als sie eine solche, abgesehen von meinem Blick, nicht erhielt, fügte sie hinzu: »Die Leute erzählten sich, er habe ein großes Erbe gemacht, aber die Wahrheit ist, daß er einst als Matrose auf einem Schiff zur See gefahren war.« Ich wartete, daß Tante Batja weitere Einzelheiten über diesen Namenlosen, der mich sehr faszinierte, hinzufügte, aber sie wußte nicht mehr, als sie bereits erzählt hatte. Nicht einmal den Namen des Meeres wußte sie. Zwei-, dreimal versuchte sie, aus eigenem Antrieb, sich an den Namen jenes Meeres, auf dem der Namenlose Matrose auf einem Schiff gewesen war, zu erinnern, aber am Ende begnügte sie sich mit der Bezeichnung »das große Meer«. Im Gegensatz dazu konnte sie sich genau daran erinnern, daß die Hosen des Namenlosen olivgrün waren und daß er immer saubere weiße, aber ungebügelte Hemden getragen habe, was beweise, daß es in seinem Leben keine Frau gegeben habe, und vielleicht rühre daher auch der Wahnsinn in seinen entzündeten Augen, und das sei auch der Grund, weshalb er jedesmal, wenn er ein wenig Geld in der Hand gehabt habe, in das kleine Haus über dem Knopfladen geeilt sei, »vielleicht ja, weil dort viele Knöpfe flogen«, sinnierte Tante Batja im warmen Sonnenschein und plapperte weiter, ohne noch Kontrolle über die Wörter zu haben, die ihr wie die Linsen, die sie verlas, aus dem Mund purzelten: »Männer, die dorthin gehen – na, denen brennt's, schnell, schnell die Hosen runterzulassen, denn Zeit haben sie keine, einen Knopf nach dem anderen aufzumachen ...« Tante Batjas Kopf sank auf ihre Brust, und ihre Hände schlummerten in dem Kochtopf mit den Linsen ein, als sie mich mit dem Namenlosen allein ließ, der es so eilig hat, seine Hosen herunterzulassen, daß alle Knöpfe aus dem Fenster des kleinen Hauses fliegen und auf dem Bürgersteig ohne Umwege durch die offene Tür in den Knopfladen rollen. Tante Batja gab leichte Schnarchgeräusche von sich, begleitet von seichten Pfeiflauten, die durch ihre leichtgeöffneten Lippen drangen, und ich grübelte, warum es den Männern, die jedesmal, wenn sie ein wenig Geld haben, in das kleine Haus kommen, so sehr brennt, schnell, schnell die Hosen herabzulassen, aber da erscheint unser Schächter in der Tür und beugt sich über die Männer, die mit gespreizten Beinen auf dem Boden liegen, packt und zieht mit seiner Hand an dem Fleisch zwischen ihren Beinen, zwickt sie, schneidet und saugt ihnen ein wenig Blut auf, ehe er ihre Lippen mit süßem Wein bestreicht und jeder fünf Pfund zahlt, die Gesichter von allen rot und strahlend vor Aufregung, bis plötzlich der Schriftsteller wie aus dem Erdboden auftaucht und mit lauter Stimme verkündet, daß der Krieg ausgebrochen ist.

Aber diesmal war es nicht der Schriftsteller. Es war Onkel Samson, der vom Feld zurückgekehrt war, die Heugabel mit ihren in der Sonne blinkenden Zinken geschultert, seine graue, verschwitzte Schiebermütze schräg in der Stirn und die Khakihosen und Arbeitsschuhe mit erdigen Flecken übersät, und er schüttelte seine Frau und rief: »Baschka, Baschka, was ist dir? Eine Schlange könnte kommen und den Jungen beißen!« »Oj«, schreckte Batja aus ihrem Schlaf auf. »Oj, a broch, Gott behüte!« Und dann, als sie sah, daß es ihr Mann Samson war, der sie so erschreckt und ihr beinahe einen Herzanfall beschert hatte, zischte sie ihm bebend zu: »Tfu sollst du wer'n!«

Onkel Samson wiederum erzählte mir keine Geschichten. Sein Beitrag, mich zum Sprechen zu bringen, war gänzlich anderer Natur: An den Schabbatabenden nahm er mich mit in die Synagoge. Die Synagoge unseres Dorfes war ein hölzerner Eisenbahnwaggon, der auf großen Eisenrädern inmitten eines brachliegenden Feldes stand, unweit eines Platzes voll rostiger Alteisenteile, aus denen zwei leblose eiserne Ungetüme herausragten, die ebenfalls vom Rost braun gefärbt waren. Diese Ungetüme zogen die Bande der Kinder magisch an. Ein Geruch von Macht und Ferne ging von ihnen aus. Auch in ihrem Namen – »die Foller« – hallte irgendeine abenteuerliche Verwicklung wider, die sie auf ihren riesigen Eisenrädern mit dem schwarzen Schornstein, der sich aus ihrem geschwollenen eisernen Bauch in die Höhe reckte, aus einem fernen Land hierhergebracht hatte. Wenn man auf die riesigen eisernen Hinterräder kletterte, deren Größe der eines erwachsenen Menschen entsprach, gelangte man zu einem mit grobem Stoff gepolsterten eisernen Sitz, aus dessen Rissen Seegras hervorlugte, hinter einem eisernen Lenkrad und eisernen

Hebeln, alles von dunklem Rost überzogen, der von Jahr zu Jahr dicker wurde. Die Kinder stellten unterschiedliche Vermutungen zum Wesen der Foller an. Benzi, der Professor, behauptete vehement, die Foller seien Lokomotiven, die aus den Schienen gesprungen seien und es bis hierher, bis an den Rand unseres Dorfes, geschafft hätten. Aber der Zug passierte das Dorf in einiger Entfernung, und obwohl man in der Stille der Nacht sein Rattern und schrilles Pfeifen von jenseits der Obstplantagen hören konnte, schien es unmöglich, daß die beiden eisernen Ungetüme, wenn sie denn wirklich vom Weg abgekommene Lokomotiven waren, so weit vom Schienenstrang weggerollt sein konnten. Außerdem, wenn sie denn tatsächlich Lokomotiven waren, die aus den Schienen gesprungen waren und sich verfahren hatten, wie konnte es dann sein, daß die Direktoren der Eisenbahn nicht kamen, um sie zurück auf die Gleise zu bringen? Benzi, der Professor, erklärte, daß eine Lokomotive, die aus den Schienen gesprungen sei, eine verlorene Lokomotive, eine tote Lokomotive sei, die niemals mehr zurück auf die Gleise gesetzt werden könne, weil keine Macht der Welt überhaupt in der Lage sei, sie von der Stelle zu bewegen. Benzis Erklärungen überzeugten nur diejenigen, die keine Lust mehr hatten, sich weiter mit dem Rätsel der Foller auseinanderzusetzen. Den Platz der Foller zu betreten war ohne ausdrückliche Erlaubnis von Eli, dem Anführer der Bande der Kinder, strengstens verboten. Wer es in der Hoffnung, Eli würde es nicht erfahren, doch tat, mußte bald erfahren, daß die Nachricht auf irgendeinem geheimen Wege zu Eli gelangt war, denn eines Tages bekam man mitten in einem unschuldigen Murmel- oder Völkerballspiel im weichen Sand neben Resniks Schlosserei eine Ohrfeige von ihm verpaßt. Unversehens kam Eli halb nackt, barfuß und mit einem Bogen oder seiner Steinschleuder bewaffnet daher, unterwegs zu irgendeiner Aktion und meistens begleitet von einem seiner beiden Stellvertreter, Jitzchakele oder Jossik, blieb dann plötzlich stehen und rief einen zu sich wie ein Polizist einen Verbrecher: Komm her! Wenn man sich ihm voller Schuldgefühle und vor Angst schlotternd näherte, wurde man, wie es ein schnelles Feldgerichtsurteil nun einmal verlangte, von Eli gefragt: Wer hat dir erlaubt, gestern oder vorgestern auf die Foller zu steigen? Diese Frage erfolgte nur der Ordnung halber, denn noch bevor man dazu kam, stotternd zu leugnen oder eine Ausrede vorzubringen, hatte man im schlechtesten Fall eine schallende Ohrfeige oder im besten einen Tritt in den Hintern bekommen, versehen mit der Warnung, sollte man noch einmal wagen, allein auf die Foller zu klettern, würde es richtig Schläge setzen. Meistens wurde der Entschluß, zu den Follern zu gehen, gefaßt, wenn die Bande der Kinder eine Krise durchmachte, wenn sich die Gefahr einer Revolte gegen Elis Führungsanspruch andeutete oder sich die Kinder seiner überdrüssig zeigten. Dann verkündete Eli unverhofft: »Wir gehen zu den Follern!«, und gleich legte sich der Aufruhr, hüpften die Kinder und riefen: Erster Fahrer, zweiter, dritter ... Das Ausrufen der Reihenfolge geschah immer mit einer besonderen Melodie unter Betonung der ersten Silbe: nicht »Zweiter« sondern »Zweiii-ter«. Außerdem mußte der Ausrufer in dem Moment, da er eine Nummer für sich reklamierte, sein Gesicht oder recht eigentlich sein ganzes Wesen Eli zuwenden und dabei eine flehende, hoffnungsvolle Miene aufsetzen, da die Rangnummer erst offizielle Gültigkeit erlangte, wenn sie Elis Ohren und Bewußtsein erreicht hatte und von ihm mit einem Kopfnicken oder einem unmerklichen Zwinkern abgesegnet wurde. Manchmal kam es vor, daß zwei Kinder gleichzeitig ein und dieselbe Nummer ausriefen, worauf ein Streit entbrannte, der immer mit der Behauptung »Ich hab's als erster gesagt« und dem prompten Echo »Nein, ich hab's als erster gesagt« begann. Eli ließ die beiden Zankhähne ihren Streit einige Augenblicke lang unter sich austragen, und wenn sie nicht zu einem Kompromiß kamen, bestimmte er, wer der erste war, der die strittige Nummer gerufen hatte. Nichts war demütigender und beschämender, als die stärksten Kinder zu sehen, wie sie flehten, sich wanden und vor Eli erniedrigten, damit er ihr Anrecht auf die von ihnen ausgerufene Nummer bestätigte, zu ihren Gunsten entschied und sie in der Reihenfolge, wer wann auf die Foller klettern durfte, einen Platz weiter zu sich aufrücken ließ, denn Eli war der Platz des ersten vorbehalten, und er war selbstverständlich davon befreit, diesen für sich zu reklamieren. Immer, wenn sich eine Krise in der Bande der Kinder anbahnte, und einen Augenblick, bevor Eli verkündete, daß wir zu den Follern gingen, wußte ich genau, in welcher Sekunde er die Aktion bekanntgeben würde, und rief in meinem Herzen aus: Wir gehen zu den Follern! Ich zählte insgeheim einundzwanzig, zweiundzwanzig, und dann kam Elis Bescheid: Wir gehen zu den Follern. Immer gab es eine Sekunde der Stille, bevor die Kinder anfingen zu rufen: Erster, zweiter, dritter. Und stets, mitten in dieser Sekunde der Stille, rief ich unhörbar »Erster« aus, ehe es von einem der Kinder wie ein Echo kam: »Erster!« Nachdem die Reihenfolge festgelegt war, machte sich die Bande auf den Weg, und wenn sie die Höfe von Kindern, die aus irgendeinem Grund an jenem Tag nicht zum Spielen gekommen waren, passierte, riefen ihnen die Kinder aus der Bande zu: »Wir gehen zu den Follern! Kommst du mit?« Diese Parole wirkte wie eine Zauberformel, denn sogleich verließ das Kind seinen Hof und schloß sich der immer größer werdenden Bande an, die zum Platz der Foller zog. Manchmal gesellten sich auch Hunde zu der Gruppe, hefteten sich aufgeregt an die Fersen der Kinder, umkreisten die Bande, bellten und jaulten, liefen voraus, um sogleich kehrtzumachen und ans Ende der Kolonne zu eilen, die Nachzügler anzuspornen und sie wieder der dahintrabenden Herde zuzutreiben.

Obwohl ich keine Nummer ausgerufen hatte und folglich der letzte sein würde, der hinaufklettern und sich auf den

Fahrersitz setzen durfte, ging ich mit der Bande. Aber den Platz der Foller betrat ich nicht mit den anderen Kindern. Ich blieb außerhalb, legte meine Finger um die Drähte des rostigen Maschendrahtzauns und beobachtete die Kinder, die unter Elis wachsamem Blick der Reihe nach hinaufkletterten, um einen Moment lang auf dem Fahrersitz zu sitzen, das Lenkrad zu fassen, die Lippen zu schürzen und Brrrrr zu machen, als wären die Foller Spielzeuge. In jenen Momenten zog mich das Schweigen der Foller an. Ich betrachtete den riesigen Bauch der leblosen eisernen Ungetüme, den eisernen Schornstein, der sich wie ein weit aufgerissener, schweigender Mund gen Himmel erhob, und plötzlich hörte ich ein gedämpftes Brüllen, das aus den Tiefen des geschwollenen Eisenbauchs kam, eine Rauchsäule schoß aus dem Schornstein, eines der Ungetüme erzitterte, die Rostschicht platzte auf und fiel von ihm ab, und darunter kam wie bläuliche Blitze funkelnd die Stahlhaut des aus seinem Schlaf erwachenden Ungeheuers zum Vorschein, als das Rattern seiner Zahnräder, seiner Achsen und Naben die Luft erfüllte und die riesigen Eisenräder zu rucken begannen und aus dem Erdreich, in dem sie zu einem Viertel ihrer Höhe begraben waren, auftauchten, die große Stahlbestie sich in Bewegung setzte und die Alteisenteile, die ihr im Weg lagen, niederwalzte, vorwärts preschte und den rostigen Zaun des Schrottplatzes zermalmte, in die Weiten der brachliegenden Felder stampfte und den Kalksteinhügel, von dem aus das Meer zu sehen war, erklomm, um dort Kraft zu sammeln und mit mächtigem Motorengedröhn, das aus ihren Eingeweiden kam, die Luft erzittern zu lassen, ehe das Wunder geschah und sie sich vom Boden erhob, anfangs nur langsam und unmerklich, wobei ihr gewaltiges Gewicht dem Motor alles abverlangte, doch das Dröhnen der Maschine wurde immer lauter, das riesige eiserne Ungetüm spreizte seine Räder, die zu Flügeln wurden, seitlich ab und stieg immer höher, bis es nur noch ein kleiner

Punkt war, der jenseits der Wolken, jenseits des Meeres verschwand.

»He«, erreichte mich Elis Stimme von ferne. »He! Willst du den Foller fahren?« Ich zuckte zusammen und blinzelte. Vor mir, jenseits des Zauns, sah ich die Gesichter der Kinder, deren Augen auf mich gerichtet waren. »Komm«, befahl mir Eli. »Alle sind fertig, komm, fahr auch.« Ich blieb eine Sekunde lang unschlüssig. Ich wollte nicht auf den Foller klettern. Da ging Libi, der Junge mit dem Fleischklopsgesicht, der zu Gast bei Amalia war, auf mich los und krakeelte herausfordernd: »Du möchtest den Foller fahren, du möchtest gern, aber es ist dir unangenehm, weil du der letzte bist, aber du möchtest, du möchtest!« »Schnauze«, herrschte Eli Libi an, und als dieser verstummte, als hätte man ihm seine schrille Stimme mit dem Messer abgeschnitten, trat Eli mit seinem nackten Fuß auf die unteren Maschen des Lochs im Zaun, hob mit der Hand den oberen Rand an und weitete so die Öffnung, damit ich hindurchschlüpfen konnte, streckte mir die andere Hand hin und befahl: »Komm schon.« Ich bückte mich, schlüpfte durch die Öffnung und ging zu dem Foller. Eli half mir, hinaufzuklettern und auf dem Fahrersitz Platz zu nehmen. Ich ließ mich auf dem Sitz nieder und legte meine Hände auf das rostige Lenkrad. Die Kinder warteten, daß ich wie alle die Lippen schürzen und Brrrrr, brrrr machen würde, aber ich blickte von der Höhe des gepolsterten Fahrersitzes auf das leblose Alteisen und sah jenseits des Zauns auf dem unbestellten Feld den Synagogenwaggon, der dort schweigend auf seinen großen Eisenrädern stand, die genauso aussahen wie die Räder der Foller, und mit einemmal begriff ich, daß es eine unsichtbare Verbindung zwischen den Follern und dem Synagogenwaggon gab. Ich sah den Foller durch Felder und Wälder dampfen und dahinter den Synagogenwaggon, aus dessen Fenstern die Gesichter meiner Großmutter, meiner Mutter, von Tante Batja und Tante Lea lugten, die mit ihren

Kopftüchern Bialystok zuwinkten, ihrer Stadt, die mit ihren Straßen und Gäßchen zurückblieb und Tante Batja Tränen in die Augen trieb. Da war der Apotheker, dessen Frau und seine Söhne ihn mit der Witwe Chaja erwischt hatten, und da der Schneider, der über der Backstube wohnte, und der dicke Lejbele, der splitternackt mit blankem Hintern in seiner warmen Backstube herumlief, und hinter ihnen drängten sich all die Freunde und Verwandten von Großmutter und Tante Batja, die *dort* geblieben waren, und auch sie winkten mit weißen Taschentüchern den Frauen, dem Foller und dem hinter ihm herrollenden Synagogenwaggon zu, der durch Felder und Wälder bis zu diesem Brachfeld fuhr, auf dem er nun hinter der Zypressenreihe, die ihn von der rückwärtigen Wand des Konsums trennte, stand.

Am Freitag, nachdem alle von der Arbeit heimgekehrt waren, hackte mein Vater im Hof Holz und ließ die Axt dabei jedesmal präzise auf den gleichen Punkt niedersausen, ehe das Holz splitterte, wobei er aus vollem Hals auf russisch sang, bis er genug hatte, um damit den Ofen im Bad zu heizen. Erst brüllte das Feuer im eisernen Bauch des Ofens, das Badezimmer füllte sich mit Wärme und dem angenehmen Geruch des verbrennenden Harzes, und dann, nachdem der Ofen heiß genug war und alle gebadet und saubere Kleidung angezogen hatten, nahm mich Onkel Samson mit zur Synagoge. Ich ging neben ihm her auf dem Weg, der den Hügel erklomm und hinabführte zum Brachfeld hinter dem Platz der Foller, auf den schon die Dunkelheit kroch und die Lücken zwischen den eisernen Gerippen ausfüllte. Mit seiner breiten Pranke hielt Onkel Samson meine kleine Hand umschlossen. Er trällerte irgend etwas vor sich hin, während ich neben ihm herlief, schwieg und auf das Heulen der Hyänen lauschte, das in Wellen aus den Zitrusplantagen, die das Dorf umgaben, in den Abendhimmel aufstieg.

Das Innere des Synagogenwaggons wurde durch das schwache Licht einer nackten Glühbirne, die von der Decke herabbaumelte, erhellt. Am Eingang empfing uns Kaddischsohn, der greise Synagogendiener, dessen Kinderaugen aus seinem Bart strahlten, der weich und weiß wie eine Wolke aus Zuckerwatte war. Er strich mir mit seiner milchigweißen Hand über das Gesicht und sagte zu mir: »Nu, was sagt man heute, wenn man zur Synagoge kommt?« Fragte und zwinkerte meinem Onkel Samson zu, und ich wußte, die beiden warteten auf das Wunder, daß ich den Mund aufmachte und ihnen antwortete: Schabbat Schalom! Aber da kam schon der Schächter, der auch der Rabbiner des Dorfes war, die ausgetretenen Holzstufen heraufgestiegen, so daß sich alle ihm zuwandten und ihn mit Scholem-alejchem begrüßten, und als er ihnen mit Alejchem-scholem antwortete, drängte sich der Schriftsteller schon herein, kam freudig auf mich zugestürzt und rief mit aufgesetztem Entzücken: »Oh, da ist ja unser junger Bursche«, kniff mir in die Wange und fragte, welche Stadt Jehoschua erobert habe, und Onkel Samson machte ihm ein Zeichen, er solle mich in Ruhe lassen, aber der Schriftsteller ließ nicht von mir ab und ging unbeirrt zu seiner zweiten Frage über: »Warum nennt man mich Kneifi?«, und erst, als ich auch diese Frage mit Schweigen beantwortete, hatte er genug von mir und wandte sich ab, um eine Prise Schnupftabak von dem alten Bronowitzer zu bekommen, der mit seinen knochigen Fingern in der kleinen, flachen Blechbüchse grub, zwischen Daumen und Zeigefinger ein wenig Tabak zutage förderte und diesen in die Löcher seines Nasenzinkens, der wie ein schlaffes Glied zwischen seinen Gesichtsfalten herabhing, stopfte, worauf sich seine wäßrigen Augen in ihren Höhlen verdrehten und alle Falten seiner Visage sich um seinen Nasenzinken wie Ameisen um ein Körnchen Zucker zusammenzogen, um dann auf einen Schlag mit einem gewaltigen Niesen wieder über sein ganzes Gesicht verstreut zu werden. Und während sich die Alten beeilten, sein dreifaches Hatschi mit »Auf die

Gesundheit, auf das Leben, auf lange Jahre« zu begleiten, verkündete der Synagogendiener Kaddischsohn bereits, der Minjan sei vollzählig.

Im Gegensatz zu meinen beiden Tanten und meinem Onkel unternahm meine Großmutter keinerlei Versuche, mich dazu zu bringen, mein Schweigen zu brechen. Großmutter nahm das Leben so, wie es nun einmal war. Wenn sie ihre Arbeit in der Küche beendete, nachdem sie für die ganze Familie gekocht, den großen Tisch gedeckt und allen aufgetragen hatte, alle mit dem Mittagessen fertig waren und sie den Tisch abgeräumt, die Teller abgespült und mit Stahlwolle den Ruß der Petroleum- und Primuskocher von den großen Töpfen geschrubbt hatte, bis deren matter Aluminiumglanz wieder zum Vorschein kam, danach das Besteck mit einem Geschirrtuch aus grobem grauem, rauhem Stoff mit zwei blauen oder roten Querstreifen an jedem Ende abgetrocknet und über die Marmorarbeitsplatte, deren gräulicher Farbton an Kalbsfuß in Aspik erinnerte, gewischt hatte, dann die Lappen und Geschirrtücher zum Trocknen über einen Eisendraht gehängt hatte, der quer über den Hof zwischen den Dodoniabüschen, in deren Schatten der schwarze Kater Kizkiz lag, und dem Zitronenbaum gespannt war, in dessen Schatten ein von Moos und Flechten umgebener Wasserhahn tropfte, dessen Wasser das kälteste auf dem ganzen Hof war – erst dann fand Großmutter Zeit, sich um sich selbst zu kümmern. Sie duschte, kämmte ihr graues Haar, das ihr bis zu den Hüften ging, steckte es im Nacken zu einem Dutt zusammen, zog ein frisches, von winzigen Blumen übersätes Kleid an, denn alle ihre Werktagskleider waren von winzigen Blumen übersät, trat dann auf den großen Balkon, der an ihr Zimmer grenzte und während der heißen Nachmittagsstunden, in denen die Bienen zwischen den blaßlilafarbenen Blüten des Eisenkrauts umherschwirrten und die Luft mit leisem Surren erfüllten, von den Blättern der Ficusbäume beschattet wurde, und ließ sich auf einem einfachen Holzstuhl mit geschwungener Lehne nieder, setzte ihre Lesebrille auf und breitete die letzte Ausgabe von *Der Amerikaner* oder der *Zukunft* vor sich aus, die sie mit der Post von Verwandten aus Amerika, die bei uns »die Kinder von Amerike« genannt wurden, erhielt. Jedesmal, wenn von ihnen ein Brief in einem besonderen Umschlag eintraf, über den in Schräglage ein Flugzeug mit vier Propellern flog, versammelten sich alle um den großen Tisch, und Tante Batja bewaffnete sich mit einem kleinen Taschentuch, das sie an ihre Lippen preßte, sobald Mutter oder Tante Lea anfingen, ihn in der Sprache von Großmutter und Tante Batja laut vorzulesen. Tante Batja bat alle paar Augenblicke, anzuhalten und irgendwelche Wörter, die sie nicht richtig verstanden hatte oder einfach noch einmal hören wollte, zu wiederholen, und ein Glück nur, daß sie das Taschentuch griffbereit in der Hand hielt, um damit die großen Tränen, die so leicht aus ihren feuchten Augen kullerten, wegzuwischen. Großmutter quittierte Tante Batjas Tränen mit einem Schürzen der Lippen. Sie würde man niemals weinen sehen. Selbst als man eines Tages ihre Tochter Lea zu Grabe trug, weinte sie nicht, stand am frischen Grab und wiegte nur selbstvergessen mit dem Kopf, gebrochen und schweigend wie ein Stein. Und bevor sie selbst aus dem Leben schied, segnete mich Großmutter und wünschte, mir möge vergönnt sein, zu tun, was immer ich wolle, und einen Moment später fügte sie hinzu: Und denk immer daran: Es ist so schwer zu sterben, daß es schon besser ist zu leben.

Als Tante Lea die Meinung äußerte, ich könne lesen, und alle debattierten, ob dies möglich sei oder nicht, beteiligte sich Großmutter nicht an der Diskussion. Nur eines Tages, als sie sich setzte, um ihren *Der Amerikaner* zu lesen, und ich um sie herumschwänzelte, sagte sie plötzlich: »Komm, ich werde dich Jiddisch lesen lehren.« Ich ging zu ihr, stützte meinen Kopf auf ihre Schulter, und Großmutter fuhr mit dem Finger über die Wörter, las mir in der Sprache, in der sie immer zu mir sprach, aus der Zeitung vor, und es war, als öffnete sich mir noch ein Paar Augen, die mich die Wörter in der Zeitung mit einemmal so klar sehen ließen wie die Wörter in *Kuschi-Nuschi*. Von da an wurde dies zwischen Großmutter und mir zu einem festen Ritual. Jeden Tag, wenn sie ihre Arbeit im Haushalt beendet hatte und sich auf den Balkon setzte, um zu lesen, kam ich zu ihr, und sie las mir in ihrer weichen und schönen Sprache vor, wobei sie ihren Finger, der ein wenig gekrümmt war wie der Schnabel einer Henne, unter den Wörtern entlangführte, der Finger vor meinen staunenden Augen die Wörter aufpickte und ich sie genüßlich verschlang. Großmutter versuchte nie, mich auf die Probe zu stellen, um herauszufinden, ob ich denn tatsächlich lesen gelernt hatte, so wie sie auch nie versuchte, mich zu überlisten und zum Sprechen zu bringen. Eines Tages schlug sie einfach eine bestimmte Seite ihres *Der Amerikaner*, auf der kurze Geschichtchen von ein paar Zeilen nur versammelt waren, auf und sagte: »Nimm, kann sein, daß dir das gefällt.« Ich las eine kleine Geschichte und brach in Lachen aus. Ich spürte, daß Großmutter mich ansah, und hob die Augen von der Zeitung. Großmutter schielte aus den Augenwinkeln zu mir herüber, und für einen Moment huschte der Schatten eines Lächelns über ihr Gesicht, ehe sie sich gleich wieder in die Lektüre ihrer Zeitung vertiefte. Von jenem Tag an las mir Großmutter nicht länger aus *Der Amerikaner* vor. Wenn ich kam und mich neben sie setzte, reichte sie mir den Teil der Zeitung, in dem die lustigen kleinen Geschichtchen standen, und kehrte zu ihrem Teil zurück.

Die Seite mit diesen Geschichten trug die Überschrift »Witzen was blitzen«. Nach einiger Zeit begriff ich, daß diese Geschichten sehr den kurzen Geschichten ähnelten, die sich die Erwachsenen am großen Tisch erzählten, um sich selbst zum Lachen zu bringen, und die sie wieder und wieder zum besten gaben, sobald jemand Neues eintraf, und immer, bevor sie anfingen zu erzählen, fragten sie den Neuen, ob er den Witz über dieses und jenes schon gehört habe, und der neu Hinzugekommene sagte immer nein, und wenn ich dann zusammen mit ihm dem Witz, den ich schon etliche Male zuvor gehört hatte, lauschte, spürte ich nach einigen Worten genau, ob der Neuankömmling den Witz tatsächlich noch nicht kannte oder sich nur verstellte, und dann wußte ich auch mit Sicherheit, wie er lachen und ob er so ein Lachen, das nur aus Lachlärm bestand, eine Art Lachen ohne Lachen ausstoßen würde, denn wenn ich dieses Lachen-ohne-Lachen hörte, spürte ich, daß er die ganze Zeit über an nichts anderes gedacht hatte, als endlich an den Moment zu kommen, da er selbst seinen eigenen Witz, von dem er sicher war, daß die anderen ihn noch nicht gehört hatten, erzählen konnte, von dem ich aber wußte, daß sie ihn schon gehört hatten, weil sie ihn schon ein paarmal selbst erzählt hatten.

Als Kind unternahm ich nur einmal den Versuch, mein Schweigen zu brechen. Das war in den Nachmittagsstunden eines heißen Sommertages. Die Erwachsenen saßen um den Tisch im großen Zimmer versammelt, tranken Tee und diskutierten. Ich spielte auf dem Fußboden mit einer kleinen Ameise. Ich versuchte, sie von ihrer Bahn abzubringen, und hörte den Erwachsenen zu. Sie debattierten über den Krieg, dessen Ausbruch der Schriftsteller allen an jenem denkwürdigen Abend hinter dem Rücken des Schächters verkündet hatte. Ich liebte es, ihren Debatten zuzuhören, denn ich fand heraus, daß sie ihre immer gleichen Äußerungen wiederholten wie die große Pendeluhr, die über der Anrichte hing, ihre Gongschläge. Die Uhr brachte mich nicht zum Lachen, aber die Erwachsenen schon. Es gibt nichts Komischeres als einen Menschen, der sich wiederholt wie eine Uhr. Und stets erriet ich im voraus, was jeder von ihnen sagen würde und wie er es sagen würde. Ich konnte nicht verstehen, warum sie sich so aufregten und einer über den anderen ärgerten. Denn mein

Vater wußte doch bestimmt von vornherein, genau wie ich, daß Onkel Samson sagen würde, der Krieg besage rein gar nichts in bezug auf Gott, und auch mein Onkel Samson mußte wissen, genauso wie ich es wußte, daß mein Vater sagen würde, nichts besage irgend etwas in bezug auf Gott, weil nichts irgend etwas in bezug auf gar nichts besage. Außerdem mußte Onkel Samson doch wissen, daß seine Frau Batja sich einmischen und ihn eindringlich bitten würde, sich nicht zu ärgern, weil das schlecht für seine Gesundheit sei. Warum also regte sich Onkel Samson derart über sie auf, anstatt sich wie ich darüber zu amüsieren, genau vorauszuahnen, wann Tante Batja sich an ihn wenden und auf jiddisch zu ihm sagen würde: »Mit Verlaub, wäre es möglich, daß du endlich aufhörst!« Aber diese Worte brachten Onkel Samson nur noch mehr in Harnisch, so daß er rot wurde wie der große Emaillewasserkessel, der in der Küche auf dem Petroleumkocher dampfte. »Wäre es möglich, daß du dich nicht in Sachen einmischst, von denen du nichts verstehst?« schrie Onkel Samson Tante Batja an, und ich wunderte mich, warum er sie anschrie, da er doch wissen mußte, daß sie sich in Sachen, von denen sie nichts verstand, nur einmischte, um ihn auf die Palme zu bringen. Weshalb also ärgerte er sich so? Und das war genau, was sie nun zu ihm sagte: »Warum ärgerst du dich? Du weißt doch, daß das nicht gut für dein Herz ist.« Und dies brachte Onkel Samson nun derart zum Kochen, daß wirklich Gefahr bestand, es könnte ihm etwas Schlimmes passieren. Und dann, um die Streithälse zu beruhigen, begann Kaddischsohn wie gewöhnlich einen Witz zu erzählen.

Kaddischsohn, der Synagogendiener, sprach flüsternd und mit zittriger Stimme. Er hatte nicht die geringste Ahnung, welch entscheidende Rolle er bei der Fortsetzung meines Schweigens spielen sollte. Während er flüsternd anhob, erzitterte sein weißer Bart wie Schlagsahne, und seine beiden

Kinderaugen versanken darin wie schwarze Erdbeeren. Kaddischsohns Hände schauten aus den Ärmeln seiner schwarzen Joppe, die er sommers wie winters trug, und ihre Haut war durchsichtig wie die aufgeblasenen Ballons, die Großmutter mit blutbesudelten Händen aus dem Bauch der Karpfen zog, die sie aus der Badewanne holte, in der, als der Krieg beendet sein würde, Onkel Chaim Marat Platz nehmen lassen sollte. Und durch Kaddischsohns transparente Haut sah man seine blauen Adern, die sich wie die herbstlichen Äste eines Pflaumenbaums vom Handrücken in die Finger verzweigten.

»Habt ihr gehört, wie man den Charakter eines Juden an seinem Bart erkennen kann?« fragte Kaddischsohn mit seiner sanften Stimme die Erwachsenen, die mit Feuereifer bei ihrer Diskussion waren. Stille trat ein. Alle blickten Kaddischsohn an und warteten, daß er ihnen das Geheimnis verraten würde. Da faßte Kaddischsohn mit seinen durchsichtigen Händen in seinen luftigen Bart und teilte diesen in zwei Bärte, von denen der eine nach links und der andere nach rechts zeigte. Und dann erklärte er allen mit Hilfe von Handbewegungen, die der Ausrichtung seiner Barthälften folgten, ein Jude mit dem Charakter eines Juden sei ein Jude, der sage: »Wenn ich will – bezahl ich. Und wenn ich nicht will – bezahl ich nicht.« Er sagte es auf jiddisch: »As ich wil – bazol ich. Und as ich wil nit – bazol ich nit.«

Die Erwachsenen lachten. Es kannte wirklich noch keiner den Witz, bis auf Onkel Samson, der ihn am letzten Freitag in der Synagoge aus dem Mund des alten Bronowitzer gehört hatte, doch Kaddischsohn erzählte ihn schöner. Die Bewegungen von Kaddischsohns durchscheinenden Händen und die Art, wie er seinen Bart zerteilte, erinnerten mich sogleich an den schwarzen Kater, der unter dem Dodoniabusch vor dem Küchenbalkon lag und dort auf die Eingeweide der Hühner oder Fische, die Großmutter ihm mit Kizkizkiz-Rufen hinwarf, wartete – auch er fuhr sich mit den Pfoten über seine

Schnurrbarthaare, genau wie Kaddischsohn es vorgemacht hatte. Dieser Gedanke ließ mich auf die Beine kommen. Ich verabschiedete mich von der kleinen Ameise und trat durch die Küchentür in den Hof. Der Hof lag leer und still. Ich schürzte die Lippen, wie Großmutter es tat, und rief Kizkizkiz, Kizkizkiz. Im Nu schaute der große Kopf des schwarzen Katers unter dem Busch hervor, und das Tier antwortete mir mit seinem typischen Jaulen, das sich am Ende windend in die Höhe schraubte wie eine unverständliche Frage. Da der Kater nicht zu mir kam, trat ich an ihn heran, ging neben ihm in die Hocke und übersetzte ihm Kaddischsohns Frage auf hebräisch: Wie erkennt man einen Juden an seinem Bart? Der Kater blickte mich mit gewissem Erstaunen an, ohne zu zwinkern und ohne etwas zu sagen. Spürte er, welch schicksalhafte Bedeutung der Augenblick für mich und für ihn hatte? Da er nicht antwortete, streckte ich meine Hand nach seinem Schnurrbart aus, packte ihn an einer Seite und wiederholte seinen gespitzten Ohren Kaddischsohns Worte: »Wenn ich will – zahle ich …« Der Kater ließ mir keine Gelegenheit, den Witz zu Ende zu bringen. Mit einemmal schlug er seine Krallen und Zähne in meine Hand. Beleidigt und getroffen erhob ich mich. Dicke Tränen rannen mir die Wangen herab, und aus meinem Mund brach ein ersticktes, zitterndes Wimmern. Die Küchentür flog auf, und die Erwachsenen stürzten auf den Hof. Meine Mutter lief mit ausgestreckten Armen auf mich zu. Sie rief meinen Namen und schrie: »Was ist passiert, was ist passiert?« Ich antwortete nicht. Hob nur meine blutüberströmte Hand und wies auf den Kater. »Oj weh«, hörte ich die Stimmen meiner Tanten und meiner Großmutter. »Oj weh, der Kater hat den Jungen gebissen.« Der Kater blieb weiter unter dem Dodoniabusch sitzen und betrachtete von dort aus mit unerschütterlichem Gleichmut den Tumult, der sich vor seinen Augen zusammenbraute. Urplötzlich erschien mein Vater in der Küchentür, in der Hand seine schöne Jagdbüchse mit dem versilberten Lauf und dem Kolben aus Elfenbein, durch die er meine Mutter kennenlernte, wie Großmutter mir während der furchtbaren Krise anvertraute, die meinen Vater in jenem eisigen Winter gegen Mitte des vorigen Jahrhunderts befiel, als das ganze Land von Schnee bedeckt lag. Er hob die Flinte, stemmte sie gegen die Schulter, und die Welt erstarrte für eine Sekunde in gespanntem Schweigen, das jetzt auch den schwarzen Kater ergriff. Er kam hoch, sperrte seine grünen Augen auf und betrachtete interessiert die Gruppe von Menschen, die ihn anstarrte. Dann zerteilte ein kurzer trockener Donnerhall die Stille, der schwarze Kater schwang sich wie ein großer Rabe in die Luft und stürzte, anstatt davonzufliegen, zu Boden. Nur sein Schwanz schlug noch zwei-, dreimal auf die Erde, ehe auch er verstummte. Das Weinen erstarb in meinem Mund. Ich betrachtete die Szenerie mit großem Erstaunen.

In der Nacht, nachdem sie den Kopf des Katers abgetrennt, ihn in das Wachspapier gewickelt, in dem sonst der Käse, der aus der Milch unserer Ziegen gemacht wurde, reifte, und ihn in eine blecherne Biskuitdose gepackt und mit dem Vater von Benzi, dem Professor, im schwarzen Privatwagen des Lords, der der einzige Privatwagen im Dorf war, ins Haddassa-Krankenhaus nach Jerusalem geschickt hatten, um zu überprüfen, ob er Tollwut hatte, lag ich unter der Decke in meinem kleinen Bett und dachte über die Verkettung der Ereignisse nach, die ich nicht ausgelöst hatte und vielleicht auch nicht beenden würde, an der ich aber dennoch beteiligt gewesen war, als ich den Mund aufmachte und den Witz, den Kaddischsohn von Bronowitzer zwischen zwei Prisen Schnupftabak im Synagogenwaggon gehört hatte, wiederholte. Mit offenen Augen starrte ich in die dichte Finsternis, die das Zimmer füllte, hörte die gesenkte Stimme meines Vaters meiner Mutter etwas zuflüstern, hörte meine Mutter flüstern, ihr scheine, der Junge schlafe nicht, und meinen Vater zu ihr sagen, sie solle nachschauen gehen, hörte ihre nackten Füße über die kalten Fußbodenfliesen tapsen, worauf ich die Augen schloß und wartete, bis sie hereinkam, sich über mich beugte und sacht meinen Kopf berührte, ihre weichen, warmen Finger mein Gesicht streichelten, und ich wollte schon den Mund aufmachen und sie fragen, ob sie wisse, was morgen und in den nächsten Tagen geschehen würde, welche Fortsetzung die Verkettung der Ereignisse nähme, von der ich nicht im geringsten wußte, wann sie begonnen hatte, aber plötzlich wurde mir klar, daß meine Mutter es nicht wußte und auch mein Vater nicht, niemand wußte, wo die Dinge ihren Anfang genommen hatten, die fürs erste zum Tod des schwarzen Katers und der Verschickung seines abgetrennten Schädels ins Haddassa-Krankenhaus geführt hatten, und deshalb gab es nichts, was ich meine Mutter oder irgendeinen Menschen sonst auf der Welt hätte fragen können, nicht einmal den Ingenieur Amstislawski, der allein in einer Hütte in den Obstplantagen lebte und dessen dünne Beinchen wie geknickte Streichhölzer in seinen schweren Arbeitsschuhen steckten und in den weiten Öffnungen seiner kurzen, dreckigen Khakihosen verschwanden, dessen Schrumpfkopf auf seinem zerbrechlichen Hals wie ein Ballon, aus dem man die Luft gelassen und dem man einen Schnurrbart angeklebt hatte, hin und her wackelte, so daß man, wenn er mit einer großen Grabschaufel über der Schulter unterwegs war, um Bewässerungsmulden in den Pflanzungen auszuheben, meinte, jeden Augenblick müsse sein Kopf vom Hals fallen und wie ein schrumpeliger Apfel über den Boden rollen. Der Schriftsteller sagte von ihm, er sei einer der wenigen Menschen auf der Welt, die Einstein verstünden, aber mein Vater meinte, der Schriftsteller suche im Lexikon auch nach Wörtern, die niemand verstehe, und ordne sie so nebeneinander an, daß die Wörter eines das andere mit großer Verwunderung anschauten und nicht begriffen, was sie zusammen in einem Satz verloren hätten. Und so war ich mir nicht sicher, ob es einen Sinn hatte, den Ingenieur Amstislawski zu fragen, was weiter passieren würde, und ich fragte mich, ob die Ereignisse, die geschehen würden, schon irgendwo existierten und wir nur zu ihnen gelangen mußten oder ob sie noch gar nicht existent waren und sich erst ereigneten, wenn wir zu ihnen gelangten. Anders gesagt, ob der Morgen nach dieser langen Nacht bereits da war und wie unsere Mütter in der Schlange vor dem Konsum wartete, daß die Nacht zu Ende ginge und er anbrechen konnte, oder ob der morgige Tag noch nirgends existierte. Aber wenn es ihn noch nicht gab, wie konnte er dann da sein, wenn die Nacht vorüber war, und von wo kam er, und was war mit der Nacht, die kommen würde, nachdem der morgige Tag vorüber wäre, und wohin ging dieser abgelaufene Tag, wenn die Nacht anbrach, wohin ging er mit all dem, was sich in seinem Verlauf ereignet hatte, dieser Tag, der am Morgen begonnen hatte, als Großmutter in ihrem geblümten Kleid und mit einer Schüssel voller Hühnerinnereien mit blutverschmierten Händen auf den Hof trat und Kizkizkiz rief, der schwarze Kater angelaufen kam und ihr mit einem Miauen, das tief begann und sich wie eine Frage in die Höhe schraubte, antwortete, denn vielleicht fragte er sie ja tatsächlich, was der Tag bringen würde, weil auch er – so wie ich, als ich nun in der Dunkelheit lag – das Gefühl hatte, daß etwas Schlimmes passieren würde, etwas, das am Ende des Tages bereits auf ihn wartete, als er sich erhob und verwundert den Leuten direkt in die Augen schaute, einen Augenblick, bevor das rote Feuer aus dem silbernen Lauf von Vaters Jagdbüchse spritzte und er wie ein Rabe in die Luft fliegen und zerfetzt und blutig zu Boden stürzen würde wie das Geflügel, das der Schächter in einer Ecke auftürmte, nachdem er ihm die Gurgel durchtrennt hatte, während Großmutter darauf wartete, daß die Tiere aufhörten zu zappeln, um sie mit blutbesudelten, gespreizten weißen Federn nach Hause zu tragen, sie dort zu rupfen und ihnen die Mägen aufzuschneiden, mit der

Hand in ihren Eingeweiden zu graben und diese mit einem Ruck herauszureißen, ehe sie die dampfenden Innereien in eine Emailleschüssel warf, auf den Hof trat und Kizkizkiz rief und der schwarze Kater mit einem Miauen, das einer Frage entsprach, zu ihr kam und vielleicht von ihr wissen wollte, was los sei, daß sie ihm heute so viel von seiner Lieblingsspeise vorsetzte, und ob es vielleicht für ihn ratsam wäre, nicht alle Innereien auf einmal zu fressen, was sich ja tatsächlich als nicht ratsam erwies, denn hätte er sich nicht so den Bauch vollgeschlagen, wäre er nicht den ganzen Tag im Schatten des Dodoniabusches liegengeblieben und hätte ein Verdauungsschläfchen gehalten, sondern wäre statt dessen in der Futterkammer auf Mäusejagd gegangen, so hätte ich ihn, als ich aus der Küche kam, um ihm den Witz, den Bronowitzer in der Synagoge zum besten gegeben und den Kaddischsohn wiederholt hatte, zu erzählen, nicht im Schatten des Dodoniabusches angetroffen, weshalb nicht geschehen wäre, was dann geschah. Was wiederum besagte, daß alles, was sich am Abend ereignen sollte, bereits am Morgen in den Innereien der Hühner existiert haben mußte. Aber hatte das einzelne Huhn als Besitzer der Innereien etwas gewußt? Nein, es hatte nichts gewußt, sagte ich mir, und auch der Schächter wußte in dem Moment, da er sein Messer an der Gurgel des Huhns entlangführte, nicht, daß er bewirkte, daß etwas zwischen mir und Onkel Samson geschehen würde, etwas, das mein Leben und auch das seine auf Jahre beeinflussen sollte und vielleicht seinen Tod herbeiführte. Aber all dies sind Dinge, die ich jetzt denke, viele Jahre, nachdem zu Beginn der vierziger Jahre des vergangenen Jahrhunderts geschah, was geschah, und genaugenommen glaube ich, daß ich nach allem, was ich nun über jene Nacht geschrieben habe, nicht mehr zwischen dem, was ich damals dachte, und dem, was ich heute denke, unterscheiden kann. Ist der Junge, der ich einmal gewesen bin, noch in dem alten Mann, der hier sitzt und in diesem Augenblick diese Zeilen niederschreibt, und wenn ja, war dann vielleicht auch dieser alte Mann, der hier sitzt und schreibt, schon in dem Jungen, der dort in jener Nacht in dem kleinen Zimmer am Ende des großen Hauses lag und beim Rascheln der Ficusblätter, die über die Dachschindeln strichen, in die Finsternis starrte und zu erkennen suchte, was die kommenden Tage, wenn sie denn tatsächlich schon existierten, für ihn bereithielten?

Die Antwort aus dem Haddassa-Krankenhaus brachte uns Doktor Erde, der auf seinem schwarzen Hengst auf den Hof geritten kam. Er band die Zügel des Pferdes um den grünen Stamm der Parkinsonpalme, die mein Vater durch unbarmherziges Beschneiden gezwungen hatte, von einem struppigen Busch zu einem ranken, stattlichen Baum zu werden, und kam in seinen Reiterhosen und seinen braunen, bis unters Knie geschnürten Lederstiefeln herein, um sich zur Familie zu gesellen, die sich auf der runden Terrasse versammelt hatte. Aus dem Zimmer von Tante Batja wurde der eiförmige Tisch geholt und aus dem großen Raum Stühle, meine Mutter servierte Tee in dünnwandigen Gläsern, die auf dicken Glasuntersetzern standen, und Tante Lea, deren exzessive Pedanterie sie in der Familie zur Expertin für das Backen besonderer Kuchen hatte werden lassen, brachte Nußtorte und machte sich daran, diese mit ihrer erprobten Methode in zwölf gleiche Dreiecke zu zerteilen, indem sie zunächst ein Kreuz, dessen Schnittpunkt in der Mitte der Torte lag, ritzte und dann jedes Viertel des Kreuzes in drei gleich große Felder unterteilte. Nachdem sie die Markierungsarbeiten beendet und einen kritischen Blick auf das Gitternetz geworfen hatte, das alle Familienmitglieder zusammen mit Doktor Erde schweigend bestaunten, wollte ihr mit einemmal scheinen, als ob eines der Viertel nicht exakt ausgefallen war, und beinahe hätte sie mit dem Tortenmesser über die Schokoladencreme gestrichen, um die Linien auszuwischen und sich an eine noch exaktere Unterteilung zu machen, hätte nicht Großmutter diesen Plan mit ein paar knappen, schneidenden Worten durchkreuzt: »Nu, es reicht, verteil den Kuchen.« Lea beugte sich Großmutters ungeduldiger Weisung und zerteilte die Torte nach den ursprünglichen Linien, obgleich sie nicht einverstanden war mit dem, was ihre Hände taten. Aber sie schluckte ihre Vorbehalte, und nur der kurze Blickwechsel zwischen Großmutter und ihr machte beiden Frauen – und damit auch allen anderen Familienmitgliedern – klar, daß die Ungeduld in Großmutters Stimme von der Sorge kündete, Tante Leas Pedanterie und ihr kompromißloses Streben nach Perfektion, deretwegen sie bislang noch all ihre Verehrer wegen dieses oder jenes Makels, den sie an ihnen entdecken konnte, abgewiesen hatte, würden sie dazu verdammen, bis ans Ende ihrer Tage allein und ohne Mann zu bleiben. Aber nun war der Kuchen endlich verteilt, und nachdem Doktor Erde mich auf seine Knie und seine weiten Reithosen, die intensiven Pferdegeruch verströmten, gesetzt und die Beiß- und Kratzmale auf meinem Handrücken begutachtet hatte, um dann zu bemerken, die Wunden seien gut verheilt, und sich nebenbei mit meinem Vater beriet, was zu tun sei, damit sein Mandarinenbaum endlich Früchte trage, und Vater ihm versprach, er werde vorbeischauen und einen Ring in die Rinde des Stammes schneiden, der den Baum anspornen würde, Früchte anzusetzen, verlor meine Mutter die Geduld und fragte ihn, ob noch keine Antwort aus dem Haddassa-Krankenhaus gekommen sei. Wie gewöhnlich antwortete Doktor Erde langsam und bedächtig und meinte, jedes Wort genau auslotend und abwägend, doch, genaugenommen sei eine Antwort eingetroffen, aber diese sei nicht allzu klar, und genaugenommen sei er auch gekommen, um mit meinen Eltern hierüber zu reden. Wie sich herausstellte, waren bei der Analyse des Katerhirns Anzeichen entdeckt worden, die schlimmstenfalls darauf hindeuteten, daß der Kater vielleicht die Tollwut gehabt hatte.

Aber die Anzeichen seien eben nicht eindeutig, erklärte Doktor Erde. Man könne selbstverständlich das Risiko eingehen, wobei er nicht sagen könne, ob die Chancen fifty-fifty seien oder zu neunzig Prozent nein und zu zehn Prozent ja, doch wenn man ihn nach seiner Meinung frage, dann sage er, selbst wenn die Wahrscheinlichkeit, daß der Kater Tollwut gehabt habe, nur ein halbes Prozent betrage, müsse man dem Jungen Spritzen geben, denn mit Tollwut sei nicht zu spaßen. Ob die Spritzen schwach oder stark seien, fragte meine Mutter, und ihrem Gesichtsausdruck entnahm ich, daß Spritzen etwas nicht allzu Gutes waren. Doktor Erde erwiderte, die Spritzen seien nicht besonders schlimm. Von wie vielen Spritzen denn die Rede sei, fragte meine Mutter, und Doktor Erde sagte, achtundzwanzig. Meine Mutter erschrak: »Wie kann man einem so kleinen Jungen achtundzwanzig Spritzen geben? Da bleibt doch von seinen kleinen Händen nichts mehr übrig!« Aber Doktor Erde beeilte sich, sie zu beruhigen, die Spritzen werde man mir nicht in die Hände, sondern in den Bauch setzen, das heißt, er persönlich werde sie mir geben, nur gebe es da eine Schwierigkeit, denn weder er, Doktor Erde, noch die Krankenschwester Amalia seien jeden Tag in der Dorfpraxis, da sie auch die Dörfer der Umgebung zu versorgen hätten, so daß es Tage geben werde, an denen man mich in die Krankenstationen der Nachbardörfer bringen müsse.

In den folgenden Tagen hob mich Onkel Samson Tag für Tag auf seine Schultern, und meine Hände umklammerten seine Stirn, ehe wir, manchmal in den Morgenstunden, manchmal am Nachmittag, zu unserem täglichen Marsch in eines der Nachbardörfer aufbrachen. Wir folgten dem Sandpfad, der an unserem Hof vorbeiführte, und stiegen den Hügel am Rand des Dorfes hinauf, von wo aus die Obstplantagen, die das Dorf umgaben, zu sehen waren, verborgen zwischen den Zypressen, die sie wie hünenhafte Schildwachen umstanden. Zu beiden Seiten des Weges erstreckten sich brachliegende

Felder, deren rötlicher Lehmboden mit Seidelbast- und Beifußsträuchern übersät war, und zwischen den Sträuchern tummelten sich flinke, kleine Eidechsen mit glänzender Haut, die die Kinder gerne am Schwanz fingen, weil die Echsen diesen dann mit einemmal abwarfen, so daß er einem zappelnd, wie ein kleines Lebewesen sich windend in der Hand hing, während die Tiere selbst flüchteten und in dem trockenen Gras zwischen den Sträuchern verschwanden. Der Sand des Weges war von den Rädern der Gespanne und den Hufen der Maultiere, Esel und Pferde, die ihn tagtäglich zermalmten, fein wie Mehlstaub. Am Morgen war er kühl, und es war angenehm, die Hände darin zu vergraben, ehe er am Mittag so glühend heiß wurde, daß man kaum barfuß darauf laufen konnte, aber am Nachmittag, wenn die Sonne die Schatten der Bäume, die hier und da am Wegesrand wuchsen, darauf zeichnete, kühlte der Sand ein wenig ab, bis seine Temperatur etwa der Körpertemperatur entsprach, und dann war es eine Wonne, sich halb nackt auf den Weg zu legen und zu spüren, wie der Sand die ganze Haut streichelte. Die großen Jungs gruben hin und wieder eine Mulde in den warmen Sand, legten sich bäuchlings darauf, krempelten den Saum ihrer kurzen Hosen hoch und holten ihren Pipi heraus, steckten ihn in die Mulde und pinkelten hinein. Und während sie dies taten, schwiegen sie, und ihr Gesichtsausdruck war sehr ernst. Wenn sie fertig waren, standen sie auf und gruben mit einer Hand im Sand, bis sie einen feuchten, warmen Sandkuchen freigelegt hatten, den sie mit beiden Händen vorsichtig hochhoben und prüften, wem der größte Kuchen gelungen war. Die großen Jungs machten das nur, wenn die Mädchen nicht dabei waren, denn die Mädchen durften es nicht sehen, weil sie den Erwachsenen sonst davon erzählten.

Diese Gedanken gingen mir durch den Kopf, als ich auf Onkel Samsons Schultern ritt, und ich wollte ihn schon fragen, warum die großen Jungs nicht wollten, daß die Erwachsenen erfuhren, daß sie auf diese Art Pipikuchen im Sand machten, aber dann spürte ich, daß auch Onkel Samson es nicht wußte, und so fragte ich nicht. Eines Tages würde Eli Ruta erlauben zuzuschauen, wie er eine Mulde grub und sich auf sie legte, seinen Pipi herausholte und in die Mulde steckte, und während er pinkelte und man den Strahl im Sand plätschern hörte, würde Ruta ihn fragen, ob das schön für ihn sei, und Eli würde kurz und bündig »Ja« antworten, und danach würde er aufstehen und mit einer Hand vorsichtig zu graben beginnen, würde den trockenen Sand um den feuchten Kuchen wegschaufeln und dann beide Hände unter den Kuchen schieben und ihn rund und vollkommen zutage fördern, ehe er Ruta fragen würde, ob sie den Kuchen, den er gemacht habe, einmal in der Hand halten wolle, und Ruta würde sagen, daß sie schrecklich gern wolle, worauf Eli ihr den Kuchen hinhielte und Ruta ihn nehmen, vorsichtig in den Händen halten und sagen würde, daß es wahnsinnig angenehm sei, den warmen Kuchen zu halten, worauf Eli sagen würde, ich schenke ihn dir, und Ruta die Hände mit dem Kuchen zum Herzen führen würde, ihr Trägerhemdchen hochschieben und das Loch im Kuchen, das von Elis Pipi zurückgeblieben war, über ihre Brustwarze stecken würde, den Kuchen hin und her wiegen und ihm alle möglichen Zärtlichkeiten zuflüstern würde, wie meine Mutter es getan hatte, als ich noch kleiner war. Ich umfaßte mit meinen Händen Onkel Samsons Kopf und hielt mich an seiner Stirn fest, meine Beine umklammerten seinen Nacken und Hals, und seine breiten, starken Hände hielten meine Knie, die über seine Schultern ragten, und plötzlich schien mir, als ob es die Hände von Onkel Samson gewesen waren, die meine Knie festgehalten, sie auseinandergedrückt und mich dem Schächter dargeboten hatten, in jenem Moment, bevor die Zeit stehengeblieben war, denn aus der Art, wie seine Hände jetzt meine Beine, die vor seiner Brust baumelten, umklammerten, hatte ich das Gefühl, als hielte er sich an mir fest, und plötzlich fragte er mich, ob ich sein Junge sein wolle, worauf ich beinahe den Mund aufgemacht hätte, um ihm zu antworten, weil ich fühlte, wie sein starker Hals zwischen meinen Beinen pulsierte und zitterte, und spürte, wie sehr er von mir hören wollte, ja, ich möchte dein Junge sein – aber das konnte ich ihm nicht sagen, weil ich der Junge meines Vaters sein wollte, und ich verstand nicht, warum nicht mein Vater mich trug, damit ich die Spritzen in den Bauch bekommen konnte, und warum ausgerechnet Onkel Samson es tat, so daß ich ihn schon fragen wollte, warum er und Tante Batja keine Kinder hatten, spürte aber, daß ich auch diese Frage nicht stellen konnte, denn Tante Batja brach jedesmal in Tränen aus, wenn sie meinen Kopf an ihr Herz drückte, so wie Ruta den Sandkuchen, den Eli ihr schenkte, an sich drückte, und so umklammerte ich Onkel Samsons Kopf nur noch ein bißchen fester und preßte ihn an mein Herz, bis aus der Brust von Onkel Samson, der auf dem Sandpfad mit langen Schritten zur Krankenstation im Nachbardorf marschierte, ein tiefer Seufzer stieg.

Onkel Samsons Frage auf dem Sandweg kam mir in den Sinn, als der Schriftsteller mir seine Hand hinstreckte und mich mit dem Finger herauslöste aus der Bande der Kinder, die sich unter dem uralten Johannisbrotbaum auf dem Hügel über dem Meer um Eli und die erlegte Taube scharte, der ein zähflüssiger Blutfaden zu beiden Seiten aus dem Schnabel rann und deren Kopf wie ein schlaffes Glied herabhing. Der Schriftsteller grub seine Hand tief in die Innentasche seines Übermantels, wühlte dort herum, förderte ein kleines Notizbuch mit schwarzem Einband zutage, zog einen dicken schwarzen Füllfederhalter aus der Einstecktasche seines Jacketts, drehte, öffnete die Schraubkappe und steckte sie auf das hintere Ende des Füllers, leckte unter den gespannten Blicken der Kinder, die dastanden und verfolgten, was er tat, die Kuppe seines rechten Daumens, klemmte den Füllfederhalter zwischen Mittelfinger und Zeigefinger und blätterte mit der angefeuchteten Daumenspitze in dem kleinen Notizbuch, schlug eine neue Seite auf und führte die Feder des Füllers zum Papier, wobei seine Lippen sich mit einem Leck- und Schmatzgeräusch unaufhörlich öffneten und schlossen und das Notizbuch in seiner Hand zitterte, wie auch die Hand, die den Füllfederhalter hielt, von einem Zittern befallen wurde, das dem Zittern von Else Reichs Kopf glich, die, immer gestützt auf ihre Tochter Jonina, ein großgewachsenes, dickes und trauriges Mädchen, das niemals lachte, durch die Gassen des Dorfes spazierte. Plötzlich ließ der Schriftsteller von seinen Bemühungen ab, die Spitze der Feder mit dem Papier in Berührung zu bringen, hob den Kopf und musterte die Bande der Kinder, bis seine wäßrigen grauen Augen mich fixierten, er mir seine zitternde Hand, die den Füller hielt, hinstreckte und in seiner sonderbaren Sprache »Tritt näher« befahl, was ich für mich in »Komm her« übersetzte, wobei er sich aus dem Kreis der Kinder löste und einige Schritte in Richtung des Pfades, der von dem Kalkhügel hinabführte, machte, und als ich ihm nachfolgte, wandte ich den Kopf und suchte die Augen der Kinder, die sich um Eli und die Taube drängten, und in ihren Augen sah ich, daß ich auf immer von ihnen getrennt war. Der Schriftsteller reichte mir Notizbuch und Füller, drängte mich ungeduldig »Schreib« und diktierte mir sogleich mit tiefer, geheimnisvoller Stimme: »Die Augen der Kinder Komma die die Taube mit einer Schleuder getötet hatten Komma eine Horde kleiner Wilder Komma halb nackt und barfüßig Komma die unbeholfen stammelten Komma die Augen dieser Kinder drei Punkte Nach Worten suchen Komma um den Blick in ihren Augen richtig zum Ausdruck zu bringen Ausrufezeichen Weil sich im Blick ihrer Augen das ganze Geheimnis verbirgt Komma das Geheimnis des Unterschieds zwischen uns und ihnen Punkt Wir verstehen sie nicht Komma doch lieben wir sie Fragezeichen Aber das Recht ist auf ihrer Seite Komma denn sie sind jung Ausrufezeichen Wie sind diese gesunden Barbaren den Lenden schwächlicher nervenkranker Kreaturen entschlüpft Fragezeichen Und Ruta Komma diese Schickse mit ihrer frechen Visage und ihren wohlgeformten Schenkeln Komma die wie eine kleine Diana neben ihrem Mars steht Komma aus dessen einer Hand die Schleuder baumelt und in dessen anderer die erlegte Taube ruht drei Punkte In Kapitel eins von Anführungszeichen auf Das verbotene Dorf Anführungszeichen zu einfügen als Assoziation, die S. durch den Kopf geht, während er mit A., der Mutter von R., schläft Punkt.« Der Schriftsteller streckte mir seine zitternde Hand hin und befahl: »Zeig her.« Ich reichte ihm das Notizbuch und seinen großen dicken Füller, und während er die Zeilen im Notizbuch studierte und seine Lippen vibrierend und tonlos die frischen Wörter kosteten, sagte ich mir, R. ist Ruta, A. ist ihre Mutter Amalia, und S. ist der Schriftsteller, der mit ihr schläft, während ihre Tochter hier wie eine kleine Diana neben ihrem Mars steht, und all dies schreibt er in einem Buch, das er *Das verbotene Dorf* nennt. Im selben Augenblick hob der Schriftsteller seine wäßrigen Augen von dem Notizbuch und warf mir einen neugierigen, furchtsamen Blick zu, als hätte er meine Gedanken gelesen. Der Ansatz eines Lächelns zitterte in seinen Mundwinkeln wie der abgeworfene Schwanz einer Echse, als er sagte: »Eine schöne Schrift. Und nicht ein Fehler.« Er ließ seinen Blick auf mir ruhen, schien nachzudenken und entschied schließlich: »Komm morgen nachmittag um drei Uhr in mein Haus.« Dann versenkte er das Notizbuch tief in der Innentasche seines Mantels, machte kehrt und stieg den Pfad hinab, der vom Kalkhügel zu dem zwischen den Obstplantagen verlaufenden, mit Wackersteinen gepflasterten Weg führte, der die Hauptstraße mit dem Dorf verband.

Die Seitenränder des Wegs wurden durch zwei Reihen Steine von der Größe menschlicher Schädel gebildet, und zwischen ihnen war der Weg von faustgroßen Steinen übersät, die zur Hälfte im Boden steckten und zur Hälfte wie der Panzer einer Schildkröte herausguckten. In der Regensaison lugten Gräser zwischen den Schildkrötenpanzern hervor, und wenn man sich bäuchlings auf den Weg legte und den Kopf an den Boden preßte, sahen die Panzer wie Bergketten aus, deren Hänge von Wäldern bedeckt waren. Der mit Wackersteinen gepflasterte Weg war angenehm weder zu begehen noch mit einem hüpfenden, zwischen den Pflastersteinen hin und her schwankenden Eselsgespann zu befahren, was wir merkten, wenn mein Vater uns alle zwei, drei Wochen zu seinen Eltern mitnahm, die in einem Dorf östlich von unserem wohnten, jenseits des Friedhofs, der damals noch im Schatten eines Kiefernwäldchens gelegen war, aber als das Dorf später dann wuchs und zu einer Kleinstadt wurde und man Platz für mehr und mehr Gräber schaffen mußte, wurden die Bäume gefällt, und jetzt bleichen die ungeschützten Grabsteine dicht an dicht in der Sonne unter dem offenen Himmel. Mein Vater und meine Mutter sind dort begraben und meine Großeltern väterlicherseits, die wir alle zwei, drei Wochen an den Schabbatnachmittagen besuchen fuhren, und meine Großmutter mütterlicherseits, die dort neben ihrer Tochter Lea ruht, an deren frisch aufgeworfenem Grab meine Großmutter stand und schwieg, nur den Kopf wiegte und vor sich hin flüsterte Lea, Lea, oj Lea, Lea, und auch Chanoch, Leas Mann, liegt dort begraben, der während des Unabhängigkeitskrieges mit der Reserve in unser Dorf kam und sich mitten im Krieg mit Lea verlobte, dank Arje Mittelmann, dessen Frau Sonja eine Verwandte meiner Großmutter war, denn den Mittelmanns gelang es in einer Feuerpause, das unter Granatbeschuß liegende Jerusalem zu verlassen und mit ihren beiden Kindern wie Flüchtlinge aufzutauchen, um bei uns zu wohnen, bis der Krieg vorüber wäre, und eines Nachts, als alle um den großen Tisch versammelt saßen, griff sich der fette, glatzköpfige Arje

Mittelmann ein Messer, klopfte damit gegen sein Glas und teilte in die Stille hinein, die rund um den großen Tisch eintrat, allen mit, daß Chanoch und Lea ein Liebespaar seien, und Lea versuchte halbherzig, irgendeinen Protest zu murmeln, aber Arje Mittelmann, der sein Geld als Elektrogerätevertreter verdiente, war kein Mensch, der sich leicht geschlagen gab, zumal er einen Blick der Aufmunterung und des Einverständnisses von Großmutter bekam, so daß er seinen Worten noch mehr Verve verlieh und alle aufforderte, genau hinzuschauen und mit eigenen Augen zu sehen, wie Chanoch und Lea einander verstohlene Blicke zuwarfen und erröteten, und als Lea ein verschämtes Lächeln aufsetzte und Chanoch sie ansah und zögerte, ob er seine Hand auf die ihre legen sollte, entging dies nicht den schelmischen Augen Arje Mittelmanns, der sich beeilte, Großmutter zu fragen, ob sie einverstanden sei, ihre Tochter dem Korporal Chanoch zu geben, der kein Zuhause und keine Familie habe, weil sein Vater und seine Mutter, die Kommunisten gewesen seien und aus Köln gestammt hätten, in Buchenwald ermordet worden seien, und als meine Großmutter sagte, es hänge alles von Leas Willen ab, befahl Arje Mittelmann Chanoch, Leas Hand zu nehmen, worauf Korporal Chanoch, der ein äußerst disziplinierter und ordentlicher Mann war und seine Hosen immer messerscharf zusammenfaltete, Leas Hand ergriff und Arje Mittelmann wie ein hartnäckiger und gewitzter Händler, der ein Geschäft, das sich gut anläßt, nicht mehr aus den Händen gibt, Onkel Samson bat, er möge sogleich den Kalender holen, weshalb Onkel Samson an die Wand trat und den Kalender, von dem Theodor Herzl Tag und Nacht in den Raum blickte, herunternahm, Arje Mittelmann darin blätterte und einen Termin für die Heirat vorschlug und, nachdem man zwei oder drei Möglichkeiten durchgegangen war, noch an Ort und Stelle ein Termin bestimmt wurde für das Hochzeitsfest, das auf der runden Terrasse vor dem großen Raum genau an dem Tag, an dem der

Waffenstillstand begann, stattfand und von dem Schächter abgehalten wurde, der auch auf dem Friedhof begraben liegt. Tante Batja und Onkel Samson sind ebenfalls dort begraben, genau wie Onkel Chaim, der kurze Zeit vor seinem Tod sein kurzes und verspätetes Eheleben wie folgt zusammenfaßte: »Ich stehe auf dem Friedhof, auf dem meine Mutter, meine beiden Schwestern und meine Frau ruhen, auf dem meine Kindheit und mein Erwachsensein begraben sind und auf dem auch ich bald liegen werde.« Und dann fügte er hinzu: »Der Tag ist schön und die Grabsteine sind schön.« An all das erinnere ich mich jetzt, da ich die Pflastersteine vor Augen habe, die wie Schildkrötenpanzer aus dem Staub des Weges herausschauten, bevor sie mit schwarzem Asphalt bedeckt und zu einer Straße wurden, die im Laufe der Zeit unser Dorf bis zur Unkenntlichkeit verändern sollte.

Alles begann eines Morgens, als Lastwagen vorfuhren, die grüne Bauwagen hinter sich herzogen und sie im Zentrum des Dorfes neben dem Bewässerungsbassin abstellten, in das die großen Jungs immer sprangen, nachdem sie über die Eisenleiter auf den in unmittelbarer Nähe stehenden Wasserturm geklettert waren. Aus den grünen Bauwagen stiegen Arbeiter und schütteten einen Schotterwall auf, bei dem schon bald größere Lastwagen vorgefahren kamen, von deren Ladefläche zwei große Planierraupen, die aussahen wie die kleinen Kinder der Foller, die schweigend und vor sich hin rostend auf dem Schrottplatz neben dem Synagogenwaggon standen, langsam und gewichtig herabrollten. Danach kamen noch mehr Lastwagen, von denen die Arbeiter blinkende Blechfässer hoben und sie entlang des kopfsteingepflasterten Wegs verteilten, und weitere Automobile, von denen die Arbeiter weiße Steine von der Größe eines Schuhkartons und haufenweise Kies luden, ehe die Bauern aus den Nachbardörfern erschienen und ihre Maultiere vor eine Art eiserne Plattform spannten, die an drei Seiten durch eiserne Außenwände begrenzt und nur nach vorne hin offen war, und wenn die Maultiere die Plattformen zogen, füllten sich diese mit einer Schicht Erde, die sie vom Boden abschabten, wobei der Mann, der den Scraper – so wurde das sonderbare Gerät genannt – lenkte, auf dem Scraper stand, während die Maultiere ihn zogen, und wenn der Scraper voll Erde war, dirigierte der Mann die Maultiere zu der Stelle, an der er die Erde ausschütten wollte, und löschte dort seine Ladung, indem er an einem großen eisernen Hebel zog. Die Kinder liefen hinter den Scrapern her und verfolgten, wie auf wundersame Weise die Unebenheiten des Weges verschwanden, und im Gefolge der Scraper kamen Gruppen von Arbeitern, die schwere Stahlhämmer mit kurzem hölzernem Schaft bei sich trugen, mit denen sie auf die Steine schlugen und sie ein wenig im Boden versenkten, dann füllten sie die Lücken zwischen den Quadern mit kleineren Steinen, bis eine fast einheitliche Steinfläche entstanden war, und schließlich kletterten die Fahrer der Planierraupen auf ihre Maschinen, ließen diese an und steuerten sie auf das steinerne Band, wo sie vor- und zurückfahrend mit ihren schweren Stahlwalzen die Fläche planierten, so daß die Steine, die mit ungeheurer Kraft zusammengepreßt wurden, Berst- und Knirschgeräusche von sich gaben. Die Kinder liefen um die Planierraupen herum und bettelten die Fahrer an, sie auf eine Runde mitzunehmen, aber die Planierraupenfahrer verzogen keine Miene und machten den Kindern nur Zeichen, sich von den schweren Maschinen, die die Erde erzittern ließen, fernzuhalten, bis sie am Ende des Tages ihre Raupen neben der Straße, die sie planiert hatten, abstellten und zu ihren grünen Bauwagen zurückkehrten. Doch die Kinder liefen ihnen nach, und als sich die Arbeiter mit Wasserkanistern, die an einem Strick an der Seitenwand der Bauwagen hingen, gewaschen, ihre verstaubte Arbeitskluft gegen saubere Kleidung getauscht, weiße Unterhemden angezogen und sich im Freien neben den Bauwagen niedergelassen hatten, um ihr Abendessen aus frischem Gemüse, Eiern, Quark, Oliven und frischem Schwarzbrot, das sie in der Backstube des Dorfes kauften, zu genießen, scharten sich die Kinder um sie, und einer der Planierraupenfahrer, ein junger, großer, gutaussehender Mann, muskulös und dunkelhäutig, mit krausem Haar, einem ein wenig länglichen Gesicht und verschmitzt lachenden braunen Augen, lud die Kinder ein, beehrte sie mit süßem Tee, den er in kleine Gläser goß, und fragte sie nach ihren Namen, und als sie ihn fragten, wie er denn heiße, sagte er, Muhammad, und am nächsten und den darauffolgenden Tagen, nachdem die Arbeiter Gummikörbe herangeschleppt und Kies, der mit kochendem Teer aus den blinkenden Blechfässern, um die Lagerfeuer entzündet wurden, vermischt war, auf das Steinbankett geschüttet und andere Arbeiter, die mit teergeschwärzten Harken umherliefen, den schwarzen, klebrigen Kies verteilt und gleichmäßig auf der ganzen Straße ausgebreitet hatten und die Planierraupenfahrer ihre Maschinen anließen und auf die Straße rollten, um den Asphalt zu planieren und festzuwalzen – da wandte sich Muhammad an die Kinder und lud sie ein, nacheinander auf seine Planierraupe zu klettern und eine Runde auf der frisch asphaltierten Straße zu drehen. Als ich an der Reihe war, bedeutete mir Muhammad, ich solle kommen, streckte mir eine Hand hin und half mir, auf die Planierraupe zu steigen, und setzte mich auf seinen Platz, während er selbst auf der eisernen Trittstufe stand, an einem der vor ihm liegenden eisernen Hebel zog und die Planierraupe sich in Bewegung setzte. Ganz langsam rollte das Ungetüm über die schwarze Straßendecke, die stetig unter ihr platt gewalzt wurde, während das durchdringende Kreischen von aufeinandertreffendem Metall und Gestein alles übertönte. Einer der Arbeiter ging neben der Planierraupe her und benetzte die Stahlwalzen mit einer Gießkanne, und ein bittersüßer Geruch von warmem Teer erfüllte die Luft. Der Motor der Planierraupe dröhnte, der ganze Stahlkoloß erzitterte, und Muhammads lange, kräftige und sonnengebräunte Hände zogen an den Steuerhebeln und dirigierten das Gerät vor und zurück auf dem Stück Straße, das er bearbeitete, die ganze Zeit waren seine wohlgeformten Lippen verschlossen, und nach ein paar Runden hielt Muhammad bei den anderen Kindern an, streckte mir seine Hand hin, damit ich von der Planierraupe klettern und Efraim Gutmann, der sanfte, verträumte Augen hatte wie seine Mutter, die an Krebs gestorben war, mit glückseligem Lächeln meinen Platz einnehmen konnte. Acht Jahre danach würden Efraim Gutmann und sein Freund Paul Kibelzurabel, der als Waisenkind allein aus Europa gekommen war, auf ebendieser Straße marschierend von einer Feier im Nachbardorf zurückkehren, als genau an dieser Stelle drei Freischärler, deren Spuren gen jenseits der Grenze führten, wie der Fährtenleser Abu-Djirad bekundete, zwischen den Zypressen hervorstürzten, Efraim und Paul mit Kugeln durchsiebten und auf der Stelle töteten. Und der alte Gutmann, der mit einem Loch in der Wange aus deutscher Gefangenschaft zurückgekommen war, würde am Grab seines Sohnes stehen und den Schächter, als dieser das »El male rechamim« anstimmte, mit einem Wort verstummen lassen und ebenso den Schriftsteller, der versuchen würde, den Mund aufzumachen, so daß das ganze Dorf in betretenes Schweigen versunken um die Grube stand, ehe die Leute anfingen, einer nach dem anderen, auseinanderzugehen und nur Gutmann bis zum Anbruch der Dunkelheit dort blieb, regungslos und schweigend wie ein Stein.

Am Tag nach dem Abschuß der Taube ging ich zum Haus des Schriftstellers und stieg am Nachmittag um Punkt drei Uhr die vier Stufen hoch, die sich von der Sandfläche vor dem Haus erhoben, stand auf der kleinen Plattform vor der Schwelle der Tür, die sich zur geschlossenen Veranda des Hauses öffnete, und linste durch die Gittertür, die das Eindringen von Fliegen und Mücken verhindern sollte, ins Innere, wo vollkommene Stille herrschte, hoffend, ich würde den Schriftsteller sehen, er mich und mir darauf die Tür öffnen, ohne daß ich gezwungen wäre, etwas zu unternehmen. Aber das Haus wirkte zu dieser stillen, sommerlichen Nachmittagsstunde, als das ganze Dorf vor sich hin döste, menschenleer, und nachdem ich noch ein oder zwei Minuten gewartet hatte, der Schriftsteller aber nicht erschienen war, bückte ich mich und klopfte gegen die Sperrholzplatte unten an der Fliegengittertür, deren giftigblauer Anstrich vom Regen, der Hitze der Sommersonne und dem Salz in der Luft, das mit dem Wind vom Meer kam, zerfressen war, da die Witterung die einzelnen Schichten des Sperrholzes hatte aufquellen, rissig werden und auseinandergehen lassen, was der Platte eine wellige Oberfläche verlieh, während sie die feinen Drähte des Fliegengitters, dessen Ränder sich an den Ecken gelöst und aufgetrennt hatten, mit Rost überzogen hatte. Ich wählte eine Stelle auf der Holzplatte, die noch relativ stabil wirkte, klopfte mit gekrümmtem Finger dreimal dagegen, richtete mich wieder auf und wartete. Dann ertönte die Stimme des Schriftstellers, der rief: »Wer ist da.« Wollte er mich auf die Probe stellen und zum Sprechen verleiten, ehe er das Risiko einging, mir seine Geheimnisse anzuvertrauen, und es dann zu spät wäre, zu bereuen und das Geschehene rückgängig zu machen? Ich weiß es nicht und werde es nie erfahren, denn bis zu seinem Ende habe ich den Schriftsteller nie gefragt, habe seit dem ersten Tag, an dem ich eigene Erinnerungen habe, jenem Tag, an dem man mich mit gespreizten Knien dem Messer des Schächters darbot, überhaupt an keinen Menschen auch nur eine Frage gerichtet. Anstatt zu antworten, bückte ich mich also und wollte gerade erneut klopfen, als ich im selben Augenblick von drinnen das Geräusch tappender Füße und das Schlurfen von Hausschuhen auf Steinfliesen vernahm, dessen Klang das Körpergewicht und die unbeholfenen Bewegungen des Mannes, den Zustand der zerschlissenen Hausschuhe mit halbabgerissener Sohle und die Nachlässigkeit, mit der der Schuh am Fuß saß, wiedergab. Als ich mich aufrichtete, öffnete sich die Tür mit knarrenden Scharnieren und dem Summen einer gespannten Saite, das die rostige Feder, die die Tür gegen den Rahmen zog, erzeugte. Der Schriftsteller stand in hellen kurzen Hosen, die ausladend wie zwei Säcke von seinen Hüften hingen und von Hosenträgern über einem weißen Unterhemd gehalten wurden, das nachlässig seinen rosigweißen Oberkörper bedeckte, in der Tür und kraulte sich mit der Hand den Spalt zwischen seinem Schmerbauch und dem Gürtel der Hosen. »Komm«, drängte er mich in ungeduldigem Flüsterton. »Mach schnell und laß keine Fliegen rein.«

Ich beeilte mich, ins Haus zu schlüpfen, ehe der Schriftsteller die Fliegengittertür hinter mir zudrückte und mit einem Haken verschloß. Im Haus herrschte dampfige Hitze, und die Luft war angereichert mit einem Gemisch durchdringender Gerüche von bitterem Petroleumruß, Kohl- und Bohnengerichten. Am Ende des kurzen Flurs öffnete sich eine graue Tür zur Küche, an deren Klinke ein graues, mit braunen Soßenflecken überzogenes Küchenhandtuch hing.

»Wer ist gekommen«, bahnte sich eine mürrische, müde und gedämpfte, dabei aber energische Stimme den Weg über den Flur, traf den Schriftsteller, ließ ihn zusammenfahren und sein Gesicht den Ausdruck reuiger Schande annehmen, als habe man ihn bei etwas Verwerflichem erwischt.

Die Stimme gehörte Bluma, der chronisch kranken Frau des Schriftstellers, deren Haut weiß und zerknittert wie Pergament war, das Haar grau und schütter, die Augen gläsern, und die manchmal, wenn sich eine Besserung ihres Zustands einstellte, in einem Liegestuhl draußen auf dem Sandstreifen zwischen dem Haus und der Straße saß, umgeben von ihren Nachbarinnen, die sie besuchen kamen und auf wackligen Stühlen Platz nahmen, die man aus dem Haus holte, Tee tranken und alte Biskuits stippten, während Bluma die Unterhaltung, die sie auf jiddisch führten, in die richtigen Kanäle lenkte. Als kleines Kind gesellte ich mich manchmal zu Großmutter und Tante Batja, die sie besuchen gingen, spielte im Sand und lauschte ihrem Schwätzchen, das den Gesprächen, die in jenen Tagen in unserem Haus rund um den großen Tisch geführt wurden, ähnelte oder den Gelegenheiten, wenn Tisch und Stühle auf die runde Terrasse getragen wurden, man dort saß, Tee mit Zitrone trank und Erinnerungen hervorkramte an jenen Ort, der Bialystok hieß. Zuweilen wurden auch andere Namen wie Wilna, Krinik oder Kowno in das Gespräch mit eingeflochten, und man sprach über Menschen, die *dort* geblieben waren, rief sich winzige Details in Erinnerung, die deren Kleidung, Gewohnheiten und kleinen alltäglichen Marotten betrafen, bis ich sie auf der Kuppe des Hügels, der sich vor unserem Haus erhob und auf dem eine Stellung der Hagana eingegraben war, auftauchen sah, sie den sandigen Pfad, der an unserem Hof vorbeiführte, hinabschreiten, durch das Tor treten, die Stufen zur Terrasse nehmen, sich zu den hier Sitzenden gesellen und mit ihnen Tee trinken wähnte, während Tante Lea ihnen akkurat geschnittene Tortenstücke servierte. Unter diesen Gästen, die ich sah, war ein Mann, der Marein hieß und dessen Name stets mit melancholischem Unterton fiel und dem bei Großmutter ein Ehrenplatz vorbehalten war, weil er stets am einundzwanzigsten März erschien, mit einer Margerite im Knopfloch und weißem Hemdkragen über dem Revers seines hellen Jacketts, das er extra zu Ehren dieses Datums trug. Und wenn Großmutter ihn zurechtwies: Was machst du nur, Marein, draußen friert es, und du läufst mit offenem Kragen herum? Du wirst dir noch – Gott behüte – eine Lungenentzündung holen, dann schlug Marein erstaunt seine blauen unschuldigen Augen auf und sagte zu ihr: Aber Bella, heute ist der einundzwanzigste März, Frühlingsanfang. Er überreichte ihr einen Blumenstrauß und küßte sie auf die Wange, und das alles, weil er Philosophie und Mathematik in Heidelberg studiert hatte, einer von dem Dutzend Menschen auf der Welt war, die Einstein verstanden, und hätte Tante Lea nur ein Fünkchen Verstand besessen und wäre nicht so wählerisch gewesen, hätten sie geheiratet, und er würde heute hier bei uns im Land und Professor an der Universität von Jerusalem sein. Daraufhin wurde Lea rot und versuchte, irgend etwas zu ihrer Verteidigung vorzubringen, aber Großmutter seufzte nur und bemerkte abschließend: »Der arme Marein, wer weiß, was aus ihm geworden sein mag.« Und dann gab es Srul-Schimen, Onkel Samsons Bruder, der wegen seines Ladens auch *dort* geblieben war. Tante Batja erwähnte jedesmal seinen Namen, und Onkel Samson vermißte ihn offenbar sehr, denn immer, wenn er auf dem Sofa neben dem großen Philipstransistorgerät, aus dem wir die Nachrichten über den Krieg hörten, eingenickt war und im Schlaf einen tiefen Seufzer ausstieß, flüsterte Tante Batja, daß er von Srul-Schimen träume. Und dann war da Alter, der Bruder von Großmutter, der auch *dort* geblieben war: Vor dem Krieg hatte er noch Briefe und Postkarten aus Wilna geschrieben, aber seit dem Tag, an dem die Deutschen in Rußland eingefallen waren, war kein Lebenszeichen mehr von ihm eingetroffen, weshalb Großmutter von Zeit zu Zeit nur sein Bild aus dem Schuhkarton holte, in dem sie Fotos und Postkarten aufbewahrte, seufzte und auch über ihn sagte: »Wer weiß, was aus ihm geworden sein mag.« Bis eines Tages nach Kriegsende, es war ein milder Nachmittag und die Sonne bereits dabei, im Meer zu versinken, Ben-David und seine Frau Schifra kamen, Großmutters Verwandtschaft aus dem Nachbardorf, die einen Neffen von Schifra mitbrachten, einen jungen Mann namens Simcha Beermann, der von *dort* gekommen war. Man schaffte Tisch und Stühle auf die runde Terrasse und lud auch die Nachbarn ein, der Schriftsteller kam mit seinem Spazierstock, und sogar seine sieche Frau Bluma wickelte sich in einen Wollschal und schloß sich ihm an, mit einer Hand am Arm des Schriftstellers hängend, mit der anderen auf den Gehstock gestützt, den mein Vater ihr aus dem Ast eines wilden Orangenbaums gemacht und mit seinem scharfen Okuliermesser mit dem schwarzen Horngriff für sie zurechtgeschnitzt und entrindet hatte. Alle saßen um Simcha Beermann herum, den jungen Mann, der von *dort* gekommen war, und nachdem Tee gereicht worden war, Tante Lea den Kuchen in zwölf gleich große Stücke geschnitten und dem Neuankömmling, der mager und blaß wie ein weißes Blatt Papier war, wobei seine Magerkeit und seine Blässe neben den muskulösen, sonnengebräunten Armen meines Vaters, Onkel Samsons und des Bauern Ben-David, die direkt neben ihm saßen, besonders zur Geltung kamen, ein extra Stück zugedacht hatte, hob der junge Mann seine knochige Hand, raffte sein glattes, schwarzes Haar mit den Fingern nach hinten, legte seine schlohweiße Stirn frei und begann, mit zittriger Stimme in sonderbarem Jiddisch zu reden. Niemand achtete darauf, daß ich etwas abseits dort spielte. Der magere, blasse junge Mann erzählte flüsternd, wie, nachdem man ihnen gesagt hatte, sie sollten sich ausziehen, die Menschen in eine Art Kammer gepfercht wurden, bis der ganze Raum voll dichtgedrängt stehender Menschen war, einer an den anderen gepreßt wie die Ölsardinen, als hinter ihnen die Eisentür verschlossen wurde und einer von unseren Leuten, der mit Gasmaske auf dem Dach stand, schnell eine runde Blechbüchse öffnete und durch einen Belüftungskamin Kristalle, die wie Edelsteine funkelten, in die Kammer schüttete, während ein Soldat mit einer Maschinenpistole nicht weit von ihm stand und aufpaßte, daß er die Arbeit auch ordentlich machte, und nachdem er alle Kristalle ausgeschüttet hatte, deckte er die Öffnung des Kamins mit einem dort bereitliegenden Brett ab und stieg schnell vom Dach, dann, nach zwanzig Minuten, wurden die Ventilatoren eingeschaltet, und als man die Türen öffnete, waren die nackten Menschen aneinandergeklammert und verschlungen, hatten sie alle ihre Gedärme ausgespien, »sej hobn arojsgeschpign di gederem«, und wir mußten dieses Knäuel aus Händen und Füßen entwirren, zu dem sie einander wie Stricke verknotet hatten, »wi a plonter fun schtrik«, weshalb wir sie regelrecht mit Gewalt auseinanderreißen mußten, um sie zu trennen und zu den Verbrennungsöfen zu schaffen, beendete Simcha Beermann seine Geschichte. Alle auf der runden Terrasse Versammelten schwiegen. Man konnte hören, wie sie ihren Speichel hinunterschluckten, und ich dachte, daß sie von jetzt an bis an ihr Lebensende schweigen würden wie ich.

Aber nach einiger Zeit hörte ich die tiefe, kräftige Stimme des Bauern Ben-David und nach ihr die Stimme des Schriftstellers und anschließend weitere Stimmen, bis alle wieder zu sprechen begannen, einschließlich Simcha Beermann, der aus meinem Leben verschwinden würde, ehe ich ihm vierzig Jahre später, gegen Ende der achtziger Jahre des vorigen Jahrhunderts, bei einem Gedichtrezitationsabend im British National Theatre in London wieder begegnen sollte. Nachdem ein bekannter englischer Schauspieler eines meiner Gedichte vorgetragen hatte, würde ein fetter, glatzköpfiger alter Mann mit schlechter Gesichtshaut und ungesundem Äußeren zu mir treten, mich mit Lob überhäufen und mir sagen, wie schrecklich es sein müsse, derartige Gedichte verfassen zu können und nicht in der Lage zu sein, auch nur ein Wort hervorzubringen, eine Vermutung, die er in einem von jüdisch-polnischer Soße ertränkten Englisch äußerte, um dann erneut zu fragen, ob es denn nicht so sei, worauf ich als Antwort nickte und ihn an seiner Stimme längst erkannt hatte, noch ehe er sich dann tatsächlich als Simcha Beermann vorstellte und mich zum Essen einlud. Dort verfiel er in einen lautstarken Monolog und verfluchte seine kranken Gedärme, für die all dies gute Essen Gift sei, wobei er die junge Engländerin, die hinter dem Büfett im Foyer des Theaters stand, anwies, ihm mehr von den Kartoffeln, mehr Gulasch und auch von den Wachteln in Wein aufzutun und bloß nicht zu geizen, weil er dafür bezahlt habe, und zwar gutes Geld, das er von den Deutschen – ihr Name und ihr Andenken sollten ausgelöscht sein – bekam, weshalb es mit Asche und Blut besudeltes Geld sei, und sie solle auch Soße über alles geben, um das Feuer zu ertränken in seinen zerfallenden Därmen, für die alles Essen Gift sei, schweflige Säure, aber so schnell werde er nicht sterben, nein, nein, er werde noch all seine Feinde begraben, so wie den SS-Offizier Waldemar Arntgen, der ihn zu einer männlichen Hure machte, weswegen er überlebt habe, und hier sei die Beglaubigung, die er bei sich trage, durch den amerikanischen Nachrichtendienstoffizier Colonel Taylor, der ihn in seinem Jeep von einem Kriegsgefangenenlager zum nächsten fuhr, um SS-Leute zu identifizieren, und er habe all die Hundesöhne erkannt, die ihn in dem Sonderlager, in dem er zusammen mit noch einigen Jungen seines Alters als männliche Hure diente, vergewaltigt hatten, aber warum ich denn nicht äße, ob er mir mit seiner wenig schmackhaften Geschichte, »my unsavory story«, den Appetit verdorben habe. Und ich würde fast versucht sein, ihn zu fragen, wie dies zu der Geschichte passe, die er vierzig Jahre zuvor auf der runden Terrasse unseres Hauses erzählt hatte, aber auch diese Frage würde, noch bevor ich den Mund aufmachen konnte, um sie in Worte zu kleiden, ersterben und in meinem Inneren begraben werden, denn welchen Wert hatte die Frage, ob dieser ausgebrannte Mann, der mit Wollust das Gulasch verschlang, tatsächlich als männliche Hure in einem dieser Bordelle mißbraucht worden war oder ob er seine alte Geschichte gegen die neue eingetauscht hatte, um einem gegenwärtigen Zeitgeschmack, der die Sensation und den frivolen Reiz der grauen Wahrheit vorzog, gerecht zu werden? Vielleicht hoffte er ja sogar, auf diesem Lyrikerkongreß jemanden zu finden, der seine

Bordellgeschichte zu einem Drehbuch machte, das sich für gutes Geld an einen amerikanischen Produzenten verkaufen ließe? Diese Gedanken würden mir durch den Kopf gehen, wenn ich dem alten Simcha Beermann Ende der achtziger Jahre des vorigen Jahrhunderts im Foyer des British National Theatre gegenübersäße und ihn betrachtete, wie er sich vorbeugte und die in Wein gekochten Wachteln zerfledderte, sie mit fetttropfenden Lippen ablutschte und vor lauter Wollust und Schmerz, der seine Gedärme packte und in Stücke riß, stöhnte.

Jetzt gluckste die feuchte, kranke Stimme von Bluma, der Frau des Schriftstellers, die klang, als käme sie unter einem Federbett hervor, in das sie sich am Nachmittag dieses Chamssintages eingerollt hatte, ein Tag, an dem die übrigen Dorfbewohner kaltes Wasser über die Steinfliesen ihrer Häuser gossen, nasse Bettlaken vor die Fenster hängten und in Schweiß gebadet ihre Mittagsruhe hielten, am Körper nur weiße, weite und verrutschte Unterhosen, die ihre Blößen, die aus den Öffnungen der Hosen herausschauten, mehr präsentierten denn bedeckten. Ich wollte nicht glauben, daß Bluma, die Frau des Schriftstellers, am glühendheißen Nachmittag dieses Sommertages unter einem Federbett lag, aber ihre Stimme ließ keinen Zweifel zu, kroch erstickt und gedämpft unter Bergen von Daunen des aufgeblähten Federbetts hervor, wie jenes, das Großmutter aus der Lakenkiste holte, die sie unter dem Bett herauszog, wenn die Tage kürzer wurden und vom Meer ein kalter Wind raschelnd durch die Lagen trockener Blätter fuhr, die den Garten polsterten. Ein Federbett, dessen Daunen durch ein kleines Loch im roten Oberstoff hervorschauten, der an das Rindfleisch erinnerte, das Großmutter auf dem Küchenbrett einsalzte, und in dessen weichen Tiefen der Körper versank und aufgesogen wurde wie meine Zunge von dem Eischnee, den Tante Lea mit einem großen Schneebesen schlug, der wie die Brüste der Tanten hin und her wackelte und den sie mir mit süßem Schaum überzogen hinterher zum Ablecken gab. Der Schaum war weich wie das Federbett, wie die Schenkel der Frauen, die mir erlaubten, mich unter ihren weiten Röcken zu verstecken und dort zu versinken in einem Duftgemisch nach wurmstichigen Guaven, die in der Kompostgrube am Ende des Hofes vor sich hin faulten und auch unter dem Olivenbaum, zwischen dessen Äste ich kletterte, um mit meinem Körper, der angefangen hatte, sich zu verändern, allein zu sein, bis mich eines Tages der Anblick einer Schlange auf einem nahen Ast verschreckt ins Haus, in Großmutters Schlafzimmer flüchten ließ, wo ich mich auf das breite Bett warf, in dessen Lakenkiste die mit fremdartigen Gerüchen nach altem Schweiß und schweren Parfüms vollgesogenen Federbetten lagen, und mein Gesicht verbarg.

Obgleich sie matt und heiser unter dem Federbett hervorkroch, nahm Blumas Stimme in der im Hause des Schriftstellers herrschenden Stille an Lautstärke zu und rollte über unsere Köpfe hinweg. Auch wenn ich nichts verbrochen hatte, weil ich nichts weiter getan hatte, als dreimal an die Tür zu klopfen, gab mir diese Stimme, die »Wer ist gekommen« fragte, das Gefühl, Komplize bei etwas Verbotenem zu sein, indem sie anklagend eine Erklärung verlangte für unser Tun hier, auf der geschlossenen Veranda im Hauseingang.

Der Schriftsteller nannte meinen Namen, und nach kurzem Schweigen ertönte erneut die Stimme der Frau: »Wer?« Der Schriftsteller bellte meinen Namen zweimal, ungeduldig, ja sogar mit unterdrücktem Ärger, wobei sein Gesicht einen Ausdruck von Abscheu annahm und sich eine Falte zwischen seiner Nase und seiner Stirn eingrub. Dann legte er seine Hand auf meine Schulter und führte mich wie einen Blinden in sein Arbeitszimmer, in dem ich künftig viele Stunden meiner frühen Jugend verbringen sollte, anfangs mit dem Kopieren der Manuskripte des Schriftstellers und später dann, als ihn die

Krankheit in die Knie zwang und er schon keinen Stift mehr halten konnte, mit der Niederschrift der Dinge, die er mir diktierte. Immer würde dort im Raum jener schwere Geruch nach am vorigen oder vorvorigen Tag gekochtem Kohl und Bohnen stehen.

Bis heute erinnere ich mich an den Druck seiner Hand auf meiner Schulter, als er mich zum erstenmal in sein Arbeitszimmer führte. Seine fleischige, warme und feuchte Hand zitterte leicht, und seine Finger umschlossen nervös meinen Schulterknochen, drückten sogar ein wenig zu, als halte er sich an mir fest, wobei mir wieder die Gestalt von Else Reich vor Augen trat, die im Begriff war, durch die Gassen des Dorfes zu spazieren, gestützt auf Jonina, ihre großgewachsene, niedergeschlagene Tochter. Und so betraten wir beide das Arbeitszimmer des Schriftstellers, begleitet von einem tiefen, dumpfen Seufzer, der eingewickelt war in das Knarren der Bettfedern, auf denen sich die Frau des Schriftstellers von einer Seite auf die andere warf, und das flüsternde Rascheln des Federbettes. Ihr Hinundherwälzen vollendete die Frau des Schriftstellers schließlich mit einem weiteren Seufzer, durchdringender als der vorherige, mit dem sie sich in der Seufzersprache, die auch Tante Batja so gut beherrschte, wenn sie Onkel Samson in Erinnerung rufen wollte, wer in diesem Leben gelitten und wer mehr gelitten habe, an den Schriftsteller wandte. Der schluckte die harschen Worte, die ihm seine Frau mit ihrem Mauern und Wände durchdringenden Seufzer eingab, schloß für einen Moment seine wäßrigen Augen und schüttelte unmerklich den Kopf. Oder sollte dies ein Zitteranfall gewesen sein, hervorgerufen durch die Krankheit, die schon geraume Zeit in seinem Körper nistete und deretwegen sich der Schriftsteller, so schwer es ihm auch fiel, an mich wandte, um meine Hilfe zu erbitten, da er andernfalls *Das verbotene Dorf* nicht zu Ende hätte schreiben können, das Werk, das größtenteils aus einem nicht enden wollenden Lamento über die Beliebigkeit seines Lebens bestand, über seinen nahenden Tod, über die selbstgewählte Hörigkeit, mit der er seinen starken Trieben, die ihn zu jedem Verbrechen auf der Welt befähigten, verfallen war – in dieser Sache sollte ich später, nach dem Tod des Schriftstellers, aus dem Munde seiner beiden Geliebten anderes erfahren –, und über seine Gefühlsarmut, über die mir seine Gespielinnen auch Genaueres erzählten, als ich je von ihm hören würde?

Auch zu dem Geheimnis, das mich mehr als alles andere interessierte, nämlich dem Anteil des Schriftstellers am Alkoholismus des jungen Malers Oded Paretzki, einer ihn schleichend vergiftenden Abhängigkeit, hörte ich aus seinem Mund das genaue Gegenteil von dem, was mir eines Tages Ditha Soroka erzählen sollte, die in die große Stadt ging, um Schauspielerin zu werden. Ihr Stern ging sogar einen Moment lang auf, bevor er dann für immer verlosch und sie ins Dorf zurückkehrte, um in einen heruntergekommenen, abgestumpften Lebensabend hineinzuwelken, dem Trinken verfallen, das sie sich in Gesellschaft des Schriftstellers und Oded Paretzkis angewöhnt hatte, als Oded noch ein begabter junger Maler war, ein draufgängerischer Wüstling, der dachte, ihm liege die ganze Welt zu Füßen, ehe der Alkohol sein Hirn aufweichte und seine Augen benetzte, die wirr und rot unter seiner auf ewig schwarzen Haartolle tränten. Am Ende wußte man nicht mehr, ob seine Augen vor lauter Trunkenheit tränten oder er sich und sein großes, vergeudetes Talent beweinte, denn wer wußte besser als er selbst, daß trotz aller Lobeshymnen der Kritiker, die ihn auf den Schultern trugen, von allem, was er gemacht hatte, nur seine frühen Gemälde wie ein erstes fröhliches Zirpen, das etwas Wahrhaftiges beinhaltete und Beleg und Zeugnis einer großen natürlichen Begabung war, überdauern würden. Von seinen späteren Werken hingegen bliebe nur das Zeugnis der Geschwätzigkeit, die Einzug gehalten hatte in sein Leben und seinen Stil, der zu verspielten Arabesken aus endlosen Verzierungen wurde, genau wie mein Vater es ihm, seinem guten Freund Oded, prophezeit hatte. Erst jetzt, aus einer Distanz von vierzig Jahren, sehe ich, wie recht er damals hatte. An die Werke Oded Paretzkis erinnert nichts mehr, und nur wenige wissen überhaupt, daß es einmal einen Maler dieses Namens gegeben hat. Würde ich mich zu Wort melden und den jungen Leuten von heute, denen jede maßlose Begeisterung und Verzückung, wie sie für uns gegen Ende des vorigen Jahrhunderts so charakteristisch waren, zuwider sind – würde ich ihnen sagen, daß ein Mann namens Oded Paretzki einst als eines von zwei Genies seiner Epoche galt (das zweite Genie war der Schriftsteller), hielten sie mich für einen Spinner. Aber ich spreche mit niemandem und teile meine große Verwunderung über die Schnelligkeit, mit der das Vergessen die Helden von einst verschlingt, mit keinem. Und ich verstehe den Abscheu, den mein Vater gegen den Schriftsteller hegte, weil er dem Maler Oded Paretzki das angetan hatte. Mein Vater verabscheute jegliches Sichgehenlassen, aber noch mehr die Ausnutzung einer Schwäche anderer. Er meinte, jeder Mensch müsse seinem Mitmenschen helfen, Stärke zu gewinnen und ein Niveau zu erreichen, auf dem er selbständig den Gefahren und Mühen der menschlichen Existenz trotzen könne, und darum sei jeder Vater verpflichtet, seinen Sohn zu lehren, im Meer zu schwimmen, auf einem Pferd zu reiten und mit einem Gewehr zu schießen. Tatsächlich habe ich diese drei Dinge von meinem Vater gelernt, der mich eines Tages in den Sattel seiner Stute hob und mir sagte, ich solle zum Meer reiten, am Strand entlanggaloppieren und am Abend nach Hause zurückkehren. Meine Mutter protestierte, aber er lachte und sagte, es bestehe überhaupt kein Grund zur Sorge, der Junge werde schon zurechtkommen. So war es auch, als er mit mir weit hinaus aufs offene Meer schwamm, sich dort von mir trennte und sagte, ich solle umkehren und zum Strand zurückschwimmen. Und eines Tages nahm er seinen polnischen Karabiner und sagte zu mir: »Komm mit!« Wir gingen tief in eine nicht mehr bewirtschaftete, östlich unseres Hauses gelegene Plantage, Vater pflückte eine Zitrone von einem der Bäume, legte sie auf den Rand einer Grube und befahl mir, den schweren Karabiner zu laden, bevor er mir demonstrierte, wie die Waffe zu halten war und man damit zielte. Dann wies er mich an, auf die Zitrone zu schießen, ich zielte, wie er es mir gezeigt hatte, drückte ab – und die Zitrone zerfiel in zwei Hälften.

Nun grübelte ich, was mein Vater wohl getan hätte, wenn er gewußt hätte, daß ich in diesem Augenblick das Arbeitszimmer des Schriftstellers betrat, eingehüllt in den Geruch von gekochtem Kohl und Bohnen und die Seufzer von Bluma, seiner Frau, mit weit aufgesperrten Augen mich umschauend wie ein Tier, das Gefahr wittert.

Ein einfacher, mit schwarzem Lack überzogener Schreibtisch stand an der Wand unter dem Fenster, das auf das brachliegende Feld ging, auf dessen anderer Seite unser Haus zwischen dichtbelaubten Ficusbäumen lag, durch deren Äste unsere runde Terrasse zu sehen war. Und jenseits unseres Gehöfts zeichneten sich die Zypressenreihen ab, die sich dunkel gegen den weißen Himmel abhoben und in ihrem Rücken das Schattenspiel der Obstplantagen verbargen, in denen es von Leben und Tod wimmelte. Denn in den Pflanzungen wurden mehrere Feldarbeiter, die in den dreißiger Jahren des vorigen Jahrhunderts zur Arbeit gingen, aus dem Hinterhalt mit Gewehrschüssen ermordet, und ihre Namen wurden auf dem gemeinsamen Grabstein aus schwarzem Basalt, den man ihnen setzte, eingraviert. Und in den Obstplantagen war es, daß mein Vater am Nachmittag eines Schabbats den beiden mit Bewässerungsarbeiten beschäftigten Arbeitern Friedmann und Britantschuk das Leben rettete, als drei mit Stöcken und Messern bewaffnete Araber sie angriffen, die beiden Feldarbeiter mit Grabschaufeln und bloßen Händen kämpften, um Hilfe schrien, und mein Vater, der in einem Dorf östlich von dem unseren im Hause seiner Eltern lag und ein Buch las, sich seine Pistole griff, barfuß und nur mit kurzen Hosen bekleidet ins Freie stürzte, mit einem Satz auf seine ungesattelte Stute sprang und sie im gestreckten Galopp zu der Stelle jagte, von der die Schreie kamen, um dort genau in dem Moment einzutreffen, in dem einer der Angreifer seinen Prügel auf Britantschuks Kopf niedersausen ließ und die beiden anderen Friedmann gepackt hielten und dabei waren, ihm mit einer Schabrija, einem Krummdolch, die Gurgel durchzuschneiden. Mein Vater hob seine Pistole und zielte so, daß dem einen die Kuffija vom Kopf flog und dem anderen das Messer aus den Fingern wirbelte, zusammen mit einem Stück Hand. Als er sie flüchten sah, gab er noch ein paar Schüsse über ihre Köpfe ab, darauf bedacht, sie nicht zu töten, da die Pistole nicht registriert war, weshalb, hätte er einen von ihnen getötet, ihm durch die Engländer die Todesstrafe und durch den Stamm der Angreifer die Blutrache gedroht hätte. In seiner Erzählung *In den Plantagen* versuchte der Schriftsteller, diese Tat zu beschreiben, erntete aber nur Spott von meinem Vater, der meinte, es wäre besser, wenn er dabei bliebe, über Dinge zu schreiben, von denen er etwas verstehe und die er am eigenen Leib erfahren habe, wie die schwarze Galle, des Lebens schwarzen Überdruß, dessen er sich so zu brüsten verstehe mit seiner schwarzen Zunge, die er wahrscheinlich auch gebrauche, um seine beiden schwarzen Gespielinnen zu lecken, in den Stunden, in denen er von seinen schwarzen Gemälden ausruhe – so bezeichnete mein Vater die Geschichten des Schriftstellers.

Daher war ich nicht im mindesten überrascht, als ich sah, daß auf dem Schreibtisch des Schriftstellers eine schwarze Lampe mit einem langen, verstellbaren schwarzen Metallarm und einem von außen schwarzen und innen weißen Emailleschirm stand. Und ich war auch nicht überrascht, als ich entdeckte, daß neben dem Schreibtisch ein quadratischer schwarzer Stuhl stand. Die schwarze Lederpolsterung des Sitzes war vor lauter Benutzung blank und verschlissen, und zu drei Seiten der Sitzfläche ragten schwarze Sprossen auf, die hinten die schwarze Rückenlehne und an den Seiten die beiden schwarzen Armstützen trugen. In der Mitte des Raums stand ein kleiner, niedriger Tisch und seitlich daneben ein mit schwarzem Samt bezogener Lesesessel, auf dessen Rückenlehne in Kopfhöhe des Schriftstellers ein runder Fettfleck glänzte. Auf der anderen Seite des Tisches stand ein kleiner Schemel mit vier quadratischen, aus dem Holz des Storaxbaums grob gehobelten Beinen, zwischen denen eine Sitzfläche aus Korbgeflecht gespannt war. Im Arbeitszimmer des Schriftstellers war dies das einzige Möbelstück, dessen Farbe nicht schwarz war. Der Schriftsteller setzte sich in den Sessel, lehnte seine glänzende Glatze gegen den Fettfleck und forderte mich auf, auf dem Schemel Platz zu nehmen. Dann beäugte er mich eine Weile, als überlege er, wie er das, was ihm so zu schaffen machte, loswerden sollte. Nachdem er ein paarmal seine Wangen aufgebläht und die Luft ausgestoßen, die Lippen geöffnet und wieder zusammengepreßt hatte, als koste er etwas und rätsle über dessen Geschmack, begann er schließlich, in seiner altmodischen Sprache, von deren Einfluß ich mich bis heute nicht habe befreien können, zu reden, und fragte mich, ob ich wisse oder ahnte, warum er mich gebeten habe, bei ihm vorstellig zu werden.

Da ich nicht antwortete und nur in seine Augen schaute, hob er die Hand und legte sie vorsichtig auf seine Glatze, ehe sich seine Finger daranmachten, deren öde Weiten zu erforschen und abzutasten. Dann bearbeiteten seine Fingernägel die kahle Kopfhaut, bis sie genug Material gesammelt hatten und er sich die Hand vor Augen führte und die Nägel mit gerunzelter Stirn und zusammengezogenen Augenbrauen gründlich inspizierte. Und erst nachdem er diese Untersuchung abgeschlossen hatte, stellte er fest: »Du hast wirklich eine sehr schöne Handschrift, und außerdem schreibst du fehlerfrei.« Da mir diese Tatsachen bekannt waren, sah ich keine Veranlassung, auf seine Feststellung zu antworten, und wartete, daß er fortfahren würde. Doch nun legte der Schriftsteller ein Geständnis ab, das mich sehr überraschte.

Mit verhaltener, unmerklich näselnder Stimme, ein wenig schneller sprechend als gewöhnlich, so als wollte er den Wert der wie nebenbei gesagten Worte herabmindern, ließ mich der Schriftsteller wissen, daß er mich vom Tage meiner Geburt oder, genauer gesagt, ab dem Tag, an dem mein Stummsein entdeckt worden war, verfolge und sich mit meiner Person beschäftige. Ich nahm an, er würde mir nun groß und breit erläutern, was er über mich gedacht oder vielleicht sogar geschrieben habe, aber statt dessen beeilte er sich, die Bedeutung des bereits Gesagten abzuschwächen, und bemerkte nur lakonisch, er gehöre ja beinahe zur Familie und es sei ihm bekannt, daß ich mir selber Lesen und Schreiben beigebracht hätte, in einem Alter, in dem andere Kinder nur unverständliches Zeug brabbelten. Ich kapierte sofort, daß er im Grunde genommen nicht viel über mich wußte und daß das, was er sich brüstete zu wissen, nicht genau der Wahrheit entsprach, denn Lesen hatte ich eigentlich mit Hilfe von Tante Lea gelernt, die, wie man sich erinnern wird, mir immer und immer wieder jene wenigen Kinderbücher, die ich bereits erwähnte, vorlas, bis deren Worte sich mir mit vollkommener Klarheit ins Gedächtnis gebrannt hatten und mir in geschriebener Form offensichtlich waren, nahm ich nur eines dieser Bücher zur Hand. Die Kunst des Schreibens hingegen lehrte mich mein Vater, der hoffte, auf diesem Wege eine Art schriftlichen Dialog mit mir führen zu können. Anfangs schrieb er vor meinen Augen einen Satz aus einem Buch ab, reichte mir dann Papier und Bleistift und bat, ich solle es ihm nachtun, worauf ich ohne größere Schwierigkeiten den Satz aus dem Buch abschrieb. Bald schon saß ich selbstvergessen stundenlang an Onkel Chaims Schreibtisch, der in einer Ecke von Großmutters Zimmer stand, und schrieb ganze Seiten aus Büchern ab, die ich aus dem Bücherschrank holte, oder kopierte aus dem Gedächtnis die Bücher, die Tante Lea mir vorgelesen hatte. Einige Bücher konnte ich vom ersten bis zum letzten Wort vollständig abschreiben, ohne dabei im mindesten zu ermüden. Und es gab Bücher, aus denen konnte ich nicht mehr als nur ein paar Wörter abschreiben und war bereits so erschöpft, daß ich meine Arbeit nicht fortsetzen konnte. Ich fragte mich, was die Bücher, die ich gerne abschrieb, von denen, die ich nicht abzuschreiben vermochte, unterschied, und entdeckte, daß die ersteren Bücher waren, bei denen ich das eindeutige Gefühl hatte, Dinge abzuschreiben, die von anderen abgeschrieben worden waren, weshalb die Wörter, die in den Zeilen nebeneinanderstanden, sich schon viele Jahre kannten und gern in Gesellschaft der anderen befanden, wie die Kinder unserer Bande, wenn sie ausgelassen spielten und die Zeit vergaßen, bis plötzlich die Stimmen der Mütter ertönten, die sie nach Hause riefen, weil es bald dunkel wurde, und die Kinder bettelten, noch ein bißchen draußen bleiben zu dürfen, weil das Spiel noch nicht beendet sei. Am Ende dann, wenn es schon richtig dunkel war und die Bande auseinanderlief und jeder nach Hause zurückkehrte, hatten die Kinder noch immer das Gefühl, das Spiel sei noch nicht vorbei, und wollten es am nächsten Tag weiterspielen, aber dann würde es schon nicht mehr dasselbe sein, denn obwohl das Spiel ein und dasselbe war, hätte es nicht mehr genau denselben Reiz, und dieser kleine Unterschied wäre so immens, daß man nicht mehr die geringste Lust verspürte, dieses Spiel, das noch gestern so wunderbar gewesen war, wiederaufzunehmen. Die ermüdenden Bücher hingegen, aus denen ich nicht mehr als nur ein paar Wörter abschreiben konnte, ehe ich jegliches Interesse und gänzlich die Lust verlor, weiterzumachen, waren Bücher, bei denen ich spüren konnte, daß sie nicht abgeschrieben waren, sondern jemand sie einfach erfunden hatte. Die Wörter auf ihren Seiten waren neue Wörter, die irgend jemand eiligst zusammengeklaubt und willkürlich in Reih und Glied gestellt hatte, ohne daß sie Zeit gehabt hätten, einander kennenzulernen, und ohne daß sie in der Lage gewesen wären, irgendein Spiel miteinander zu spielen. Wenn ich zufällig solch ein Buch aus der Bücherwand nahm, anfing, es abzuschreiben, und spürte, wie die Wörter einander bekämpften, ja sich gegenseitig haßten, und wieviel Energie vergeudet werden mußte, um sie beieinanderzuhalten, wurde ich sehr wütend. So kam es, daß ich einmal ein solches Buch, das mich wütend machte, nahm und in die Zimmerecke warf, was Tante Lea erschütterte, die sagte, was machst du nur, was machst du nur, und mir mit dem Finger vor der Nase herumfuchtelte, nu, nu, nu, es ist verboten, Bücher wegzuwerfen, aber mein Vater mischte sich sogleich ein, um mich in Schutz zu nehmen, und sagte, wer sagt, daß es verboten ist, und als Tante Lea behauptete, ein Buch sei etwas Heiliges, erwiderte ihr mein Vater, daß keine Sache heilig sei, außer dem Leben, wobei das Leben ja keine Sache sei und auch nicht immer heilig, denn es hänge davon ab, was man daraus mache, worauf Tante Lea giftete, so erziehe man keine Kinder, und mein Vater sie beruhigte und sagte, sie müsse sich keine Sorgen um die Erziehung des Jungen machen, denn das tue er schon selbst, und Tante Lea stichelte, das sei es ja gerade, was ihr Sorgen bereite, und mein Vater vorschlug, sie solle ihre Sorgen nicht auf die Erziehung der Kinder anderer Leute vergeuden, denn die werde sie noch gut gebrauchen, wenn sie erst eigene Kinder hätte, worauf Tante Leas Gesicht erst knallrot anlief, dann kalkweiß wurde, sie in ihr Zimmer stürzte, die Tür hinter sich zuknallte und drinnen anfing zu weinen, meine Mutter böse auf meinen Vater war und sagte, er hätte Tante Lea nicht weh tun dürfen, denn was sie gesagt habe, habe sie gesagt, weil sie mich so sehr liebe und mir viel von ihrer Zeit widme, und wer, wenn nicht sie, hätte mich Lesen gelehrt, und auch meine Großmutter war böse auf meinen Vater und meinte, das sei ganz und gar nicht die feine Art gewesen, Tante Lea so etwas zu sagen, und Tante Batja stand trotz ihres Rheumas aus dem Bett auf, hielt sich nur mit Mühe auf den Beinen, kam aus ihrem Zimmer und fragte, was ist passiert, was ist passiert, und meine Großmutter, die die ganze Sache nicht noch weiter aufblähen wollte, sagte zu Tante Batja, gar nichts sei passiert, sie solle wieder in ihr Bett gehen und sich nicht in eine Angelegenheit zwischen ihr und ihrem Schwiegersohn einmischen, worauf Tante Batja, die immer das Gefühl hatte, Großmutter behandle sie von oben herab, fragte, womit sie es verdient habe, so behandelt zu werden, denn auch wenn sie nicht besonders intelligent sei, so sei sie doch immerhin ein Mensch, wobei ihr Kinn anfing zu zittern, ihr Tränen aus den Augen rannen und die Furchen und Falten ihrer Wangen füllten, und Onkel Samson, der genau in dem Moment ins Haus kam, um sich die Futtermischung für die Hühner von den Händen zu waschen, fragte, wer Tante Batja etwas angetan habe, und als meine Mutter ihn zu beruhigen und ihm klarzumachen versuchte, daß überhaupt nichts passiert sei und daß Batja sich nicht hätte einmischen sollen, erzielte sie damit das genaue Gegenteil von dem, was sie beabsichtigte, denn Onkel Samson schäumte, brüllte, wurde ausfallend und schlug sogar mit der Hand so fest auf den großen Tisch, daß Tante Batja auf der Stelle aufhörte zu weinen und schrie, oj weh, dir wird noch – Gott behüte – eine Ader platzen, zeig mir deine Hand, worauf Onkel Samson sie abschüttelte und anbrüllte, sie solle ihn in Ruhe lassen, aber Tante Batja ließ sich nicht beirren und verlangte: »Nein, ich möchte deine Hand sehen, denn wenn dir eine Ader geplatzt ist, ist damit nicht zu spaßen«, und damit war wirklich nicht zu spaßen, denn Tante Batja gab bei jeder Gelegenheit die schreckliche Geschichte von ihrem Verwandten zum besten, der ein richtiger Choleriker gewesen war und sich einmal so schrecklich aufgeregt hatte, daß er mit der Hand dermaßen fest auf den Tisch schlug, daß ihm eine Ader in der Hand platzte und es – Gott möge uns schützen – aus mit ihm war. Zu jenem Zeitpunkt hatten bereits alle mich und das ermüdende Buch, das ich in die Ecke geworfen hatte, vergessen. Ich aber behielt in Erinnerung, was all diesen furchtbaren Ärger ausgelöst hatte, der beinahe eine Ader in Onkel Samsons Hand hätte platzen lassen, und habe seither nie wieder ein Buch weggeworfen, und wenn ich feststellte, daß es eines war, das nicht abgeschrieben worden war, stellte ich es einfach still und heimlich an seinen Platz auf dem Bücherbord zurück. Onkel Samson brachte in seiner Hand zwar keine Ader zum Platzen, aber siebzehn Jahre nach diesem Zwischenfall und zwei Jahre, nachdem Tante Batja nicht mehr war, platzte ihm eine im Gehirn, und bis der greise Doktor Erde eingetroffen war, hauchte er in den Armen von Tante Lea, die ihm mit einem feuchten Lappen das Gesicht abwischte, sein Leben aus und flüsterte mit letzter Kraft denjenigen, die ihn umstanden, zu: »Ich habe euch alle geliebt.« Und dann war auch er nicht mehr.

Mein Vater begnügte sich jedoch nicht damit, daß ich Bücher abschrieb, und einige Zeit, nachdem sich herausgestellt hatte, daß ich diese Kopierarbeit ganz ordentlich bewerkstelligte, wollte er meine erworbene Schreibfähigkeit nutzen, um in schriftlicher Form einen Dialog mit mir zu führen. Zu diesem Zweck ging er eines Tages in den Konsum und kaufte ein mitteldickes Schreibheft, auf dessen Umschlag er mit seiner schönen Handschrift das Wort »Dialog« schrieb. Dann schlug er die erste Seite auf und schrieb: »Wer bin ich?« Er reichte mir das Heft und bat, ich solle auf seine Frage antworten. Lange saß ich da und betrachtete die Worte, merkte nicht, wie die Zeit verging, denn je länger ich sie betrachtete, desto stärker wurde das Gefühl, daß diese Worte, die mein Vater notiert hatte, Worte waren, die von anderen Worten abgeschrieben worden waren, und kein Platz für auch nur ein weiteres Wort war – nicht zwischen ihnen, nicht vor und nicht hinter ihnen. Also nahm ich den Bleistift, schrieb unter die Worte meines Vaters ebenfalls »Wer bin ich?« und gab ihm das Schreibheft zurück. Mein Vater besah sich einen Moment lang die beiden Zeilen, nahm dann das Schreibheft und legte es in das abschließbare Fach im Bücherschrank, wo es sich zu der mit Wachs versiegelten Weinflasche gesellte, aus der der Schächter ein wenig Wein auf ein Stück Watte geträufelt und mir damit die Lippen benetzt hatte, nachdem er zwischen meinen Beinen geschnitten und gesaugt hatte, und zu der französischen Pistole, mit deren Hilfe er den beiden Bewässerungsarbeitern Friedmann und Britantschuk in den Obstplantagen das Leben gerettet hatte und deren Lauf er sich eines Morgens an die Schläfe setzte, als die Seelenqualen, unter denen er litt, so groß wurden, daß ihm auch das Leben nicht länger heilig erschien, und nur meine Mutter, in ihrer grenzenlosen Liebe zu ihm, streckte ihm flehend die Hände entgegen, flüsterte seinen Namen und ging neben ihm in die Knie, so daß beide eng umschlungen auf der von den Regenfällen jenes bitterkalten Winters durchweichten Erde hockten, mit dem Rücken an die hintere Wand des Hauses gelehnt, das mein Vater entworfen und in seinem Notizblock skizziert hatte, während er auf seinem Pferd durch die Zitruspflanzungen ritt, dessen Ziegel er selber gebrannt, dessen Fundament er ausgehoben und gegossen, dessen Wände er gemauert und dessen Dach er eigenhändig vollendet hatte, am Rande der nicht mehr bewirtschafteten Obstplantage, in der er mich mit dem Gewehr schießen lehrte.

Die Tatsache, daß ich schreiben konnte, löste bei unseren Nachbarn und vor allem im Kreise unserer Nachbarinnen, denen meine Mutter voller Stolz die Hefte präsentierte, in die ich Zeilen und Absätze aus Büchern schrieb, die ich liebte, maßloses Erstaunen aus. Die Frauen schnalzten mit der Zunge, als erlebten sie eines der Weltwunder. Unsere Nachbarin Marina Brandes äußerte sogar die Überzeugung, der Junge sei ein »Wunderkind«, und alle waren sich darüber einig, daß ich, wenn ich einmal groß wäre, bestimmt Schriftsteller würde. Ich verstand die ganze Aufregung nicht, denn was war schon dabei, Bücher abzuschreiben, in denen nur stand, was bereits unzählige Male aus anderen Büchern abgeschrieben worden war, wie sich anhand der Harmonie, mit der die Wörter angeordnet waren, und der Sympathie, die sie füreinander empfanden, feststellen ließ. Manchmal machte ich mir tatsächlich den Spaß, selbst Wörter anzuordnen, die ich aus Zeilen herauslöste, die mir aus Büchern, die ich gelesen hatte, im Gedächtnis geblieben waren, oder aus Geschichten, die ich von den Erwachsenen hörte, wenn sie nach dem Abendessen um den runden Tisch im großen Zimmer versammelt saßen, Tee mit Zitrone tranken und immer aufs neue Geschichten aus dem Gedächtnis kramten, die sie schon so oft erzählt hatten, daß manchmal, wenn meine Mutter eine Geschichte erzählte, die ihr in ihrer Jugend widerfahren war, mein Vater sich einmischte und Kleinigkeiten korrigierte, obwohl sich die Dinge ereignet hatten, noch bevor sie sich überhaupt kannten. So zum Beispiel bei der Geschichte über Onkel Chaim und seinen Kampf gegen das Gespenst, der sich eines Sommers zugetragen hatte, als die Familie ein wenig mehr Geld hatte, fügte meine Großmutter Mutters Geschichte hinzu, denn mein Großvater, der Mechaniker für Webstühle gewesen war und den ich nicht kennengelernt hatte, weil ich erst ein Jahr, nachdem er an Krebs gestorben war, geboren und nach ihm benannte wurde, mein Großvater also verdiente gut in jenem Jahr, weil in den Fabriken, in denen er in Bialystok die Wartung und Reparatur der Webstühle vornahm, viel zu tun war, weshalb sich die Familie erlauben konnte, in die Sommerfrische zu fahren, man eine Hütte mitten im Wald mietete, neben einem Friedhof, wie mein Vater als wichtiges Detail zu der Geschichte beisteuerte, das meine Großmutter aber nicht gelten lassen wollte, dort habe es keinen Friedhof gegeben, da sie niemals eine Hütte neben einem Friedhof gemietet hätten, was meinen Vater jedoch nicht überzeugte, der sie daran erinnerte, daß meine Mutter und ihre Schwester Lea den Friedhof entdeckt hätten, als sie eines Tages ahnungslos im Wald spazierengingen und mit einemmal auf einen Holzzaun um einen alten Friedhof stießen, wo sie entdeckten, daß auf den Grabsteinen hebräische Buchstaben eingemeißelt waren und alle Grabsteine zu drei Familien – Kantor, Kaplan und Liebkind – gehörten, was nun Tante Lea auf den Plan rief, die behauptete, das habe sich in einem anderen Sommer und ganz woanders zugetragen, als die Familie aufgrund der Arbeit meines Großvaters ins Ausland gereist sei und ein halbes Jahr in der Eifel gelebt habe, in einer Kleinstadt nicht weit von Trier, der Geburtsstadt von Karl Marx, wie Onkel Chaim die Geschichte, die vollkommen vom Weg abgekommen war und nun durch den finsteren Wald irrte, um eine wichtige Einzelheit bereicherte, ehe meine Großmutter die Geschichte aus dem Gestrüpp befreite und meine Mutter drängte, sie solle endlich erzählen, was dort in jener Nacht im Wald geschehen sei, und meine Mutter berichtete, wie eines Nachts, als sie, ihre Schwester Lea und die Söhne und Töchter von Alter, dem Bruder von Großmutter, und von Srul-Schimen, Onkel Samsons Bruder, von dem seit Kriegsausbruch kein Lebenszeichen mehr eingetroffen war, wie Tante Batja seufzte, doch Onkel Chaim bestürmte Mutter mit den Worten »Kurzum, was ist da passiert«, zu der Geschichte, deren eigentlicher Held nämlich er war, zurückzukehren, und Mutter erzählte, eines Nachts, bei Vollmond, und obwohl mein Vater zu behaupten versuchte, bei früheren Versionen der Geschichte sei es stockfinster und bewölkt gewesen und erst seit neuestem komme der Mond darin vor, beharrte meine Mutter darauf, es habe Vollmond geherrscht, da sie sich bis auf den heutigen Tag daran erinnern könne, wie urplötzlich, als die Kinder auf einer Waldlichtung spielten, zwischen den Bäumen der Geist eines Toten hindurchgeschwebt sei, gekleidet in ein weißes Sterbegewand, das im Mondschein glänzte – als also der Geist des Toten auf die Gruppe der Kinder zuschwebte, habe er den Ruf einer Eule ausgestoßen, worauf meine Mutter den Schrei des Geists nachahmte, mein Vater sie korrigierte und meinte, das sei der Ruf eines Käuzchens und nicht einer Eule, dann also ein Käuzchen, meinte meine Mutter, was ändert das schon, die Hauptsache sei, daß die Kinder angefangen hätten, fürchterlich zu schreien, und panisch von der Waldlichtung geflohen seien, und als sie ganz außer Atem zu der Hütte gekommen seien, hätten sie Onkel Chaim angetroffen, der sich gerade eine Pause vom Lernen für die Abschlußprüfung in Latein gönnte und zum Luftschnappen vor die Tür getreten war, und als er die verstörten Kinder fragte, was geschehen sei, erzählten sie ihm, sie hätten im Wald den Geist eines Toten gesehen, worauf er lauthals lachte, denn Onkel Chaim war damals zwar kaum siebzehn Jahre alt, doch bereits ein Verfechter der Logik und des gesunden Menschenverstandes, dem man die verwandtschaftliche Nähe zu meiner Großmutter anmerkte, die aus einer Familie litauischer Gesetzestreuer stammte, die, wie Großmutter bemerkte, vierundzwanzig Rabbiner hervorgebracht hatte, aber Onkel Chaim schränkte den Wert dieser Abstammung ein und behauptete, den gesunden Menschenverstand habe er vielmehr von seinem Vater geerbt, Friede sei mit ihm, der wie gesagt Mechaniker für Webstühle war, also ein gebildeter und standesbewußter Proletarier, was in Onkel Chaims Augen die höchste Stufe eines gesunden Geistes war, woher auch sein tiefer Abscheu gegen, wie er es nannte, allen mystischen Kokolores kam, weshalb er sich, als die Kinder ihm erzählten, sie hätten den Geist eines Toten gesehen, hinstellte und erklärte, daß der Geist das Produkt chemischer und elektrischer Prozesse sei, die in der Substanz, aus der das Gehirn bestehe, stattfänden, und nach dem Tod zerfalle diese Substanz rasend schnell in ihre simplen Bestandteile, so daß alle chemischen und elektrischen Prozesse, die die Substanz erzeuge, aufhörten und es deshalb in einem Toten keine Lebensgeister und auch keine Geister von Toten gebe, worauf die eh stärker rational denkende Tante Lea bereits geneigt war, die Erklärungen ihres älteren Bruders zu akzeptieren, doch meine Mutter, der weder die Abkunft aus einer Familie von vierundzwanzig Rabbinern noch die Zugehörigkeit zur Klasse der gebildeten und standesbewußten Proletarier anzumerken war, bestand darauf, daß es der Geist eines Toten gewesen sei, den sie im Wald gesehen hätten, und wenn ihr Bruder nicht so ein Feigling wäre, würde er jetzt mit ihnen kommen und mit eigenen Augen sehen, daß im Wald der Geist eines Toten herumspuke, worauf mein Onkel Chaim einen Augenblick lang nachdachte und dann, weil er trotz seines fanatischen Beharrens auf Logik und gesundem Menschenverstand wie meine Mutter auch einen bockigen Kern hatte, in die Hütte trat, um sogleich, in ein weißes Laken gehüllt, unter dem er einen Besenstiel hielt, wieder zu erscheinen und zu den Kindern zu sagen, sie sollten ihr Spiel auf der Waldlichtung, wo er in seinem Versteck dem Geist auflauern wollte, wiederaufnehmen, und tatsächlich, es dauerte nicht lange, bis der Geist zwischen den Bäumen, die wie Schatten der Finsternis im Schein des Vollmonds standen, auftauchte und die Kinder vor Schreck erstarrten angesichts der Erscheinung, die unter ihrem Totengewand Schreie einer Eule oder eines Käuzchens ausstieß, doch dann stürzte Onkel Chaim, in das weiße Laken gehüllt, brummend wie ein Bär, brüllend wie ein Löwe und grunzend wie ein Wildschwein, aus seinem Hinterhalt und stürmte auf den Geist zu, und noch ehe der Geist sich entschließen konnte, ob ihn die Finsternis, aus der er gekommen war, besser wieder verschluckte oder er es mit dem anderen, in ein weißes Laken gewickelten Geist aufnehmen sollte, zog Onkel Chaim den Besenstiel hervor und begann, den Geist, der es gewagt hatte, ihm die Stirn zu bieten und die Vorherrschaft der Logik und des gesunden Menschenverstandes in Frage zu stellen, mit Schlägen einzudecken, was dazu führte, daß, noch ehe die Kinder das Geschehen verdaut hatten, der Geist aufhörte, wie ein Käuzchen oder wie eine Eule zu schreien, und statt dessen anfing, mit ziemlich menschlicher Stimme zu brüllen und zu schreien, anfangs im Namen von Jesu, dem Erlöser, und seiner Mutter, der Jungfrau Maria, und dann, als diese zauderten, ihm zu Hilfe zu kommen, und Onkel Chaim, dem die Todesangst gewaltige Kraft einhauchte, die Anzahl der Schläge, die er auf den zappelnden Geist niederprasseln ließ, verdoppelte und verdreifachte – begann der Geist schließlich, durch die Hülle des Sterbegewands zu schreien, er sei das Dienstmädchen Stanka, was Onkel Chaim aber nicht davon abhielt, weiter seinen Stock über alle Körperteile des bemitleidenswerten Geschöpfs tanzen zu lassen, bis es der zu Tode verängstigten Stanka mit letzter Kraft gelang, sich das Totenkleid herunterzureißen, und erst als sie weinend und wimmernd zu seinen Füßen lag und bei allen Heiligen schwor, nie wieder solchen Unfug zu machen, ließ Onkel Chaim von ihr ab und half ihr auf. Danach mußten wir sie eine Woche lang pflegen, ergänzte Großmutter die Geschichte, die sie unbedingt noch einmal aus dem Munde meiner Mutter hatte hören wollen, doch Onkel Chaim, obschon stolz auf den Heldenmut, den er in jener Vollmondnacht irgendwo in den Wäldern Polens gezeigt hatte, war mit der Schilderung der Schläge, in der sich Mutter erging, nicht einverstanden und behauptete vehement, in dem Augenblick, in dem Stanka ihren Namen gerufen habe, habe er seinem Stock sogleich Einhalt geboten, da es ihm niemals in den Sinn gekommen wäre, ein Arbeitermädchen, das sich mit Müh und Not von seiner Hände Arbeit ernährte, zu schlagen. An diesem Punkt setzte eine Debatte ein, ob sich denn Stanka tatsächlich mit Müh und Not ernährt hatte oder aber in jenem einen Sommer des Wohlstands, als mein Großvater als Mechaniker für Webstühle in den Webfabriken der reichen Bonzen gut verdient hatte, nicht vielmehr einen großzügigen Lohn und ein gutes Leben genoß, aber wie gewöhnlich war es mein Vater, der die Diskussion in eine unerwartete Richtung lenkte, als er in aller Seelenruhe behauptete, das Problem sei überhaupt nicht, ob Stanka ordentlich entlohnt worden sei oder sich mit Müh und Not habe über Wasser halten können, sondern die bloße Tatsache, daß Onkel Chaim sich in ein weißes Laken gehüllt habe und mit einem Knüppel über jemanden, der sich in weiße Lumpen geworfen hatte, hergefallen sei, denn dieser Tatbestand sei Beweis genug, daß Onkel Chaim selbst an die Existenz von Geistern glaube, worauf Onkel Chaim wie von der Tarantel gestochen aufsprang, die Stimme erhob und schäumend behauptete, ein Mensch, der an Geister glaube, hätte niemals gewagt, über einen Geist herzufallen, denn nur ein von allem Aberglauben befreiter Mensch habe den Mut, so etwas zu tun, was zu tun, lauerte mein Vater, über jemanden herzufallen, der sich als Geist verkleidet hat, erwiderte Onkel Chaim, aber warum sollte man über einen Menschen herfallen, der sich als etwas, das nicht existiert, verkleidet hat, sozusagen als ein Nichts, legte mein Vater seine Falle aus, in die Onkel Chaim prompt tappte, indem er sagte, daß sich Stanka nicht als ein Nichts, sondern als ein Geist verkleidet habe, womit du also sagst, daß es etwas gibt, das Geist genannt wird, und – ob du nun willst oder nicht – damit folglich zugibst, an die Existenz von Geistern zu glauben, wollte mein Vater triumphierend die Debatte beenden, aber wer einmal eine solche mit Onkel Chaim angefangen hatte, würde am Ende niemals als Sieger daraus hervorgehen, da Onkel Chaim aus allen Ecken und Enden der Geschichte, der Philosophie und der Wissenschaft Argumente bemühte, bis er seinen Gegner vernichtend geschlagen am Boden hatte und ihn erschöpft, besiegt und gedemütigt zurückließ, was er auch diesmal versuchte, indem er sich irgendeinen Auguste Comte zu Hilfe holte und in seinem Namen einen nicht enden wollenden Vortrag hielt, doch mein Vater wartete geduldig ab, bis Onkel Chaim seine Vorlesung mit der alles zermalmenden Behauptung beendet hatte, Auguste Comte habe bewiesen, daß es nicht darauf ankomme, ob etwas in der Realität existiere oder nicht, solange nur der Glaube an dessen Existenz die Wirklichkeit beeinflusse, um dann vollkommen gleichmütig einzuwerfen, das genau habe er gemeint, als er feststellte, es mache keinen Unterschied, ob es Geister gebe oder nicht, wichtig sei nur, daß Onkel Chaim sich verhalten habe, als glaube er an ihre Existenz. Ich hatte längst aufgehört, mich über die Erwachsenen zu wundern, die jedesmal, wenn meine Mutter die Geschichte von dem Geist zum besten gab, auf dieselbe Diskussion verfielen, weil ich begriffen hatte, daß Geschichten und Debatten Feste der Erinnerung waren, und so, wie man nicht jedes Jahr neue Feste erfindet und ein Fest nun mal ein Fest ist, weil man es auf genau dieselbe Art Jahr für Jahr begeht, zum Beispiel wenn unser Erdball, der um seine Achse kreist, eine Umdrehung beendet und zu dem Punkt zurückgekehrt, von dem aus er sich ein Jahr zuvor auf den Weg gemacht hat, werden auch Geschichten um so schöner und lebendiger, je öfter man sie kopiert. Ich verstand daher auch nicht, warum der Schriftsteller so erstaunt war, daß ich noch nie ein Wort von mir selbst geschrieben hatte und alles, was ich zu Papier brachte, nur von anderen abschrieb, und als er mich fragte, warum ich nicht mal einen eigenen Satz niederschriebe, mir Papier und Bleistift hinschob und wartete, daß ich ihm antwortete, hockte ich vor dem leeren Blatt und schrieb nicht, weil mir die ganze Geschichte von dem Geist durch den Kopf ging und ich mich von irgendeinem Punkt am Himmel auf jene Waldlichtung blickend wiederfand, auf der das Mondlicht die Gruppe der Kinder beschien, unter denen ich meine Mutter als kleines Mädchen ausgelassen Verstecken spielen sah, neben einer alten Eiche, die an die mächtigen Maulbeerbäume erinnert, welche am Rande unseres Dorfes in dem von einer Kakteenhecke umgebenen Obstgarten wuchsen, der »das Paradies« genannt wurde. Genau neben dem Obstgarten stand die Hütte des besoffenen Welwel, des gnomenhaften, rotgesichtigen Pferdekutschers, dessen kleine Äuglein in ihren Höhlen herumflitzten wie die Mäuse in der Falle, ehe Onkel Samson sie in der Wassertonne, die neben der Futterkammer stand, ertränkte. Welwel werde ich wegen eines Satzes bis an mein Lebensende in Erinnerung behalten, den er zu meiner Mutter sagte, als sie ihm voller Stolz ein Heft zeigte, in das ich eine ganze Geschichte abgeschrieben hatte. Er antwortete auf jiddisch, ja, aber sein Cousin sei hübscher, und ich ging ins Badezimmer, machte die Tür zu, stand vor dem Spiegel und inspizierte mein Gesicht, versuchte, meine Haare so und dann wieder anders zu kämmen, und wußte, es würde nichts helfen. Ich konnte nicht aus dem Bad herauskommen, weil ich mein Gesicht nicht mehr zeigen konnte, bis der Schriftsteller den Stift nahm und mit zittriger Hand meine Gedanken abschnitt, indem er die Frage hinkritzelte: »Warum schreibst du nicht einmal einen Satz von dir?« Dann reichte er mir das Blatt, drückte mir den Bleistift in die Hand, und ich schrieb Wort für Wort: »Warum schreibst du nicht einmal einen Satz von dir?« Ich schrieb den Satz zu Ende ab und hielt dem Schriftsteller den Bogen Papier hin. Er las meine Antwort, schaute mich einen Augenblick lang an und schrieb dann:

»Kann ich mich darauf verlassen, daß alles, was hier gesagt wird, unter uns bleibt?«

Und ich antwortete ihm:

»Kann ich mich darauf verlassen, daß alles, was hier gesagt wird, unter uns bleibt?«

Der Schriftsteller lachte. Er faßte meine Frage als bloße

Wiederholung der seinen auf, ohne ernstgemeinte Absicht meinerseits, irgendeine Antwort zu erhalten. Und da er mir auf meine Frage nicht antwortete, sah ich mich ihm gegenüber von jeglicher Geheimhaltungspflicht entbunden. Dennoch habe ich seine Geheimnisse annähernd siebzig Jahre lang bewahrt und schreibe sie erst jetzt nieder, da nicht einer der Betroffenen mehr am Leben ist und ich spüre, daß auch mein Leben sich dem Ende zuneigt.

Nachdem er ausgiebig gelacht hatte, begann der Schriftsteller, mir sein großes Geständnis zu diktieren, das ich Wort für Wort mitschrieb. Sobald ich eine Seite vollgeschrieben hatte, nahm mir der Schriftsteller das Blatt aus der Hand, studierte es und legte es dann in eine dickbauchige Mappe mit der Aufschrift *Das verbotene Dorf*. Er konnte nicht wissen, daß jedes Bild, das ich sah, jedes Wort, jeder Satz, den ich hörte, sich wie in Stein in mein Gedächtnis grub und ich mich jeden Tag, wenn ich von ihm nach Hause zurückkehrte, hinsetzte und in einem dicken Heft mit schwarzem Einband und roten Seitenkanten, das ich im obersten Fach von Großmutters Schrank gefunden hatte, aus dem Gedächtnis alles, was ich bei dem Schriftsteller kopiert oder aus seinem Mund gehört hatte, notierte.

In mittleren Jahren habe ihn die Schüttelkrankheit befallen. Der Schriftsteller spürte sie das erste Mal während einer Mahlzeit, als er gerade dabei war, einen Löffel Suppe zum Mund zu führen. Auf halbem Weg zwischen Teller und Mund habe seine Hand ein Zittern ergriffen, der Löffel erbebte, und er verschüttete ein wenig Suppe. Er sei erschrocken, wäre aber nie auf den Gedanken gekommen, daß sich ihm in dem Moment die Krankheit offenbarte, die in seinen Muskeln und seinen Nervenzellen nistete und eines Tages dazu führen sollte, daß er nicht einmal mehr seine Feder in der Hand halten konnte. Da er ein reservierter, stolzer Mensch sei, habe er aus Gründen, die er nicht ausführen wolle und deren Geheimnis er mit ins Grab zu nehmen gedenke*, das Zittern des Suppenlöffels in seiner Hand für sich behalten, auch als es immer häufiger auftrat, er schließlich gar keine Suppe mehr aß und seine kränkliche Frau, die er in seinen Erzählungen stets die »Zierde meines Hauses« nannte, anfing, ihm dicke Breie aus Bohnen, Buchweizen und Kohl zu kochen. Wenn sie an den Tagen, an denen ich zu dem Schriftsteller kam, zufällig mit Kochen beschäftigt war, schickte er mich mit den Worten »Geh meine Gattin begrüßen« zu ihr, so daß ich in die schummrige Küche linste, um ihre Aufmerksamkeit auf mich zu lenken, sachte an die offenstehende Tür klopfte und sie, wenn sie mir ihre gläsernen Augen zuwandte, in denen immer ein wenig Angst aufflackerte, mit einem Kopfnicken begrüßte. Um nicht das Gleichgewicht zu verlieren – sie hielt sich nur mit Mühe auf den Beinen –, antwortete sie mir mit einem ganz leichten Nicken und sandte, mit einer Hand auf den Stock aus Orangenbaumholz gestützt, den mein Vater ihr geschnitzt hatte, ein blasses Lächeln in meine Richtung. Allein diese leichte Kontraktion ihrer Gesichtsmuskeln bewirkte, daß sie mitten in der kleinen, beengten Küche wie ein morscher Baum im Wind hin und her wankte, ehe sie sich wieder ihrem runden gußeisernen Petroleumkocher mit seinem grauen, zur Zierde mit weißen Pünktchen gesprenkelten Emailleüberzug zuwandte, und ich verharrte noch ein, zwei Sekunden, gebannt ihren vorsichtigen Bewegungen folgend, wenn sie sich bückte,

* Als er dies sagte, konnte der Schriftsteller nicht ahnen, daß Amalia, seine Geliebte, die ihrem Alter nach meine Mutter hätte sein können, nach seinem Tod meine Geliebte werden und mir seine Geheimnisse offenlegen würde, so unter anderem den Ursprung seines verletzten Stolzes, der ihn davon abhielt, seine Krankheit einzugestehen und Hilfe zu erbitten. Der Wahrheit zuliebe muß jedoch gesagt werden, daß in jenen fernen Tagen zur Mitte des vorigen Jahrhunderts die Medizin der Krankheit des Schriftstellers, die heutzutage mit drei kurzen Behandlungen therapiert wird, noch machtlos gegenüberstand.

um die goldfarbenen Flammen zu kontrollieren, die durch das mit einer verrußten Glasscheibe abgedeckte Guckfenster zu sehen waren, und durch ein Drehen an den gezähnten Knöpfen des Kochers die Höhe der Flammen regulierte, damit diese nicht zu hoch flackerten und den Aluminiumtopf verschmutzten, in dem der Brei blubberte, dessen fetter Geruch sich mit dem Allerlei durchdringender Gerüche vermischte, das im Hause des Schriftstellers stand. In diesem Geruchspotpourri roch ich auch den strengen Duft von Kampferöl heraus, mit dem Tante Batja immer ihre schmerzenden Gelenke massierte, seitdem sie in Bialystok bei dem Versuch, einen Webstuhl aus dem dritten Stock herunterzutragen, von der Treppe gestürzt war. Dank der pampigen Breie habe sich das Speisenproblem für den Schriftsteller, den das Zittern in seiner Hand daran hinderte, weiterhin Hühnersuppe zu essen – ein Gericht, ohne das sich ein Mittagessen in unserem Dorf in den vierziger und fünfziger Jahren des vorigen Jahrhunderts unmöglich beschreiben läßt –, vorerst lösen lassen. Aber es dauerte nicht lange, und auch die Handschrift des Schriftstellers wurde in Mitleidenschaft gezogen, anfangs nur wenig und dann immer stärker, bis sie nicht mehr zu entziffern war. Zu allem Unglück befiel ihn die Krankheit auf dem Höhepunkt der Arbeit an seinem Buch *Das verbotene Dorf*, das in seinen Augen bedeutsamer war als alle siebenunddreißig Bücher, die er bis dahin geschrieben hatte und die zu einer langen Reihe geordnet auf dem obersten Bord des Bücherschranks in seinem Arbeitszimmer standen, wo er sie mir voller Stolz präsentierte. Aber in dem Moment, da er mich an seinem Schreibtisch Platz nehmen ließ und begann, mir *Das verbotene Dorf* zu diktieren, verstand ich, daß dieser Stolz nur aufgesetzt war, sich dahinter Unzufriedenheit und sogar Verbitterung verbargen, denn jahrelang hatte der Schriftsteller davon geträumt, eines Tages jede andere Beschäftigung beiseite zu legen, sich hinzusetzen und dieses Buch zu schreiben, in dem er sein wahres, »um das Geheimnis wissende« Leben erzählen würde, ein Werk, frei von jeder Lüge, Pose und übertriebener Stilisierung. Beim Diktieren wurde seine Rede immer schneller, als sei die Staumauer eines viele Jahre währenden Schweigens in ihm gebrochen und er nicht in der Lage, den Strom der Worte, der sich aus ihm ergoß, noch länger zurückzuhalten. So ließ ich meine Hand geschwind über das Papier huschen, jagte seinen Worten hinterher, um sie einzufangen und mit meiner schönen, klaren Handschrift, die unser Lehrer Jitzchak Berger jedesmal vor der Klasse lobte, wenn er unsere Aufsätze zurückgab, auf das Blatt zu sperren, so daß sich die dicke Kladde mit dem schwarzen Einband im Nu füllte, und der Schriftsteller, der, seit die Schüttelkrankheit ihn angefallen hatte, von Tag zu Tag und Jahr zu Jahr immer weniger geschrieben hatte, empfand plötzlich ungeheure Freude an diesem wunderbaren Schreibapparat, der ihm mit einemmal zur Verfügung stand, wie er mir während der kurzen Pause, die ich machte, um meine Hand auszuschütteln und nach dem halsbrecherischen Rennen zu lockern, voll Erstaunen über mein Schreibvermögen sagte. Doch kaum war ich mit dem Handausschütteln, dem Dehnen und Recken meiner Schultern fertig und hatte den Stift von neuem zur Hand genommen, fing der Schriftsteller wieder an, mir mit wahrem Heißhunger zu diktieren, erging sich in Beschreibungen der Rache, die der »Gott der Kunst« an ihm geübt hatte für die langen Jahre des, wie er es nannte, »schwarzen Schreibens«, das sich anmaßte, alle Erfahrungen des Lebens in trivialen Formeln zu verallgemeinern, wie etwa jener, daß Leben und Tod ohne Bedeutung und Nutzen seien, und obgleich ich nicht verstand, worauf er hinauswollte, fing ich die bedeutungsschweren Worte im Flug, so wie die Arbeiter es mit den Steinen gemacht hatten, als sie die Zufahrtsstraße zum Dorf pflasterten, und fügte sie genau wie die Arbeiter die Steine beim Bau der Straße zwischen die Zeilen des Schreibheftes, wobei mir das Spiel, das ich mit dem Schriftsteller spielte, großes Vergnügen bereitete, da ich versuchte, seine kolossalen Wörter aufzufangen und zu ordnen, noch ehe es ihm gelang, mir neue Wörter von dem riesigen Haufen von Wörtern, auf dem er wie auf der Spitze eines Berges stand, zuzuschleudern. Wir würden ja sehen, wer eher ermüdete, der Schriftsteller, der die Wörter aus dem Haufen hob und mir zuschleuderte, oder ich, der ich sie auffing und geschwind in die Zeile fügte. Von den Gestalten, die er in seinen Büchern und Geschichten erschaffen hatte, sprach er und davon, daß sie alle nichts weiter gewesen seien als die immer wiederkehrende Kopie einer unbedeutenden, leeren und temperamentlosen Gestalt, die ihren Mitmenschen nichts zu geben hatte und nicht über die Fähigkeit verfügte, von diesen etwas entgegenzunehmen, da sie nur allen, die mit ihr in Kontakt traten, das Leben zur Hölle machen, sie ausnutzen, aussaugen und durch Erniedrigung über sie aufschwingen könne. Ich war noch dabei, die Wörter, die ich zu fassen bekam, festzuhalten und in Zeilen zu pressen, als schon ein Hagel neuer Wörter über mich hereinbrach, da der Schriftsteller nun lamentierte, zu seinem großen Unglück hätten die zeitgenössischen Kritiker sein Schreiben für reife, tiefgeistige Literatur gehalten, sei seinen Werken Erfolg beschieden gewesen, »und laß dir gesagt sein, daß es kein tödlicheres Gift für einen schaffenden Menschen gibt«. Während er mir diese Dinge diktierte, verlor der Schriftsteller jegliche Selbstbeherrschung und fing an, Hohn und Spott über all seine bigotten Anhänger zu vergießen, deren Zahl in dem Maße zugenommen habe, in dem sich seine Zunge abnutzte und sein Schreiben zu einem einzigen Affront wurde gegen alles, was er in seinen ersten Büchern und Erzählungen zum Ausdruck gebracht und wie er sich ausgedrückt hatte, Werke, bei denen ihm zum ersten und letzten Mal die Gnade von Erleuchtung und Inspiration zuteil geworden sei. Vor allem galt sein Zorn »dem unfähigen Schreiberling und Graphomanen J. L. Licht, der mir seine Zunge in den After gesteckt und sie mir tief in den Hintern gedrückt hat, wo er wie mit einer Schaufel herumgräbt und jeden Krumen Kot, den er von dort zutage fördert, auf Dutzenden von Seiten in seinen Rezensionen auswalzt, in denen er mein Werk mit dem von Knut Hamsun und Tolstoi vergleicht. Welch Absurdität!« fuhr der Schriftsteller auf. »Ich – und Tolstoi!« Ich hatte schon beinahe die Hoffnung aufgegeben, den Schriftsteller in unserem Wettstreit zu besiegen, denn er schien mich unter den Wörtern, mit denen er wutschnaubend nach mir warf, regelrecht begraben zu wollen, als das Wunder geschah, der Schriftsteller ermattete und sich mit einemmal leise an mich wandte und mir befahl, den Stift niederzulegen. Als ich es tat, schaute er mir unverwandt in die Augen, kleine Fältchen scharten sich um seine Augen, und seine Unterlippe bebte, da er nun in einem Tonfall, den er als »Ergußflüstern« bezeichnete, zu mir sprach. Ich sagte mir, mit dieser absonderlichen Verknüpfung sei die Artikulation eines Seelenleidens, dessen man sich nur flüsternd und eruptiv entledigen konnte, gemeint, ähnlich der inneren Stimme, mit der ich zu mir selbst über Menschen sprach, die ich liebte und die der Tod oder das Leben mir genommen hatten. In diesem stillen, intimen Tonfall vertraute der Schriftsteller mir nun zitternd Dinge an, die er nie zuvor zu Papier gebracht und niemandem gesagt hatte, Dinge, die einfach und selbstverständlich klangen, weshalb ich nicht verstand, warum er mich bat, ausgerechnet diese einfachen Worte nicht mitzuschreiben, und warum er ein solches Geheimnis um sie gemacht hatte, das er Jahr um Jahr mit sich herumtrug, ohne jemanden daran teilhaben zu lassen. Erst Jahre später, bei unseren letzten Zusammentreffen, wurde mir klar, warum. Zu dieser Zeit traten erste Anzeichen auf, daß die Krankheit auch das Gehirn des Schriftstellers befallen hatte, da er plötzlich zwischen zwei Sätzen, auf der Hälfte eines Satzes oder manchmal auch mitten in einem Wort einnickte. Ich wahrte die Stille, die jedesmal eintrat, wenn sich die Augen des Schriftstellers schlossen, saß da und wartete, daß er aus dem Sekundenschlaf, der ihn übermannt hatte, aufschreckte. Wenn er erwachte, war er oft verwirrt, sein Gedächtnis vernebelt, und es kam vor, daß er die Augen aufschlug und voller Erstaunen den Halbwüchsigen betrachtete, der an seinem Schreibtisch saß, die Schreibfeder in der Hand und bereit, Worte aus seinem Mund niederzuschreiben. Er erkannte mich nicht, fragte nach meinem Namen, doch ich schwieg wie gewöhnlich und zog nur die dicke Kladde mit dem schwarzen Einband heran, die an der Stelle, bei der wir mitten im Satz innegehalten hatten, aufgeschlagen war. Ich schraubte den Füllfederhalter auf und wartete, daß er zu sprechen begann, doch zuweilen schwieg er den ganzen Tag, und ich ging nach Hause, ohne auch nur ein Wort geschrieben zu haben. Manchmal murmelte er unverständliches Zeugs, um dann wieder urplötzlich in einen Redeschwall auszubrechen, als flackerten mit einemmal alle erloschenen Lampen in seinem Hirn wieder auf und überfluteten ihn mit hellem Schein. In solchen Momenten der Gnade spie er seine Rede gierig und ungehemmt hervor, als wollte er keine Zeit verlieren, die letzten lichten Augenblicke nutzen und seine Offenbarungsarbeit zu einem Ende bringen, ehe sich die letzte und endgültige Finsternis herabsenkte, und tatsächlich kamen in jenen Momenten schreckliche Dinge über seine Lippen, die mit der düsteren Affäre seiner Beziehung zu dem Maler Oded Paretzki zusammenhingen, dem besten Freund meines Vaters, der mich zeichnen gelehrt hatte. Erst da verstand ich, warum er diese Dinge all die Jahre in seinem Herzen weggesperrt und sie beinahe mit ins Grab genommen hatte, aber das war bereits in der letzten Phase seines Lebens, kurz bevor er wenige Tage vor seinem Tod das Bewußtsein verlor und nicht mehr erwachte.

Bei unserer ersten Zusammenkunft an dem Tag, nachdem Eli die Taube getötet hatte, verstand ich wie gesagt nicht, warum der Schriftsteller mich bat, mit dem Schreiben aufzuhören, und warum er in sein »Ergußflüstern« verfiel, denn was er mir anvertraute, war, daß es ihm in all seinen Werken immer nur gelungen war, die Öde und Leere, den Haß, die Erniedrigung und den Wahnsinn menschlicher Existenz nachzuzeichnen, es ihm hingegen niemals geglückt sei, auch nur einen jener Augenblicke der Lust und Freude, des echten, unverfälschten Glücks zum Leben zu erwecken, durch die wir doch lebten und die es wert waren und lohnten, Monate und Jahre des Leids und der Qualen, Tage der Verzweiflung zu ertragen. Ein Künstler, der sich nicht fähig zeigte, dem Glück und der Freude des Lebens Ausdruck zu verleihen, sei in seinen Augen nur ein Künstler von mittelmäßigem Format. Dies alles erschien mir selbstverständlich, und ich verstand nicht, weshalb er darum so viel Aufhebens machte, aber mit jenem hochmütigen Unterton, der sich immer in die Stimme von Erwachsenen stiehlt, wenn sie mit Kindern oder Jugendlichen sprechen, fügte er hinzu, wenn ich erst größer wäre und eines Tages Liebe und Lust erfahren hätte, würde ich begreifen, wovon er spreche. In jenem Augenblick dachte ich an die Zöpfe und die Augen von Marika Tscherner, die mit einer Gruppe von Waisenkindern, die den Krieg überlebt hatten, in unser Dorf gekommen war, wo sich einige Familien der Kinder annahmen. Die Familie des Bauern Fejwelsohn, der selbst keine Kinder hatte und dessen Haus sich hinter ausladenden Clementinenbäumen verbarg, adoptierte Marika, die eines Tages mitten in einer Unterrichtsstunde in unsere Klasse kam, in einem Grüppchen von fünf Kindern, das hinter der Schulleiterin Rosa hertrottete, die die Tür zur Klasse öffnete, sich zu den Kindern hinabbeugte, sie mit ihren speckigen Händen vor sich herschob und sie uns als Kriegswaisen vorstellte, die durch ein Wunder der Hölle entronnen seien und die wir mit ganz viel Liebe aufnehmen müßten, weil sie unsere Brüder seien. Unsere Brüder standen aneinandergedrängt in der Putzecke der

Klasse, neben dem weißen Emailleeimer, in den wir die Clementinen- oder Orangenschalen unserer Pausenmahlzeit werfen mußten, aber wehe dem, den unser Lehrer Jitzchak Berger dabei erwischte, daß er ein Stück Brot oder den Rest von einem Sandwich mit hartgekochtem Ei hineinwarf, denn es war strikt verboten, Essen wegzuwerfen, solange es Kinder auf der Welt gab, die hungerten, wobei ich nie verstand, wie die hungrigen Kinder satt wurden, wenn wir unser Pausenbrot bis auf den letzten Bissen aufaßen. Aber diese Frage belastete unseren Lehrer Jitzchak Berger nicht, der während unserer Pausenmahlzeit mit zusammengepreßten Lippen an seinem Tisch saß, die Augen hinter den dicken Gläsern seiner Brille rastlos umherwandern ließ und aufpaßte, daß wir unser Pausenbrot bis auf den letzten Bissen aßen, und wer fertig war, meldete sich, worauf Jitzchak Berger zu ihm kam und überprüfte, ob er wirklich alles aufgegessen hatte, und erst dann durfte er seine Serviette zusammenfalten, in die große Pause gehen und auf dem Weg nach draußen die Bananen- oder Clementinenschalen in den weißen Emailleeimer werfen, neben dem sich nun blaß und beschämt die fünf Kinder drängten, die vor den Schlünden der Verbrennungsöfen gerettet worden waren und mit verschreckten Augen die Klasse anstarrten, die Deckenhöhe des weißgetünchten Klassenzimmers taxierten und die großen Fenster, die auf den Schulhof gingen und durch die die Palisanderbäume zu sehen waren, deren Blüten wie blaue Flammen vor dem strahlendblauen Himmel loderten. Als die Augen der Kinder vom Himmel zurückkehrten, uns furchtsam musterten und wir diese Kinder, die wir liebhaben mußten, in Augenschein nahmen, wandte sich unser Lehrer Jitzchak Berger, zu dessen Prinzipien es gehörte, alle Menschen gleich zu behandeln, mit derselben Strenge, mit der er sonst das Wort an uns richtete, an die Kinder und befahl ihnen, uns ihre Namen zu sagen. Die erste, die ihren Namen nannte, war Chana Rosenblatt, ein großgewachsenes, energisches Mädchen, dem man ansah, daß es bereit war, gegen die ganze Welt zu kämpfen. Sie zog ihren Zwillingsbruder an der Hand und sagte auf jiddisch zu ihm, er solle seinen Namen sagen, doch er zuckte nur mit den Achseln und weigerte sich, den Mund aufzumachen. Irgend jemand in der Klasse lachte, weil Jiddisch eine Erwachsenensprache war und kein Kind es gewagt hätte, auch nur ein Wort auf jiddisch zu sagen, denn das war ungefähr so, als streckte man jemand den blanken Hintern entgegen oder vielleicht sogar noch schlimmer, aber das Lachen brach urplötzlich ab, als unser Lehrer Jitzchak Berger schnell wie der Blitz mit einem Satz bei Nimrod Karpinkoff war, dem Lausebengel, von dem das ansteckende Lachen ausgegangen war, und noch ehe wir begriffen, was los war, hallte ein Klatschen durch die Klasse, Nimrods Wange wurde rot wie eine Tomate, und vier weiße Balken, die die kräftigen Finger unseres Lehrers Jitzchak Berger wie einen Stempel hinterlassen hatten, erblühten im roten Wangenbeet des Schülers. Anstelle des Lachens trat Totenstille ein, nur das erstickte Wimmern war zu hören, das Nimrod Karpinkoff nach Kräften zu verschlucken versuchte, um nicht vor der ganzen Klasse laut loszuflennen, und unser Lehrer Jitzchak Berger fragte, ob noch jemand Lust habe, über die Namen jüdischer Kinder zu lachen, weil er nicht kapierte, daß wir überhaupt nicht über die Namen gelacht hatten, sondern darüber, daß Kinder Jiddisch sprachen. Da ihm niemand antwortete, wandte sich der Lehrer Jitzchak Berger an den Zwillingsbruder von Chana und befahl ihm in hartem Deutsch, das er versuchte, wie Jiddisch klingen zu lassen, seinen Namen zu nennen, worauf der verstörte Junge »Arn« hervorstieß, und nicht ein Lümmel in der Klasse wagte zu lachen, als Jitzchak Berger Arn korrigierte und ihm sagte, von nun an heiße er Aaron. Es wagte auch niemand zu lachen, als er der großen Mascha Markowitzi den Namen Mirjam verpaßte, oder auch nur ansatzweise zu kichern, als sich der Junge mit der komischen Glatze, die sich auf der linken Seite seines Kopfes ausdehnte, als Paul Kibelzurabel vorstellte und Jitzchak Berger ihn auf der Stelle mit dem Namen Saul Zur versah, so wie niemand ahnte, daß dieser Junge, der jünger als wir wirkte, schon sechzehn war. Einige Zeit später, bei Ausbruch des Unabhängigkeitskrieges, als die Iraker unser Dorf bombardierten, man auf den Höfen Unterstände aushob und die Jungen manchmal in einen dieser Bunker verschwanden, um sich gegenseitig ihren Kleinen zu zeigen und zu sehen, wer von ihnen den größten Kleinen hatte, würde Saul Zur, der eigentlich Paul Kibelzurabel hieß, mit seinen kurzen Hosen kämpfen, um am Ende schließlich seinen Kleinen herauszuholen, so wie man ein kleines Tier aus seinem Bau zieht, und das kleine Tier läge dick, schläfrig und zusammengefaltet in seiner Hand, mit der Paul es sanft bearbeitete und seinen Kopf streichelte, während er ihm zuflüsterte, nicht mehr zu schlafen, aufstehen, aufstehen, und sich zwischen den geflüsterten Aufmunterungen in seinem Kauderwelsch entschuldigte, er wisse nicht, ob es aufstehen wolle. Aber plötzlich erwachte das kleine Tier und fing an, sich zu bewegen und zu winden, füllte sich und wuchs vor den Augen der Kinder, befreite sich aus Paul Kibelzurabels Hand und streckte sich wie ein großes Reptil, und die Kinder beugten sich vor und betrachteten dieses Wunderding aus der Nähe. Angesichts des riesigen, vor ihren Augen pulsierenden Geschlechtsorgans, das an eine fette, in der Sonne sich räkelnde Panzerschleiche erinnerte, verschlug es den Kindern für einen Moment die Sprache, ehe sie lautstark ihre Bewunderung zum Ausdruck brachten, einander mit großer Wertschätzung auf die Länge und Dicke hinwiesen, und Benzi, der Professor, meinte, man müsse ihn Ruta, der Scharmuta, was auf arabisch Hure hieß, zeigen, die bestimmt wolle, daß Paul sie ficke, was eines Tages in den Obstplantagen, nicht weit von der Stelle, an der Paul zusammen mit seinem Freund Efraim Gutmann einige Jahre später aus dem Hinterhalt erschossen werden würde, als sie von einer Feier im Nachbardorf zurückkehrten, tatsächlich passieren sollte. Aber noch stand Paul Kibelzurabel verschämt in der Putzecke und hielt sich sein Armeebarett, das er auf Anweisung unseres Lehrers Jitzchak Berger vom Kopf genommen hatte, wodurch die kahle Stelle an der linken Seite seines Kopfes zum Vorschein kam, mit beiden Händen vor die Lenden, und noch bevor ich Gelegenheit fand, mich zu fragen, ob ich diese Kinder, die wir liebhaben mußten, weil sie ja unsere Brüder waren, würde lieben können, konnte ich die Augen schon nicht mehr von dem Mädchen lassen, das in einem geblümten Kleid und einer weißen Bluse aus leichtem, halb durchsichtigem Stoff neben Paul Kibelzurabel stand. Die Ärmel der Bluse, die mit einem dunkelblauen Band über der Brust gebunden war, bauschten sich leicht über den Schultern des Mädchens, und aus dem Kragen der Bluse, der wie zwei Flügel zur Seite fiel, reckte sich ihr schlanker weißer Hals, auf dem ein von honigfarbenem Haar umrahmter Kopf ruhte. Sie linste mit ihren großen braungrünen Augen in die Klasse, neigte den Kopf ein wenig zur Seite, so daß einer ihrer Zöpfe auf ihre Brust fiel und der andere auf ihren Rücken, und ich liebte sie, Marika Tscherner, noch ehe sie ihren Namen genannt hatte, den unser Lehrer Jitzchak Berger ihr sogleich in Mira Schir-Ner abänderte, doch gerade Marika Tscherner liebte ich, und so nannte ich sie auch bei mir, wenn ich in meinem Innersten mit ihr sprach und ihr zuflüsterte, ich liebe dich, Marika, und nicht Mira, aber das interessierte ja keinen, da ich es ohnehin nur zu mir sagte, und niemand weiß, daß ich sie bis heute Marika nenne und manchmal auch Mariko, wobei mir ein glühender Dolch in den Bauch fährt wie ein innerlicher Peitschenhieb, wenn ich an den Brief erinnert werde, der mich Mitte der siebziger Jahre des vorigen Jahrhunderts aus Kecskemét erreichte, nachdem einer meiner Gedichtbände durch Miklós Lászlorol ins Ungarische übersetzt worden war. Als ich den Brief öffnete und mein Blick auf die ersten Worte fiel – »Vielleicht ist dies ein Hilferuf« –, erkannte ich sogleich die winzige Handschrift, in der die Wörter sich wie eine Ameisenkolonne auf den Weg machten, und mein Herz begann wie ein Blasebalg wild bis in die Kehle rauf zu pumpen, als ich begriff, daß sie mich anflehte, ich möge sie vor dem Untergang retten und ihr einen Affidavit schicken, der es ihr ermöglichte, ein Ausreisegesuch zu stellen. Ich kam ihrer Bitte nach, schickte das Schreiben mit der eidesstattlichen Erklärung ab, ohne bis heute zu wissen, wann sie das Land verlassen und wie es sie in jene gottverlassene Stadt in Ungarn verschlagen hatte, ob mein Brief sie je erreicht und ihr geholfen hat, sie vor jenem Untergang zu bewahren, auf den sie nicht näher einging in ihrem Hilferufbrief, den sie mit »Deine Mariko« unterschrieb. Sie, die niemals die meine gewesen ist, so wie kein anderer Mensch jemals der meine war und ich seit dem Tag, an dem sich der Schächter zwischen meine Beine beugte, niemals jemandem gehört habe. Aber auch jetzt, da ich an sie denke, höre ich noch die Stimme in mir flüstern, Marika, Marika, wo bist du, Marika, was ist dir passiert und was aus dir geworden, Marika, hättest du bloß gewußt, wie ich mich freute, als unser Lehrer Jitzchak Berger dich genau vor mich setzte, weil ich so in jeder Stunde auf den Honig deiner Haare schauen und, wenn ich die Ellbogen auf das Pult stützte und mich so weit, wie ich konnte, zu deinem weißen Hals vorbeugte, den die Haare, die sich aus den Zöpfen gelöst hatten, mal verbargen, mal freilegten, den frischen Duft einatmen konnte, den deine Haut und dein Haar verströmten. Dein Duft drang in mich ein und füllte mir den Bauch mit Schwärmen kleiner Fischchen, die in mein Blut schwammen und weiter in mein Glied, das mir wie ein Truthahn zwischen den Beinen anschwoll und das ich, wenn ich es leicht zwischen meinen Schenkeln einklemmte, der ganzen Länge nach spürte, wobei ich vor lauter Wonne beinahe das Bewußtsein verlor, so daß ich die Schenkel wieder lockerte und mein ganzer Körper unhörbar flüsterte, Marika, Marika, ich liebe dich, ich liebe dich, Marika, wenn doch nur diese stumme Stimme dich erreichen könnte und mit deinem Körper tun, was dein Duft mit dem meinen anstellte. Denn es kam vor, daß du plötzlich deinen Kopf zur Seite drehtest und ich deine braungrünen Augen verstohlen nach mir linsen sah, und in dem Moment, in dem sie auf meine Augen, die schon die ganze Zeit auf sie gewartet hatten, trafen, passierte etwas, von dem ich nicht weiß, wie ich es bezeichnen soll. Es war, als versichertest du mir, daß es in Ordnung sei, daß wir uns schon bald näherkommen würden. Und als dann ein Komitee zur Dekoration des Klassenzimmers gewählt wurde und die Kinder mich dafür vorschlugen, weil alle ganz verrückt danach waren, zu sehen, wie ich Bäume, Sträucher und Blumen an die Tafel malte und Frauen, welche die zusammengebundenen Beine der Hühner mit seitlich abgespreizten Flügeln und dem Kopf nach unten hängend umklammert halten und neben den Ligusterbüschen Schlange stehen, um das Geflügel dem Schächter auszuhändigen, der in seiner linken Hand eine Henne hält und seine Rechte zum Heft des Schächtermessers führt, das er zwischen den Zähnen hat, und eine Taube, die unter dem Zitronenbaum auf einem Wasserhahn hockt, sich vorbeugt und Wasser aus dem tropfenden Hahn trinkt, und eine Katze, die ihr zwischen den Dodoniabüschen auflauert, den Bauch an die Erde gedrückt und die Barthaare aufgerichtet wie bei dem schwarzen Kater, der mich biß, als ich ihm den Witz von Kaddischsohn erzählte, und einen Mann, der kniet und mit einem Jagdgewehr auf die Katze zielt, worauf die Kinder mich bestürmten, ich solle malen, wie der Mann auf die Katze schießt, ich bunte Kreide nahm und eine rote Feuerblume malte, die aus der schwarzen Mündung des silbernen Laufs spritzt, und die Katze, die wie ein in seine Einzelteile sich auflösender Rabe in den Himmel aufsteigt – als sie mich also für das Dekorationskomitee vorschlugen, flehte ich insgeheim, jemand möge auch Marika Tscherner für das Komitee vorschlagen, hoffentlich schlägt sie jemand vor, dachte ich, und plötzlich hob Chana Rosenblatt, die aus der Hölle zu uns gekommen war, zusammen mit ihrem Zwillingsbruder Aaron, wenn einer versuchte, ihn zu verprügeln, kam sie mit hochrotem Kopf angestürmt und schrie denjenigen mit heiserer Stimme aus ganzem Herzen an, er solle nicht wagen, Aarle anzurühren, weil der keinen Vater und keine Mutter mehr habe, die ihn beschützten, plötzlich also hob Chana Rosenblatt die Hand und zeigte auf, schnipste mit den Fingern, um die Aufmerksamkeit unseres Lehrers Jitzchak Berger auf sich zu lenken, und rief sogar, Herr Lehrer, Herr Lehrer, weshalb ich vor lauter Spannung an meinem Daumennagel nagte, weil Chana die beste Freundin von Marika war, noch aus der Hölle, und beide in einer glatten und weichen Sprache, in der es viele sch, tz und weiche j gab, die nach feuchten, sanften n kamen, miteinander flüsterten, und wenn Chana Marika vorschlagen würde, wäre das ein Zeichen, daß sie mit mir zusammen im Komitee zur Dekoration des Klassenzimmers sein wollte. Jetzt deutete Jitzchak Berger auf Chana Rosenblatt, und die sagte mit ihrem weichem Akzent: »Ich schlage Mira vor.« Eine Hitzewelle überflutete mich, und in der Pause kam Marika zu mir, schaute mit ihren großen, schönen Augen direkt in die meinen und fragte, ob ich wolle, daß wir beide nach dem Unterricht dablieben und anfingen, das Klassenzimmer zu dekorieren, worauf ich mit dem Kopf nickte, um ihr zu zeigen, daß ich wolle, ja, daß ich sehr, sehr gern wolle, und nach dem letzten Klingeln, als alle Kinder ihre Ranzen aus den Fächern unter den Tischen hervorzogen, Hefte und Bücher hineinstopften und sich die Tornister über die Schulter warfen, die Stühle hochhoben und sie unter den wachsamen Augen unseres Lehrers Jitzchak Berger umgedreht auf die Tische stellten, dann einen Augenblick lang schweigend neben den Tischen standen und Jitzchak Berger auf die Stille lauschte, bis er sie hören konnte und mit seinem schweren deutschen Akzent sagte: »Wunderbar, schalom, Kinder.« Dann antworteten ihm alle Kinder im Chor: »Schalom und auf Wiedersehen«, und er nahm seine abgewetzte, ausgebeulte Aktentasche, verließ den Klassenraum, die Kinder drängten ihm durch die mit hellgrüner Ölfarbe gestrichene Doppeltür nach, um in dem Augenblick, in dem sie die Schwelle überquert hatten, im Laufschritt den breiten Flur hinunterzustürzen, bis sie genug Fahrt aufgenommen hatten und auf den durch lauter Rutschen glattgeschmirgelten Schuhsohlen bis ans Ende des Flurs schlitterten, um von dort auf den sandigen Schulhof zu rennen, wo der Sand das Geräusch ihrer Schritte schluckte, ihre Stimmen sich immer weiter entfernten, bis Marika und ich mit einemmal allein waren in der Stille, die das leere Klassenzimmer, den Flur und den zu dieser heißen Mittagsstunde jetzt menschenleeren Schulhof einhüllte. Bis die verwitwete Frau Olbricht kam, um mit ihren beiden Töchtern die Klassenräume zu wischen, hatten wir jede Menge Zeit, denn die Zeit stand nun still, als Marika und ich die Bögen weißen Zeichenkartons aus dem Schrank holten, der in der Ecke der Klasse stand, die Bögen auf dem Fußboden ausbreiteten und uns bäuchlings auf die kühlen Fliesen legten. Ich hielt den Bleistift in der Hand, konnte aber nichts malen, weil Marikas Kopf ganz dicht neben meinem war, ich ihr Haar riechen konnte, und als sie die Augen von dem Zeichenkarton hob, mich anschaute und ihre Augen mich anlachten, wollte ich meine Hand ausstrecken und ihr Haar berühren, über ihr Gesicht und ihre rosa Lippen streichen, wagte aber nicht, auch nur einen Finger zu rühren, wagte kaum zu atmen, damit diese Stille zwischen uns nicht in sich zusammenfiel, denn auch Marika spürte diese Stille, die uns und den Raum zwischen uns ausfüllte, und auch sie wagte kaum zu atmen, brachte nur ihr Gesicht eine Winzigkeit näher an meines, so daß ich auf meiner Haut die Hitze, die ihre abstrahlte, spüren konnte und sich die Luft zwischen uns immer mehr erwärmte. An all das dachte ich jetzt, als der Schriftsteller mir gegenübersaß und sagte, wenn ich einmal groß wäre und eines Tage Liebe und Lust erfahren hätte, würde ich verstehen, über was er rede, doch plötzlich spürte er meine Stille, schreckte auf und sagte, das reicht für heute, komm morgen zur selben Zeit wieder her.

Am nächsten Tag ging ich nicht zum Haus des Schriftstellers, weil in der nicht mehr bewirtschafteten Obstplantage, an deren Ende mein Vater begonnen hatte, unser neues Haus zu bauen, ein großer Brand ausgebrochen war. Jahraus, jahrein, während er auf seinem Pferd durch die Pflanzungen ritt, zeichnete und verbesserte mein Vater in seinen kleinen Notizbüchern, in denen er die Namen der Arbeiter, die in den Zitrusplantagen tätig waren, und die Anzahl ihrer Arbeitsstunden festhielt, die Baupläne des Hauses, und jeden Tag, wenn er von der Arbeit heimkehrte, erklärte er meiner Mutter die Pläne, nachdem er geduscht und es sich auf dem Sofa bequem gemacht hatte, in dessen mit Mahagonifurnier und glänzender brauner Politur überzogenem Bettkasten während des Krieges die in violettes Papier eingewickelten Zuckerhüte aufbewahrt wurden. Jedesmal, wenn Zucker benötigt wurde, holte Vater einen solchen Zuckerhut von der Größe einer Weinflasche hervor und fing an, mit Hilfe des kleinen Fleischbeils, mit dem Großmutter auf dem Holztisch in der Küche Fische kleinhackte, den Zuckerhut in zwei Hälften zu spalten, von denen er jede wiederum der Länge nach brach. Dabei ging er so vor, daß er den Zuckerblock in seine linke Hand legte und mit der rechten das scharfe Fleischbeil schwang und es mit einem präzisen Schlag auf dem Spaltpunkt des Zuckerkristalls in seiner Hand landen ließ. Ängstlich verfolgte ich, wie das Beil in Vaters Handmuschel fuhr, und stellte mir vor, was passieren würde, wenn das Beil eines Tages den Zuckerblock verfehlte, aber mein Vater zielte immer genau, schwang auch, wenn er bei dem letzten Stück Zucker von der Größe einer Streichholzschachtel angelangt war, das in seiner großen, kräftigen Hand ruhte, das Beil hoch in die Luft und ließ es präzise auf der Schnittlinie des Zuckerquaders auftreffen, spaltete den Klumpen mit einem präzisen Hieb, der der Beilklinge genau in dem Sekundenbruchteil, in dem der Zuckerblock entzweiging, Einhalt gebot, ohne die Haut der Handfläche auch nur berührt zu haben. Und auch diese kleinen, halben Zuckerstreichholzschachteln spaltete er noch einmal, bis am Ende ein ganzer Berg mundgerechter Zuckerklümpchen vor ihm lag, die in eine leere Biskuitblechdose kamen. Niemals hat mein Vater mit dem Beil danebengeschlagen und sich die linke Hand verletzt oder auch nur angeritzt.

Nachdem er es sich auf dem Sofa bequem gemacht und das runde Kissen unter seinem Kopf zurechtgerückt hatte, auf das meine Mutter ein braunes Hirschkalb auf einer grünen Wiese vor einem blauen Himmel als Hintergrund gestickt und den bestickten Stoff mit glatter, schwarzer, wie das Kleid einer Tänzerin gerüschter Seide eingefaßt hatte, rief mein Vater meine Mutter, sie solle ihm Gesellschaft leisten, und klappte, als sie endlich neben ihm auf dem Sofa lag und ihren Kopf auf seine breite Brust stützte, sein kleines Notizbuch auf, dessen Seiten an den Rändern vom vielen Blättern ganz zerfleddert waren, nahm seinen Bleistiftstummel, der vor lauter Anspitzen auf die Größe eines Streichholzes geschrumpft war, führte die Spitze des Bleistiftes über die Linien der Skizzen und erklärte meiner Mutter, daß das die Veranda vor dem Eingang werden würde, und hier die Eingangshalle, von der zwei Schlafzimmer und der Salon abgingen, und hier würde ein kurzer Korridor zum Badezimmer, zur Toilette und zu der großen Küche führen, die er extra für sie entworfen habe, damit sie genug Platz habe und angenehm arbeiten könne, und von der Küche ginge die Terrasse ab, die man zumachen könne, um mehr Platz zu haben und ein Eßzimmer daraus zu machen, doch

Mutter interessierte sich nicht so sehr für die Einzelheiten des Plans, weil sie darauf vertraute, daß Vater unser neues Haus schon richtig bauen würde, aber Vater ließ sie nicht so leicht davonkommen, bestand darauf, daß ihr alle Details klar waren und fragte, was sie davon und was sie hiervon halte. Mutter tat so, als interessiere es sie, doch mir schien, daß sie ohnehin nicht daran glaubte, den Traum von dem neuen Haus irgendwann einmal verwirklicht zu sehen, denn woher das Geld für ein Haus nehmen, wenn man nur von dem Lohn lebte, den Vater als Leiter der Obstpflanzungen verdiente. Für Vater hingegen war der Bau des Hauses beschlossene Sache, und eines Tages kam er tatsächlich freudig erregt nach Hause und verkündete Mutter und der ganzen Familie, die reiche Dame, der die Zitrusplantagen gehörten, habe sich bereit erklärt, ihm ein Stück Land am Rand der nicht mehr bewirtschafteten Obstpflanzung zu geben, am Ende des Dorfes, und eine Summe Geld für den Bau des Hauses, das in ihrem Besitz bleiben sollte, zur Verfügung zu stellen. Sogleich kam es rund um den großen Tisch zu endlosen Familiendebatten darüber, ob die Geldsumme der reichen Dame für den Bau des Hauses ausreichte oder nicht, und mein Vater fing an, sich mit komplizierten Berechnungen zu beschäftigen, die er in seinem kleinen Notizbuch aufstellte, während er auf seinem Pferd durch die Pflanzungen ritt. Mit seinem Bleistiftstummel füllte er die Seiten des Notizbuches mit Zahlenkolonnen und Berechnungen, wieviel Geld sich für Steine sparen ließe, wenn er die Steine in den Nachmittagsstunden, nachdem er seine Arbeit in den Plantagen beendet hatte, selber goß, und Großmutter machte den Vorschlag, Lejb Dobkes, den Mann ihrer Cousine Dobka, anzuheuern, der sich mehr schlecht als recht durch Filmvorführungen unter freiem Himmel über Wasser hielt. Einer von Mutters Verehrern auf dem Gymnasium hatte sie einmal auf einen Film in dieses Kino eingeladen, sie zum Zaun gebracht und ihr ein Loch im Zaun gezeigt, durch das er sich die Filme immer ansah, denn Mitte der dreißiger Jahre des vorigen Jahrhunderts machte das Land eine schwere Krise durch, und wer hatte in jenen Tagen schon Geld für eine Kinokarte, die zwei Groschen kostete. Kein Zweifel also, daß Lejb Dobkes, der mit Mühe sein täglich Brot verdiente, erfreut sein würde, für einen bescheidenen Lohn zu arbeiten, da er auf jeden Penny angewiesen war, und mein Onkel Samson erbot sich, ihm beim Gießen der Steine zu helfen.

So kam Lejb Dobkes in unser Haus, ein Mann mit braungrünem Filzhut, dessen Augen stets gesenkt waren und von dessen Lippen niemals ein beschämtes Lächeln wich, vielleicht weil er beim Sprechen s und sch verwechselte. Er bekam die kleine Kammer neben dem Zimmer von Onkel Samson und Tante Batja, und das Leben im Haus erfuhr eine leichte Veränderung, weil Lejb Dobkes sehr fromm war, viel frommer noch als Onkel Samson, der zwar jeden Freitag und jeden Samstag in die Synagoge neben den rostigen Follern ging, der aber nicht eilig seine Finger ableckte und danach mit ihnen den Türrahmen berührte, wie Lejb Dobkes es jedesmal tat, wenn er ins Haus kam oder von einem Zimmer ins andere ging. Als Lejb Dobkes sah, daß ich neugierig und erstaunt dieses sonderbare Ritual verfolgte, näherte er sein gerötetes Gesicht und seinen fleischigen Nasenzinken meinem Ohr und erklärte mir flüsternd, daß »man die Meschuscha küschen musch«, denn »wenn man die Meschuscha nicht küscht, kann der Schatan insch Hausch kommen und manchmal schogar eine Slange«. Lejb Dobkes war ein Litwak und dies der Grund, warum er s und sch verwechselte und sagte, dasch der Ssöpfer die Slange ssickt, damit schie die Slechten beischt, die nicht an den Ssöpfer, gelobt schei ER, glauben, und das sei der Grund, warum esch scho viele Slangen auf eurem Hof gibt, die insch Hausch wollen, weil deine Groschmutter nicht aufpascht, dasch allesch streng kosser ischt, obwohl schie eine gute Frau ischt, und dein Vater ein ssrecklicher Genuschmenss, der überhaupt nur trejfe ischt. Während er mir dies ins Ohr flüsterte, flitzten seine Äuglein hin und her, um sicherzugehen, daß ja niemand die schrecklichen Dinge hörte, die er mir über meine Großmutter, meinen Vater und die Schlangen erzählte, die in Massen auf dem Hof wimmelten und nur auf eine Gelegenheit lauerten, ins Haus zu schlüpfen als Gesandte des Ssöpfers.

Vor dem Nachmittagstee, wenn alle um den großen Tisch saßen, um Tee mit Biskuits oder Brot mit Marmelade zu genießen und jeder den Tee auf seine Weise süßte und trank – Onkel Chaim zum Beispiel rührte noch lange, nachdem von dem Kandis, den er hineingetan hatte, schon nichts mehr übrig war, mit einem Löffel in seinem Tee herum, rührte und rührte, bis meiner Mutter der Geduldsfaden riß und sie ihren Bruder anfuhr, es reicht, Chaimke, sonst hast du gleich ein Loch ins Glas gemacht, denn tatsächlich kam es vor, daß Onkel Chaim, wenn ihn keiner darauf aufmerksam machte, immer weiterrührte, bis plötzlich der Löffel in seiner Hand ein Stück Glas, nah am Boden des Glases, herausgebrochen hatte und sich ein Schwall warmen Tees auf den Tisch ergoß und die Tischdecke ruinierte, Onkel Chaim von seinem Platz aufsprang und »weh« schrie, nicht oj und nicht wej, wie alle anderen, sondern eine Art »weh«, wie nur er es verwandte. Und während er rührte, ließ sich Onkel Chaim nicht davon abbringen, mit Hingabe und Ausdauer und manchmal auch schäumend vor Wut zu reden, und versuchte, meinen Vater in einer der endlosen Diskussionen zu besiegen, die immer wieder aufs neue ausbrachen, wenn Onkel Chaim etwas sagte und Vater sich beeilte, das genaue Gegenteil zu vertreten, nur um ihn zu ärgern, wie meine Mutter behauptete, und da Onkel Chaim bei seiner Rede nicht nur Feuer versprühte, hielt mein Vater die Hand schützend über sein Teeglas, damit Onkel Chaim nicht hineinspuckte, legte sich unterdessen ein Stück Zucker in den Mund, nahm einen Schluck Tee und schlürfte ihn über den

Kandis hinweg, so wie die Russen Prikosska trinken und es auch meine Großeltern väterlicherseits machten – bei dieser nachmittäglichen Teerunde also ließ sich Lejb Dobkes Zeit, zu den um den großen Tisch Versammelten zu stoßen, ging statt dessen zunächst in die Ecke des Zimmers, stand dort eine Weile mit geschlossenen Augen, wiegte sich vor und zurück, nach rechts und nach links und murmelte irgend etwas vor sich hin, weshalb ich zu ihm ging, mich neben ihn stellte und zu hören versuchte, was er sagte, jedoch kein Wort verstehen konnte. Und obwohl er, während er dort in der Zimmerecke vor- und zurückschwang, scheinbar nichts wahrnahm, sperrte er plötzlich ein Auge auf und linste von oben auf mich herab, setzte, als er sah, daß ich neben ihm stand und ihn mit großem Erstaunen beobachtete, ein Lächeln auf und legte seine Hand auf meinen Kopf, um mir zu signalisieren, ich solle es ihm nachtun. So stand ich neben ihm, wiegte den Körper vor und zurück, nach rechts und links, murmelte aber nichts vor mich hin, obwohl ich insgeheim spürte, daß ich ein Gemurmel wie das von Lejb Dobkes hätte zustande bringen können. Manchmal kam es vor, daß Großmutter mit ihrer Geduld am Ende war und sie Lejb Dobkes darauf hinwies, sein Tee werde kalt, worauf er ihr hastig erwiderte, er sei noch nicht fertig, um dann noch eine Weile weiter hin und her zu schaukeln, bis er am Ende ein paar Schritte zurück und wieder vor machte, noch ein bißchen Gemurmel von sich gab, und dann erst trat er an den Tisch, um sich zu der Teerunde zu gesellen. Ich folgte ihm, fing Vaters Blick auf, der mich verwundert anstarrte, und spürte, daß er nicht erfreut darüber war, daß ich Lejb Dobkes' sonderbares Ritual nachahmte. Aber mein Vater sagte kein Wort zu mir.

Lejb Dobkes fertigte die Steine mit Hilfe einer Maschine, die er aus der Stadt mitgebracht hatte. Diese Maschine war genaugenommen nichts weiter als eine schwere eiserne Gußform mit beweglicher Bodenplatte, die er bis zum Rand mit einer

Betonmischung füllte, die Masse stampfte er mit einem schweren Eisenstößel fest, drehte die Form dann um und drückte auf die lose Bodenplatte, so daß der frische Stein tropfnaß und scharfkantig aus der Form auf eine Holzbohle flutschte. Am nächsten Tag war er bereits hart und fest und konnte auf den stetig anwachsenden Haufen von Steinen im Schatten der großen Zypressen gelegt werden, die die verwilderte Zitrusplantage begrenzten, zwischen deren Bäumen und Bewässerungsmulden mir mein Vater ein oder zwei Jahre später, als das Haus bereits an seinem Platz stand, zeigen würde, wie man schießt. Als ich nun Lejb Dobkes bei seiner Arbeit zuschaute, wandte er sich mir zu und erklärte mit seiner komischen Aussprache, das, was wir vor der Wand in der Zimmerecke taten, sei »dasch Nachmittagschgebet, dasch man am Nachmittag betet, vor dem Abendgebet, anschtelle des Nachmittagschopfersch, dasch im Tempel dargebracht wird«. Außerdem fügte er hinzu, daß unser Gebet »die Slangen vertreibt, die der Ssöpfer, gelobt schei ER, wegen deinesch Gebetsch vom Hof fernhält, aber jetscht, wo du betescht, hat der Herrsser der Welt ein Auge auf dich, bischt du in scheinem Buch desch Lebensch eingetragen, und wehe dir, du hörscht auf zu beten, denn wer nicht eingetragen ischt, der ischt egal, aber auf wen der Ssöpfer, geprieschen schei ER, ein Auge hat und wen er regischtriert hat, dasch ischt fürsch ganze Leben, und auf gar keinen Fall darfscht du aufhören zu beten, denn an dem Tag, an dem du aufhörscht, wird der Allmächtige eine Slange sicken, die dich beischt, aber wenn du andächtig weiterbetescht, wird der Herrsser der Welt, geprieschen schei ER, dir die Kraft der Ssprache geben, damit du laut zu ihm beten kannscht, wasch die weitausch beschere Form desch Gebetsch ischt«. Dieser Art waren Lejb Dobkes Bemühungen, vor den Augen der ganzen Familie ein Wunder zu vollbringen und mich zum Sprechen zu verführen. Ich aber fuhr während der ganzen Zeit, die er bei uns wohnte, fort, stumm mit ihm das

Nachmittags- und das Abendgebet zu beten, und als er in die große Stadt zurückgekehrt war, zu dem Hinterhof mit seinen riesigen Eukalyptusbäumen, wo er zusammen mit Dobka, seiner kleinen Frau mit den aufgeweckten Augen, die ihr Haar im Nacken zu einem Dutt hochsteckte, einen kleinen Kellerraum bewohnte, hielt ich auch weiterhin strikt das Nachmittags- und Abendgebet ein, stand allein in der Zimmerecke, wiegte mich vor und zurück, nach rechts und nach links und flüsterte stimmlos Worte, die ich aus Lejb Dobkes Gemurmel aufgeschnappt hatte: »Gelobt seiest DU, unser HERR, König der Welt, bitte vertreib alle Schlangen von unserem Hof.« Die Erwachsenen ließen mich dort still vor mich hin beten, und niemand mischte sich in meine Gewohnheiten ein, bis eines Tages, nachdem ich mein Nachmittagsgebet beendet hatte und die ganze Familie, da es ein sehr heißer Tag war, auf der runden Terrasse saß, Tante Lea, die in den Garten hinabgestiegen war, um Blumen zu pflücken, mit einemmal in ihrer stillen, ruhigen Art sagte: »Hier ist eine Schlange«, worauf mein Vater und Onkel Samson aufsprangen und fragten, wo, und Tante Lea sagte, hier, zwischen den Büschen, Onkel Samson eine Heugabel holte und mein Vater mit einem langen Stock in den Büschen herumstocherte, was die Schlange dazu bewegte, plötzlich zum Vorschein zu kommen und flüchten zu wollen. Doch da schwang mein Vater den Stock und brach mit einem fürchterlichen Schlag der Schlange den Rücken, ehe Onkel Samson ihr geschwind die Heugabel durch den fetten Kopf stach, so daß die Schlange sich nur noch um die Gabelzinken winden konnte, worauf mein Onkel die Heugabel mit der aufgespießten Schlange an das Geländer der runden Terrasse lehnte, ihr dunkles Blut auf den Gartenweg tropfte und alle herbeieilten, die Schlange umstanden und Vermutungen über ihre Giftigkeit anstellten, während ich beschämt und betrogen ein wenig abseits stand. Am Abend jenes Tages ließ ich das Abendgebet aus und am nächsten Tag auch das Nachmittagsgebet, trat dann angsterfüllt auf den Hof, weil ich befürchtete, an Lejb Dobkes Prophezeiungen könnte doch etwas Wahres gewesen und der Schöpfer nun versucht sein, mir eine Schlange zu schicken, die mich beißen sollte, weshalb ich den Hof abschritt, mich immer wieder umsah, dann anfing, unter den Sträuchern vor Großmutters Balkon zu suchen, zwischen denen am vorherigen Tag die Schlange entdeckt worden war, aber unter den Büschen war keine Schlange, genausowenig wie unter den Ligusterbüschen oder dem Dodoniabusch, in dessen Schatten vor Jahren der schwarze Kater gelegen hatte, dem ich Kaddischsohns Witz erzählte, der ihn das Leben kostete. Je mehr Zeit verstrich, desto mehr wich meine Sorge, bis sie eines Tages ganz verschwunden war. Als Lejb Dobkes im Winter wieder zu uns kam, um die restlichen Steine zu gießen, und feststellen mußte, daß ich aufgehört hatte zu beten, versuchte er, mich mit Hilfe von Greuelgeschichten wieder für das Gebet zu gewinnen, doch mein Herz war schon nicht mehr bei ihm, ich beobachtete ihn, wenn er aufstand und sich in die Ecke des großen Zimmers zurückzog, um das Nachmittagsgebet zu beten, und sah einen komischen Kauz, der sich vor und zurück, nach rechts und nach links wiegte, unverständliches Zeug murmelte und mit der Wand sprach. Und wenn ich ihm manchmal beim Ziegelgießen zuschaute, den neben der Kalkgrube im Schatten der Zypressen immer größer werdenden Steinhaufen erklomm, mich auf die Spitze setzte und ihn von dort aus beobachtete, huschte ein unmerkliches Lächeln um seine Mundwinkel, doch er hob niemals seinen stets gesenkten Blick, um mir geradewegs in die Augen zu blicken, so daß mich das Gefühl beschlich, als schämte er sich der Geschichte, die er mir im vergangenen Sommer aufgetischt hatte.

All dies ereignete sich ein Jahr, bevor Eli die Taube tötete und ich am nächsten Tag zum erstenmal zum Haus des Schriftstellers ging. Am darauffolgenden Tag ging ich, wie gesagt, nicht zu ihm, weil in der verwilderten Zitrusplantage ein Feuer ausbrach und das ganze Dorf half, den Brand zu löschen. Als die Männer verschwitzt und verrußt von den Löscharbeiten zurückkehrten und mein Vater in kurzen Khakihosen und verschwitztem Unterhemd einen nassen Sack, mit dem er versucht hatte, das Feuer zu ersticken, das das ausgedörrte Gestrüpp erfaßt hatte, über den Boden hinter sich herschleifte und ich ihm nachlief und seinen breiten Rücken und seine starken Arme betrachtete, war dem Wächter Schwarzhuber nach einem Spaß zumute, und er trat auf den Sack, den Vater hinter sich herzog. Weil er den Sack nicht weiterziehen konnte, blieb mein Vater stehen und drehte sich um, um zu sehen, was passiert war. Der Wächter Schwarzhuber, ein hochaufgeschossener, breitschultriger Kerl mit riesigen Füßen, lachte und sagte zu Vater herausfordernd, nu, mal sehen, ob du den Sack bewegen kannst, und ich flehte in meinem Herzen: Vater, zieh den Sack weg, damit er hinfällt. Mein Vater zog auch mit ganzer Kraft, doch der Sack rührte sich nicht, und Schwarzhuber fiel nicht hin, sondern setzte nur eine Art geringschätziges Lächeln auf, während auf Vaters Gesicht ein verlegenes Lächeln trat, als er zu dem Wächter sagte, nu, es reicht, und Schwarzhuber nahm seine riesigen Armeestiefel von dem Sack, als täte er jemandem einen Gefallen. Dies war das erste Mal, daß ich ein Anzeichen von Schwäche an meinem Vater sah und verstand, daß er nicht der stärkste Mann auf der Welt war und daß es Dinge gab, die über seine Kräfte gingen. Vor zwei Jahren dann, als ich mein E-Mail-Postfach öffnete und dort eine Nachricht von einem Menschen namens Schwarzhuber fand, fing mein Herz heftig an zu schlagen, weil mit einem Schlag die Erinnerung an jenen Augenblick wachgerüttelt wurde, jenen Augenblick in der Abenddämmerung mit der angenehmen Kühle der Luft und dem scharfen Geruch des gelöschten Brandes, als eine Gruppe von verrußten und verschwitzten Männern auf dem sandigen Pfad der Zypressenallee folgte, nasse Säcke hinter sich herschleifend. Ich beeilte mich, den Cursor auf das Menü Postfach zu ziehen, öffnete die Mail und war bestürzt festzustellen, daß die Nachricht tatsächlich von jenem ehemaligen Wächter war, der auf den Sack getreten war, den Vater an jenem Sommerabend Ende der vierziger Jahre des vorigen Jahrhunderts hinter sich hergezogen hatte. In seiner Mail ließ mich Schwarzhuber wissen, er habe, wie er sagte, »mitten in der Nacht« mein Gedicht »Marsch« gelesen und darin den sandigen Pfad wiedererkannt, über den der Sohn seinen Vater gegen dessen Willen auf einem nächtlichen Marsch durch die Zitrusplantagen vom Meer nach Hause zerrt, weil dies genau der Weg sei, auf dem sie während der Unruhen gegen Ende der dreißiger Jahre des vergangenen Jahrhunderts Nacht für Nacht zu ihren Patrouillengängen aufgebrochen seien, in einer Zeit, als Banden von Freischärlern die Wege verminten und den Arbeitern, die früh am Morgen zur Arbeit gingen, auflauerten. »Und obgleich ich in Ihrem Gedicht viele Eigenschaften Ihres Herrn Vater, er ruhe in Frieden, wiederentdeckt habe«, schrieb mir Schwarzhuber in seiner Mail, »wie zum Beispiel Hartnäckigkeit, Abenteuerlust oder seine romantische und irrationale Einstellung zum Leben, könnte ich Ihnen Dinge erzählen, die geschaffen wären, Ihnen eine bestimmte Seite seiner Persönlichkeit zu beleuchten, die Ihnen unbekannt sein dürfte, wenn Sie denn überhaupt daran interessiert sein sollten, dem Gewäsch eines Greises von einhundertundvier Jahren zu lauschen.« Mit diesen Worten beendete Schwarzhuber seine Nachricht, die er mir um fünf Uhr morgens per E-Mail zusandte. Ich beeilte mich, ihm eine kurze Mitteilung zurückzuschicken, in der ich ihm für seine Mail dankte und fragte, ob ihm ein Brand im Unterholz in Erinnerung geblieben sei, der Ende der vierziger Jahre des vorigen Jahrhunderts in der nicht mehr bewirtschafteten Plantage ausgebrochen war, an deren Rand mein Vater später unser neues Haus erbaute, und ob er sich noch an etwas erinnere, das er damals selber getan habe und das mit meinem Vater und einem Sack, den dieser zum Löschen des Feuers verwendet habe, zusammenhänge. Darauf antwortete Schwarzhuber umgehend mit einer sehr kurzen, witzigen Mail: »Hahaha! Es gab in jenen unendlich weit zurückliegenden Jahren so viele Brände im Unterholz, die wir sämtlich mit Hilfe von nassen Säcken löschten. Wie können Sie da erwarten, daß ich mich an einen bestimmten Brand und eine Begebenheit mit einem alten Sack erinnere, die sich vor achtzig Jahren zugetragen hat! Aber ich wäre Ihnen dankbar, wenn Sie die Güte hätten, mir die genauen Umstände in Erinnerung zu rufen.« Doch auch als ich ihm den Vorfall in allen Einzelheiten schilderte, konnte sich der alte Wächter Schwarzhuber an nichts erinnern und schlug statt dessen vor, wir sollten uns treffen. »Bei dieser Gelegenheit werde ich Ihnen einiges über die Jugendjahre Ihres Herrn Vater erzählen, und ich glaube, ich werde Ihnen die Augen über jene geheimnisvolle junge Frau öffnen, an die Ihr Herr Vater Ihnen seinen letzten Brief auf dem Sterbebett diktiert hat, in der Nacht, in der er seine Seele seinem Schöpfer überantwortete, wie es in Ihrem Hymnus beschrieben steht. Und da Sie läppische vierundzwanzig Jährchen jünger sind als ich, erlaube ich mir, Sie zu mir einzuladen, und würde mich freuen, Sie in meiner Wohnung, in lichter Höhe der Edentürme, von denen aus man an einem klaren Tag und bei guter Sicht das ganze Land sehen kann, zu bewirten.«

Ich dankte Schwarzhuber für sein großzügiges Angebot und fügte hinzu, jetzt, da seine E-Mail-Adresse in meinem Adreßverzeichnis gespeichert sei, könne ich Verbindung zu ihm aufnehmen, sobald ich mich einer gewissen Aufgabe, in die ich dieser Tage vertieft sei, entledigt hätte. Womit ich das hier entstehende Dokument meinte, von dem ich, als ich vor einigen Monaten eher zufällig mit seiner Niederschrift begann, nicht ahnte, wohin es mich entführen würde, denn alles, was ich ursprünglich aufzuschreiben gedachte, waren Einzelheiten über die undurchsichtige Verbindung zwischen dem Schriftsteller und dem Maler Oded Paretzki, wie ich sie aus dem Munde Ditha Sorokas erfuhr, die ich traf, als ich mich aufmachte, Rina Kosbizki während der Trauerwoche für ihren Sohn Juval, der derselben Muskelschwundkrankheit erlag, an der auch schon sein Vater Se'evik, der Raketenbauingenieur, gestorben war, die Hand zu drücken.

Nachdem ich Rina, die mir für mein Kommen dankte, die Hand gedrückt hatte, goß ich mir ein Glas Laphroaig von der Insel Islay ein und entfernte mich ein wenig, um ungestört das rauchige Aroma und den torfigen Geschmack des Whiskys zu genießen, als mich mit einemmal Bilder von einer Reise durch Schottland überfluteten, die ich in den achtziger Jahren des vergangenen Jahrhunderts in Gesellschaft von Klara unternommen hatte, der Mutter von Se'evik, die vierzig Jahre zuvor unsere Sportlehrerin in der Volksschule gewesen war. Sie lud mich ein, sie auf dieser Nostalgietour zu begleiten, die sie in Erinnerung an ihre Liebesreise gegen Mitte der vierziger Jahre des vorigen Jahrhunderts unternehmen wollte, damals mit dem englischen Offizier Captain Drury, der in der Zeit der Engländer ihr Liebhaber gewesen war, zu einer Zeit, als sie zugleich eine der Geliebten des Schriftstellers war, wie ich nach dessen Tod von ihr erfuhr, als sie mich nahm und zu ihrem letzten Liebhaber machte. Sie hatte damals schon die Sechzig überschritten, und wäre sie heute noch am Leben, würde sie bald ihren einhundertundersten Geburtstag feiern, aber bei der Liebe strahlte ihr Gesicht Glück und Jugend einer Sechzehnjährigen aus. Und genauso hatte ich sie vor Augen, als ich mit meinem Glas Whisky in der Hand im Garten des Hauses stand, das einmal das ihre gewesen und in dem sie mich zum erstenmal mit in ihr Bett genommen hatte, nachdem wir eine ganze Nacht zusammengesessen hatten, sie mir von ihrer Beziehung zu dem Schriftsteller erzählte und wir beide ein Glas Macallan nach dem nächsten tranken. Das war ihr Lieblingswhisky, noch aus den Tagen der Engländer, als sie die Geliebte von Captain Drury gewesen war, während ihr Mann in Griechenland in deutscher Kriegsgefangenschaft saß, aus der er einige Zeit später nach dem Sieg über die Nazis zurückkehrte, zusammen mit Gutmann und Tischbi, »unseren Kriegsgefangenen«. Das ganze Dorf war damals auf den Beinen, um sie bei ihrer Heimkehr am Nachmittag eines heißen Sommertages zu empfangen. Alle hatten sich auf dem Hügel, auf halbem Weg zwischen der Ortschaft und der Hauptstraße versammelt, die Männer in weißen Hemden und Khakihosen, und auch wir, die Schulkinder, in weißen Hemden und kurzen Khakihosen, nach Klassen geordnet standen wir bereit, unsere Kriegsgefangenen mit dem Lied »Wir erbauen unser Land, Land der Heimat« zu begrüßen. Die älteren Mädchen aus den höheren Klassen standen in blauen Röcken und weißen Russenblusen und tänzelten mit ihren sonnengebräunten, bloßen Beinen ungeduldig auf dem lehmigen Boden neben der Straße hin und her, hüpften, gespannt auf ihre Darbietung der Tänze »Granatapfelbaum« und »Doppelte Tscherkessin« wartend, auf der Stelle, übten miteinander diesen oder jenen Tanzschritt und zeigten bei einer schnellen Drehung, die ihre Röcke hochfliegen ließ, ihre wohlgeformten Waden und Schenkel. Die älteren Jungen hatten das Transparent ausgebreitet, auf das der Maler Oded Paretzki mit roter Farbe die von dem Schriftsteller gewählten Worte »Heimgesandt aus Feindesland« gemalt hatte, und wollten es nun zwischen den Stangen, an denen es befestigt war, spannen und in die Höhe halten. Doch genau in dem Moment kam mein Vater auf seiner Stute herangaloppiert und rief, das Spruchband sei ja sehr schön, aber es fehle ein Triumphbogen, vor den man es hängen könne, und als sie ihm vorhielten, jetzt sei es zu spät, über einen Triumphbogen nachzudenken, widersprach mein Vater ihnen mit verschmitztem Lächeln und meinte, jetzt sei genau der richtige Augenblick, zu Ehren unserer Kriegsgefangenen einen ganz besonderen Triumphbogen, wie es ihn noch nie gegeben habe, zu errichten, und ehe sie verstanden, worauf er hinauswollte, hatte mein Vater Jossi Frankfurter zu sich gerufen, sich einen Augenblick lang flüsternd mit ihm verständigt, worauf beide Männer ihre Schuhe abstreiften, mein Vater ein Seil, das an seinem Sattel hing, packte und die zwei vor den Augen aller Dorfbewohner begannen, zwei hohe Zypressen zu erklettern, die auf der den Weg zu beiden Seiten begrenzenden Allee auf gleicher Höhe standen. Als die beiden fast die Spitze der Zypressen erreicht hatten, begannen die biegsamen Bäume, sich unter dem Gewicht der Männer aufeinander zuzuneigen, die Menschen unten hielten den Atem an, weil die Bäume ächzten und stöhnten, als drohten sie, jeden Augenblick zu brechen, und genau in jenem Moment rief mein Vater zu Jossi Frankfurter hinüber und fragte, ob er bereit sei, und Jossi brüllte, bereit, hielt sich mit einer Hand am Stamm der Zypresse fest und streckte die andere Vater entgegen, der sich ebenfalls mit einer Hand an der Spitze seiner Zypresse festhielt, mit der anderen das zu einer großen Schlinge gelegte Seil nahm, es über seinem Kopf kreisen ließ und dann zu Jossi Frankfurter hinüberwarf, der die Hand ausstreckte und das Ende des Seils, das sich wie eine riesige Schlange durch die Luft wand, zu fassen bekam, es um die Spitze der Zypresse knotete, ehe mein Vater an dem bei ihm verbliebenen Ende zog und sich die Spitzen der beiden Bäume aufeinander zubewegten, bis sie sich genau über der Mitte des Weges trafen und mein Vater das Seil um den Stamm seiner Zypresse wikkelte. Über das zwischen den beiden Zypressen, die einen perfekten Bogen über dem Weg bildeten, straff gespannte Seil hängten sie die schöne Losung, die der Schriftsteller gewählt und der Maler Oded Paretzki mit roten Lettern auf ein weißes Tuch gemalt hatte. Genau in dem Moment erschien Captain Drury auf seiner B. S. A. und meldete, die Kriegsgefangenen kämen, worauf unser Lehrer Jitzchak Berger die Hand in die

Höhe hob, der Chor ein Lied anstimmte und Klara, die die Tänze mit den älteren Mädchen einstudiert hatte, diese Aufstellung nehmen ließ. Als unsere Kriegsgefangenen schließlich auf der Kuppe des Hügels genau unter dem Triumphbogen, wie es ihn so noch nie gegeben hatte, auftauchten, war es die Frau von Tischbi, die als erste losstürzte und ihrem Mann, der ohne Finger zurückgekommen war, in die Arme fiel, ehe Frau Gutmann mit Mühe die paar Schritte zurücklegte, die sie und den alten Gutmann, der mit einem Loch in der Wange und einem Glasauge zurückgekehrt war, trennten, und Tischbi auch noch von seiner Schwester Chassija empfangen wurde, die mit schlammbedeckten Gummistiefeln geradewegs vom Bewässern ihrer Plantage kam. Endlich gab Klara mit der Hand ein Zeichen, worauf die älteren Mädchen die Kriegsgefangenen mit dem »Granatapfelbaum«-Tanz umringten, Klara in die Mitte des Kreises trat und ihrem Mann Ezechiel Kosbizki die Hand reichte, um mit ihm zu den Klängen des »Granatapfelbaums« einen Walzer zu tanzen, und die Leute bravo riefen und applaudierten. Auch Captain Drury stand dort und klatschte Beifall, und erst als ich viele Jahre danach für den Schriftsteller das Manuskript seines Romans *Das verbotene Dorf* kopierte, erfuhr ich, daß in jenem Moment alle daran dachten, daß noch am selben Morgen Captain Drurys B. S. A. im Hof von Klara Kosbizki gestanden hatte, in deren Garten ich nun stand, meinen Laphroaig schlürfte und das Grüppchen von Greisen meines Alters betrachtete, die sich dort eingefunden hatten, um ihrer Klassenkameradin Rina Kosbizki das Beileid auszusprechen, die nun, wenige Jahre nachdem dieselbe Krankheit ihr bereits den Mann genommen hatte, um ihren Sohn weinte. Unter den Trauergästen erkannte ich Avinoam, der Noga vor fünfundsechzig Jahren den Arm verdreht hatte, worauf sie ihn herausfordernd anlachte, der später dann zu einem vielgepriesenen General wurde, ehe er sich Privatgeschäften zuwandte, in kriminelle

Machenschaften verwickelt wurde und zwei Jahre im Gefängnis verbrachte. Und ich entdeckte Amos Birnbäum, der seinen Namen in Bar-Niv änderte und vor vielen Jahren einmal ein wichtiger Journalist war, dessen Wochenendreportagen das ganze Land las. Dann warf ich einen Blick auf Rina Kosbizki und erinnerte mich an ihren verstorbenen Mann, wie er früher in unserer Kinderbande immer in sauberen, gebügelten Khakishorts, mit kurzärmligen, gebügelten Khakihemden und hohen, stets auf Hochglanz polierten braunen Armeestiefeln aufgefallen war. Und plötzlich begriff ich, daß seine Mutter Klara ihn solche Sachen tragen ließ, weil damals gerade ihre Affäre mit dem englischen Offizier Captain Drury in voller Blüte stand, der sie mit auf eine Liebesreise durch Schottland nahm, auf deren Spuren sie wiederum mich zu ihrer Nostalgietour mitnahm, mich zu den mit sattem Grün bedeckten Hügeln von Bharraich Castle brachte, die zur Küste sanft abfielen, wo Leute mit Metalldetektoren herumliefen und Münzen auflasen, die andere Leute im Sand verloren hatten. Und in den Nächten streifte Klara mir all meine Sachen ab, legte mich auf den Bauch und ließ ihre Finger über meinen Rücken wandern, streichelte mein Gesäß und spreizte tastend meine Beine, bevor ihre Hand zwischen sie glitt, sanft über meine Hoden strich und dann mein Glied umhüllte, das in ihrer Hand anschwoll. Danach rollte sie mich auf den Rükken, küßte und knabberte an meinen Brustwarzen, leckte mit ihrer Zunge jede Stelle meines Körpers und flüsterte auf englisch, mein Baby, plapper etwas für Mama, plapper etwas. Doch ich plapperte nicht, gab keinen Laut von mir und spürte nur den Zauber der Berührung ihrer Haut auf der meinen, bis sie endlich auf mein Geplapper verzichtete und von da ab für uns beide sprach, sich auf mich setzte, mit einer Hand ihre Schamlippen spreizte und mit der anderen mein Glied in ihren Körper dirigierte und auf englisch flüsterte, komm, mein Geliebter, wie gut, daß du nicht sprechen kannst, wie gut es tut, dich so zu lieben, komm zu mir, mein Baby, komm zu Mama, denn vom Alter hätte sie tatsächlich meine Mutter sein können. Sie ließ meine Hände ihren festen Po umklammern, befahl mir, mit ihr zu machen, was ich wolle, während sie mit mir machte, was sie wollte, und ich mich den Bewegungen des muskulösen Körpers meiner ehemaligen Sportlehrerin hingab. Noch jetzt, da ich den rauchigen Whisky über meine Zunge rollen ließ, spürte ich Klaras Schamlippen auf meinen Lippen und hatte, während ich ihre Schwiegertochter Rina Kosbizki betrachtete, die von ihren noch am Leben verbliebenen Freundinnen, meinen ehemaligen Klassenkameradinnen, umringt dasaß, Se'evik vor Augen, als Junge, Soldat und hoher Offizier in der Armee, ehe er Raketenbauingenieur wurde ... Da berührte mich eine Hand an der Schulter, ich drehte mich um und blickte in ein Augenpaar, das mich aus dem faltigen Gesicht einer alten Frau anfunkelte, die sich beeilte, sich vorzustellen, noch ehe der Ausdruck des Erstaunens von meinem Gesicht gewichen war. Ditha, Ditha Soroka, wiederholte sie, als hätte ihr Vorname nicht ausgereicht, um mir ihre Gestalt vor Augen treten zu lassen als junge Frau, die in die Stadt ging, um Schauspielerin zu werden und tatsächlich in irgendeinem längst vergessenen Film aus den sechziger Jahren des vorigen Jahrhunderts zu kurzzeitigem Ruhm kam und von jedem eine große Karriere prophezeit bekam, ehe sie dann zur Geliebten des Malers Oded Paretzki wurde. Und nun stand sie im Schatten der majestätischen Pointiana, deren rote Blütenpracht sich wie ein Schrei in den Himmel reckte, vor mir und sagte, sie habe schon lange mit mir reden wollen, genaugenommen seit dem Tag, an dem sie meinen letzten Gedichtband gelesen habe, vierundzwanzig Stunden nach dessen Erscheinen, und sie freue sich, daß nun der Augenblick gekommen sei, obwohl sie mit mir nicht über Gedichte sprechen wolle, denn sie sei ohnehin überzeugt, daß sich in mir ein Prosaist verberge, weshalb sie sich wundere, warum ich keine Erzählungen und Romane schriebe, da die Sujets, mit denen ich mich in meinen Gedichten beschäftigte, ihrem Wesen nach nicht für Gedichte bestimmt seien, und von daher sei sie sicher, daß ich eines Tages doch noch eine Novelle schreiben würde, obgleich man in unserem Alter nicht wisse, was der nächste Tag bringe, denn sie nehme an, daß auch ich keinen Vertrag mit der Ewigkeit habe, und wenn doch, dann habe sie sich eben getäuscht, wie dem auch sei, sie werde mir das ihre sagen, wonach es mir freistehe, mit ihrer Geschichte zu machen, was ich wolle, ein Gedicht oder einen ganzen Reigen von Sonetten zu schreiben, obwohl, wenn ich darauf bestünde, auch weiterhin Lyrik zu verfassen, der Stoff eher für eine Reihe von Balladen geeignet sei, jedoch bestehe kein Zweifel, daß die Form des Romans die der ganzen Affäre angemessenste literarische Variante sei, aber na schön, sie wisse, daß ich, könnte ich sprechen, sie zweifelsohne nun fragen würde, warum sie sich nicht selber hinsetze und diese Geschichte, die sie so erpicht sei, mir zu erzählen, aufschreibe, und die Wahrheit sei, daß sie in der Vergangenheit bereits etliche Male versucht habe, sich an den Schreibtisch zu zwingen und die Dinge zu Papier zu bringen, damit alle Welt erfahre, wer dafür gesorgt habe, daß ein riesiges, um nicht zu sagen geniales Talent wie das, mit dem der Maler Oded Paretzki gesegnet gewesen sei, vernichtet wurde, dessen erste Gemälde in unserem Land ein Echo wie der Schrei eines jungen Löwen gefunden hätten, ehe er innerhalb von weniger als zehn Jahren seine Schaffenskraft verloren habe und zu einem Wrack geworden sei, obgleich die Feuilletonisten auch in den verbleibenden Jahren seines Lebens nicht davon abzubringen gewesen seien, ihm als einem der wenigen Genies zu huldigen, die unsere Kultur entscheidend geprägt hätten, aber mal ehrlich, wer erinnere sich denn heute noch an seinen Namen, einmal abgesehen von ein paar Malereiexperten, und unter uns, wir beide wüßten doch, daß Oded Paretzki, seine frühen Gemälde natürlich ausgenommen, mit dem Fluch der maßlosen Überschätzung von seiten seiner bigotten Verehrergemeinde habe leben müssen, denn mir sei doch gewiß noch präsent, wie man in den siebziger und achtziger Jahren keinen Feuilletonteil in einer Zeitung aufschlagen konnte, ohne auf irgendeine Bemerkung zu stoßen, die sich auf Oded Paretzki oder den Schriftsteller als das A und das Z unserer bildenden und literarischen Kunst bezog, wobei klar sei, daß die allermeisten dieser Schreiberlinge nicht eine Erzählung des Schriftstellers gelesen und ganz bestimmt keine Zeit darauf verschwendet hatten, sich mit den späten Arbeiten von Paretzki auseinanderzusetzen, da beide Männer schon viele Jahre zuvor zu Epigonen ihrer selbst geworden seien, worin ich doch mit Sicherheit einer Meinung mit ihr sei. Aber nicht darüber wolle sie mit mir reden, sondern über die dunkle Seite der Beziehung zwischen dem Schriftsteller und dem Maler, aber erst einmal werde sie, wenn ich nichts dagegen hätte, unsere Gläser auffüllen, ich solle nur die Freundlichkeit besitzen, ihr zu sagen, was ich trinke, oh, Verzeihung, sie habe vergessen, daß ich nicht spreche, in letzter Zeit vergesse sie überhaupt sehr viel, offenbar würden wir nicht jünger mit den Jahren, und das Gedächtnis sei das erste, was uns an diese Tatsache erinnere, wie heute morgen, als sie beim Aufwachen irgendeinen wichtigen Gedanken gehabt habe, sich dann einen Kaffee machen gegangen sei, aber zuvor noch auf den Hof, um die Katzen zu füttern, und als sie wieder ins Haus gekommen sei, habe sie sich nicht mehr daran erinnern können, was dieser Gedanke war, und was noch schlimmer sei, plötzlich habe sie Zweifel bekommen, ob sie überhaupt einen solchen Gedanken gehabt habe, vielleicht sei es ihr ja nur so vorgekommen, und dies wiederhole sich immer häufiger, daß sie den Eindruck habe, etwas vergessen zu haben, ohne sich daran erinnern zu können, was, und ob sie tatsächlich etwas vergessen habe oder es ihr nur so vorkomme, als ob, und worüber wir überhaupt gesprochen hätten, bevor sie sich über ihre Gedächtnisprobleme ausgelassen habe? Als ich lächelte und mein Glas Whisky vor ihrem Gesicht hin und her schwenkte, betrachtete sie es einen Augenblick lang verlegen, ihre Augen verengten sich, »Dithas Augen«, was einst hierzulande ein fester Begriff war, wie in Frankreich die Augen von Elsa Triolet, zu zwei schmalen Schlitzen in der faltigen Kraterlandschaft ihres Gesichts, bis sie plötzlich wieder weit aufgerissen wurden, als Ditha sich entsann und meinte: »Ah, Wein, natürlich« und zum Getränkebüfett in einer Ecke der Rasenfläche eilte. Da sie vergaß, mir mein Glas aus der Hand zu nehmen, lehnte ich mich an den Stamm der Pointiana, hielt das Glas schräg, kniff ein Auge zu und linste hinein, führte, als ich sah, daß mir noch mindestens drei oder vier Schlucke geblieben waren, das Glas an die Lippen und sah durch den Whisky hindurch die junge Ditha Soroka, wie sie vor fünfzig Jahren ausgesehen hatte, als sie in jenem Kinofilm, an dessen Titel ich mich nicht erinnern konnte, mitgespielt hatte und in Sandalen und kurzen, durch Gummibänder um die Schenkel gehaltenen Turnhöschen, die bei den jungen Mädchen damals in Mode waren, durch irgendeinen Weinberg hüpfte. Aus jenen Tagen datiert auch die enge Verbindung zwischen Oded Paretzki und Chanoch, dem frischgebackenen Ehemann von Tante Lea, den der Elektrogerätehändler Mittelmann, ein entfernter Verwandter meiner Großmutter, ihr vermittelte, und wenn ich heute darüber nachdenke, wundere ich mich, was diese beiden Männer, Oded und Chanoch, die bis auf ihre gemeinsame Schwäche für einen guten Tropfen so grundlegend verschieden waren, miteinander verband.

Abend für Abend, wenn Chanoch von seiner streng vertraulichen Arbeit in einer Waffenfabrik zurückkam, wo er als Sprengstoffexperte arbeitete, eine Qualifikation, die er während seiner Dienstzeit in der britischen Armee erworben hatte, stellte er den Pritschenwagen, den er von der Fabrik zur Verfügung gestellt bekam, an immer genau demselben Punkt im Schatten des Olivenbaums neben der Einfahrt zum Hof ab, betrat das Haus und sagte zu seiner Frau immer mit der gleichen Betonung Schalom, wobei seine Stimme mit dem »Scha« in die Höhe stieg, um mit dem »lom« wieder zu landen, ging dann in das gemeinsame Schlafzimmer, das er sich mit Tante Lea teilte, und legte in immer gleicher Reihenfolge seine gebügelte Arbeitskleidung ab, zunächst die schwarzen Halbschuhe, die er mit Daumen und Zeigefinger parallel zusammenführte, bevor er sie fein säuberlich nebeneinander vor den stummen Diener stellte, den er eigenhändig mit seinem Werkzeug gebaut hatte, das nach Art und Größe in aufsteigender Reihenfolge geordnet in seinem Werkzeugschrank hing, kleiner Hammer, mittlerer Hammer, großer Hammer, allesamt von zwei Nägeln gehalten, die den hölzernen Schaft genau unterhalb des eisernen Hammerkopfes einklemmten, und daneben an der Tür des Werkzeugschranks und den Innenwänden hängend, nach demselben Prinzip und derselben Methode angeordnet, Feilen, Raspeln, Meißel, Schraubendreher, Bohrer und Zangen. Wenn er mit der Anordnung der Schuhe zufrieden war, wobei er genauestens darauf achtete, sie exakt in die Mitte zwischen die Beine des stummen Dieners zu stellen, zog er seine helle Khakihose aus, griff sie mit den Fingern am unteren Saum, legte Saumkante auf Saumkante, Bügelfalte auf Bügelfalte, hob dann das Kinn etwas an, schob die zusammengelegten Hosenaufschläge darunter, senkte sein kantiges, energisches Kinn wieder und drückte damit die Hosenbeine gegen seine Brust, um nun, während ihm die Hose wie ein langer Bart unter dem Kinn hing, die Hosenbeine mit zwei Fingern genau auf halber Länge zu fassen, ehe er den Griff seines Kinns lockerte und in dem Sekundenbruchteil, da die Hosenbeine nach unten fielen, das Kleidungsstück mit den Händen vom Körper weghielt. Die exakt in der Mitte gefaltete Hose hängte er über die Lehne seines stummen Dieners und war nun frei, sein Khakihemd auszuziehen, dessen Ärmel mit gleich breiten Aufschlägen bis einen Zentimeter über den Ellbogen gekrempelt waren. Aber bevor er sich ans Öffnen der Hemdknöpfe machte, langte er mit der rechten Hand an seinen Nacken, senkte und drehte dabei den Kopf ein wenig nach links und zog dann das gebügelte Taschentuch hervor, das innen den Kragen seines Hemdes auskleidete, inspizierte es gründlich, um zu sehen, ob er es noch einen weiteren Tag verwenden und seinen Hemdkragen damit vor dem Schweiß seines Halses schützen konnte. Dieser war durch eine stets kompromißlose Rasur derart grausam zugerichtet, daß seine von hellen Stippen übersäte Röte mir Jahre später wieder in den Sinn kommen sollte, an einem kalten Wintertag in Bayeux, als eine bretonische Kellnerin in schwarzem Kleid mit weißer Spitzenschürze mir zum erstenmal in meinem Leben eine Portion Garnelen servieren und ich in verhaltenes Lachen ausbrechen würde, als sie mir den Teller vorsetzte, worauf meine Gastgeber verwunderte Blicke wechselten, aber dank meiner Stummheit oder aus Höflichkeit nicht fragten, was plötzlich meine Heiterkeit erregt habe. Es würden jene gegarten Garnelen sein, die mir sogleich Chanochs dünne, weiße Beine in Erinnerung riefen, als er sein gebügeltes Khakihemd auf den stummen Diener hängte, mit beiden Händen den gestärkten Kragen straffte und um den hölzernen Kragenspanner in Form eines Halses legte, den er erst mit einem Stemmeisen geformt, dann zurechtgehobelt und schließlich zunächst mit einer groben Raspel, dann mit einer feineren Feile und zum Schluß mit Sandpapier der Körnung 3 geglättet hatte, ehe er ihm einen letzten Feinschliff mit ganz feinem Sandpapier der Körnung 1 verpaßte. Und dann, wenn er in Socken und weißer Unterwäsche, das Unterhemd sorgfältig in die Unterhose gestopft, dastand, erschien Tante Lea mit einem Kleiderbügel in der Hand, über dem die Feierabendkleidung ihres Gatten hing, und blieb mit unterwürfigem Ausdruck vor ihm stehen, während Chanoch die Hände ausstreckte und zunächst das kurzärmlige Hemd vom Bügel pellte, das er jeden Tag auf dieselbe sonderbare Art und Weise anzog, indem er es hinter seinem Rücken mit ausgestreckten Armen in die Höhe hielt, dann als erstes seine rechte Hand in das rechte Armloch gleiten ließ und gleichzeitig behende seine linke Hand an dem imaginären Treffpunkt mit dem linken Ärmel in Position brachte. Und tatsächlich glitt der linke Ärmel stets aufs neue mit derselben Präzision über die linke Hand, mit der die Einzelteile seiner Parabellumpistole ineinandergriffen und sich zusammenfügen ließen, nachdem Chanoch sie gereinigt und sparsam geölt hatte, sie von dem gelben Flanelltuch, auf dem er sie in gleichmäßigen Abständen angeordnet hatte, auflas und sie mit schnellen, geübten Bewegungen aus bloßen Metallteilen in eine einsatzbereite Waffe verwandelte. Und genau so, wie er im genau aufeinander abgestimmten, exakten Zusammenspiel von Daumen und Zeigefinger die Patronen in das Magazin der Pistole drückte, schloß er nun die Knöpfe seines Hemdes, wanderten seine Hände in gleichmäßigem Rhythmus und ohne eine überflüssige Bewegung von oben nach unten. Wenn er den untersten Knopf zugeknöpft hatte, streckte er die Hände wie ein Herzchirurg nach vorn, worauf Tante Lea ihm seine Feierabendhose reichte, deren Hosenbund er zunächst mit der linken Hand festhielt, während die rechte noch damit beschäftigt war, mit fließenden Bewegungen das Hemd in die Hose zu stecken, um danach mit der linken Hand die Rollen zu tauschen. Sobald Chanoch seine Hose zuknöpfte und den Dorn des Gürtels wie schon seit Jahren in dasselbe Loch steckte – was dazu geführt hatte, daß sich das Leder um das Loch wölbte, als bedeckte es einen eitrigen Abszeß, der aufzuplatzen drohte –, bückte sich Tante Lea und zog ihm seine braunen Hausschuhe an, deren Farbe seit dem Tag, an dem er sie gekauft hatte, ebensowenig ausgeblichen war, wie das Oberleder auch nur das kleinste Fältchen bekommen hatte. Nun endlich machte sich Chanoch auf den Weg in das kleine Eßzimmer, das neben der Küche lag und nicht mit dem großen zu verwechseln ist, in dem der große Tisch stand, wo mich einst ein starkes, behaartes Paar Hände dem Schächter dargeboten hatte. Auf dem Weg dorthin machte er einen Abstecher zur Toilette, von wo schon bald, untermalt vom Spritzen des Urins gegen das Porzellan der Kloschüssel, das Geräusch trockener, abgehackter Fürze kam, peinlichst darauf bedacht, sie nur dort fahrenzulassen, und nicht wie Onkel Samson, der seine gewaltigen Fürze nicht nur im ganzen Haus verbreitete, sondern auch draußen, auf dem Weg zur Synagoge oder zum Konsum, und wenn Tante Batja ihn in einer besonderen, nur diesem Zweck vorbehaltenen Variante seines Namens zurechtwies, »Siiimsen«, erwiderte er ihr auf jiddisch: »Was willst du denn noch, das ist doch das einzige Vergnügen, das mir geblieben ist.« Auf seinem weiteren Weg in Richtung Eßzimmer stattete Chanoch noch dem Badezimmer einen Besuch ab, wo er sich mit den gleichen, gemessenen Bewegungen die Hände wusch, die er zum Schluß, nachdem er sich den Seifenschaum abgespült hatte, dreimal mit präzise dosiertem Schwung über dem Waschbecken abschüttelte, ohne daß auch nur ein Tropfen Wasser den Weg auf den mit schwarzen und weißen Kacheln im Schachbrettmuster gefliesten Fußboden gefunden hätte. Nicht wie mein Vater, der, um sich das Gesicht zu waschen, den Kopf in das Wasser, das er in der hohlen Hand gesammelt hatte, stürzte, als machte er von dem Kreidefelsen, den der Wind wie die Seiten eines Buches modelliert hatte, einen Kopfsprung ins Meer, weshalb meine Mutter hinterher immer den Badezimmerfußboden aufwischen mußte und dabei schimpfte: »Schau nur, was für eine Überschwemmung du wieder angerichtet hast.« Nachdem Chanoch das Wasser wie ein Chirurg die Operationshandschuhe von seinen Händen gestreift hatte, trocknete er sie sparsam mit seinem Handtuch ab und war nun endlich soweit, ins kleine Eßzimmer zu treten, wo in der

Mitte des Raumes auf einem ellipsenförmigen Tisch zwei bis zum Rand gefüllte Milchgläser nebeneinanderstanden. Chanoch nahm auf seinem Stuhl Platz, griff sich eines der beiden Gläser, führte es zum Mund und leerte es in einem langen Zug, der nur durch seinen spitzen Kehlkopf, der sich wie der Kolben eines gut eingestellten Motors in gleichmäßigem Takt auf und ab bewegte, in kleine Unterschlucke unterteilt wurde. Nachdem er das eine Glas geleert hatte, setzte er es mit energischem Schwung auf den Glasuntersetzer, von dem er es zuvor angehoben hatte, wieder auf und streckte unverzüglich die Hand nach dem zweiten Glas aus, mit dem er ebenso verfuhr wie mit dem ersten, um sich sodann in die Lektüre der Tageszeitung zu vertiefen, wozu er zunächst jedoch seine Lesebrille putzen mußte, deren glänzende Gläser von einem Horngestell gehalten wurden. Und während er noch zwischen mehreren Putzgängen mit seinem Taschentuch immer wieder die Brillengläser anhauchte, räumte Tante Lea die Gläser auf ein kleines Holztablett, nicht jedoch, ohne zuvor Chanoch mit leiser Stimme gefragt zu haben, ob die Milch kühl genug gewesen sei, worauf Chanoch seine Brille gegen das Licht hielt und Lea, die voller Ehrfurcht und Liebe mit dem Tablett in der Hand vor ihm verharrte, wie ein Blatt im Wind an seinen Lippen hing, wie eine Angeklagte auf den Urteilsspruch des Obersten Richters wartend, bis Chanoch schließlich die Nase hochzog und sie mit einer kurzen, strengen Antwort entließ, in der sich immer eine positive Note mit der Forderung nach Verbesserung paarte, weshalb Lea ihm zunuschelte, morgen werde sie sich bemühen, es besser zu machen. Inzwischen jedoch hatte Chanoch das Auf-Hochglanz-Polieren seiner Brillengläser beendet, zog noch einmal kurz und kräftig die Nase hoch, setzte sich dann die Brille auf und wandte sich mit verkniffenen Lippen der Zeitung zu. Bei alldem saß ich vor ihm und versuchte, mir die Waffen vorzustellen, mit deren Entwicklung er in der streng vertraulichen Fabrik beschäftigt war.

Meine Großmutter hingegen beunruhigte eine ganz andere Frage, und als sie eines Abends am Tisch meiner Mutter gegenübersaß und beide über ihre Teller gebeugt den eingelegten Matjes genossen, der ihre Finger mit Fett überzog, fragte sich Großmutter leise, ob es Lea wohl gutgehe mit ihrem Mann Chanoch, der zwar ein verantwortungsbewußter, ordentlicher Mann sei und sich auch um das Einkommen der Familie, die er mit Lea gegründet hatte, tadellos sorge, aber, überlegte Großmutter laut zwischen zwei Bissen von dem rosigen, zarten Fleisch des Matjes, während sie mit der Hand ein Stück von der Scheibe frischen Schwarzbrots abriß, mir scheint, Chanoch ist ein kalter Fisch, worauf meine Mutter versuchte, sie zu beruhigen, auch Lea sei ja kein Mensch, der wie ein Teekessel koche, und obgleich Großmutter dieser Einschätzung nicht widersprach, blieb sie skeptisch und meinte, Chanoch sei ein harter Mann, aber Mutter nahm ihren Schwager in Schutz und argumentierte, das sei kein Wunder nach allem, was er in den Kriegsjahren durchgemacht und wo überallhin es ihn verschlagen habe, auf jeden Fall habe sie den Eindruck, Chanoch und Lea paßten doch sehr gut zueinander, denn sie habe keinen Zweifel, daß Lea Chanochs Hang zu Ordnung und strikter Selbstdisziplin liebe. Ganz recht, pflichtete Großmutter bei, ein wenig zu strikte Ordnung und Selbstdisziplin. Und das war es auch, was mein Erstaunen weckte, als ich versuchte, die seltsame Verbindung zwischen dem impulsiven, nervösen und wilden Maler und Bildhauer Oded Paretzki und dem Sprengstoffexperten Onkel Chanoch zu verstehen. Tatsache ist jedoch, daß Oded zwei-, dreimal in der Woche und zeitweise sogar jeden Abend zu Chanoch kam und die beiden Männer in dem nach Süden gehenden Zimmer saßen, das meinen Eltern als Schlafzimmer gedient hatte, bevor sie das neue Haus bezogen. In diesem Raum, unter dem Fenster, das zum Hof mit den Stallungen ging, standen einst das Sofa, in dessen Bettzeugkasten die in violettes Papier eingewickelten Zukkerhüte aufbewahrt wurden, und unter dem nach Süden gelegenen Fenster, durch das man die großen Ficusbäume sehen konnte, in deren Kronen um sechs Uhr morgens, wenn die Sonne im Osten über den sich bläulich verfärbenden Bergen aufging, auf einen Schlag Unmengen von Vögeln ein ohrenbetäubendes Zirpen anstimmten, auch meine Wiege aus emailleüberzogenen Metallstäben. Nachdem meine Eltern in ihr neues Haus gezogen waren, Chanoch Lea zur Frau genommen hatte und beide in dem Zimmer wohnten, das zuvor Leas gewesen war, bekamen sie schließlich auch das nun frei gewordene Zimmer meiner Eltern. Chanoch brachte ringsum an den Wänden Regale an, auf denen er Hunderte von amerikanischen Magazinen, seine *National Geographic*-Hefte und seine technische Fachliteratur auf englisch und deutsch anordnete. Zwei Bücherborde blieben seinen englischen und amerikanischen Taschenbüchern mit zerfleddertem Einband vorbehalten, die ihn in den Jahren begleitet hatten, als er in der britischen Armee diente und in Afrika und dem Mittleren Osten hin und her pendelte zwischen Stützpunkten, Kommandanturen und Armee-Einrichtungen, die auf Anhöhen gelegen wie Trutzburgen über weiße Städte herrschten, deren Gassen während des Tages der unbarmherzigen Sonne ausgesetzt waren und in den Nächten zu einem Sündenpfuhl wurden, wenn Chanoch und seine Kameraden den Jeep nahmen und ihren *after-duty* in Bengasi, Tobruk, Alexandria oder Tripolis verlebten. Vielleicht war es ja das, was Oded Faretzki anzog, der in Begleitung der bildhübschen Ditha Soroka kam und ganze Nächte mit Chanoch über einer Flasche Cognac, Slibowitz, Curaçao oder Whisky zusammensaß. Beide liebten sie das Gespräch, so daß Ditha schweigend dabeisaß und Oded anhimmelte, den Schwarm aller Frauen mit seiner pechschwarzen Tolle und dem verzehrenden Blick, dessen Gesicht sich zusehends rot verfärbte und dessen Augen von Glas zu Glas immer feuchter wurden, dessen gewandte Rede in ein lallendes

Stammeln verfiel, bis er kaum noch einen Satz beenden konnte, und Chanoch nur darauf bedacht war, die Gläser voll zu halten. Jedesmal, wenn Oded einen Schluck nahm und der Pegel in seinem Glas ein wenig abfiel, beeilte sich Chanoch, das Glas erneut bis zum Rand zu füllen, was er auch mit Dithas Glas und auch mit dem meinen machte, und als Ditha zu bedenken gab, es sei vielleicht nicht nötig, daß der Junge so viel trinke, beruhigte sie Chanoch und meinte, der Junge verstehe besser zu trinken als viele gestandene Männer, worin auch ein leichter Stich gegen ihren eigenen Mann mitschwang, der tatsächlich mit jedem Schluck betrunkener wurde, dessen Gesicht jetzt schon krebsrot und dessen Augen tränenunterlaufen waren. Und wenn er anfing, im Stakkatotakt mit zitternder Stimme ganze Salven kurzer, unvollendeter Sätze abzufeuern, sah ich Dithas Augen, die ihn aus ihrer Ecke belauerten, wobei ich manchmal den Eindruck hatte, als wartete sie auf den Moment, in dem seine Augen, die immer stärker aus ihren Höhlen traten, sich plötzlich verdrehten, sein Kopf auf die Brust sacken und er sterben würde, worauf sie endlich frei wäre, ihr eigenes Leben zu leben. Obwohl sie solches niemals offen aussprach, hörte ich all diese Überlegungen aus ihrer Stimme heraus, wenn sie fragend »Oded?« flüsterte, sobald es schien, als vernebelte sich sein Bewußtsein, als müßte er jeden Augenblick hochschrecken und die Hand zum Herzen oder an den Kopf führen, da eine Ader in seinem Körper geplatzt wäre, weshalb er sich zusammenkrümmen, pfeifend die Luft aus seinen Lungen entweichen lassen und sterben würde. In diesem flüchtigen Augenblick der Erwartung des Endes schwang ein gewisses Maß an ehrlicher Sorge in ihrer Stimme mit, aber auch ein nicht geringes Maß Spannung angesichts der nicht abzuwendenden Katastrophe, gepaart mit der Hoffnung und dem gierigen Wunsch, diese Katastrophe möge endlich eintreten. Aber es sollten noch Jahre vergehen, bis tatsächlich ein Blutgefäß in Oded Paretzkis Hirn platzen und ihn zu einem gelähmten Wrack machen würde, das Mühe hatte, sogar die kurzen, unvollständigen Stakkatosätze zu artikulieren. Allein in einem flüchtigen Moment geistiger Klarheit, im letzten Sekundenbruchteil seines Lebens, würde er sich plötzlich im Bett aufsetzen, die Augen aufschlagen, ungläubig starren und mit heller Stimme »Was ist los?« fragen, ehe er nach hinten ins Kissen sinken und nicht mehr sein würde. Und wenn Ditha dann endlich frei von ihm sein würde, wäre es schon zu spät für sie, da sich in jener Phase ihres Lebens schon niemand mehr entsann, daß sie irgendwann einmal eine vielversprechende Schauspielerin gewesen war, so daß sie ins Dorf zurückkehren und sich verkriechen würde in dem Haus, das einst ihren Eltern gehört hatte, bevor diese verstarben, und das nun verborgen zwischen den Clementinenbäumen, den Grevilleen, Robinien und Pseudoakazien lag, die allesamt von Wistarien und wildwachsenden Bougainvilleen überwuchert waren. Und sie würde sich gern mit dem Glas Wein in Rilkes Gedicht »Ein Frauenschicksal« vergleichen, das ein König auf dem Weg zur Jagd nimmt, an die Lippen führt und leert, um es dann wieder auf dem Brett abzustellen, wo es all die Jahre leer, vergessen, zurückgelassen und überflüssig geworden stehen wird, sagte ich mir, als ich sie nun von hinten betrachtete, wie sie am Weinbüfett in einer Ecke der Rasenfläche auf dem Hof von Rina Kosbizki stand, dem einstigen Hof von Ezechiel und Klara Kosbizki, die mich nahm und an ihre Lippen führte, wie Ditha es mit Oded gemacht hatte, die nun verloren mit einem vollen Glas Wein in der Hand dastand, ins Leere stierte und sich nicht mehr entsann, daß sie mir noch vor ein paar Augenblicken gesagt hatte, sie wolle mir ihre Version erzählen, damit alle erführen, wer dafür gesorgt habe, daß ein titanisches, um nicht zu sagen geniales Talent wie das, mit dem der Maler Oded Paretzki gesegnet gewesen sei, innerhalb von weniger als zehn Jahren seine Schaffenskraft verlor, sie gehe nur eben ihr Glas nachfüllen. Einen Moment lang erwog ich, zu ihr zu gehen, sie anzutippen und aus ihrem Mund die Geschichte zu hören, die sie mir versprochen hatte, aber dann fuhr ich nur fort, die kleine, eingeschrumpfte Greisin zu betrachten, die dort mit einem Glas Wein stand, das in ihrer Hand zitterte. Ich sah, wie sie sich abwandte und vom Tresen weg zu einem freien Stuhl im Schatten der Bäume ging, sich langsam und vorsichtig darauf niederließ, die Beine übereinanderschlug, von dem Wein nippte und abwesend ins Leere starrte, ehe ich mich umdrehte und ging.

Auf meinem Weg kam ich an dem Rechenzentrum vorbei, das an der Stelle erbaut wurde, an der früher das Haus unseres Lehrers Jitzchak Berger stand, der ein paar Wochen nach dem Eintreffen der Kinder, die aus den Schlünden der Verbrennungsöfen gerettet worden waren, versuchte, mich in aller Öffentlichkeit zum Reden zu bringen, vor allen Schülern unserer Schule. Das war bei jener Gelegenheit, als die Schulleitung beschloß, in der Turnhalle einen Festakt zur Begrüßung unserer geretteten Brüder zu veranstalten, unser Lehrer Jitzchak Berger, der zugleich auch Leiter des Schulchors war, sich erbot, mit unserer Klasse die Hauptdarbietung des Festaktes einzustudieren, und mich eines Tages bat, ich solle nach dem Unterricht noch in der Klasse bleiben. Als dann alle nach Hause gegangen waren und der Klassenraum sich geleert hatte, wies mich Jitzchak Berger an, mir einen Stuhl zu nehmen und mich neben sein Lehrerpult zu setzen, während er selber seinen Stuhl umdrehte und mir gegenüber Platz nahm, mich geraume Zeit schweigend musterte, so als wollte er sich Zugang zu meinem Kopf verschaffen, genau wie er es einige Jahre später mit Chanoch tun würde, als er zusammen mit dem Maler Oded Paretzki eines Nachts zu ihm kam, nachdem Oded Chanoch auf den Besuch vorbereitet und ihm gesagt hatte, der Lehrer Jitzchak Berger wolle mit ihm über eine bestimmte Sache reden und weigere sich zu sagen, worüber genau. Bei ihrem Eintreffen würde Jitzchak Berger einen Stuhl nehmen und sich vor Chanoch und Oded Paretzki setzen, und Chanoch würde ihn fragen, ob meine Anwesenheit im Raum ihn störe, worauf Jitzchak Berger antworten würde, nein, nein, überhaupt nicht, im Gegenteil, er ist doch schon ein großer Bursche, um dann noch mit vielsagendem Lächeln hinzuzufügen: »So oder so wird er mit niemandem darüber reden, hahaha.« Chanoch holte vier Gläser und eine Flasche Cognac Super Fine hervor, goß uns allen ein und fuhr – was er immer tat, wenn er mit dem Einschütten fertig war – mit dem Finger die Flasche ab, vom Ansatz des Flaschenhalses bis zur Öffnung, fing so den Tropfen Cognac auf, der die Flasche hinabrann, führte den Finger zum Mund und leckte den widerspenstigen Tropfen ab, verkorkte die Flasche und stellte sie schließlich vor uns auf den kleinen Tisch. Dann schwang er sein Glas und meinte wie gewöhnlich, in amüsiertem Tonfall und voller Selbstzufriedenheit: »Hintern hoch«, was seine Übersetzung für das englische »Bottoms up« war, ein Trinkspruch, den er aus der Zeit mitgebracht hatte, als er der Navy in Port Said zugeteilt war. Alle führten ihre Gläser zum Mund, kippten und leerten das erste Glas mit der berühmten Bewegung des »Bottoms up« in einem Zug, rangen hörbar nach Luft und schmatzten mit den Lippen, um den ersten Schock des Alkohols zu verdauen, ehe Chanoch die Flasche wieder entkorkte und allen ein zweites Glas einschenkte, das es ganz langsam und in kleinen Schlucken zu trinken galt. Dann warteten alle auf eine Äußerung von Jitzchak Berger, doch der runzelte nur die Augenbrauen, richtete seinen stechenden Blick auf Chanochs Stirn und biß sich auf die Unterlippe. Und als es den Anschein hatte, daß er endlich den Mund aufmachen und reden würde, weshalb sich sowohl Chanoch als auch Oded vorbeugten und sich bereit machten, ihm mit kaum noch zu überbietender Konzentration zuzuhören, stellte sich heraus, daß es noch ein langer Weg sein sollte, bis Jitzchak Berger den Mund aufmachen und reden würde, denn zunächst einmal atmete er immer heftiger ein und aus, bis er schließlich, als die Luft im Raum so aufgeladen und bleiern lastete, daß es nicht länger zu ertragen war, endlich den Mund aufmachte und Chanoch fragte, ob er den hebräischen Namen des Gasgemisches kenne, das den Erdball umgebe und aus Sauerstoff, Stickstoff und Kohlendioxyd bestehe. Doch als Chanoch mit einer gewissen unverhohlenen Enttäuschung erwiderte, der Name dieses Stoffes sei »Luft«, lachte Jitzchak Berger und sagte, wenn dies tatsächlich die hebräische Bezeichnung für jenen Stoff sei, aus dem die Atmosphäre um den Erdball bestehe und ohne den es kein Leben auf unserem Planeten gäbe, wie erkläre Chanoch dann die Tatsache, daß dieser Begriff nicht ein einziges Mal in der Bibel auftauche, ah, wie erkläre er sich dieses gewaltige Rätsel, das wollten wir doch einmal hören. Aber Chanoch, der kein besonders großer Verehrer der Bibel war, ließ sich durch die sensationelle Neuigkeit, das Wort »Luft« komme in der Bibel nicht vor, nicht im geringsten überraschen und äußerte seine Überzeugung, dies beweise lediglich, wie primitiv dieses Buch sei und daß man es nicht ernst nehmen könne, womit Oded Paretzki nicht im geringsten einverstanden war, der einen Augenblick lang sogar versuchte, Jitzchak Bergers entschiedene Behauptung zu erschüttern, das Wort »Luft« fehle im Buch der Bücher. Doch Jitzchak Berger erinnerte ihn daran, daß dieses Wort nicht hebräischen, sondern vielmehr griechischen Ursprungs sei, und versprach ihm, hier auf den Tisch eine Flasche des Inhalts zu stellen, den Oded benennen solle, gelänge es ihm wirklich, auch nur einen Luftzug in der Thora, den Propheten oder den Hagiographen zu finden, worauf sich Chanoch einmischte und sagte, in einem solchen Falle wünsche er sich eine Gallone Dimple-Whisky, und Jitzchak Berger lachte und meinte, warum nur eine, ich verspreche, zehn Gallonen hier aufzufahren, wenn ihr die Luft in der Bibel findet. Zu guter Letzt gaben sich die beiden Starrköpfe geschlagen und willigten ein, es gebe keine Luft in der

Bibel, was Jitzchak Berger sogleich die schwerwiegende Frage nachschieben ließ, wie es sein könne, daß in diesem großen Buch, das Begriffe zu allen Naturphänomenen beinhalte, ausgerechnet das Wort fehle, das den Stoff bezeichne, ohne den es kein Atmen und kein Leben gäbe? Da sowohl Chanoch als auch Oded spürten, daß sich ihnen da unverhofft ein Thema aufgetan hatte, dessen Größe und Umfang erlaubten, wenigstens zwei Flaschen im weiteren Verlauf des Abends zu leeren, wurden beide von merklicher Ausgelassenheit erfüllt, tranken nun etwas schneller als gewöhnlich, so daß Chanoch bald darauf bereits die dritte Runde ausschenkte. Nun waren beide bereit, sich auf die Reise, die Jitzchak Berger für sie vorbereitet hatte, zu machen und sich bereitwillig in seine Hände zu begeben. Jitzchak Berger zögerte auch wirklich nicht lange und wandte sich, nun, da man übereingekommen war, daß es keine Luft in der Bibel gebe, dem Verb »atmen« zu und ließ seine Trinkkumpanen wissen, soweit ihm bekannt sei, finde sich dieses Verb nur ein einziges Mal in der gesamten Bibel, und zwar bei dem Propheten Jesaja in dem Vers: »Als Wöchnerin werde ich schreien, werde gleichzeitig ein- und ausatmen.« Die Nomen »Atem« und »Atemzug« hingegen tauchten erst im späteren Schrifttum auf, vor allem im Genesis-Kommentar Bereschit Rabba, wo es heiße, daß »für jeden Atemzug, den der Mensch macht, er den HEILIGEN, gelobt sei ER, preisen muß«. An diesem Punkt, man war beim vierten Glas, fing Jitzchak Berger an, die sonderbare Beziehung zwischen dem Atmen und der Göttlichkeit zu erforschen, von der hier mit einer ihrer späteren Bezeichnungen die Rede sei, weshalb es interessant wäre, einmal herauszufinden, wie die früheren Gottesnamen gelautet hätten, da sich vielleicht in ihnen das Geheimnis der Verbindung zwischen Atmen und Gottheit verberge, aber bevor man sich diesem Thema zuwende, wünsche er, die Aufmerksamkeit seiner Zuhörer auf die Tatsache zu lenken, daß im Arabischen, das dem Hebräischen bekanntlich verwandt sei, die Luft als »Ha'wa« bezeichnet werde, was Jitzchak Berger »Hau'e« aussprach und was auf arabisch auch »Luftzug« bedeute. Tatsächlich atmete Jitzchak Berger, bevor er den arabischen Begriff aussprach, tief ein, und erzeugte, als er dann das Wort »Hau'e« mit aller Luft seiner Lungen ausstieß, einen nicht unbeträchtlichen Luftzug, der, da er nach inzwischen vier Gläsern erfolgte, den Raum zudem mit Alkoholschwaden füllte, was Oded Paretzki bewegte, die Aufmerksamkeit der Anwesenden auf die Verbindung zwischen Luftzug, auf lateinisch Spiritus, und dem Alkohol, dem Sprit, zu lenken, was nichts anderes als die Kurzform von Spiritus sei. Worauf sich Chanoch beeilte, den Fehdehandschuh aufzunehmen und ins Französische abzuschweifen, der Sprache, in der die verschiedenen Schnäpse allesamt als »Esprit« bezeichnet würden, ein Wort, das den Spiritus in seiner geistigen Bedeutung bezeichne, weshalb Schnaps allgemein auch als »Esprit du vin«, als Geist des Weines, definiert werde. Wer weiß, wohin es sie noch verschlagen hätte, hätte Jitzchak Berger ihnen nicht Einhalt geboten und sie zurück auf die Diskussion um den Zusammenhang zwischen Atmen und Göttlichkeit gebracht, jedoch nicht, bevor Chanoch ein fünftes Glas eingeschenkt hatte. Nun belehrte Jitzchak Berger alle Anwesenden, daß in der Bibel in der Tat das arabische Wort »Hau'e« auftauche, und zwar in seiner hebräischen Form »Ja-hau-e«, ehe er uns aufforderte, ihm das Wort laut nachzusprechen, was Oded Paretzki und Chanoch sogleich auch taten. Und während ich ihnen dabei zusah und schwieg, begann das Wort »Jahwe« unter Anleitung von Jitzchak Berger richtig ausgesprochen im Raum widerzuhallen. Chanoch und Oded waren noch ganz verzückt über die Entdeckung des Zusammenhangs zwischen antiker Gottheit und dem Atemvorgang, als Jitzchak Berger sich bereits beeilte, diesen Erfolg auszunutzen und die Aufmerksamkeit auf die Tatsache zu lenken, daß sich sogar der Vorgang des Luftholens, der dem Ausatmen vorangehe, beim Aussprechen des Wortes »Jahwe« bewerkstelligen lasse, denn wenn man dies täte, fülle sich das gesamte Lungenvolumen, was mehr sei als bei einem normalen Atemzug. Nun machten sich alle daran, seiner Aufforderung zu folgen und beim Ein- und Ausatmen den Namen »Jahwe« auszusprechen, und nachdem sie dies einige Male getan hatten, verkündeten alle, ein leichtes Schwindelgefühl zu empfinden, aber noch ehe Jitzchak Berger diesem Phänomen eine mystische Komponente beimessen konnte, erklärte Chanoch bereits, das Schwindelgefühl komme von der Hyperventilation, was jedoch der These von Jitzchak Berger nicht widerspreche, der sogleich bestätigte, intensives Atmen führe in der Tat zu dem Phänomen, von dem Chanoch spreche, doch er selbst war bereits weiter in seinen Überlegungen und richtete nun die Aufmerksamkeit seiner Sauf- und Schwindelkameraden auf den Umstand, sollte »Jahwe« tatsächlich ursprünglich Luft bedeutet haben, würde dies heißen, daß der Vorgang des Atmens im antiken Hebräisch möglicherweise mit dem Verb »lieben« ausgedrückt worden sei, weshalb dem Vers »Und du sollst Jahwe deinen GOTT mit ganzer Seele und ganzer Kraft lieben« in unserem Neuhebräisch die Bedeutung zukomme: »Du sollst Luft holen mit ganzer Lunge und ganzem Bauch.« Diese Hypothese wiederum löste im Kreise der drei Betrunkenen derartiges Entzücken und solche Begeisterung aus, daß es diesmal Oded war, der sein Glas hob und kommandierte »Hintern hoch«, worauf alle drei den Inhalt ihrer Gläser hinunterstürzten und Chanoch diese schleunigst aus der zweiten Flasche, die auch schon zur Neige ging, nachfüllte. An diesem Punkt jedoch begann sich Jitzchak Bergers Gemütszustand zu wandeln, und war er bis eben noch fröhlich und ausgelassen, so schien sich mit einemmal tiefe Ernsthaftigkeit auf ihn herabzusenken, er sprach von nun an mit leiser, kaum vernehmlicher Stimme, als er Chanoch flüsternd verriet, warum er Oded Paretzki gebeten habe, ihn herzubringen, denn es handle sich um etwas, das mit der Arbeit Chanochs zusammenhänge, von der wir alle wüßten, so Jitzchak Berger, daß er mit der geheiligten Aufgabe der Entwicklung strengst geheimer Waffen beschäftigt sei, von denen unser Überleben in dieser schrecklichen Welt, in der man seine gesamte Familie in Birkenau verbrannt habe, abhänge, und hätten wir solche Waffen nicht, wären wir unweigerlich verloren. Aber in den Schriften unserer Vorväter werde gesagt, Israel, vertraue auf Jahwe, und nun, da wir wüßten, daß Jahwe die Luft sei, stelle sich die Frage, was diese Schrift meine, wenn sie uns auffordere, unser Vertrauen auf die Luft zu setzen. Dieser Frage habe er, Jitzchak Berger, viel Hirnschmalz gewidmet, bis ihm plötzlich nach langem Herumtappen im dunkeln die Erleuchtung gekommen sei und er begriffen habe, daß in dieser antiken Schrift das Geheimnis jener Waffe enthalten sei, die unsere Existenz auf ewig sichern werde, denn in Wirklichkeit sei es ganz einfach, nämlich nichts anderes als eine Anweisung an die Wissenschaftler, eine Luftbombe zu entwickeln. Und als Chanoch fragte, was genau er damit meine, erklärte Jitzchak Berger ihm, so wie in der Atombombe eine Kettenreaktion ablaufe, weshalb, wenn der ganze Erdball aus Uran bestünde, eine Bombe genügte, um eine Kettenreaktion auszulösen, die den ganzen Globus atomisieren würde, müßte es uns gelingen, eine Luftbombe zu entwickeln und damit eine gewaltige Kettenreaktion auslösen zu können, die die gesamte, unseren Erdball umgebende Luftschicht zur Explosion brächte. Mit einer solchen Bombe könnten wir dann alle Staaten der Welt davon abhalten, sich mit uns anzulegen, denn sollten sie es wagen, unsere Existenz zu bedrohen, würden wir ihnen den Erdball wegsprengen. Auch einen Namen für diese furchtbare, von ihm erfundene Waffe hatte Jitzchak Berger schon. Zunächst habe er sie »Jahwe-Bombe« nennen wollen, habe aber sehr bald begriffen, daß er so das Geheimnis dieser Waffe verraten würde, und daher schlage er vor, ihr den Codenamen »Samsons Bombe« zu geben oder »Samsons Waffe«, nach Samson, dem Helden, der sagte, ich werde mit den Philistern sterben. Und da wir alle wüßten, worin Chanochs streng vertrauliche Arbeit bestehe, was dieser bitte weder abstreiten noch bestätigen solle, denn wer, wenn nicht er, Jitzchak Berger, verstehe die Wichtigkeit zur Geheimhaltung in diesen Dingen, sei er bereit, seinen Einfall unserer Waffenindustrie kostenlos zur Verfügung zu stellen. Außerdem sei er zuversichtlich und sicher, ab dem Augenblick, da er seinen Einfall einem Mann wie Chanoch unterbreitet habe, die Angelegenheit »Samsons Waffe« als geregelt betrachten zu können, da er wisse, daß, auch wenn Chanoch und seine Vorgesetzten zunächst die Entwicklung der Waffe aufschöben, der Gedanke daran sie weiter beschäftigen würde, bis sie ihn eines Tages schließlich realisierten. Daher könne er nun beruhigt schlafen gehen, und vielen Dank für die angenehme Gesellschaft und die ausgezeichnete Bewirtung, meinte Jitzchak Berger zum Schluß, als er auf die Beine kam, trat schwankend in die vom Duft der Zitrusblüte geschwängerte Nacht und torkelte erfreut und zufrieden nach Hause, die Hände auf dem Rücken verschränkt, wobei eine sein Hinterteil umfaßte, summte »Bruder Jakob« in der Bearbeitung von Gustav Mahler vor sich hin, sprang bei jedem dritten Schritt auf sonderbare Art um, wurde allmählich von der Dunkelheit verschluckt und verschwand auf dem sandigen Pfad in die Nacht. Oded Paretzki brachte unterdessen seine Hoffnung zum Ausdruck, daß in der Zeit, in der Jitzchak Berger uns den Zusammenhang zwischen Jahwe und der Luft, die wir atmeten, aufgezeigt hatte, der Schriftsteller seinen Wochenabschnitt bei Anna, Jitzchak Bergers italienischer Frau, zu Ende gebracht habe und es ihm geglückt sei, noch rechtzeitig aus dem Haus des Erfinders der fürchterlichen Luftbombe zu schlüpfen, da sonst unser Musiklehrer – Gott behüte – versucht sein könnte, »Samsons Waffe« zu zünden und die ganze Welt in die Unendlichkeit verpuffen zu lassen wie einen erbärmlichen Furz. Und Chanoch äußerte die Ansicht, für einen gesetzestreuen Juden in seinem Alter treibe es der Schriftsteller wirklich zu arg, worauf Oded Paretzki bemerkte, wenn so die Gesetzestreuen aussähen, wer brauche dann noch Diebe, und sich die beiden Saufkumpanen ihrem Alkoholpegel entsprechend in zotigen Witzen und Blödeleien ergingen, die zum einen die Trostlosigkeit des Ehelebens und zum anderen die Fleischeslust zum Thema hatten, die, wenn sie zwischen einem Mann und einer Frau erst einmal erwacht sei, keine Macht der Welt zu bändigen imstande sei, nicht der Wille, nicht die Moral und auch der Jahwe Jitzchak Bergers nicht. Was mich, der ich zum damaligen Zeitpunkt bereits ein gutes Stück vorangekommen war mit der Abschrift von *Das verbotene Dorf* aus der entstellten Handschrift des Schriftstellers, an jenen Tag erinnerte, an dem sich Jitzchak Berger an mich gewandt und mich gebeten hatte, nach dem Unterricht in der Klasse zu bleiben, sich dann vor mich setzte und seinen Blick in meine Augen versenkte, als wollte er in die innersten Windungen meines Gehirns vordringen, und ich in seine Augen schaute, die hinter seinen Brillengläsern flackerten wie glühende Kohlen am Grunde eines dunklen Brunnenschachts, ähnlich jenem verlassenen Brunnen am Rande von Germanns Obstplantage, in die sich die Bande der Kinder unter Führung von Eli immer schlich, um durch einen Spalt in der Betonmauer ins Innere des ellipsenförmigen Pumpenhauses zu schlüpfen, sich bäuchlings auf den Betonboden zu legen und vorsichtig zum Rand des Brunnenschachts zu robben. Wenn man in den Schacht lugte, konnte man den Grund des Brunnens nicht sehen, und nur Eli war es gestattet, Steine hineinzuwerfen. Sobald er den Stein losließ, konnten wir hören, wie er wie eine Peitsche die Luft durchschnitt, und zählten bis sechs, bis aus der Stille des Brunnens das ferne Echo eines Körpers kam, der auf dem Wasser aufschlug. Manchmal stieg aus dem Brunnenschacht auch das Geräusch eines sanften

Flügelschlags auf, und Eli sagte, das seien Fledermäuse, die sich dort während des Tages in der Tiefe des finsteren Brunnens versteckten und erst in der Nacht aus dem Schacht geflattert kämen, um zu jagen. Und Benzi, der Professor, sagte, diese Finsternis sei das Urwasser, und nur ein einziges Mal, als Eli einen Stein hinunterwarf, schien es mir, als hätte ich einen Moment lang etwas in dem Urwasser aufblitzen sehen, wie das Funkeln, das ich in Jitzchak Bergers Augen wahrnahm, einen Moment bevor ihm das Schweigen unerträglich wurde, er den Mund aufmachte und anfing, auf mich einzureden, als vertraute er mir ein Geheimnis an, mit demselben wichtigtuerischen Flüsterton, in den er verfallen sollte, als er über seine Luftbombe sprach. Er eröffnete mir, all die Jahre, die ich sein Schüler sei, habe er meinen Werdegang verfolgt, und er spüre und wisse im Grunde seines Herzens, daß ich nicht stumm sei und dieses Schweigen auf mich genommen hätte aus Motiven, die kein Mensch je ergründen werde, doch als Musiker halte er das Schweigen in Ehren, da es von größerem Wert sei als jeder Ton, weshalb er mich auch niemals gebeten hätte, mein Schweigen zu brechen, wäre nicht die Angelegenheit, über die er mit mir sprechen wolle, größer und bedeutsamer als er und ich zusammen, als das ganze Dorf, das ganze Land und vielleicht sogar die ganze Welt. Es gehe um diese Kinder, die Waisenkinder, die aus der Hölle zu uns gekommen seien und mit eigenen Augen schreckliche Dinge gesehen hätten, wie kein Menschenauge jemals zuvor. Und trotz aller Anstrengungen, die wir unternommen hätten, sie bei uns aufzunehmen, seien sie uns fremd geblieben, da es uns nicht gegeben sei, sie zu erreichen und zu berühren, so sagte Jitzchak Berger, und Tränen glitzerten in seinen Augen, als er für einen Moment verstummte, dann die Hand ausstreckte, sie auf meine Schulter legte und mir zuflüsterte: »Nur du vermagst das zu tun, nur in deine Hände ist die Axt gegeben, die das Eis, das ihre und unsere Herzen umgibt, zertrümmern kann.« Und wispernd fuhr er fort: »Ich habe von deiner Großmutter gehört, daß du Jiddisch lesen kannst, und außerdem hat sie mir erzählt, daß du auf jiddisch auch wunderschöne Briefe an eure Verwandten in Amerika schreibst. Also, du weißt vielleicht nicht, daß die Muttersprache der Waisenkinder, die zu uns gekommen sind, Jiddisch ist. In dieser Sprache haben ihre Mütter ihnen Zärtlichkeiten zugeflüstert, haben sie als Babys ihre ersten Worte gebrabbelt. Aber seit dem Tag, an dem man sie von ihren Müttern und Vätern, die vor ihren Augen hingerichtet wurden, losgerissen hat, hat niemand mehr in dieser Sprache zu ihnen gesprochen, und nur du kannst das tun. Deshalb möchte ich von dir, daß du jetzt nach Hause gehst und eine Begrüßungsansprache vorbereitest, und morgen, beim Empfang in der Turnhalle, kommst du, wenn ich dich aufrufe, auf die Bühne und begrüßt diese Kinder auf jiddisch.«

Um drei Uhr am Nachmittag desselben Tages ging ich, wie an allen ungeraden Wochentagen, zum Haus des Schriftstellers. Als ich auf dem Weg dorthin den schmalen Pfad nahm, den die Füße unserer Familienmitglieder und Nachbarn auf dem Stoppelacker geebnet hatten, und mich nach rechts und nach links umschaute, um früh genug die Kreuzotter zu entdecken, die sich womöglich im trockenen Gras versteckte, sah ich eine fette Panzerschleiche, lang wie ein Aal, die eine Streifendistel hinaufkroch und ihre Zunge ausfuhr, um die Insekten, die die Blüte umschwirrten, zu fangen. Ich hob einen kleinen Kieselstein vom Weg auf und wollte ihn schon auf die Panzerschleiche werfen, damit sie von den Insekten abließe, aber plötzlich hörte ich ein Rascheln im Gras, und ein Lurch mit gespaltenem Schwanz, den die Kinder Dchikslik nannten, huschte auf den Weg und belauerte eine Heuschrecke, die sich an den Halm eines Liebesgrases klammerte, als Otobinich, Großmutters Katze, die unverhofft immer auftauchte, wenn niemand sie erwartete, woher sie auch ihren sonderbaren Namen hatte, plötzlich wie aus dem Nichts angeflogen kam und mit beiden Vorderpfoten auf dem Dchikslik landete, der noch versuchte, sich ins Gras zu flüchten. Aber mit zwei kurzen, präzisen Sätzen sauste Otobinich hinterher und stieß, nachdem sie blitzschnell mit den Pfoten im trockenen Gras gewühlt hatte, die Schnauze zwischen ihre Vorderbeine und zog den Dchikslik zwischen den Grasbüscheln hervor, hielt ihn verkehrt herum auf dem Rücken zwischen ihren Zähnen, so daß die glatte Unterseite zum Himmel zeigte, weiß leuchtend wie die seidige Haut von Marika. Brust, Vorderbeine und Kopf des Dchikslik schauten zappelnd auf der einen Seite von Otobinichs Barthaaren und Fängen hervor, aus denen schäumend Blut blubberte und die glatte Unterseite des Dchikslik befleckte, während seine Hinterbeine und sein gespaltener Schwanz auf der anderen Seite der Katzenschnauze in die Luft schlugen. Mit einem Satz schnellte Otobinich aus dem Gestrüpp zurück auf den Weg und ließ sich hier auf der erdigen, rötlichbraunen Tafel, die der Wind vom Sand gereinigt hatte, nieder, um ihre Mahlzeit einzunehmen. Unter kräftigen Kaubewegungen warf sie dabei ihren Kopf in die Höhe und zu den Seiten, so daß zunächst Brust und Vorderbeine des Dchikslik in Otobinichs Maul verschwanden, während sein Kopf noch herausschaute und im Rhythmus ihrer Kaubewegungen wie eine Handpuppe, die irgend jemand bediente, hin und her wippte, wobei die kleinen, schwarzen Äuglein des Dchikslik erstaunt und beinahe neugierig schauten, als versuchten sie zu verstehen, was in jenem Augenblick mit dem hinteren Teil seines Körpers geschah, der mit einemmal aus Otobinichs Maul flutschte und auf der erdigen Tafel landete, wo er sich wand und krümmte wie die Hälse von Tante Batjas Truthähnen, die versuchten, sich von der roten Blüte zu befreien, die sich an ihrer Gurgel entfaltete, nachdem der Schächter sein Messer daran entlanggeführt hatte. Da, nun rutschte auch der Kopf des Lurchs der Katze, die zu ihren Kau- und Schluckbewegungen mit dem Kopf nickte, auf der anderen Seite aus dem Maul, und das Hinterteil der Echse suchte wie ein Blinder nach dem verlorengegangenen Kopf. Einen Moment lang hatte es den Anschein, als stieße der Korpus aus zwei Beinen und dem gespaltenen Schwanz auf den Kopf, als würden sich beide vereinen und der neugeschaffene Dchikslik auf seine Hinterbeine kommen, mit seinem kräftigen Schwanz auf den Boden schlagen und mit einem mächtigen Satz wie eine Springmaus sich aus der Misere, die über ihn gekommen war, befreien. Aber Otobinich, die aus den Augenwinkeln all diese Vorbereitungen zur Vereinigung von Hinterteil und Kopf registriert hatte, fuhr ihre Vorderpfote aus, drückte damit den hinteren Teil des Dchikslik auf den Boden und machte sich, um einen weiteren Versuch dieser Art zu vereiteln, daran, zunächst den Bauch zu zermalmen und gleich darauf den Schwanz, der noch immer auf den Lehmboden schlug. Die Geräusche, die Otobinichs Gebiß dabei erzeugte, ähnelten sehr den Geräuschen, die von Onkel Samsons Zähnen kamen, wenn er energisch die Knorpel an den Hähnchenflügeln und Schenkeln abnagte, was er so gern tat. Als sie den Schwanz endlich verschlungen hatte, fuhr Otobinich auf der Suche nach dem Kopf, der ihrer Berechnung oder ihrem Gefühl nach noch irgendwo hier in der Nähe sein mußte, mit der Nasenspitze über den Boden, bis sie ihn vor sich auf der erdigen Tafel liegend fand, fuhr ihre Zunge aus und leckte ihn zwei- oder dreimal zärtlich und mit viel Liebe ab, wobei ihre Miene einen weichen, barmherzigen Ausdruck annahm, ehe sie den Kopf des Dchikslik ins Maul nahm und, untermalt vom Geräusch splitternder, berstender kleiner Knochen, ihre Fänge über ihm zuklappte, mit zwei, drei kräftigen, entschlossenen Würgebewegungen das Kapitel Dchikslik abhakte und, um die Sache endgültig abzuschließen, sich die Blutreste ableckte, die an ihren Barthaaren und Fangzähnen hingen. Ich jedoch hob die Augen zu der Panzerschleiche, die noch immer ihre langsamen, vorsichtigen Bewegungen am Stengel der Streifendistel vollführte. Meine Finger strichen über den rauhen Kiesel in meiner Hand, und ich hörte die Stimme von Scholem Alejchem, der auf der Bühne unserer Turnhalle stand und die Kinder begrüßte, die aus den Schlünden der Verbrennungsöfen gerettet worden waren und Dinge hatten mit ansehen müssen, die kein Mensch je gesehen hatte. In seinem schonungslosen Jiddisch, das er unverändert seinen Märchen für jüdische Kinder entnahm, erzählte er ihnen die Geschichte von dem Dchikslik und der Katze Otobinich, die meine immer zu Späßen aufgelegte Mutter so genannt hatte nach einer Tante meines Vaters, die in seinen Erzählungen immer auftauchte, wenn man sie gerade nicht erwartete, um dann zu verkünden: »Oh, da bin ich.« Meine Großmutter väterlicherseits war ganz sicher, daß eines Tages ihre verlorene Schwester ohne vorherige Ankündigung einfach bei uns auftauchen, an die Tür klopfen und, wenn man ihr aufmachte, sagen würde: »Otobinich!« Denn seit Kriegsausbruch war auch von ihr kein Lebenszeichen mehr eingetroffen, und erst nach Jahren der Angehörigensuche kam die Nachricht, daß Otobinich zusammen mit ihrem Mann Lioba und ihren beiden Töchtern Elka und Chanussija in einer Synagoge in Rostow, die die Deutschen mit allen Juden der Stadt in Flammen aufgehen ließen, verbrannt sei. Fortan wurde sie nicht mehr Otobinich genannt und bekam ihren richtigen Namen Sprintza zurück. Genau zur selben Zeit verschwand auch die Katze Otobinich, noch ehe man ihren Namen ebenfalls in Sprintza ändern konnte, und meine Großmutter väterlicherseits meinte, das sei ein Zeichen Gottes, aber mein Vater sagte, das sei ganz einfach ein Zeichen, daß sie gestorben sei, da Katzen sich nun einmal aus dem Haus schlichen, wenn sie spürten, daß der Tod komme. Sie zögen es vor, allein zu sterben, in der Natur, und sich ihre Würde bis zum letzten Augenblick zu bewahren, nicht wie Menschen, die um ihren Tod soviel Aufhebens machten und von Angst und Schrecken erfüllt würden, wenn er nahe, und sich ans Leben klammerten wie ein Ertrinkender an einen Strohhalm, wobei sie ihre Selbstachtung völlig verlören. Daher bitte er darum, daß meine Mutter nicht versuchen solle, ihn aufzuhalten, wenn er spüre, daß der Tod komme, und sich aus dem Haus schleichen wolle, um allein in der Natur zu sterben. Aber meine Mutter meinte, er solle sofort aufhören, solchen Unsinn zu reden, denn wer zuerst sterben werde, sei nämlich sie, und sie teile ihm schon jetzt mit, daß sie nicht beabsichtige, sich aus dem Haus zu stehlen und allein in der Wildnis zu sterben. Sie wolle gerade ihre Familie und all die Menschen, die sie liebe, um sich haben, wenn ihr Augenblick komme, weil deren Augen und Gesichter der Anblick seien, den sie als letztes auf dieser Welt sehen wolle, und als ich sie so reden hörte, sagte ich unhörbar zu ihr, Mama, ich werde bei dir sein, wenn dein Augenblick kommt, worauf Großmutter meinte: »A mentsch tracht, un got lacht.« Nun stieg ich die grauen Betonstufen hoch, die zur Fliegengittertür vom Haus des Schriftstellers führten, bückte mich und klopfte mit gekrümmtem Finger an einer Stelle, an der die einzelnen Schichten noch nicht auseinandergequollen waren, gegen den Sperrholzrahmen, hörte die zerfledderten Hausschuhe des Schriftstellers über die Fußbodenfliesen schlurfen und die Stimme seiner siechen Frau, die vorwurfsvoll unter Lagen von Daunendecken auf jiddisch fragte: »Wer ist das«, worauf der Schriftsteller ihr erzürnt und ungeduldig meinen Namen hinspie, ehe er mir die Tür öffnete und mich wie an jedem Sonntag, Dienstag und Donnerstag anwies: »Komm, tritt ein.« Er führte mich in sein Arbeitszimmer, ich setzte mich auf meinen Platz am Schreibtisch, nahm seinen schwarzen Tintenfüller und fuhr fort, ab der Stelle, bei der ich beim letztenmal aufgehört hatte, sein Werk zu kopieren, suchte in seinen Sätzen nach Worten, die ich am darauffolgenden Tag verwenden konnte, wenn ich auf der Bühne der Turnhalle vor allen Schülern und Lehrern stehen würde, doch als ich mir die Sätze des

Schriftstellers ins Jiddische übersetzte, kamen Dinge heraus, die sich unmöglich sagen ließen. Am anderen Morgen, nachdem die Schulleiterin Rosa ihre Ansprache gehalten und der Schulchor sein Ständchen beendet hatte, rief mich unser Lehrer Jitzchak Berger auf die Bühne, ich hörte seine Stimme, die mich aufforderte, das meine zu sagen und im Namen der Schülerschaft unsere Brüder, die aus dem Höllenfeuer gerettet worden waren, zu begrüßen. Dann stieg Jitzchak Berger die Stufen hinab und ließ mich allein auf der Bühne zurück, von wo ich aller Augen auf mich geheftet sah, ich hörte, wie im weiten Rund geflüstert wurde, hörte die Stimmen der Kinder, die miteinander tuschelten, hörte unterdrücktes Kichern und über alldem die Stimmen, die Ruhe verlangten, bis in der großen Halle vollkommene Stille herrschte und alle ihre Augen auf mich richteten. Ich sah Lippenpaare, die offenstanden vor Erwartung, endlich die Stimme unseres Stummen zu hören, sah die grauen Augen von Chana Rosenblatt, deren Hand nach der ihres Bruders Arn faßte, dem Jitzchak Berger den Namen Aaron gegeben hatte, sah das Erstaunen, das nicht mehr von Paul Kibelzurabels Gesicht wich, seit seine Augen Dinge gesehen hatten, wie sie kein Mensch auf der Welt sich vorstellen konnte. Und ich sah Marika, die auf der Bank neben Chana Rosenblatt saß, vorgebeugt, die Ellbogen auf die Knie gestützt und das schöne Gesicht in die Hände gelegt, sah ihre goldenen Zöpfe, die zu beiden Seiten ihres Kopfes herabhingen, über ihre Schultern glitten und auf ihrer Brust ruhten, und ihre braungrünen Augen, die geradewegs in die meinen blickten. Ich schaute in ihre Augen und wollte ihr sagen, ich liebe dich, Marika, was ich aber nicht von der Bühne und vor allen Lehrern und Schülern tun konnte, die darauf warteten, daß ich in ihrem Namen die Kinder, die aus der Hölle zu uns gekommen waren, begrüßte, weshalb die einzigen Worte, die mir in den Kopf kamen, wieder und wieder nur jene waren, mit denen Scholem Alejchem seine Geschichte von dem jüdischen Hund namens Rabtschik beginnt, der ein weißer Hund mit dunklen Flecken war, nicht groß, gewöhnlich, ruhig und gar nicht beißwütig. Er haßte es, jemanden von hinten anzufallen, wie andere Hunde es taten, um ein Stück Hose herauszureißen oder einem ins Bein zu beißen, und war mit sich und der Welt zufrieden, Hauptsache, man ließ ihn in Frieden. Aber ausgerechnet an ihm verging sich ein jeder, der seinen Gott im Herzen trug, denn Rabtschik von hinten eins mit dem Stock überzuziehen, ihm die Fußspitze zwischen die Rippen zu rammen, ihm einen Stein an den Kopf zu werfen oder einen Schmutzkübel über ihm auszugießen war bei allen ein beliebtes Spiel, ja beinahe ein heiliges Gebot. Und so erklangen in mir, als ich auf der Bühne stand, immer wieder von neuem die Worte, Rabtschik is gewejn a hunt a wajßer mit flekn, un Rabtschik, as er hat bakumen a klap, hot er sich nit anidergeschtelt wi andere hint, baklogt sich, ojshaukn sich – hat nicht gebellt –, bawajsn di zejn – die Zähne gezeigt –, nejn, Rabtschik tut bej ittlichn klap einbejgn sich bis fast di erd mit a kwitsch: Aj, aj! Das waren die Worte, die in meinem Kopf widerhallten, als ich vor der großen Zuhörerschaft stand, die mich anstarrte und auf das Wunder harrte, und dies das einzige Bild, das ich vor Augen hatte, Rabtschik, der gefleckte Hund, der noch nie jemanden gebissen hatte und den alle zum Vergnügen quälten. Ich drehte den Kopf zur Seite, damit Marika nicht sah, wie mir die Tränen in die Augen stiegen, als mein Blick auf das nahe gelegene Fenster fiel, durch das der Spielplatz der Schule und die von draußen an die Fensterscheibe gepreßte, von Falten zerfurchte und einem ewigen Grinsen verzerrte Visage von Schmulik Wigotski zu sehen waren, der auf einer Matratze im Kuhstall seiner Eltern schlief, weil er schwachsinnig war, wohingegen sein Zwillingsbruder Ami als guter Schüler und einer der besten Sportler unserer Schule galt. Als Schmulik die Tränen in meinen Augen sah, wurde sein Grinsen noch breiter, sein monströser Mund ging fast von einem Ohr zum anderen, seine Augenbrauen hoben sich und verdoppelten die Anzahl der Falten auf seiner Stirn, die nun wie ein umgepflügter Acker aussah, vor lauter Anstrengung, zu begreifen, was sich da hinter der Fensterscheibe in der Turnhalle abspielte, daß alle auf dem Fußboden hockten und stumm einen einzelnen Jungen anstarrten, der auf der Bühne stand und schwieg. Das Schweigen währte noch immer, als ich zusammen mit Rabtschik bei dem Moment angelangt war, daß er endlich doch noch seine Schnauze aufmachte und sein Herz dem Metzgerhund Seschuk ausschüttete, nachdem die anderen Metzgerhunde ihn beinahe in Stücke gerissen hatten, weil er gewagt hatte, sich ein Plätzchen in der Nähe der Schlachtereien zu suchen, und Seschuk sagte, er wisse sehr wohl, was Hunger sei, aber das ließe sich nun mal nicht ändern, jeder Metzger habe seinen eigenen Hund und jeder Hund seinen eigenen Metzger, worauf Rabtschik fragte, ob das Gerechtigkeit sei, Anstand, wo da die Hundlichkeit bleibe und wie es sein könne, daß ein Hund unter lauter satten Hunden an Hunger krepiere, aber Seschuk erwiderte, er könne ihm nur mit einem Seufzer helfen, gähnte genüßlich und schickte sich an, ein Nikkerchen nach dem Essen zu machen. Unterdessen hielt das Schweigen an und wurde so bleiern schwer, daß die Kinder und auch die Lehrer es nicht mehr aushalten konnten, wobei der erste, der von seinem Platz hochkam, ausgerechnet unser Lehrer Jitzchak Berger war, der mich mit seinen Augen wie mit zwei Lanzen durchbohrte, als wollte er mich allein durch die Macht seines Blickes zum Sprechen bringen, doch noch während Rabtschik schnurstracks zu den Metzgern lief, um sich bei ihnen einzuschmeicheln, in der Hoffnung, dort einen eigenen Metzger zu finden, und einer der Ausbeiner eine Axt nach ihm warf, faßten alle Jitzchak Bergers Aufstehen als Signal auf, sich endlich erheben zu dürfen, weshalb auf einen Schlag alle wie eine gewaltige Brandung, die den Strand überspült, Sitzreihe um Sitzreihe auf die Beine kamen und die Luft erfüllt wurde vom ohrenbetäubenden Kreischen nach hinten geschobener Bänke. Fröhlich, der Schuldiener, riß die breiten Türen der Turnhalle auf, so daß sich der Menschenstrom nach draußen ergoß, wo alle im gleißenden Sonnenlicht, das ihnen entgegenschlug, in Rufe, Lachen und Geschrei ausbrachen. Im Nu leerte sich die Turnhalle, und ich blieb wie angewurzelt allein auf der Bühne zurück, konnte mich nicht vom Fleck rühren und sah die Lehrer, die zu Jitzchak Berger traten, ihm die Hand schüttelten und zu der schönen Aufführung gratulierten, vor allem zu dem eindringlichen Abschluß der Zeremonie, hörte, wie die Schulleiterin Rosa zu ihm sagte, diese Augenblicke der Stille würden ihr als eines der stärksten Momente der ganzen Aufführung unauslöschlich im Gedächtnis bleiben.

Als ich aus der Turnhalle auf den Schulhof trat, schlug mir das weiße Licht entgegen, Tränen schossen mir in die Augen, durch deren Schleier ich das faltenüberzogene Gesicht Schmulik Wigotskis mich verlegen angrinsen sah, als wollte er meinen Kummer teilen, ohne dessen Ursprung zu verstehen. So ging er dicht neben mir her, scharwenzelte um mich herum, kam von hinten angesprungen, hüpfte zu meiner Rechten, hopste zu meiner Linken, lief rückwärts vor mir her, wobei er seinen großen Kopf nach vorne drehte, ihn von einer Seite auf die andere warf, geräuschvoll die Nase hochzog und mit dem Handrücken abwischte, seine runden Augen aufriß und mit unendlichem Erstaunen entgeistert in die meinen starrte, seine weiten Turnhosen immer höher und höher bis unters Herz zog, mit entschuldigendem Gesichtsausdruck heftig mit dem Kopf nickte, als trüge er die Schuld für dieses mysteriöse Drama, das sich vor seinen Augen in der Turnhalle abgespielt hatte, oder sich im Gegenteil im Namen der gesamten Zuhörerschaft vor mir rechtfertigen wollte oder vielleicht auch nur sein Verhalten erklären, da meine Verletzbarkeit ihn fesselte, er meine Schwäche spürte, die mich mit ihm und seiner Armseligkeit plötzlich verband, weshalb er irgendeine Regung, irgendeine Reaktion von mir bekommen wollte. Der Gedanke kam mir, daß noch nie irgend jemand mit ihm gesprochen hatte, daß niemand in die runden Augen von Schmulik Wigotski schaute, der immer wie ein Hund hinter allen hergezerrt wurde. Und als ich nun aufmerksam in seine Augen schaute, sah ich in ihnen Erstaunen, Schrecken und einen stummen Aufschrei, die sich zu einer Frage vermischten, die auf seinen Lippen hing, stets offenstehend wie die Tür eines leeren Schuppens, die jemand vergessen hatte zu schließen, eine drängende Frage, die gestellt werden wollte, die jeden Augenblick gestellt werden mußte und dann doch nicht kam, weil Schmulik Wigotski nicht zu fragen wußte oder aus irgendeinem anderen Grund, weshalb ich selber fragend die Arme ausbreitete und sich meinen Lippen das Wörtchen »Was« entrang. In jenem Augenblick war es, als würde die Welt explodieren. Schmulik Wigotski sprang in die Luft, Freudenschreie und Gebrüll brachen aus der Tiefe seines Bauches, die Falten glätteten sich auf seinem Gesicht, das mit einemmal den Ausdruck solcher Glückseligkeit annahm, wie ich sie noch nie bei einem Menschen gesehen hatte. Sein Glück war so groß, daß er es nicht fassen konnte, seinen ganzen Körper in eine Art sonderbaren Tanz versetzte und dabei unzählige Male lauthals das Wort »Was« wiederholte, um mich herumhüpfte und -sprang, seine Arme und Beine alle möglichen zerbrochenen, zersplitterten Formen in die Luft zeichneten, wie die Pfoten des schwarzen Katers, der in die Höhe geschossen und dann zerfetzt zu Boden gestürzt war, als mein Vater seine Jagdflinte auf ihn abfeuerte. Halb sang, halb schrie er immer wieder: »Was was was was was was«, während ich die Augen umherwandern ließ und unter den Kindern, die sich auf dem Spielplatz verstreut hatten, nach Marika Ausschau hielt. Ich wollte, daß Schmulik Wigotski verschwand und mich in Ruhe ließ, aber je eifriger ich versuchte, ihn loszuwerden, um so mehr bestürmte er mich in seinem hartnäckigen Tanz, den er um mich herum aufführte, so daß uns die Kinder ihre Gesichter zuwandten und uns argwöhnisch beäugten, die Köpfe zusammensteckten und miteinander flüsterten, auf uns zeigten und grinsten. Als ich von weitem sah, daß Marika auf dem Weg in den Kasuarinenhain war, den die Schüler in jenem Jahr, in dem unsere Kriegsgefangenen aus deutscher Gefangenschaft zurückgekehrt waren, zum Neujahrsfest der Bäume gepflanzt hatten, beschleunigte ich meine Schritte, um sie einzuholen, doch Schmulik Wigotski ließ nicht von mir ab, hüpfte und sprang unverdrossen um mich herum und brüllte: »Was was was was was«, bis sein Geschrei auch Marikas Aufmerksamkeit erregte, sie sich flüchtig umdrehte und sah, daß ich ihr freudig erregt folgte. Sie blieb stehen, und mir schien, auch sie freute sich, mich zu treffen, weshalb ich mich ihr nähern und ihre Hand berühren wollte, worauf sie, als könnte sie meine Gedanken lesen, auch die ihre ausstreckte und mich ermutigte, zu ihr zu kommen. Aber Schmulik Wigotski erriet unsere Absicht, denn auf einen Schlag steigerte er seine Schreie und Luftsprünge noch, bis er wie Rudolf Gametowitsch Nurejew, den ich Jahre später im Champs-Élysées-Theater durch die Luft schweben und fliegen sah, als hätte er die Schwerkraft überwunden, um mich herumflatterte, wie mit Flügeln schlug und »Was was was was was« schrie, wie der schwarze Rabe, der einmal versuchte, die Katze Otobinich von einem seiner Küken zu vertreiben, das aus dem Nest gefallen war, das die Raben in die Krone des Palisanderbaums gebaut hatten. Und wie Otobinich schließlich ihrem Instinkt gehorchte und auf das Rabenküken verzichtete, weil sie begriff, daß es nicht wert war, sich zeitlebens mit einem verrückten, rachsüchtigen Raben anzulegen, der sie bis ins Grab verfolgen und vielleicht sogar eines ihrer Jungen töten würde, kapitulierte auch Marika schließlich vor der absurden Hartnäckigkeit von Schmulik Wigotski, der einen bedrohlichen, abschreckenden und vor allem abstoßenden Kreis um mich zog. Auch in den darauffolgenden Tagen ließ er nicht von mir ab, kam überall, wo er mich sah, mit dieser aberwitzigen Mischung aus Freude, Jauchzen und Wildheit auf mich zugestürmt, umkreiste mich hüpfend und stolpernd und brüllte: »Was was was was was«, bis ich insgeheim hoffte, es würde ihm etwas zustoßen und mich von ihm befreien. Und so verspürte ich unsagbare Erleichterung, vermischt mit Schuldgefühlen, als er eines Tages bei dem Versuch, auf den Zaun um den Kuhstall, in dem er hauste, zu klettern, einen elektrischen Schlag bekam. Und vielleicht war ich ja wirklich der Auslöser all dessen, denn ab dem Tag, an dem ich ihn »Was?« gefragt hatte, wurde Schmulik Wigotski immer wilder und ruheloser, wobei die Leute im Dorf nur dies als Tatsache bemerkten, ohne zu wissen, was dazu geführt hatte. Und als er dann wie ein Balletttänzer auf Zehenspitzen auf dem eisernen Zaun des Kuhstalls stand, sich ganz lang machte und die Hand ausstreckte, um Küken aus dem Nest der Mehlschwalbe zu holen, die ihr Lehmhaus unter dem Dach des Kuhstalls gebaut hatte, berührte er versehentlich mit der Hand die blanke Stromleitung. Als man ihn Wochen später aus dem Krankenhaus zurückbrachte, konnte er nur mit Mühe gehen, am ganzen Körper zitternd und gestützt durch seine Mutter, die Witwe Passija, eine hochaufgeschossene, verhärmte Frau mit eingefallenen Wangen, grünen Augen und pechschwarzem Haar, die ihren Hühnern eigenhändig die Kehle durchschnitt mit einem scharf geschliffenen Küchenmesser, das sie immer über dem Türrahmen des Hühnerstalls hängen hatte, bis sie eines Tages, einige Jahre nachdem ihr Sohn Ami, Schmuliks wohlgelungener Zwillingsbruder, im Kampf um das Dorf während des Unabhängigkeitskriegs getötet worden war, das Messer nahm und sich selbst auf dem Hühnermisthaufen damit schächtete. Schmulik fuhr noch eine Weile fort, wie ein wandelnder Toter durchs Dorf zu laufen, sommers wie winters in eine schwere, milchkaffeefarbene Jacke mit dunkelbraunem Pelzkragen gehüllt, aus dem sein Gesicht herauslugte, das immer mehr einschrumpfte, mit Augen, aus denen nur noch Erstaunen und Grauen sprach, bis er irgendwann für immer aus dem Dorf verschwand, als hätte es ihn nie gegeben.

Und eines Tages dann, Mitte der achtziger Jahre des vergangenen Jahrhunderts, ich war unterwegs zu einem Lyrikerkongreß in Köln und saß in einem speziellen Hebebus, der auf dem Flughafen Charles de Gaulle die Passagiere vom Terminal zum Flugzeug brachte, bemerkte ich plötzlich, kaum daß sich die breite rückwärtige Tür des Busses geschlossen hatte, die Fahrgastkabine mit Hilfe einer besonderen Hydraulik abgesenkt wurde und sich das sonderbare Gefährt auf den Weg zu der kleinen Maschine machte, die auf einer der Startbahnen wartete, einen Mann in einer milchkaffeefarbenen Jacke mit dunkelbraunem Pelzkragen, der stand und sich an einer Stange des Busses festhielt. Aus dem Jackenkragen schaute ein fast kahler Schädel heraus, der mich sogleich an den von Schmulik Wigotski erinnerte, in seinen letzten Tagen, ehe er aus dem Dorf verschwand, und obgleich ich befürchten mußte, er würde, sobald er mich sah, in einen wilden Tanz und durchdringendes »Was was was was was«-Geschrei ausbrechen, konnte ich mich nicht zurückhalten und wurde durch etwas, das stärker war als ich, zu ihm hingezogen, bahnte mir meinen Weg zwischen den Reisenden, die in der Kabine standen und sich an den Haltestangen festhielten, bis ich bei dem in seiner schweren Jacke versunkenen Mann angelangt war und seinen Schädel aus der Nähe betrachten konnte, als er mir sein Gesicht zuwandte und ich ein Paar runde, gläserne Augen vor mir sah, in denen jegliche Lebensfreude fehlte, die sich mit einemmal weiteten und mich voller Erstaunen und Grauen aus einem knöchernen Gesicht anstarrten, unter dessen durchsichtiger Haut sich schon deutlich der Totenkopf abzeichnete, weshalb mir dieses Gesicht eines Untoten sehr bekannt vorkam und ich beinahe »Schmulik Wigotski« geflüstert hätte. Aber dann erkannte ich in diesem, in eine teure Jacke gehüllten Leichnam plötzlich den Ballettänzer Nurejew, den ich einige Jahre zuvor von der Schwerkraft befreit durch die Luft über der Bühne des Champs-Élysées-Theaters hatte schweben sehen, und sah im selben Sekundenbruchteil Passija Wigotski, die ihre Nachbarn mit durchschnittener Kehle auf dem Misthaufen neben ihrem Hühnerstall fanden, und Marika, die mich aufgab und sich im Kasuarinenhain von mir entfernte wegen Schmulik Wigotski, der mich umflatterte. Weshalb ich mich fragte, ob unser Lehrer Jitzchak Berger gewußt hatte, was er tat, als er mich aufforderte, auf die Bühne zu kommen und unsere aus der Hölle geretteten Brüder zu begrüßen, und ob es ihm jemals in den Sinn gekommen war, daß, hätte er nicht den Versuch unternommen, mich vor allen Schülern und Lehrern unserer Schule zum Sprechen zu verführen, ich niemals Schmulik Wigotski gegenüber das Wörtchen »Was« über die Lippen gebracht hätte und Schmulik Wigotski daher auch nicht durchgedreht, völlig wild geworden und auf Zehenspitzen auf den eisernen Zaun des Kuhstalls geklettert wäre, um Küken aus dem Nest der Schwalbe zu holen, keinen elektrischen Schlag bekommen und sich weiterhin um die Kühe seiner verwitweten Mutter gekümmert hätte, die sich dann vielleicht mit dem Küchenmesser nicht selber die Kehle hätte durchschneiden müssen. Zu gern hätte ich gewußt, ob es auch einen Zusammenhang zwischen dem Wörtchen »Was«, das ich zu Schmulik Wigotski gesagt hatte, und dem Verfall des berühmten Ballettänzers Nurejew gab, der hier nun in eine schwere Pelzjacke gehüllt vor mir stand, in einem speziellen Hebebus, der uns über das Rollfeld von Charles de Gaulle fuhr. Gegen Ende des ersten Jahrzehnts des dritten Jahrtausends dann, viele Jahre nach Nurejews Tod, fand ich eines Nachts bei einem meiner Streifzüge im Internet ein Programm, das es ermöglichte, in sechs Schritten aufzudecken, daß jeder auf unserem Globus lebende Mensch irgendwie mit jedem anderen bekannt ist, womit alle möglichen schicksalhaften Einflüsse zum Vorschein kommen mußten, so daß ich schon versucht war, das Programm zu öffnen und den Namen Jitzchak Bergers als Ausgangs- und den von Rudolf Nurejew als Endpunkt einzugeben, es am Ende aber doch nicht tat. So wie ich auch davon absah, erneut Kontakt zu dem ehemaligen Wächter Schwarzhuber aufzunehmen, der mir versprach, mir einiges über meinen Vater und dessen Verhältnis zu jener »mysteriösen jungen Frau« zu erzählen, an die mein Vater mir auf seinem Sterbelager seinen letzten Brief diktiert hatte, den ich aber nicht weiterleitete, da mein Vater mir weder ihren Namen noch ihre Adresse nannte. Und da er dies nicht getan hatte, nahm ich an, er habe sie mir nicht sagen wollen, weshalb ich nach seinem Tod nicht gedachte, in aller Öffentlichkeit breitzutreten, was er mir zu Lebzeiten nicht über sich selber hatte sagen wollen, und den unadressierten Brief meines Vaters zu veröffentlichen, ohne ein Wort darin zu ändern. Ich brachte die Worte lediglich in Versform, um ihnen zu ermöglichen, ihr eigenes Leben zu leben und zu erreichen, was in ihrer Macht lag, und so erreichten sie den Wächter Schwarzhuber, der Verbindung zu mir aufnahm und mich einlud, ihn in seiner Wohnung im obersten Stockwerk der Edentürme zu besuchen, von der aus man an einem klaren Tag das ganze Land sehen konnte. Mit meinem nachfolgenden Schweigen und Ignorieren seiner Einladung gab sich Schwarzhuber nicht zufrieden, denn als ich eines Nachts mein E-Mail-Postfach öffnete, fand ich zwischen anderen Nachrichten einen kurzen, trockenen Brief folgenden Wortlauts: »Ihr Name ist Ehuda, wir haben beide um ihre Liebe gebuhlt, und Ihr Vater hat sie, wie viele andere, für einen Moment gewonnen und ist mit ihr nach Frankreich gefahren, wo sie eine Reise entlang der *Route du vin* gemacht haben, ehe Ihr Vater ohne sie zurückkehrte. Schalom, Schwarzhuber.«

Ich wußte nicht, was ich ihm auf seine knappe Mitteilung antworten sollte und auf die Information, die er mir aufgezwungen hatte, ohne daß ich ihn darum gebeten hätte, weshalb ich schon daran dachte, ihm zu schreiben, sein Vorgehen unterscheide sich in nichts von einer Vergewaltigung, denn ab dem Tag, an dem ich seine Mail erhielt, hörten seine wenigen Worte in meiner Phantasie nicht auf, schwanger zu werden und noch und noch andere Worte zu gebären, die wiederum tragend wurden und unzählige weitere Worte gebaren, bis in meinem Hirn kaum noch Platz war für Worte, die nicht mit jener Ehuda und ihrer Reise mit meinem Vater die Weinstraße entlang in Verbindung standen. Denn allein aus den ersten Worten, »ihr Name ist Ehuda«, ergab sich, daß sie noch lebte, denn wäre es nicht so gewesen, hätte dieser penible Mann, dieser ehemalige Wächter Schwarzhuber geschrieben, »ihr Name *war* Ehuda«, und wenn sie noch am Leben war und er davon wußte, hatte er ihr dann nicht wohl auch das – wie er behauptete – an sie gerichtete Gedicht zur Kenntnis gebracht? Und wenn er es ihr tatsächlich hatte zukommen lassen und sie ihrerseits keine Verbindung zu mir aufgenommen hatte, war das ein Zeichen, daß sie nicht gewillt war, in diesem fernen Kapitel ihres Lebens zu stöbern, das sich allem Anschein nach Mitte der dreißiger Jahre des vorigen Jahrhunderts zugetragen haben mußte. Allerdings war es möglich, Schwarzhubers kurze Sätze auch auf andere Art auszulegen, ging doch aus seiner Nachricht hervor, daß Ehuda, die eine Frau vieler Männer gewesen war, deren Gunst Vater nur für einen Augenblick gewann, mit meinem Vater nach Frankreich gefahren, aber nicht mit ihm von dort zurückgekehrt war, wobei Schwarzhubers Wortwahl wenigstens zwei unterschiedliche Möglichkeiten andeutete: die eine, daß mein Vater sie in Frankreich verlassen hatte und allein zurückgekehrt war, und die zweite, daß mein Vater ohne sie aus Frankreich zurückgekehrt und sie in einem gottverlassenen Dorf irgendwo auf der Weinstraße verschwunden war, weshalb seit jenem Tag niemand mehr ihren Aufenthaltsort kannte. Als ich wieder und wieder Schwarzhubers kurze, harte Sätze las, entdeckte ich in ihnen auch eine Spur von Verdacht gegen meinen Vater, als trüge er, der »ohne sie zurückkehrte«, irgendeine Schuld an Ehudas Verschwinden, was sich aber aus dem, was mein Vater mir in der letzten Nacht seines Lebens diktiert hatte, nicht belegen ließ.

Ich schreckte damals zum Geräusch von Vaters Gemurmel aus meinem unruhigen Schlaf hoch, auf dem Stuhl neben seinem Krankenhausbett, und hörte ihn flüstern, he, he, ist hier jemand, hört mich einer? Ich legte meine Hand auf seinen an das Bett geschnallten Arm, um ihn zu beruhigen, spürte seinen rasenden Puls und wollte schon die diensthabende Ärztin rufen, aber er kam mir zuvor und fragte in seinem autoritären Befehlston, ob ich Stift und Papier bei mir hätte, worauf ich meinen Notizblock mit dem festen schwarzen Einband aus der Tasche zog, den ich einst in London in einer Gasse, die zur St. Martin's Street herabführt, in einem kleinen Schreibwarenladen gekauft hatte, mit einer automatischen Fingerbewegung das schwarze Gummiband abstreifte, das wie ein Griff aus dem Einband kommt und den Notizblock verschlossen hält, und es auf der letzten beschriebenen Seite öffnete, die mit »Die Ästhetik des Tao« überschrieben war. Darunter fand ich von mir geschrieben folgende Zeilen: »Lebe nicht nach Vorsatz, sondern gestatte dir selbst, durch die Existenz zu neuem Leben erweckt zu werden.« Ich nahm den Stift in die Hand und begann, die Worte aus dem Mund meines Vaters zu notieren, wobei ich für die Atempausen, die er machte, Gedankenstriche setzte: »Ich habe mich gegen mich selbst versündigt – mein ganzes Leben – trage ich diese Dinge im Herzen – rede nicht – nur im stillen rede ich mit dir bei Tag und bei Nacht – wenn ich gehe – liege – aufstehe – wo bist du – wo bist du – wo bist du – ich kann diese Existenz ohne meine Liebe zu dir nicht ertragen – ich habe dir gesagt, daß es für mich kein Leben ohne dich gibt – und das ist die schlichte Wahrheit – mein ganzes Leben lebe ich wie eine Pflanze – ich dachte, die Zeit würde den Schmerz lindern – aber mit der Zeit ist es nur schlimmer geworden – und ich weiß – ich habe das Leben bis jetzt ertragen – nur weil ich im Grunde meines Herzens nicht geglaubt habe – daß das unser Ende ist – das Ende der Liebe – ich dachte, ich könnte dieses Leben nicht ertragen – ohne die Möglichkeit, dich zu haben, wenn ich dich brauchte – aber die endgültige Trennung ist schlimmer als alles andere – sie ist unerträglich – ich spreche mit dir, um mir deine Gestalt zu vergegenwärtigen – um das Gefühl zu haben, daß du dich irgendwo befindest – wenn du mich hörst – antworte mir – erzähl mir, wie du dich fühlst – was du tust – wie es dir dort ergeht – wo du bist – und wenn nicht – werden wir danach reden – ich habe kein Leben ohne dich ...« Mein Vater verstummte. Und als ich verstand, daß dies das Ende des Briefes war, und das Wort »Adresse?« darunter schrieb, fuhr mein Vater fort, vor sich hin zu flüstern. Ich legte mein Ohr an seine Lippen, und er sagte: »Wenn du von der Bahnstation kommst, bieg links in die Sackgasse ab, und am Ende der Gasse siehst du eine Autowerkstatt, an deren rückwärtige Wand ein altes Fahrrad gelehnt steht, noch von vor dem Krieg, auf dem ihr Vater sie jeden Morgen zum Kindergarten fuhr, und links von der Werkstatt gibt es ein kleines eisernes Tor, an dem man zweimal läuten muß, denn nur einmal Läuten ist für ihre Vermieterin, die Witwe des Veterinärs, bestimmt, die im Parterre wohnt und ihr immer die Zeitung auf die Treppe zu ihrer Wohnung im ersten Stock legt, und gegenüber vom Eingang gibt es eine kleine Küche, auf deren Fensterbrett Weinflaschen stehen, die wir auf unserer Reise auf dem Weg nach Reims gekauft haben, und Gläser mit Honig und Gewürzen aus dem Land Israel, und aus dem Fenster im Wohnzimmer sieht man einen Papageienbaum, ja, ja, es gibt in der Stadt einen Schwarm gelber Papageien, die aus dem Zoo ausgebüxt sind, von Ort zu Ort ziehen und plötzlich angeflattert kommen, sich auf dem Baum niederlassen und ein ohrenbetäubendes Kreischkonzert veranstalten, wenn sie auf der anderen Seite des Tisches sitzt, ihr Französisch verbessert und manchmal lange Briefe schreibt, unser Zusammentreffen, die Fahrten, die Weinroute, die Wanderungen, die Träume, Freunde, und dann ist der Sommer vorüber, die Abende werden kühl, wir schreiben schon Ende November, die Papiere werden zur Seite geräumt, eine Flasche Beaujolais Nouveau geöffnet, Brot und Käse geschnitten, wir essen, trinken …« Plötzlich änderte sich Vaters Tonfall, als er mir befahl: »Mach mich los«, und da ich zögerte, seinem Befehl nachzukommen und die Riemen zu lösen, mit denen sein ganzer Körper, seine Arme und Beine an das Bett geschnallt waren, fragte er: »Bist du für oder gegen mich? Ich will einmal hören, daß du etwas zu mir sagst.« Aber sogleich korrigierte er sich: »Mich interessiert nicht, was du fühlst, mich interessiert lediglich, was du tust, warum machst du mich nicht los, warum hast du dich zu meinen Peinigern gesellt? Mach, daß du wegkommst! Verschwinde aus meinem Leben! Schreib mir nicht mehr, und wage es nicht, meinem Grab zu nahe zu kommen.« Ich stand auf und ging zum Ende des Raums, stand einen Augenblick lang am nachtschwarzen Fenster, drehte mich dann zu dem Krankenhausbett um, auf dem mein Vater mit ledernen Riemen fixiert und festgeschnallt lag, nachdem ich durch meine Unterschrift mein Einverständnis zur Behandlung mit einem Medikament gegeben hatte, das in jenen fernen Tagen als revolutionär galt und ihm seine verlorene Lebensfreude wiedergeben sollte. Wie eine Sanduhr sah ich die Tropfen aus dem Plastiksack in den Infusionsschlauch rinnen und von da weiter in Vaters Blut, jenes gefährliche Medikament, von dem eine Psychiaterin, die ich nach Vaters Tod zufällig in Hamburg traf, entsetzt war zu hören, daß es noch drei Jahre zuvor irgendwo auf der Welt angewandt worden war. Vaters Worte stiegen in mir auf und drohten, mich zu ersticken, ließen mich spüren, wie mein Fleisch sich unter meiner Haut auflehnte, als ich in die Zimmerecke zurückkehrte, mich wieder

Vaters Bett zuwandte und fast den Mund aufgemacht hätte, aber ich wußte nicht, was ich sagen sollte, stand vor dem Bett und legte mir die Dinge im Kopf zurecht, ging sie durch, hob einzelne Zeilen hervor, verbesserte unpräzise Formulierungen, versuchte, bei der Wahl der Worte, die ich eines neben dem andern in meinem Kopf anordnete, peinlichst genau zu sein, um am Ende dann festzustellen, daß sie allesamt nichtssagend waren, weshalb ich die Hände ausbreitete und mit resignierenden Kopfbewegungen im stillen meinem Vater meine Liebe zu ihm gestand, und uns beiden traten Tränen in die Augen, die ich schluckend hinunterwürgte, bis mich der Kloß im Hals fast erwürgte. So weinte ich innerlich, lautlos und ohne Tränen, als ich an meinen Vater in seinen guten Jahren denken mußte, an seinen fröhlichen Gesang am frühen Morgen, an seine lautstarken Zwiegespräche mit den Ziegen und dem Pferd und an den Schwall von Verwünschungen, den er über dem Kopf des Esels ausgoß. Ich wagte nicht, ihn vom Bett loszumachen, weil ich nicht wußte, was gut und was schlecht für ihn war, was ihm in seiner Lage nützen und was schaden konnte. In jener Nacht, der letzten Nacht seines Lebens, wußte ich noch nicht, daß es im Leben meines Vater eine geheimnisvolle Frau namens Ehuda gab und daß der Brief, den er mir diktiert hatte, möglicherweise für sie bestimmt war, vielleicht aber auch für eine andere Frau. Wie auch immer, es scheint wirklich von einer Frau die Rede zu sein, die jenseits des Meeres lebt oder gelebt hat, denn in der Nacht, in der mein Vater plötzlich aus seinem Bett aufstand, nachdem er sich wochenlang geweigert hatte, sein Zimmer zu verlassen, seinen Kleiderschrank öffnete, ein Paar ordentliche Hosen und ein weißes Hemd auswählte und ins Badezimmer ging, um sich zu rasieren, sagte er zu mir, er wolle zum Meer gehen.

Ich folgte ihm damals durchs ganze Haus, überwachte jede auch noch so kleine Bewegung, die er machte, und als er dann seinen Rasierapparat in die Hand nahm, die alte Klinge, die angetrockneter, mit Bartstoppeln vermischter Rasierschaum mit rostigem Ausschlag überzogen hatte, herausholte und in den Mülleimer warf, eine neue Rasierklinge nahm, mit seinen kräftigen, dicken Fingern das Wachspapier davon abschälte, die Klinge zwischen zwei Fingern hielt und sie einen Moment lang betrachtete, sah ich Jona Ben-Jischai vor mir, den Sohn von Großmutters Nichte, der nach dem Unabhängigkeitskrieg ein Taxi erhielt, weil er im Krieg eine Kugel in den Rükken bekommen hatte, um dann in der Notstandszeit zu Beginn der fünfziger Jahre des vergangenen Jahrhunderts, als die Bewohner der Städte unter Lebensmittelknappheit litten, am Schabbat mit seinem schwarzen Chevrolet bei uns zu erscheinen und zwei, drei Hühner zu kaufen, denen er im Schutz der japanischen Mispelbäume mit einer Rasierklinge die Gurgel durchschnitt, damit die Nachbarn nichts sahen und ihn nicht bei den Behörden anzeigten, denn die Hühner deponierte er in einem eigens von ihm dafür eingebauten Versteck auf dem Boden seines Taxis unter der Rückbank. Einmal sah ich ihn mit eigenen Augen dort mit der Rasierklinge hantieren, und als mein Vater nun meinen Blick auffing, meinte er zu mir, was verfolgst du mich wie ein Detektiv, mach dir keine Sorgen, ich habe nicht vor, mir irgend etwas anzutun, ich will mich nur anziehen und in der guten Nachtluft zu Fuß einen kleinen Spaziergang durch die weißen Dünen den Strand entlang machen. Doch seine Worte, die mit unschuldigem Lächeln gesagt wurden, beruhigten mich keineswegs, sondern steigerten nur noch meine Wachsamkeit, die sich kontinuierlich gesteigert hatte seit der ersten Krise, in die Vater in jenem lange zurückliegenden Winter gefallen war, eines Nachts, am Vorabend des Neujahrsfests der Bäume, als das ganze Land unter einer weißen Schneedecke lag und das Obst an den Bäumen erfror. Vater stand damals am Fenster, blickte hinaus und sagte, eine weiße Welt, genauso war es in der Nacht, als der Mann von Tante Sprintza in seiner Kutsche kam und uns warnte, die Weißkosaken von Denikin seien im Anmarsch auf das Dorf, weshalb meine Mutter sogleich ein paar Sachen in Kissenbezüge stopfte und wir uns aufmachten, die Grenze auf dem zugefrorenen Fluß zu überqueren, als unterwegs das Eis zu bersten und unter unseren Füßen zu brechen begann, worauf die Leute einander die Hand reichten und eine Menschenkette bildeten, denn die Weißkosaken hatten inzwischen das Ufer des Flusses erreicht und versuchten, ihre Pferde auf das Eis zu treiben, das jedoch unter den Hufen der Pferde brach, deren panisches Wiehern wir hörten, wenn sie im eisigen Wasser weggetrieben wurden und ertranken, und dazu die Schreie der Kosaken, die anfingen, mit einer Maschinenpistole auf uns zu schießen, und während noch die Kugeln über unsere Köpfe hinwegpfiffen, brach unter mir plötzlich das Eis, und ich versank mit einem Fuß im Wasser, so daß nur dank der Menschenkette, die meine Mutter festhielt, und dank meiner Mutter, die mit aller Kraft an mir zog, mein Fuß aus dem zerbrochenen Eis wieder freikam, jedoch ohne Schuh, aber da die Leute riefen, schnell, schnell, lauf, duck dich und lauf, bleib nicht stehen, lief ich die ganze Nacht mit nur einem Schuh an den Füßen über den zugefrorenen Fluß und danach durch den Schnee, bis wir die rumänische Seite erreicht hatten, wo mein Vater schon mit heißem Tee und warmen Sachen auf uns wartete. – Noch nie hatte ich meinen Vater so aufgewühlt gesehen wie in jener Nacht, als er am Fenster stand und auf den Schnee blickte, der sich im Hof türmte, »eine weiße Welt« sagte und dann seine Geschichte erzählte. Und nun, im Badezimmer, nahm er seinen alten Rasierpinsel mit dem braunen Holzgriff und den Blaireau-Borsten, deren goldener Farbton an den Spitzen in Grau überging und die, aus dem Holzknauf sprießend, am Ansatz von einem Aluminiumring gebündelt wurden, schüttete ein wenig Rasierseifenpulver aus einem gläsernen Tiegel in ein Aluminiumschüsselchen, gab etwas Wasser über die Seife und rührte die Mischung mit Hilfe des Rasierpinsels mit jenen kräftigen Bewegungen an, die mich daran erinnerten, wie er in jungen Jahren gewesen war, während die Muskeln und Sehnen seines starken Arms hüpften und tanzten wie das Klangwerk aus Hämmern und Saiten im Innern eines Klaviers, bis die Schale in seiner Hand von festem Schaum überquoll, Vater seinen Rasierpinsel in den Schaumberg tauchte und ihn, der nun wie ein großer, frischer Pilz aussah, mit schnellen kreisenden Bewegungen leicht über seine Wangen führte, die Gesichtshaut dabei nur ganz sacht berührend. Je öfter Vater diese Prozedur wiederholte, desto dikker wurde die Schaumschicht, die sich wie eine stetig wachsende Schneedecke über seine Wangen legte, und je dichter dieser weiße Bart wurde, desto mehr Abstand ließ Vater zwischen Pinsel und Haut. Ihm war anzumerken, daß ihn das Spiel amüsierte, daß er für einen Moment diese Handgriffe genoß, die einmal zu seinem Alltag gehört hatten, bevor seine Lebensfreude erstarb und durch eine düstere, immer schlimmer werdende Depression verdrängt wurde. Schließlich nahm er den alten Rasierapparat zur Hand, griff mit zwei Fingern die Rasierklinge, die er zuvor aus der Wachspapierumhüllung geschält hatte, legte die Klinge so in die obere Schale des Rasierapparats, daß sie auf den Führungsschienen und der in der Mitte der Schale aufragenden Schraube zu liegen kam, nahm dann die Oberschale mitsamt der Klinge zwischen Daumen und Zeigefinger seiner linken Hand und setzte von der anderen Seite die untere Sicherheitsabdeckung dagegen, packte zu guter Letzt den Griff des Apparats, dessen Oberfläche kreuz und quer wie eine Feile geriffelt war, und drehte ihn auf die Schraube, die nun durch die untere Sicherheitsabdeckung hervorschaute. Als er den Blick auf sein Gesicht im Spiegel richtete, konnte ich nicht sehen, ob er unter der Schaumschicht lächelte oder traurig schaute, doch schon hob er den Rasierapparat, legte die linke Hand um den Kopf und preßte die Fingerspitzen vor dem Ohr auf die Haut der rechten Schläfe, straffte sie, setzte den Apparat unter seiner Kotelette an, ließ ihn in dem weißen Schaum versinken und zog ihn nach unten, so daß nun aus der Schaumschicht das kratzende Geräusch der vibrierenden Rasierklinge kam, die über die harten, durch die Rasierseife eingeweichten Stoppeln fuhr und an das singende Geräusch einer Sense erinnerte, deren Messer im Frühling durch die sattgrünen Grashalme mäht. Und Streifen für Streifen kam Vaters Gesicht rosig unter dem Weiß des Schaums, der mit jedem Zug des Rasierapparats von seinen Wangen getilgt wurde, zum Vorschein, bis nur noch dünne Schaumlinien an den Rändern der Bahnen, die das Rasiermesser beschrieben hatte, zurückblieben und kleine Schaumkegel unter den Nasenlöchern und an den Ohrläppchen hingen, worauf Vater den Apparat auf den Waschbeckenrand legte, neben die Aluminiumschale mit dem Rest des Rasierschaums, in dem in Schräglage der Pinsel steckte, das haarige Haupt tief im Schaum versunken und den dunkelbraunen Griff in die Höhe gereckt, dann den Wasserhahn aufdrehte, beide Handflächen zusammenführte und eine Muschel formte, die er unter das fließende Wasser hielt, bis es überlief, und dann sein Gesicht hineinstürzte, wobei er laut prustend die Luft aus seinen Lungen entweichen ließ, so daß das Wasser in alle Richtungen spritzte. Nachdem er dies, wie in jungen Jahren, zwei- oder dreimal wiederholt hatte, waren der Spiegel, die Wände und der gesamte Badezimmerboden naßgespritzt, und jeden Augenblick mußte meine Mutter aus der Küche angelaufen kommen, würde, eine feuchte Schürze vor dem Bauch, in einer Hand eine Zwiebel und in der anderen das Gemüsemesser, die Augen vom Saft der Zwiebel tränend, so daß sie sich mit dem Handrücken darüberwischte, beim Anblick der Überschwemmung einen Wutanfall bekommen, Vater anherrschen, sich beschweren, oj, was hast du wieder gemacht, schau, was für eine Überschwemmung du mir angerichtet hast, erst heute morgen habe ich das ganze Haus geputzt, und jetzt sieh, was du gemacht hast, aber

Vater stand nur da und rubbelte sich mit dem alten Handtuch, das durch häufiges Waschen so verschlissen war, daß sein fadenscheiniges Grundgewebe dünn wie Verbandsmull aussah, kräftig das Gesicht ab, denn Mutter kam nicht mehr voller Lebensfreude hereingestürmt, einen Moment lang aufgebracht und erzürnt und im nächsten schon ihr glucksendes Lachen lachend, das sich mit Vaters kehligem vermischte. Denn nie werde ich den Anblick ihres Gesichtes vergessen, das mich von den metallenen Bodenplatten des Leichenwagens ansah, als ein Paar fremde, sonnenverbrannte, von einer Armbanduhr mit silbernem Gliederarmband und einem breiten Goldring geschmückte Hände das Laken aufschlugen, das sie verhüllte, und sich ihr Gesicht verzerrt wie in unruhigem Schlaf meinem Blick bot, ihr Mund ein wenig geöffnet, das graue, schüttere Haar, das ihr nach den Bestrahlungen noch auf dem Kopf geblieben war, zerzaust, und sich eine fremde Stimme in meinem Rükken an mich wandte und mich fragte, ob ich sie identifizieren könne, was ich nickend bejahte, worauf die granitfarbenen Hände das Laken wieder über ihr Gesicht zogen. Und bevor sie die ausladende Hecktür des Krankenwagens vor mir zuschlugen, sah ich noch einmal ihren linken großen Zeh, der aus den Falten des Lakens herausschaute und an dem ich sie gleich erkannt hatte, noch ehe sie mir ihr Gesicht freilegten, weshalb ich auf ihren Leichnam wies, der auf dem mit kleinen Kreuzchen gestanzten Metallboden des Krankenwagens zwischen zwei anderen Leichen lag, die ebenfalls in Laken gehüllt waren. So blieb mir erspart, noch zwei weiteren Toten ins Gesicht blicken zu müssen, zusätzlich zu all den Toten, die mir der gnomenhafte, hinkende Wäscher zuvor im Leichenschauhaus gezeigt hatte, nachdem der Mann an der Annahme, der für die Registrierung der Namen der angelieferten Toten in einem Dienstbuch zuständig war, ein blasser, bebrillter junger Typ, dünn und langaufgeschossen, dem ein dürftiger Flaum wie welkes Gras auf verdorrter Erde die Wangen bedeckte, den

Namen meiner Mutter in der Liste der Toten, die auf ihre Angehörigen warteten, um identifiziert und für den letzten Weg freigegeben zu werden, nicht fand. Nachdem er ein weiteres Mal vergebens die Spalten seiner Kladde durchgegangen war und dabei zu sich selbst murmelte: »Hier gibt's keine solche Frau, is nicht, gibt's einfach nicht«, mischte sich der alte, erfahrende Leichenwäscher ein und stellte eine Reihe von Vermutungen an, daß vielleicht ein Arbeiter der vorangegangenen Schicht vergessen habe, ihren Namen zu notieren, was Herrn Friedmann, so der Name des schludrigen Kollegen, schon mehr als einmal passiert sei, oder daß man sie vielleicht gerade zum Zeitpunkt des Wachwechsels hergebracht habe und etwas bei der Registrierungsprozedur schiefgelaufen sei oder daß schon in der Totenkammer des Krankenhauses etwas durcheinandergeraten sei und man ihr dort möglicherweise den Namen einer anderen Verstorbenen angeheftet habe und sie daher unter falscher Identität hierhergekommen sei, weshalb er mir vorschlug, mich in den Keller zu den Kühlfächern zu bringen, wo ich jeden Toten einzeln von nahem in Augenschein nehmen könne. Der Mann an der Annahme zuckte nur gleichgültig mit den Schultern, sagte: »Wenn Sie wollen, bitte sehr«, doch der energische Totenwäscher war schon aufgesprungen und meinte: »Folgen Sie mir.« Als ich mich an seine Fersen heftete und er vor mir her den Flur hinunterhüpfte, der gewunden wie ein Schneckenhaus in die Kellerräume des Leichenschauhauses führte, konnte ich den Blick nicht von seinem merkwürdigen Hinkegang lassen, denn sein kurzer, kompakter Rumpf, an dem ein Paar kräftige, behaarte Arme hingen, wurde durch zwei vollkommen verschiedene Beine getragen, von denen das eine, das rechte, kurz und krumm wie das eines Fußballspielers oder Jockeys, das linke dagegen lang und gerade wie das eines Tänzers war, was seinem Gang etwas sehr Energetisches gab, da sich der Mann in einer Art hyperbolischer Sprünge fortbewegte, wenn er auf sein rechtes Bein abknickte, dann das linke angewinkelt und verdreht nach vorne warf, den ganzen Körper kippte und sein Gewicht auf das linke Bein verlagerte, das er durchstreckte, um auf die Größe eines durchschnittlichen Menschen in die Höhe zu schnellen, während sein kurzes rechtes Bein wie ein erigierter Eselspenis wippend in der Luft hing, ehe er beim nächsten Schritt wieder auf seinem verkümmerten rechten Bein landete, was seine Fortbewegung wie das Stampfen eines Kolbens erscheinen ließ. Als er so vor mir herging und sein kantiger, kurzgeschorener Schädel unter einer schwarzen Kippa hervorlugte, die in dem schmalen Gang mit den zu beiden Seiten in die Wände eingelassenen Schubfächern, in denen die Leichen aufbewahrt wurden, vor meinen Augen in die Höhe schoß und wieder herabschwebte, mußte ich an eine Stadt denken, die ich in den siebziger Jahren des vorigen Jahrhunderts besucht hatte, wobei ich mich heute beim besten Willen weder entsinnen kann, wie ihr Name war, noch, in welchem Land sich das Ganze ereignete. Aber ich kann mich noch sehr gut an den kleinen, von Kastanienbäumen umstandenen See im Herzen der Stadt erinnern, weshalb die Stadt allem Anschein nach in einem europäischen Land liegen muß. Es war am Nachmittag eines schönen Frühsommertags, auf der Promenade entlang des Sees drängten sich Ausflügler in heller Sommerkleidung, kleine Segelboote glitten über das klare Wasser des Sees, und ganz in der Nähe, umrahmt von üppiger Vegetation, erhob sich das Kongreßzentrum, in dem eine Tagung zur Frage der Richtigkeit der Unterscheidung zwischen Signifikant und Signifikat und ihrer Bedeutung für die Ästhetik eines literarischen Textes abgehalten wurde. Auf dem Fußweg, der zum Kongreßzentrum führte, waren Statuen aufgestellt, die Frauen und Männer in Lebensgröße und in verschiedenen Körperhaltungen des Stehens und Gehens darstellten, etwa die Statue zweier heftig miteinander diskutierender Männer oder die weiße Marmorstatue einer Frau in gebückter Haltung, die Tauben Körner hinstreut, wobei sowohl die weißen Tauben, die sie um sich versammelt hatte, als auch die Körner, die die Frau auf den Weg streute, aus Stein gehauen waren, während zwischen den gemeißelten Tauben lebende herumliefen, so wie die Kongreßteilnehmer plaudernd zwischen den Menschenstatuen umherspazierten, immer dem Organisator der Tagung nach, einem Mann von etwa sechzig Jahren, rotgesichtig und mit schwarzgefärbtem Haar, einem kurzen und einem langen Bein, dessen Hinken dem des alten Leichenwäschers frappierend glich. Er hüpfte zwischen den Statuen umher und präsentierte sie uns voller Stolz, als wären sie seine Werke, hüpfte und tanzte mit derselben Begeisterung auch um die weiblichen Tagungsteilnehmer herum, scherzte mit ihnen, brachte sie zum Lachen und flirtete mit großer Hingabe, was die Frauen nicht unbeantwortet ließen, und noch vor Ablauf des ersten Tagungstages war klar, daß das alleinige Interesse des Tagungsleiters, eines angesehenen Professors und Verfassers etlicher Publikationen auf dem Gebiet der Semiotik, den Frauen und nicht dem Thema der Tagung galt. Schnell verbreitete sich das Gerücht, hinter der äußeren Fassade dieses kurzbeinigen Kerls verberge sich ein feuriger Liebhaber, und einige der Tagungsteilnehmerinnen sprachen bald voller Entzücken von seinen Fähigkeiten. An einem der Abende dann, allem Anschein nach zur Mittsommernacht, da mir eine Art geschmückter Fahnenmast in Erinnerung geblieben ist, den man in der Mitte der Rasenfläche aufgepflanzt hatte und an dessen Spitze ein blumenumkränztes Rad angebracht war, von dem bunte Bänder herabhingen und im Wind flatterten, wurde zu Ehren der Tagungsgäste eine Gartenparty mit reichlich Wein und Musik gegeben und in der bis Mitternacht langsam verlöschenden Dämmerung um den Fahnenmast getanzt. Eine der Teilnehmerinnen, eine große, schlanke Frau in schwarzem Lederoverall, der der verkrüppelte Charmeur um so heftiger nachstellte, je unverblümter sie ihre Abneigung zeigte, kam mit zwei

Gläsern Weißwein in der Hand auf mich zu und lud mich ein, mit ihr zu trinken. Sie bat, ich möge ihr ihren »Überfall« verzeihen und ich solle nicht meinen, sie tue dies nur, weil ich nicht nein sagen könne. Ihre Direktheit und die unkomplizierte Art, in der sie ohne jede gekünstelte Höflichkeit mit meinem Stummsein umging, ließen mich lächeln, worauf sie ihre Hoffnung zum Ausdruck brachte, es werde kein zu großes Opfer meinerseits darstellen, ihr für eine Weile Gesellschaft zu leisten, um sie von dem lästigen Werben des springenden Trolls zu befreien, so bezeichnete sie den Tagungsleiter, ehe sie versicherte, dies seien die letzten Worte, die sie mir von nun an bis zum Ende des Abends aufhalsen werde, da sie nicht gedenke, mir mit ihrem Gerede den Kopf zu verwirren oder mich zu nötigen, ihr in der Zeichensprache zu antworten, denn auch sie sei der Flut von Worten überdrüssig, mit der die Tagungsteilnehmer einander bombardiert hatten, und vor diesem Hintergrund habe sie meinen außerordentlich originellen Beitrag zu der Tagung in Form eines kurzen Gedichts aus lauter bedeutungslosen Silben, dem ich meine Einladung zu dem Kongreß verdankte, sehr zu schätzen gewußt. Ich hatte nichts einzuwenden gegen ihre Definition des Gedichtes, das als exakte Wiedergabe des aufgeregten Singsangs eines fünf Monate alten Säuglings beim Anblick einer bunten Rassel entstanden war, und um ihr zu ermöglichen, ihrem Redeschwall, der anfing, ein wenig gezwungen zu klingen, ein Ende zu machen, reichte ich ihr, eine ritterliche Geste parodierend, meinen Arm, worauf sie lachte, sich bei mir unterhakte und wir zu einem Streifzug durch den Park, dessen Rasenflächen sich bis zum Seeufer erstreckten, aufbrachen, die Stimmen der Feiernden in der Ferne verschwammen, bis wir im kosmischen Flüstern aufgingen und in der uns umgebenden Stille nur noch das Rascheln unserer Schritte im Gras und das Geräusch unserer Atemzüge hörten. Als wir uns im Gras unter einem allmählich dunkler werdenden Himmel auf den Rücken legten, streckte sie ihre langfingrige Hand aus und entfernte den Tagungssticker mit meinem Namen von meiner Hemdtasche, tat dasselbe dann mit ihrem Anstecker, und als sie den Reißverschluß ihres Lederoveralls öffnete, meine Hand nahm, sie über ihre Brust geleitete und ganz sacht auf ihr Herz legte, berührten meine Fingerspitzen die Narbe, die anstelle ihrer Brüste zurückgeblieben war. Am nächsten Tag ging die Tagung über die Berechtigung der Unterscheidung in Signifikant und Signifikat zu Ende, und die zahlreichen Teilnehmer verstreuten sich in alle Himmelsrichtungen. Ich habe keinen von ihnen je wiedergetroffen, auch nicht die knabenhafte Frau im schwarzen Lederoverall, die eine ganze Nacht lang mit mir am Ufer des Sees schwieg, in jener Stadt, von der ich weder sagen kann, wie sie hieß, noch, wo sie lag, weshalb es mir manchmal so vorkommt, als habe diese wundervolle Stadt mit dem malerischen See, den Segelbooten, den menschlichen Statuen und der schlanken Frau mit den amputierten Brüsten nur in einem meiner Träume existiert. Aber ich weiß, daß die Dinge sich tatsächlich ereignet haben, vor allem wegen der erschreckend realen Gestalt des Tagungsleiters, der in jenem Augenblick vor mir herhüpfte, auf seinem langen Bein in die Höhe schoß, kräftig an den Aufbewahrungsschubladen der Toten zog und sie zu ganzer Länge ausfuhr, wobei jede aufgezogene Schublade von einem Schwall kalter, säuerlichsüßer Luft begleitet wurde, ich einen Blick auf jeden in seinem Fach ruhenden Toten warf und verneinend den Kopf schüttelte, der Leichenwäscher die Schublade mit einer kraftvollen Handbewegung zuschob und bereits wie eine Art Känguruh mit einem Satz bei der nächsten Schublade war, mich drängte, einen Blick auf das neue, von ihm zum Vorschein gebrachte Gesicht zu werfen, als sei es ein unter seinen Händen entstandenes Kunstwerk. Und ich folgte ihm mit von Schublade zu Schublade wachsender Andacht, weil mir mit einemmal schien, dieser Leichenwäscher sei tatsächlich jener dionysische Professor für

Semiotik, der im nächsten Moment eine der Schubladen aufrisse, und ich würde darin das marmorne Gesicht und das honigfarbene Haar jener Frau entdecken, die durch mein Leben gehuscht war wie die Fahrgäste der Metro aneinander vorbeihuschten in ihren Waggons, die in entgegengesetzte Richtungen in den Tunneln des Untergrunds von Paris dahinstampften. Aber unter den Toten entdeckte ich nur einen hünenhaften, massigen Mann, dessen hochmütiges, selbstgefälliges Gesicht zu einer Maske der Selbstzufriedenheit gefroren war, als sei es ihm gelungen, sich im letzten Augenblick seines Lebens noch einen beachtlichen Erfolg zugute zu schreiben. Doch dann zeigte sich mir das Gesicht einer Frau, das für einen Sekundenbruchteil mein Herz stocken ließ, eine Frau mittleren Alters, die Haut rein und weiß wie Milch, das Haar kastanienfarben wallend, am Haaransatz jedoch mit Salz und Pfeffer bestreut, wie die Engländer sagen, so daß sich aus der Länge der ergrauten Haaransätze schließen ließ, daß sie sich im letzten Monat ihres Lebens nicht mehr die Haare gefärbt hatte, während ihr Gesicht, ein schönes Gesicht, wie das Gesicht einer Opernsängerin wirkte, die, mit geschlossenen Augen konzentriert auf das Orchester lauschend, ihren Einsatz erwartet. Aber unter dem Laken, das sie umhüllte, zeichnete sich ein fülliger Körper ab, an dem auch die Rundungen ihrer Brüste zu erkennen waren. Als wir uns der letzten Schublade vor dem Ausgang aus der Leichenschauhalle näherten, nahm mir ein Kloß im Hals die Luft zum Atmen, und ich machte dem Leichenwäscher ein Zeichen, er möge einen Moment warten, lehnte mich mit dem Rücken an die Wand und atmete tief durch, hörte unsere Atemzüge im Gras am Seeufer, in jener stillen Nacht. Schließlich bedeutete ich dem Leichenwäscher mit einer leichten Kopfbewegung, er solle seine Arbeit tun, und schon war er bei der Schublade und zog sie mit kräftigem Schwung auf, was an die Handbewegung des Schächters erinnerte, wenn er sein langes Schächtermesser an der Kehle eines Rinds entlangzog. In der

Schublade lag eine nicht mehr junge Frau, von der meine Großmutter gesagt hätte, sie sei »a farbissene«, denn ihr verkniffener Mund und ihr von Verbitterung zerfressenes Gesicht drückten Ärger und Abscheu aus, und wie ich sie so betrachtete, schien mir, sie müsse jeden Augenblick den Mund auftun, um in eine Moralpredigt zu verfallen, in eine essigsaure Elegie über den bedauernswerten Zustand der Welt, die Menschen, denen man in nichts vertrauen könne, und die eigenen Freunde, die immer entweder enttäuschend, lachhaft oder entnervend seien. Und als der Leichenwäscher mich fragte, ob dies die Frau sei, die ich suchte, schüttelte ich energisch den Kopf, weil meine Mutter niemals einem Menschen Moral gepredigt hatte, niemals versucht gewesen wäre, den Zustand der Welt zu ändern, und Menschen keinen Ärger und Überdruß in ihr weckten, sondern sie vielmehr amüsierten und zum Lachen brachten, als ginge sie durchs Leben wie durch eine Burleske, denn stets, wenn sie von Einkäufen zurückkam, machte sie das Auftreten und die Sprechweise der Frauen nach, imitierte besonders gern deren Pingeligkeit und Blasiertheit, wenn sie Fische für das Schabbatmahl aussuchten, und die erbosten Antworten von Kurzmann, dem Fischhändler, einem grantelnden, leicht aufbrausenden Juden mit weißem Bart und hochrotem Gesicht, der die Penetranz der Frauen nicht ertragen konnte, wenn sie seine Ware betasteten und ihn um den Verstand brachten, ehe sie einen Fisch für das Schabbatmahl ausgewählt hatten, und eines Abends, als sie mit den Fischen, eingewickelt in Zeitungspapier, das von Blut und Feuchtigkeit schon durchweicht war, nach Hause kam, machte Mutter die gnädge Frau Klipatzki nach, die sich beschwert hatte, Kurzmann bringe immer nur tote Fische mit, worauf Kurzmann ihr erwiderte, die Fische seien nicht tot, sondern schliefen nur, und warum stinken sie dann, beharrte Chaja Klipatzki, worauf ihr Kurzmann, imitiert von Mutter, antwortete, und du, stinkst du nicht, wenn du schläfst? – Ich brach in Lachen aus, der Leichenwäscher blickte mich erstaunt an, und so kehrten wir ins Erdgeschoß des Leichenschauhauses zum Eingang zurück, wo der für die Registrierung der angelieferten Toten verantwortliche Lulatsch mir freudestrahlend entgegenkam und eröffnete, inzwischen sei ein Leichentransportwagen vom Krankenhaus hierher unterwegs und darin drei Leichen, von denen eine ja vielleicht meine Mutter sei, weshalb ich beschloß, dort auf der Straße auf das Eintreffen der Lieferung zu warten, an einem winterlich milden Freitagmittag Anfang Februar. Von allen Angehörigen hatte ich mich angeboten, zum Leichenschauhaus zu fahren und Mutters Leichnam zu identifizieren, weil ich in der Stunde ihres Todes nicht an ihrem Krankenbett gewesen war, da ich ausgerechnet in der letzten Nacht ihres Lebens einen Anruf bekam von der Spezialeinheit für die Ortung von Zugvogelbewegungen, der ich zugeteilt worden war, nachdem ich meinen Gedichtband *Die Kantate der Krickente*, in dem ich in einer eigens zu diesem Zweck von mir entwickelten phonetischen Umschrift den Gesang von achtundvierzig verschiedenen Vogelarten während der Balzzeit wiedergebe, vorgelegt hatte und nach Veröffentlichung dieses Buches zu einem Gespräch in die erkennungsdienstliche Abteilung bestellt wurde, wo sie höchst erfreut waren, herauszufinden, daß ich nicht sprach, und meinten, diese Eigenschaft prädestiniere mich geradezu für den Dienst in der Sondereinheit, denn auch wenn ich in Gefangenschaft geriete, würde es dem Feind nicht gelingen, ein Wort aus mir herauszuholen, und einer meiner beiden Befrager meinte flapsig zu seinem Kollegen, es wäre sinnvoll, den ganzen Laden nur mit Stummen zu besetzen. So kam ich zu der Sondereinheit, wo es mir gelang, in Hunderten von Stunden, die ich während der Vogelzugperiode durch die Luft gleitend in einem Segelflugzeug verbrachte, mit Hilfe der mir zur Verfügung gestellten hochmodernen Ausrüstung die Stimmen und den Gesang von mehreren Dutzend weiterer Vogelarten zu dokumentieren und zu transkribieren. Und ausgerechnet am letzten Abend von Mutters Leben hatte ich keine andere Wahl, als mich zu einer Luftwaffenbasis im Süden des Landes zu begeben, in einem Segelflugzeug aufzusteigen und am Himmel über dem syrisch-afrikanischen Grabenbruch auf die Ankunft eines Zugvogelschwarms zu warten, da Meldungen über dessen – für diese Zeit des Jahres vollkommen ungewöhnliche – Zugbewegung, die von Beobachtungsstationen in Anatolien eingetroffen waren, für helle Aufregung unter der Gemeinde der Vogelkundler gesorgt hatten, die nicht glauben mochten, was sie da hörten. Im Internet kursierten unzählige Gerüchte und Vermutungen, was diese unzeitgemäße Wanderung der Vögel bedingt haben könnte, wobei eine Vermutung, die den Leuten vom Geheimdienst zu schaffen machte, von einem russischen Ornithologen kam, der sich hinter dem Pseudonym Mitia Karamasov verbarg und behauptete, die Rede sei von einem Schwarm aus Ostasien, der radioaktiver Strahlung ausgesetzt gewesen sei, was das Navigationssystem der Vögel gestört habe, weshalb sie nun vollkommen orientierungs- und ziellos am Himmel über dem Festland kreisten, um von Zeit zu Zeit ohne erkennbare Logik die Flugrichtung zu ändern, eine Version, die allerdings kollidierte mit der Behauptung eines italienischen Ornithologen, der die Vögel als eine besondere Gattung der Schmutzgeier einstufte, von der bekannt sei, daß sie in der Sahara vorkomme. Und als schließlich noch die Aussage eines türkischen Ornithologen eintraf, der behauptete, der Schwarm mache Balzgeräusche, beschloß der Befehlshaber der Spezialeinheit für die Ortung von Zugvogelbewegungen, sich an mich zu wenden, um meine Meinung in dieser Sache einzuholen, so daß ich mich am frühen Morgen jenes Freitags am Himmel schwebend und dem syrisch-afrikanischen Grabenbruch folgend wiederfand, hoch über den Brustbeerbäumen, deren Wipfellinie von den Ausläufern der Golanhöhen über das Jordantal bis hin zur Arava-Senke die

Flugroute der Vögel beschreibt, die sich von den fleischigen Früchten der Bäume ernähren und als Gegenleistung aus der Luft die mit ihrem Kot vermischten Brustbeersamen verstreuen. Mehr als einmal hatte ich dabei schon den syrischen Würger Wühlmäuse und sogar früchtefressende Fledermäuse auf die fürchterlichen Stacheln dieses Baums spießen sehen, um sich dann gemächlich auf einem nahen Ast niederzulassen und das Fleisch der kleinen Nager zu zerpicken, weshalb mir der Gedanke kam, dieser Kreuzigungsakt habe den Entdecker des Brustbeerbaums auch bewegt, dem Baum seine lateinische Bezeichnung *Sisyphos spina christi* zu geben, da einer christlichen Überlieferung zufolge aus den stachligen Ästen des Brustbeerbaums die Dornenkrone gewunden wurde, die Jesu Haupt auf dem Weg zum Kreuz schmückte. Diese Gedanken gingen mir durch den Kopf, als ich in einiger Entfernung unter mir eine Kolonne von Schülern in einheitlicher Kleidung entdeckte, die hinter der Gestalt eines Erwachsenen mit Strohhut hermarschierte, worauf ich das Fernglas vor die Augen nahm und erkennen konnte, daß die Kinder Setzlinge in den Händen hielten. Und als ich schließlich auch noch das mir zur Verfügung gestellte hochsensible Richtmikrophon in ihre Richtung hielt, mit dem sich aus großer Entfernung auch die leisesten Zwitscher- und Zirplaute auffangen ließen, mit denen sich die Vögel während des Flugs untereinander verständigten, hörte ich die Kinder »Hier marschieren die Pflanzer, Freude im Herzen und in der Hand den Stanzer« singen und war auf einen Schlag wieder bei jenem fernen Wintertag, Mitte des vorigen Jahrhunderts, als eines Nachts, am Vorabend des 15. Schwat, des Neujahrsfests der Bäume, das ganze Land unter einer weißen Schneedecke versank, das Obst an den Bäumen erfror und Vater am Fenster stand, hinausschaute und sagte, eine weiße Welt, wobei seine kräftige Stimme brüchig klang, ehe sie in den darauffolgenden Tagen weinerlich wurde, er sich weigerte, jegliches Essen anzurühren, und statt dessen unentwegt durchs Haus schlich, es ihn immer wieder zu den Fenstern zog, wo er stand und mit wachsender Sorge und Bedrückung hinaus in die unwirtliche, naßkalte Welt starrte, wie ein verfolgter Mensch, der sich vor seinen Feinden, die ihn belagern, um ihn zu töten, und sich hinter jedem Busch, jedem Strauch versteckt halten, ins Haus geflüchtet hat. Von morgens bis abends, die ganze Nacht über bis zum Morgengrauen trauerte Vater mit gebrochener Stimme um die vom Frost vernichtete Ernte, um die Arbeit eines ganzen Jahres, die dahin war, wobei er immer wieder die Worte »Das ist unverzeihlich, das ist unverzeihlich« benutzte, während alle Mitglieder der Familie, jeder auf seine Weise, ihm nacheinander gut zusprachen und ihn zu überzeugen suchten, daß er nicht die Schuld an durch Wechselfälle des Wetters entstandenen Schäden trage. Aber er ließ sich nicht besänftigen, schüttelte nur heftig den Kopf und wiederholte immer wieder den einen Satz, »Das ist unverzeihlich, das ist unverzeihlich«, bis sich ganz allmählich eine neue Nuance in seine Worte einschlich, unbarmherzig und entschieden, und meine Mutter weinte und Großmutter berichtete, in den Nächten flüstere er, er sei verpflichtet zu verschwinden, um für das, was er begangen habe, zu büßen, weshalb sie kein Auge mehr zumache und jede Sekunde auf ihn aufpasse. Nun war es Großmutter, die versuchte, ihn mit ihrer sanften Art und ihrem klaren Menschenverstand zur Besinnung zu bringen, denn alles Obst auf der Welt sei nicht soviel wert wie das Leben eines einzigen Menschen, und er solle mal die Augen aufmachen und sehen, was für eine wundervolle Familie er habe, aber Vater weigerte sich, ihr zuzuhören, wurde sogar böse und herrschte sie an, sie begreife überhaupt nichts, denn gerade weil er eine so wundervolle Familie habe, verdiene diese nicht, einen so schlechten Vater wie ihn zu haben, und als Großmutter protestierte und meinte, er sei immer ein herzensguter Vater, ein treuer, fürsorglicher und verantwortungsbewußter Ehemann gewesen, bekam Vater einen Wutanfall und meinte abfällig, ach, was ein Blödsinn, keiner von euch weiß, was er da sagt, worauf Onkel Samson versuchte, die ganze Angelegenheit herunterzuspielen, indem er Vater beschwichtige, was ist denn schon groß passiert, sind die Bäume etwa tot? Nein, sind sie nicht, und bald kommt der Frühling und mit ihm eine neue Blüte, die nach diesem kalten Winter üppiger als gewöhnlich sein wird, so daß wir dann im nächsten Jahr eine doppelte Ernte haben werden, denn so ist das nun mal in der Natur, es gibt gute und es gibt schlechte Jahre, aber auch Onkel Samsons Beschwichtigungsversuche wehrte Vater mit Leichtigkeit und der Behauptung ab, das Mark im Stamm der Bäume sei gefroren, die Blätter seien durch den Frost verbrannt, und vielleicht hätten sogar die Wurzeln etwas abbekommen, so daß die Bäume jetzt anfällig wären und allmählich absterben würden, weshalb sie zur nächsten Ernte überhaupt keine Früchte ansetzen könnten, und auch wenn es tatsächlich irgend etwas zu ernten gäbe, würde das Obst vom Baum fallen, noch bevor es reif wäre. Schließlich kam Onkel Chanoch, der Mann von Tante Lea, mit seinem Pritschenwagen von der Arbeit heim und machte sich, nachdem er seine Kleider gewechselt und seine beiden Gläser Milch getrunken hatte, die das Gift, das er den ganzen Tag über in der Sprengstofffabrik einatmete, aufsaugen und abbauen sollten, ebenfalls daran, auf seine Art mit Vater zu reden, denn er fragte ihn, ob ihm bekannt sei, wie Churchill sich in seiner Lage verhalten hätte, worauf Vater ihn verwundert anstarrte und Chanoch genüßlich beschrieb, wie in den schwersten Augenblicken des Krieges, nach Dünkirchen und noch vor dem großen Sieg von General Montgomery über Feldmarschall Rommel, jedesmal, wenn Churchill eine Hiobsbotschaft über diese oder jene Katastrophe erhielt, die sich an einer der Fronten ereignet hatte, er sich eine Zigarre anzündete, sich in seinem Sessel zurücklehnte und genüßlich rauchte, ehe er sich daranmachte, etwas zu unternehmen. Doch Chanoch beließ es nicht bei der Geschichte selbst, sondern zog aus der Gesäßtasche seiner Hose sein Zigarettenetui hervor, das außen aus rotem Blech und innen aus goldfarbenem gemacht war, öffnete es behaglich, wählte eine Zigarette, die er, nachdem er das Etui wieder zugeklappt hatte, ein paarmal auf dem Etuideckel hüpfen ließ, um den Tabak anzudrücken, ehe er sie mit seinem schweren Ronsson-Feuerzeug entzündete, das ihn seit den Tagen seines Dienstes in der britischen Armee in Alexandria und Port Said begleitete. Dann nahm er, nachdem er das Feuerzeug zurück in seine purpurfarbene Samtschutzhülle getan und es wieder in der Tasche hatte verschwinden lassen, einen tiefen Zug aus der Zigarette, stieß den Rauch mit gewichtiger Miene aus, machte es sich demonstrativ in seinem Sessel bequem und komplettierte die ganze Darbietung mit der triumphierenden Bemerkung: Siehst du, so machte es Churchill nach jeder Katastrophe. Vater, der ihn bei alldem abfällig betrachtet hatte, huschte nun, trotz seiner tiefen Trauer über den Verlust der Ernte und das zu erwartende Sterben der Bäume, ein flüchtiges Lächeln über das verkniffene Gesicht, und obgleich klar war, daß dieses Lächeln bloßer Geringschätzung entsprang und sich in Vaters guten Zeiten zu einem lauten Lachen entwickelt hätte, begleitet von einer scharfsinnigen Stichelei, die die ganze Geschichte von Churchill und seiner Zigarre auf die Schippe genommen hätte, sah Chanoch die Dinge anders, betrachtete Vaters flüchtiges, betrübtes Lächeln als gewaltigen Erfolg, den er sich selbst und der ungeheuren, in seiner Churchillparabel verborgenen Weisheit zugute schrieb, so daß er sich nun ganz dem genüßlichen Aufrauchen seiner Zigarette hingeben konnte. Aber als Vater wieder anfing, Mutter zuzuflüstern: »Du Ärmste, du Unglückselige, daß du so einen Mann wie mich hast, was soll bloß werden, was soll nur aus dir und dem armen Jungen werden«, konnte kein Zweifel mehr bestehen, daß Chanochs nette Anekdote nichts genutzt hatte, weshalb alle sehnsüchtigst die

Ankunft des letzten Busses am Freitag erwarteten, der mit sich aus der großen Stadt Onkel Chaim und seine Lebenserfahrung bringen sollte. Vielleicht würde es ihm ja gelingen, das Wunder zu vollbringen, nachdem alle anderen Familienmitglieder sich bei dem erfolglosen Versuch aufgerieben hatten, etwas gegen Vaters tiefe Depression auszurichten, aus der auch der Schriftsteller ihn nicht hatte befreien können.

Nachdem Tante Batja mit seiner hinfälligen Frau gesprochen und ihr von der großen Sorge aller Familienmitglieder, Vater könnte sich etwas antun, berichtet hatte, beschloß der Schriftsteller, an einem Tag die Nachmittagsstunden, die ansonsten seinem geheiligten Spaziergang vorbehalten waren, zu opfern, so daß er zu ungewohnter Stunde in unser Haus kam, eintrat und mit aufgeregter, ungeduldiger Stimme fragte, wo ist er. Meine Mutter wollte nicht, daß der Schriftsteller mit Vater sprach, aber Großmutter bestürmte sie, und auch ihre Schwester Lea meinte, selbst wenn der Besuch des Schriftstellers nichts nützen würde, schaden täte er bestimmt nicht, doch wer alle überraschte, war ausgerechnet Vater selbst, der plötzlich aus seinem Zimmer, in dem er den ganzen Tag gehockt hatte, kam und strahlte, als er den Schriftsteller sah, fragte, wie es ihm gehe, und wissen wollte, woran er denn dieser Tage schreibe. Der Schriftsteller, der sehr erleichtert war, festzustellen, daß ihm die unangenehme Aufgabe erspart blieb, vor einem verzweifelten Menschen zu stehen, begann nun einen langen, umständlichen Vortrag über einen Roman, der ihm – so seine Worte – in Manuskriptform bereits vorliege, wobei er sich in der ausufernden Beschreibung einiger Charaktere erging. Ich hörte ihm zu und verstand, daß er von *Das verbotene Dorf* sprach, dem Werk, mit dessen Abschrift ich beschäftigt war, stellte jedoch auch fest, daß der Schriftsteller bei seiner Beschreibung des Buches viele wichtige Einzelheiten, die für die Geschichte von zentraler Bedeutung waren, unterschlug, vor allem sein Eingeständnis der Affären, die er mit

Amalia und mit Klara Kosbizki unterhielt, jenen Frauen, die mich nach seinem Tod zu ihrem Liebhaber machen und mir Dinge über ihn erzählen sollten, von denen er sich nicht hätte träumen lassen, daß sie solches von ihm dachten. Mein Vater hörte ihm höflich und interessiert zu, befragte ihn sogar zu bestimmten Einzelheiten der Geschichte, und als der Schriftsteller meinen Vater schließlich fragte, wie es ihm gehe, antwortete ihm mein Vater, ausgezeichnet, worauf der Schriftsteller wissen wollte, wie es um die Obstpflanzungen bestellt sei, und mein Vater sagte, die Bäume hätten einen harten Winter durchgemacht, aber der Frost habe nur die niedriggelegenen Teile der Plantagen, wo die Temperatur am Erdboden bis auf minus vier Grad abgesunken sei, betroffen, die höhergelegenen Parzellen, vor allem auch in Hanglage, seien hingegen überhaupt nicht durch den Frosteinbruch geschädigt worden. Und als der Schriftsteller seufzte und meinte, gegen die Unbilden des Wetters sei nun mal nichts zu machen, erklärte Vater ihm, da täusche er sich, denn was man gegen den Frost tun müsse, sei, für ausreichend Wind zu sorgen, der die Luft bewegen, sie verwirbeln und verhindern würde, daß sich kalte Luftmassen an den niedriggelegenen Stellen konzentrierten, und gerade dieser Tage brüte er über einem Einfall, über den zu sprechen es noch zu früh sei, aber sobald er ihn zu Ende entwickelt habe, werde er das internationale Patent darauf anmelden. Nachdem sie unter den fassungslosen Blicken aller Familienmitglieder, die nicht glauben konnten, daß sich vor ihren Augen das Wunder ereignete, noch einige Sätze gewechselt hatten, schaute Vater auf seine Uhr und fragte den Schriftsteller, was denn los sei, daß er seinen täglichen Spaziergang habe ausfallen lassen, ob er womöglich – Gott behüte – gesundheitlich nicht ganz auf der Höhe sei, worauf der Schriftsteller sich beeilte, Vater zu beruhigen, und sagte, er sei ganz einfach rein zufällig an unserem Haus vorübergekommen, als er sich plötzlich entsann, meinen Vater geraume Zeit schon nicht mehr gesehen zu haben, weshalb ihm der Gedanke gekommen sei, eben mal hereinzuschauen und Schalom zu sagen, was Vater einen ausgezeichneten Einfall nannte, und als beide schon an der Tür standen, forderte er ihn auf, doch häufiger zu Besuch zu kommen. Als sich der Schriftsteller schließlich von meinem Vater mit einem Händedruck verabschiedete, hinaustrat und meine Großmutter ihn noch bis zum Tor begleitete, um ihm ganz aufgelöst für das von ihm bewerkstelligte Wunder zu danken, erwiderte ihr der Schriftsteller, er verstehe nicht, worüber Tante Batja mit seiner Frau gesprochen habe, denn mein Vater erscheine ihm gesund, lebenslustig und humorvoll wie eh und je. Doch als Großmutter zurück ins Haus kam, offenbarte sich ihr die bittere Wahrheit, denn in dem Augenblick, da der Schriftsteller gegangen war, veränderte sich Vater schlagartig, erklärte meiner Mutter mit brüchiger, vor Angst zittriger Stimme, dieser Mann sei einer der schlechtesten Menschen auf Erden und trachte danach, ihm, meinem Vater, anzutun, was er schon Oded Paretzki angetan habe, den er gründlich kastriert habe, weshalb man ihn niemals hätte herbringen dürfen, denn nun werde er herumlaufen und im ganzen Dorf verbreiten, was er hier gesehen habe. Als Tante Batja daraufhin behauptete, der Schriftsteller habe »einen gesunden Menschen im Vollbesitz seiner Kräfte« gesehen, äffte Vater sie mit bitterem Hohn nach, so daß Onkel Samson aufzugreifen versuchte, was Vater dem Schriftsteller über den guten Zustand der höhergelegenen Teile der Pflanzungen gesagt hatte, und argumentierte, das klinge sehr einleuchtend, worauf Vater ihn mit der Bemerkung abfertigte, er solle nicht über Dinge reden, von denen er nichts verstehe, da alle Bäume, ja, ausnahmslos alle Bäume, betroffen seien und nicht überleben würden.

Vaters Zustand verschlimmerte sich vor unseren Augen derart beängstigend rasch, daß er sich nur wenige Augenblicke, nachdem der Schriftsteller verschwunden war, in solch tiefen Abgründen von Verzweiflung befand, wie wir sie noch nie erlebt hatten, weshalb Großmutter Tante Batja vorhielt, es sei ein fataler Fehler gewesen, den Schriftsteller zu alarmieren, und Tante Batja sich bitterlich weinend in ihr Zimmer flüchtete, wobei sie murmelte: »Jetzt bin ich schuld, ich, die ich nur etwas Gutes tun wollte, jetzt bin ich an allem schuld«, während Mutter die Hände sinken ließ, flüsterte: »Ich bin mit den Kräften am Ende, ich kann nicht mehr«, und Großmutter sie mit den Worten zu beruhigen suchte: »Morgen kommt Chaim, und du wirst sehen, es wird alles gut.« Tatsächlich traf am nächsten Tag aus der großen Stadt Onkel Chaim ein, der, obwohl er sehr beschäftigt war mit der Vorbereitung des Kreuzverhörs eines Kronzeugen in einem wichtigen Gerichtsverfahren, das er gerade leitete, Zeit gefunden hatte, dieses Gespräch, an das die ganze Familie ihre letzte Hoffnung knüpfte, mit meinem Vater zu führen. Wie von ihm nicht anders zu erwarten, machte sich Onkel Chaim zunächst daran, ein solides gedankliches Fundament für dieses schicksalsträchtige Gespräch zu gießen, begann mit der weit zurückliegenden Familiengeschichte und erinnerte meinem Vater an jenen Tag, an dem er auf seinem Pferd angeritten gekommen war und ein Zimmer in Großmutters Haus mieten wollte, worauf meine Großmutter Onkel Chaim bat, er solle herausfinden, wer dieser junge Mann denn sei und was von ihm zu halten sei, und Onkel Chaim gleich ins Nachbardorf, das Dorf der Eltern meines Vaters, marschierte, um die Frage mit Großmutters Neffen, dem Bauern Ben-David, der auch in jenem Dorf wohnte, zu erörtern. Dessen Frau, Schifra Ben-David, war es, die Onkel Chaim warnte und meinte, in ihrem Dorf seien alle jungen Frauen hinter diesem Burschen her, der bei Feierlichkeiten im Kulturhaus mit allen Frauen tanze, der außerdem angeblich in Frankreich studiert haben solle, wohin er, einem Gerücht zufolge, mit einem jungen Flittchen gereist sei, so daß all diese Tatsachen nicht gerade für ihn sprächen, doch hier mischte sich der Bauer Ben-David ein und bemerkte Onkel Chaim gegenüber: »Der Junge hat nicht nur eine Jagdflinte und eine Pistole, er ist auch ein tollkühner Reiter.« Als Onkel Chaim mit all diesen Informationen versehen aus dem Nachbardorf zurückkehrte und der Familienrat tagte, auf dem er mit größtmöglicher Objektivität die Tatsachen ausbreitete, wie sie ihm mitgeteilt worden waren, und die Negativa gegen die Positiva abgewogen wurden, waren es die Jagdflinte und die Pistole, die den Ausschlag gaben, da es eine Zeit blutiger Unruhen war, Arbeiter auf dem Weg zur Arbeit in den Obstpflanzungen ermordet, Autobusse unterwegs angegriffen wurden und man in ständiger Furcht vor Mörderbanden lebte, die versuchen würden, des Nachts ins Dorf einzudringen und die Menschen im Schlaf zu massakrieren – kurzum, es wäre gut, in einer solchen Zeit jemanden im Haus wohnen zu haben, der ein guter Reiter und zudem noch im Besitz einer Jagdflinte und einer Pistole war, beendete Onkel Chaim die Debatte, die er nun für meinen Vater wieder aufleben ließ. Und so wurde in der Familie entschieden, ein Zimmer an den fremden jungen Mann zu vermieten, der einige Monate danach zu meiner Großmutter kam und sie um die Hand meiner Mutter bat. Ich lauschte der ganzen Geschichte mit großem Erstaunen und verstand, daß ich ohne diese silberläufige Jagdflinte niemals zur Welt gekommen wäre, aber mein Vater, der angespannt zugehört hatte, fragte nun Onkel Chaim, warum er ihm all das erzähle, worauf Onkel Chaim erklärte, nicht nur in der Familie habe man auf ihn vertraut, sondern immer, wenn er hoch zu Roß auf seinem Weg in die Obstplantagen über die Hauptstraße des Dorfes geritten sei, den Patronengurt schräg über der Brust und das Jagdgewehr griffbereit im ledernen, am Sattel befestigten Holster, hätten die Leute gespürt, daß sie jemand hatten, auf den sie sich verlassen konnten. Ein Mensch aber, der im Leben anderer eine derartige Rolle spiele, könne nicht mehr nur an sich denken und den eigenen

Schwächen erliegen, er sei vielmehr in der Pflicht, die Verantwortung für die Person, die er in den Augen der Gemeinschaft nun einmal darstelle, zu übernehmen, worauf Onkel Chaim wie gewöhnlich einige historische Gestalten als lehrreiche Beispiele anführte und eingehend den katastrophalen Schaden beschrieb, der dem jüdischen Volk im allgemeinen und einigen hunderttausend Menschen im besonderen entstanden war, als Sabbatai Zwi aufsteckte und zum Islam übertrat, wohingegen er die Gestalt Stalins pries, der auf dem Höhepunkt der russischen Niederlagen an allen Fronten, als die Wehrmacht schon vor den Toren Moskaus stand und der Krieg verloren schien, nicht kleingläubig wie jener falsche Messias wurde und in Resignation verfiel, sondern aufstand, um wie aus Stahl gegossen mit seinem stoischen Ausharren zweihundert Millionen Menschen Kraft zu verleihen und sie zu einer eisernen Faust zu formen, die schließlich die Nazibestie zerquetschen würde. Als Onkel Chaim seine funkensprühende Rede beendet hatte, lächelte mein Vater und meinte: »Ja, ja«, wobei ihn alle vorsichtig musterten, dann einander anschauten, und für einige Tage trat eine gewisse Beruhigung ein, und die Spannung im Haus ließ nach. Dann bekam ich hohes Fieber, und Doktor Erde, der mich besuchen kam, entdeckte weiße Pünktchen in meinem Rachen und wies mich an, eine Woche im Bett zu bleiben, ließ mich Sulfatpulver, bitter wie Beifuß, schlucken und viel Tee mit Zitrone trinken. An einem dieser Tage dann, während der stillen Nachmittagsstunden, als ich in Großmutters Zimmer im Bett lag und in einem Buch las, hörte ich, wie die Küchentür geöffnet und wieder geschlossen wurde, und wußte dem Geräusch nach, daß es Onkel Samson war, der in den Garten gegangen war. Dann hörte ich Schritte, die sich leise Großmutters Zimmer näherten, ehe mein Vater eintrat, einen Augenblick lang in der Tür stehenblieb und mich betrachtete, ich das Buch auf die Bettdecke sinken ließ und ihm in die Augen schaute, in denen ich mit einemmal entschlossene Furcht oder aber furchtsame Entschlossenheit sah. Plötzlich hob er die Hand und winkte mir wie zum Abschied zu, so daß ich mich im Bett aufsetzte und meine Hand nach ihm ausstreckte, mein Vater einen Augenblick lang zögerte, dann zu mir kam und ich ihn mit einer Handbewegung aufforderte, sich aufs Bett zu setzen. Indem er sich auf der Bettkante niederließ, sah ich, daß er etwas in seiner linken, zur Faust geballten Hand hielt. Mein Vater bemerkte den auf seine Hand gerichteten Blick, seine kräftigen Finger öffneten sich wie von selbst, und ich sah auf seiner Handfläche eine Patrone für sein Jagdgewehr, mit grüner Kartonhülse und einer ungewöhnlich großen Messingspitze, wußte von Vater, daß Patronen dieser Art eine besonders starke Schwarzpulverladung und extra große Schrotkugeln enthielten, die in der Lage waren, den Schädel großer Tiere zu durchschlagen. Wie ein Bettler streckte ich meine Hand aus, aber mein Vater schloß seine starke Hand um die Patrone zur Wildschweinjagd, schüttelte ganz langsam verneinend den Kopf, und als er seine rechte Hand ausstreckte, um über mein Gesicht zu streichen, spürte ich die Berührung seiner rauhen Handinnenseite wie Schleifpapier auf meiner Wange, streckte meine kleinen Hände aus und umklammerte seine Hand. Mein Vater versuchte, sich von meinem Griff zu befreien, aber ich krallte mich mit all meiner Kraft an ihn, grub meine Nägel in sein Fleisch und ließ nicht locker. Die Zeit schien stillzustehen, bis plötzlich die Küchentür aufflog, ich Personen, die panisch in die Küche gestürzt kamen, und Mutter nach meinem Vater rufen hörte, ehe im nächsten Augenblick alle das Bett, Vater und mich umstanden. In jenem Moment fing das Funkgerät des Segelflugzeugs an zu quäken und verlangte den Piloten, wies ihn an, den Flieger auf einem Feld zu landen, wo man mir nach unserer Landung mitteilte, ein Anruf sei für mich gekommen und ich solle sogleich zurück in die Stadt fahren, zum Krankenhaus, in dem meine Mutter lag. Doch als ich in ihr Zimmer kam, war ihr Bett leer. Ich stand neben der unbezogenen Matratze, und in meinen Ohren hallten die letzten Worte wider, die ich am Abend des vorangegangenen Tages aus Mutters Mund gehört hatte, als sie einen Augenblick lang aus dem Dämmerzustand der schmerzstillenden Medikamente erwacht war und mir mit schwacher Stimme, die klar wie Quellwasser war, ein Bild beschrieb, das sie vor Augen hatte, sie als kleines Mädchen, das zum Lebensmittelgeschäft an der Ecke geht, um seiner Mutter Hefe zum Backen zu holen. Es dämmerte bereits, so wie jetzt, flüsterte Mutter mir zu, und ihre müden Augen öffneten sich ein wenig und blinzelten in das gräuliche Fenstergeviert. Es begann, ganz leicht zu regnen, flüsterte meine Mutter, die winzigen Tropfen hüpften auf den schwarzen Pflastersteinen des Gehsteigs, die im Regen glänzten, und ich sprang und tanzte zwischen den Tropfen, winzige, winzig kleine Tropfen, ganz feine Tropfen, flüsterte Mutter und sank danach in ruhigen Schlaf. Dies waren die letzten Worte, die ich in meinem Leben aus ihrem Mund hörte.

ZWEI

NACHDEM ER MIT DEM ALTEN HANDTUCH SEIN GEsicht und den durch die Reizung der Rasur feuerroten Hals abgetrocknet hatte und das Handtuch, das an den Stellen, an denen es naß geworden war, grau eingefärbt aussah, an die Klinke der Badezimmertür gehängt hatte, ging Vater ins Schlafzimmer und trat an den Kleiderschrank, in dem noch immer Mutters Kleider neben Vaters Hemden und Jacketts hingen, so wie ihre Hände sie zuletzt aufgehängt hatten, bevor sie einen Moment lang verharrte, den Blick durch das Haus, das sie geliebt und dessen Böden sie tagtäglich gewischt hatte, wandern ließ und »Leb wohl, Haus« flüsterte, dann hinaustrat und langsamen Schritts zu dem Wagen ging, der sie zum Krankenhaus fahren sollte. Ich trottete hinter ihr her, trug ihre Tasche mit ein wenig Unterwäsche zum Wechseln, Kosmetika und einem Buch, so wie ich jetzt Vater aus dem Badezimmer ins Schlafzimmer folgte, als er stehenblieb, sich zu mir umdrehte und sagte: »Was läufst du hinter mir her wie ein Schatten, ich möchte einen Spaziergang machen, alleine.« Ich wich ein wenig zurück, doch nicht mehr als eine Armlänge, denn in diesem Schrank, in der Ecke, im Halbdunkel hinter den auf alten Holzbügeln hängenden Kleidungsstücken, verbarg sich noch immer, wie in den Tagen der Engländer, Vaters silberläufige Jagdbüchse. Und in der Schublade auf der rechten Seite des Schrankes lag unter Wollsocken vergraben die alte französische Pistole, die er sich zwanzig Jahre zuvor, in einem Augenblick tiefster Verzweiflung, an die Schläfe gesetzt hatte, als meine Mutter, die damals mit brüchiger Stimme nach ihm rief, kam und sich neben ihn auf die Erde kniete, ihren Kopf an den seinen preßte, sein Leben rettete. Sie sank neben ihm auf den vom Regen aufgeweichten Lehmboden, streichelte und küßte sein Gesicht, seine angstvoll geweiteten Augen, beide saßen sie da auf der Erde, an die Hauswand gelehnt, die im unteren Teil von Moos und Flechten mit einer grünen Landschaft bedeckt war wie die Wiesen und Wälder, die sich den Augen vom Flugzeug am Himmel über Finnland aus bieten. Damals wandte ich mich ab und stahl mich davon, versuchte nicht, ihm die Pistole aus der Hand zu winden, so wie ich auch in der letzten Phase die Pistole und die Jagdbüchse an ihrem Platz im Kleiderschrank belassen habe, obwohl ich etliche Gelegenheiten hatte, sie beiseite zu schaffen, als ich sah, daß Vater begann, mit den kürzer werdenden, regnerischen Tagen und den sich immer länger dehnenden kalten Nächten gegen Ende Dezember Anzeichen von Niedergeschlagenheit und Unruhe zu zeigen, genau wie bei den vorherigen Malen, als er in Schwermut verfiel. Aber ich brachte es nicht übers Herz, die Waffen aus dem Schrank zu entfernen, weil er sich dann mutlos vorkommen würde, wie ein Mensch, dem man die Freiheit des Willens genommen hatte. Da ich jedoch die ganze Zeit nicht von seiner Seite wich und jeden seiner Schritte beaufsichtigte, nahm ich an, ich würde verhindern können, daß er sich selbst Schaden zufügte, wie ich auch jetzt um ihn herumscharwenzelte und wartete, was er aus dem Schrank holen würde. Mein Vater, der schon immer meine Gedanken hatte lesen können, als wäre ich für ihn ein offenes Buch, warf mir mit triumphierender Miene einen Blick zu, setzte ein ironisches Lächeln auf, als er aus dem Schrank ein strahlendweißes Hemd zog, von dem Stapel gebügelter und gefalteter Hemden, die Mutters Hände vier Jahre zuvor gewaschen und für ihn gebügelt hatten, ehe sie von dem Hof, den Obstbäumen, die mein Vater veredelt und kultiviert hatte, und den Katzen, die scharenweise angelaufen kamen und ihr um die Beine strichen, wann immer sie auf den Hof trat, Abschied nahm und »Lebt wohl, Katzen« sagte, dann langsam zu dem am Hoftor auf sie wartenden Wagen ging, dort stehenblieb, verharrte, sich noch einmal umdrehte und danach in das Fahrzeug stieg, das sie zum Krankenhaus fuhr. Ich wußte, daß auch Vater, der jetzt vor dem Schrank stand, die Hemdknöpfe löste und mit einer Stimme, die beinahe wie eine innere klang, ein altes russisches Lied, das mit den Worten »Unser Streben gilt nicht der alten Welt« begann, vor sich hin trällerte, in diesem Augenblick Mutters Abschied von dem Haus vor Augen hatte. So stand er, trällerte das Lied, das er mit den ursprünglichen Worten anstimmte, um dann wie gewöhnlich nach ein oder zwei Zeilen zu bedeutungslosen Lautmalereien aus sonderbaren Namen wie Karabinski und Ratatinski überzugehen, die er in Silben zerstückelte, um sie der Melodie anzupassen, zog das Hemd an, knöpfte es zu und krempelte nachlässig die Ärmel bis zu den Ellbogen hoch, legte seine kräftigen, sonnenverbrannten Arme frei, die vor vielen Jahren einen nassen, verrußten Sack hinter sich hergeschleift hatten, auf den der Wächter Schwarzhuber seinen riesigen Fuß stellte, worauf Vater versuchte, den Sack freizubekommen, sich unter Aufbietung all seiner Kraft nach vorne lehnte, wie ein Pferd bei dem verzweifelten Versuch, einen im Sand festgefahrenen Wagen von der Stelle zu bekommen. Als Vater mit dem Hochkrempeln der Ärmel fertig war, trat er an den Spiegel, neigte den Kopf ein wenig nach rechts und prüfte kritisch sein Gesicht, wie er es in jenen fernen Tagen getan hatte, wenn er seinen maßgeschneiderten Anzug trug, den Scharga, der Wiener Schneider, ein kleines, schmächtiges Männchen mit weicher Aussprache und pergamentfarbenem, stets streng zurückgekämmtem Haar, ihm aus englischem Tuch genäht hatte, einem

Stoff, den Mutter aus Schargas Tuchkollektion, die er in einer Tasche aus weichem, mit den Jahren speckig gewordenem Leder aus der Stadt mitbrachte, auswählte und nicht eher zufrieden war, bis sie einen petrolfarbenen Stoff mit purpurdunkelbraunen Nadelstreifen im Abstand von zwei Fingerbreit gefunden hatte. Während er noch sein rasiertes Gesicht im Spiegel inspizierte, rief Vater Mutter beim Namen, forderte sie auf, sich zu beeilen, weil es unangenehm war, zu einer »Party bei der Madame« zu spät zu kommen – so wurden die Feste genannt, die die wohlhabende Eigentümerin der Obstplantagen, in denen Vater als Verwalter arbeitete, von Zeit zu Zeit in dem großen Garten ausrichtete, der ihre Villa im Kolonialstil umgab. Wenn sie von solch einer Festivität zurückkamen, ahmte Mutter die »Damen« nach, die wie Pfauen durch den Garten der Villa stolziert waren und hinter ihrem Rücken über die Madame gelästert und gelacht hatten, und Tante Batja stellte regelmäßig fest, daß Vater ohne jeden Zweifel der attraktivste Mann auf der ganzen Party gewesen war, was Mutter sogleich voller Stolz bestätigte. Alle saßen um den großen Tisch versammelt, schlürften glühendheißen Tee aus dünnwandigen Gläschen und verschlangen gierig Mutters Berichte über die extravaganten Kleider der Damen auf der Feier, während Vater seinen Körper aus dem Nadelstreifenanzug aus petrolfarbenem englischem Tuch schälte, diesen aufs Bett warf, ohne darauf zu achten, daß die Hosen ordentlich gefaltet waren, und es sich bequem machte in Khakihosen und weißem Unterhemd, wie er auch jetzt eines trug, das er energisch in seine Hose stopfte, ehe er mit einem kleinen Kamm durch seine Tolle fuhr, deren feines, goldfarbenes Haar mit den Jahren ausgedünnt und zuletzt an den Seiten weiß geworden war. Obwohl er mit seinem Anblick nicht zufrieden war, stieß er einen leichten Seufzer aus, der wohl sagen wollte, daß er sich in das Unvermeidliche ergab, und in seinen blauen Augen blitzte für einen Sekundenbruchteil ein Funke jugendlichen Schalks auf wie in seinen besten Jahren, wenn er plötzlich bei sich einen Entschluß faßte und sogleich daranging, Nägel mit Köpfen zu machen, ohne eine Menschenseele in seine Pläne einzuweihen, und nur das russische Lied, das er unbewußt vor sich hin trällerte, »Unser Streben gilt nicht der alten Welt, kara-kara-karabinski, rata-rata-ratatinski«, verriet, daß er wieder einmal etwas ausheckte. Mutter bekam immer schon von weitem Wind, rief nur seinen Namen, mit einem Fragezeichen versehen, das ihre vage Sorge kaschieren sollte, was er wohl diesmal anstellen würde. Und wenn er sich nicht beeilte, ihr zu antworten, kam sie mit einem eingeseiften Kochtopf und Stahlwolle in der Hand aus der Küche und versuchte, ihm zu entlocken, was er im Schilde führte, bevor es zu spät war, aber Vater stieß nur ein kurzes, einsilbiges Lachen aus, bedachte sie mit einem beruhigenden Blick, machte sich ans Werk und ließ Mutter für den Rest des Tages in einem Zustand latenter Unruhe zurück, so daß, wenn sie den Boden wischte und den nassen Putzlappen über dem Eimer auswrang, um auch noch die letzten Tropfen Wasser herauszuquetschen, sich aufrichtete und einen Augenblick lang innehielt, ehe sie den feuchten Lappen ausbreitete und erneut auf den Boden warf, ein Schatten über ihr Gesicht huschte, als fragte sie sich, was ihr unbändiger Mann heute wohl wieder anstellen werde. So kam es, daß Vater eines Morgens die hohen japanischen Mistelbäume radikal beschnitt, weil er beschlossen hatte, sie von nun an zu Büschen zu ondulieren, oder in eigener Verantwortung dem örtlichen Oberkommando der Hagana gestattete, in einer der Obstplantagen der wohlhabenden britischen Lady ohne deren Wissen unter einer der Baracken, in denen zur Erntezeit das Obst sortiert und verpackt wurde, zu graben und dort eine konspirative Waffenfabrik einzurichten, die erst nach der Gründung des Staates ihren Betrieb einstellte. Die Bande der Kinder zog es manchmal dorthin, ins Herz der dunklen Obstpflanzungen, um im hellen, kühlen Sand hinter der rückwärtigen Wand der Packbaracke nach Zündkappen von Zwei-Inch-Mörsergranaten zu suchen, wodurch Mutter erst von der ganzen Sache erfuhr und noch im nachhinein erzitterte angesichts der Möglichkeit, die Engländer hätten, wenn die Fabrik entdeckt worden wäre, Vater aufgehängt oder ihn nach Eritrea oder Mauritius deportiert. Hätte sie etwas davon gewußt, hätte sie niemals ihre Einwilligung dazu gegeben, worauf Vater lachte und sagte, daher habe er es ja vorgezogen, daß sie nichts wußte, und Mutter meinte, allein der Gedanke, daß die Engländer all die Jahre zu unseren Tanztees gekommen sind, was Vater veranlaßte, mit den Achseln zu zucken und die Arme auszubreiten, als wollte er sagen: Nu, was kann man machen. Mutter lachte, flachste: »Oj, du bist mir ein Filou«, doch dann erstarb ihr Lachen, eine Wolke der Sorge zog über ihr Gesicht, und ihr entrang sich ein Seufzer, als sagte sie sich, so war und wird das Leben mit diesem Mann, der jeden Augenblick eine Überraschung für uns parat halten kann, immer sein, es hilft einfach nichts, man muß ihn stets im Auge behalten. Aber jetzt, da er das Hemd in seiner Hose zurechtgerückt, den schwarzen Gürtel festgeschnallt hatte, dessen loses Ende er unter den Lederriemen über seiner linken Hüfte schob, und im Begriff war, das Haus zu verlassen und hinaus in die Nacht zu gehen, gab es, da das Haus leer und Mutter nicht mehr war, niemanden mehr, der mit tropfnassem Topf und schäumender Scheuerwolle aus der Küche kam, besorgt nach ihm rief und versuchte, ihn rechtzeitig aufzuhalten. So begann ich, ihm nachzugehen, folgte ihm auf die Terrasse, die im Blütenmeer einer Wildrose versank, die wie alle Pflanzen oder Lebewesen unter der Pflege von Vaters Händen zu unbändigem Wuchs fand, stieg hinter ihm die Stufen hinab, die seine Hände aus weißem Zement gegossen hatten, beschritt in seinem Gefolge den gepflasterten Weg, der in den scharfen Duft von Myrtesträuchern getaucht lag, deren Äste sich mit denen des Flieders und des Jasmins verwoben hatten, die ihrerseits mit den Pinta- und Hibiskusbüschen verflochten waren. Als wir das Tor erreicht hatten, blieb Vater stehen, ließ den Blick über den Hof wandern, nickte und sagte kein Wort, bis sein Blick auf mich fiel, er einen Moment lang zögerte und danach sagte, Schalom, geh mir nicht nach, sich umwandte, den Hof verließ und hinaus in die Nacht ging. Ich blieb einen Augenblick lang unschlüssig, aber als ich sah, daß er den weißen Sandpfad einschlug, der zum Meer führte, und seine Gestalt von der Dunkelheit unter den nachtschwarzen Zypressen beinahe schon verschluckt war, begann ich, ihm zu folgen, ging, während der weiche Sand das Geräusch meiner Schritte schluckte, bald schneller, um ihn einzuholen, bis ich dicht hinter ihm war, meine Schritte verlangsamte und darauf achtete, einen gleichmäßigen Abstand zu ihm zu halten. So folgte ich ihm auf dem weißen Sandpfad, bis wir die Obstplantagen hinter uns hatten, der Sand zusehends weniger und der Untergrund des Weges kontinuierlich fester wurde, rauhe Kalksteinkiesel unter den Schuhsohlen knirschten, die anfangs nur vereinzelt, bald jedoch immer zahlreicher auftraten, je länger der Weg zwischen den Kalksteinhügeln anstieg, wo sich einst, in den vierziger Jahren des vorigen Jahrhunderts, zur Zeit der Engländer, die Koben der Schweine befanden, die die Armee mit Hilfe von italienischen Kriegsgefangenen züchtete, um die Divisionen, die in der Wüste gegen die Deutschen kämpften, mit Proviant versorgen zu können. So kamen junge Männer in dunkelblauen Hemden und Khakihosen mit dunkelblauen, rhombenförmigen Aufnähern auf dem Hintern ins Dorf und sangen sentimentale italienische Lieder, wobei ihre tremolierenden Stimmen an den Gesang des Kantors Sirota erinnerten, dem Onkel Samson immer im Radio lauschte. Wir erreichten den Abschnitt des Weges, auf dem die Engländer am Schabbat Hindernisse aus Brettern errichteten, die sie, ebenso wie die Kalkbrocken am Wegesrand, weiß tünchten, und ein Pferderennen veranstalteten. Das ganze Dorf kam, um sich das

Spektakel anzuschauen, wenn die Pferde donnernd den Hügel hinabjagten, dessen Kuppe ich nun im Gefolge von Vater erklomm, der auf dem hellbeschienenen Weg in dieser klaren, kalten Winternacht, die der vom Meer kommende Wind mit Geheul erfüllte, seine Schritte nicht für einen Moment verlangsamte. Und als Vater den Pfad zur Spitze der Kalksteinklippe einschlug, die den Hügel entzweischnitt und über das Meer ragte, brach sich durch das wilde Geheul des Windes die gebrochene Stimme von Mula Ginsberg, der »Avital, Avital« schrie und mit den Fäusten auf den Sarg hämmerte, in dem sein Sohn lag, der von der Klippe gesprungen war, damit die schöne Noga ihn liebte. Die großen Jungen hatten ihn aus dem Wasser gezogen, waren ganz langsam und vorsichtig über die glatten Felsen balanciert, hatten ihn auf ihren Schultern getragen, wobei sein verletzter Kopf hin und her pendelte. Als sie die Klippe wieder erreichten, von der er zuvor einen solch fabelhaften Kopfsprung gemacht hatte, die Arme zu den Seiten ausgebreitet wie ein Fischadler, hatte sich dort bereits ein kleiner Menschenauflauf eingefunden, ehe Doktor Erde auf seinem Rappen angaloppiert kam, mit einem Satz aus dem Sattel sprang und befahl, Avital auf den Weg zu legen, ein Hemd, das irgend jemand abgestreift hatte, zusammenrollte und vorsichtig unter Avitals zur Seite gesunkenen Kopf schob, sich neben den Jungen kniete, die Muschel seines Stethoskops an dessen Herz drückte und einen Augenblick lang lauschte, so daß die ihn umstehenden Menschen den Atem anhielten und in der sich ausbreitenden Stille plötzlich aus der Ferne das Tuten des Zugs zu hören war, der östlich der Obstplantagen über seinen Schienenstrang dahinstampfte. Als Doktor Erde sich vom Boden erhob, sich die Hände abwischte, sein Stethoskop zusammenfaltete, es in die Seitentasche seiner Reithosen stopfte und schließlich meinte: »Nichts mehr zu machen«, fuhren alle zurück und öffneten den Kreis, der sich um die auf dem Sand ruhende Leiche des Jungen gebildet hatte, hier auf der Klippe, der sich mein Vater energischen Schrittes näherte. Jetzt stürmte ich los und begann zu rennen, worauf er stehenblieb, sich mit einemmal umwandte und, als er mich sah, »Was machst du hier« hervorstieß. In diesem Sekundenbruchteil hatte ich ihn schon überholt und versperrte ihm den Weg zum Rand der Klippe, so daß mein Vater mir einen Moment lang ratlos gegenüberstand und mich mit den Augen fixierte. Als er versuchte, an mir vorbeizukommen, machte ich einen Satz nach hinten und versperrte ihm von neuem den Weg. Geh aus dem Weg, sagte Vater zu mir und streckte den Arm aus, um mich beiseite zu drücken, doch ich hob die Hände und begann, ihn in die entgegengesetzte Richtung den Hügel hinabzustoßen, auf den Weg, den wir gekommen waren, so daß sich unsere Arme für einen Moment ineinander verschlangen und wir im Schein des Vollmonds, der ein blasses Licht auf den weißen Kalksteinpfad goß, wie zwei sonderbare Ringkämpfer aussahen, während mein Vater die ganze Zeit ununterbrochen auf mich einredete, geh weg, laß mich gehen, du hast kein Recht, mich aufzuhalten. Ich gab keinen Laut von mir, da es ohnehin keinen Sinn gehabt hätte, in dieser Lage mit ihm zu reden, denn alle Wörter, die die Sprache parat hielt, hätten nichts gegen seinen Willen vermocht, weshalb ich nur tief Luft holte und all meine Kraft in die Stöße legte, mit denen ich ihn den Hügel hinab zurück zum Dorf drängte. Jeder Stoß brachte uns ein, zwei Schritte weiter in Richtung Dorf, aber von Mal zu Mal wuchs Vaters Kraft, und urplötzlich stürzte er sich auf mich und stieß mich einige Schritte zurück, den Hügel hinauf, so daß die ganze Arbeit schwerer Minuten mit einem Schlag dahin war. Immer wieder, wenn ich einen Augenblick lang an die Entfernung dachte, die wir auf dem Weg zu unserem Haus noch zurückzulegen hatten, überkam mich Verzweiflung, und obwohl wir erst am Anfang des Weges standen und nicht mehr als einige Dutzend Meter von der Hügelkuppe aus hinter uns gebracht hatten, war ich schon schweißbedeckt und atmete in immer kürzeren Intervallen. Dabei war ich in der Vergangenheit ein guter Langstreckenläufer gewesen, was aber nun schon zwanzig Jahre zurücklag, da ich mit zwanzig zum Vergnügen Strandläufe unternahm und mir antrainierte, in großen Abständen zu atmen, während ich fünf Schritte machte, einzuatmen und meine Lungen mit Luft zu füllen, auf den nächsten fünf Schritten auszuatmen und meine Lungen zu entleeren, und das während der ganzen ersten Laufstunde. Im Verlauf der zweiten Stunde atmete ich vier Schritte lang ein und vier Schritte lang aus, und erst während der dritten Stunde ging ich zum Dreieratemrhythmus über, um mit einem Atemrhythmus von zwei zu enden. Aber seither waren wie gesagt mehr als zwanzig Jahre vergangen, in denen ich meinen Körper lange Zeit vernachlässigt hatte, so daß ich jetzt die enorme Anstrengung spürte und sich mir einige Augenblicke lang der Kopf drehte. Vater spürte die Schwäche, die mich übermannte, und hörte die ganze Zeit über nicht auf, mit mir zu reden, mich anzuflehen, ich solle von ihm ablassen und ihn gehen lassen, sprach mal von seinem Recht, zu gehen, wohin es ihm beliebe, um mich dann wieder und wieder zu beschwören, er habe überhaupt nicht vorgehabt, sich etwas anzutun, sondern nur den Wunsch, auf der Klippe zu stehen und Luft zu schnappen, die Lungen zu füllen mit Luft, die von dort kam, wobei er nicht näher darauf einging, von welchem »dort« er dabei sprach. Für Momente war ich versucht, die Waffen zu strecken und ihn gehen zu lassen, wohin er wollte, aber sogleich entsann ich mich seiner ausgesprochenen Listigkeit bei den vorherigen Malen, als er seines Lebens müde war, wußte, daß in dem Augenblick, da ich von ihm abließe, er losstürzen, den Hügel hinaufstürmen und, noch ehe ich ihn festhalten könnte, von der Klippe in den tosenden Abgrund springen würde. So rief ich mir die eiserne Disziplin in Erinnerung, die ich mir bei meinen Dauerläufen auferlegt hatte, damals, in der Zeit meiner großen Einsamkeit, in jenen unendlich fernen Jahren, als ich ein Mädchen liebte, das meine Liebe nicht erwiderte, und ich dachte, keine Frau würde mich jemals lieben, weil ich einer solchen Liebe nicht wert war. Ich weiß nicht, woher dieser Gedanke kam, vielleicht ja aus dem Gelalle des betrunkenen Welwel, der gemeint hatte, ich sei kein hübsches Kind, und niemand hatte ihm widersprochen, oder aber aus den Manuskripten des Schriftstellers, die ich in meiner Jugend kopierte, in denen sich alle zwischenmenschlichen Beziehungen als ein einziger häßlicher, erbärmlicher Reigen aus gegenseitiger Erniedrigung und Ausnutzung darstellten, weshalb ich, während ich die Dinge für den Schriftsteller ins reine schrieb, mir insgeheim schwor, mich niemals in solch verstümmelte Beziehungen locken zu lassen, und zu dem Schluß kam, daß, sollten dies tatsächlich die einzigen Beziehungen sein, zu denen Menschen untereinander fähig waren, es besser für den einzelnen wäre, sich abzusondern und ins innere Exil zu gehen. Erst später, als ich *Don Quichotte* las, öffneten sich mir die Augen, und ich sah, wie sehr Menschen in ihrem Denken Modeerscheinungen unterworfen sind, wie zugänglich sie sind für die Beeinflussung durch trefflich formulierte Nichtigkeiten wie die Werke des Schriftstellers. Ich begann also, meinen Atem zu kontrollieren, atmete während dreier Stöße, die ich meinem Vater versetzte, ein und bei den nächsten drei Stößen wieder aus, wodurch es mir gelang, die Müdigkeit und Panik, die mich zu überkommen drohten, zu überwinden, so daß meine Stöße zusehends kräftiger wurden, der Kalksteinhügel jetzt schon hinter uns lag und wir uns, einander Stöße versetzend, auf dem sandigen Pfad zwischen den Turmzypressen vorarbeiteten. Wir kamen an einem Lantanabusch vorüber, der sich zwischen den Zypressen spreizte, als Vater, bei aller physischen Anstrengung, die er auf den Kampf gegen mich verwandte, und trotz seines kritischen seelischen Zustands, Zeit für eine beißend kritische Bemerkung über die Nachlässigkeit fand, mit der heutzutage die Obstplantagen gepflegt wurden, daß man einen Lantanabusch zu derartigen Ausmaßen wuchern ließ. Dann passierten wir den Stamm einer gefällten Zypresse, der am Wegesrand lag, kämpften uns durch die belebte, atmende Nacht, die aufgeladene, durch die Geräusche von Insekten und Nachtvögeln vibrierende Luft weiter auf das Dorf zu, ich meinen Vater gegen die Schultern stoßend und ihn gegen seinen Willen vorandrängend, er sich nach hinten lehnend und seine kräftigen Schultern gegen meine stützenden Hände drückend, sein ganzes Körpergewicht gegen meine Arme aufbietend, wobei er die ganze Zeit über murmelte und flüsterte, was ich täte, mache überhaupt keinen Sinn, es sei witzlos, schade um all die Anstrengungen, die ohnehin nichts nützen würden, denn dies sei weder der richtige Weg noch die richtige Richtung, wir bewegten uns im Kreis, denn schließlich seien wir doch vom Meer gekommen, und das Meer ist dort, sagte mein Vater und wies in die Richtung, in die ich ihn stieß, du treibst mich zum Meer, dort liegt das Meer, vor uns, du hast bei unserem Kampf vollkommen die Orientierung verloren, flehte dann, laß mich allein, um mit einemmal zu flüstern: »Laß mich verschwinden.« Diese Worte verliehen mir neue Kraft, denn auf einen Schlag hatte er mir, ohne es zu wollen, seine wahre Absicht offenbart. Als er meine vehemente Reaktion auf seinen Versprecher spürte, änderte sich sein Tonfall, er bat, ich solle ihm erlauben, einen Moment lang stehenzubleiben, ich habe keine Kraft mehr, bettelte er, hör auf, das ist doch abgeschmackt, willst du mich umbringen, bitte sehr, nimm einen Knüppel und schlag mir den Schädel ein. Plötzlich wollte ich ihm sagen: »Du hast mich umgebracht«, aber noch ehe sich die Worte in meinem Hals formen konnten, war ich selbst derart überrascht, daß ich mich fragte, was damit gemeint sei, und mich an jenen Winternachmittag erinnerte, als Vater plötzlich in das Zimmer kam, in dem ich lag, an mein Bett trat, die Hand öffnete und mir die Gewehrpatrone zur Wildschweinjagd zeigte, ich seine Hand umklammerte und nicht losließ, bis alle ins Haus kamen und Mutter ins Zimmer stürzte. Und ich erinnerte mich an die geröteten Gesichter, die sich über mir aneinanderdrängten, und an ein Paar kräftige Hände, die meine Beine packten, als Vater plötzlich seine Hacken in den Boden rammte, störrisch wie ein Esel, sich mit seinem ganzen Gewicht schräg nach hinten auf mich lehnte, meine Hände bei dem Versuch, ihn vorwärts zu stoßen, an seinen verschwitzten Schultern abrutschten, während er pausenlos vor sich hin redete und ich bei jedem Luftholen und Ausatmen meine Schritte zählte, eins-zwei-drei. Wir bewegten uns schleppend voran, machten zwei Schritte vor und einen zurück, ich Vater vorwärts stoßend, er sich widersetzend und in die entgegengesetzte Richtung rudernd, untermalt von ständigem Gemurmel, wohin schubst du mich, wohin, ich habe nichts, wohin ich gehen sollte, du bist ein schlechter Mensch, gefühllos, du weißt nicht, was du tust, einen Moment, stoß mich nicht, laß mich dir etwas sagen, Leute werden kommen, werden sehen, wie du mich herumschubst, Schimpf und Schande, du verdirbst auf ewig den Namen unserer Familie, welch ein Unglück, welch eine Blamage, du wirst deine Visage nicht mehr zeigen können, wenn das bekannt wird. Dann behauptete er von neuem, er habe doch nur ein bißchen vor die Tür gewollt, um Luft zu schnappen, einen Blick auf das Meer zu werfen, denn er sei nun mal gewohnt, sich im Freien aufzuhalten, und was ich denn mit ihm machen wolle, wenn ich ihn zurück nach Hause geschafft hätte, ihn etwa auf dem Hof einsperren? Da ich seinem Redefluß keine Aufmerksamkeit schenkte und lediglich fortfuhr, ihn weiter zu stoßen, bat er plötzlich, ein wenig ausruhen zu dürfen, da er erschöpft sei und keine Kraft mehr habe, nach Hause zu gehen, nicht einmal ein Tier, das zum Schächter geführt werde, werde so behandelt, und bei diesen Worten grub er seine Füße in den weichen, tiefen Sand des Weges, weigerte sich weiterzugehen, als plötzlich aus der Ferne das Brüllen eines Esels die Stille zerriß und wir beide für einen Augenblick unseren Zweikampf einstellten, beschattet von den finsteren Zypressen mitten auf dem Weg standen und dem Esel lauschten. Als sich das Gegenüberstehen in die Länge zog, ich versuchte, ihn von der Stelle zu bewegen, und es nicht schaffte, überkam mich Verzweiflung, weil ich mich selbst hier mit ihm stehen sah, im Herzen der Obstplantagen, mitten auf dem sandigen, menschenverlassenen Pfad, die ganze winterliche Nacht über, worauf ich einen Fuß hob und ihm leicht vor den seinen trat, um ihn zu bewegen, seinen Fuß vom Boden zu heben, damit ich ihn aus dem Gleichgewicht bringen und ihn erneut vorwärts stoßen konnte, aber Vater schrie, als sei bei ihm etwas gebrochen, doch ich wußte, daß er nicht vor körperlichem Schmerz schrie, denn der Tritt, den ich ihm gegen seinen Fuß versetzt hatte, war ganz leicht gewesen, und ich beschloß, sein Schreien zu ignorieren und auch gegen den anderen Fuß zu treten, damit er ihn anhob. So begannen wir, uns von neuem in Bewegung zu setzen, ich mal gegen seinen einen, mal gegen den anderen Fuß tretend, und Vater immer lauter brüllend, Hilfe, man bringt mich um, und als er sah, daß ich nicht von ihm ablassen würde, drohte er mir, ich werde schreien, daß sie es im Dorf hören. Aber ich gab nicht nach und fuhr fort, ihn vor mir herzustoßen, so daß wir noch ein Stück Wegs zurücklegten, bis ein einzelner Schakal ganz in der Nähe zu heulen begann und seine Klage in die Nacht schickte, worauf ihm andere Schakale aus der Tiefe der Obstpflanzungen antworteten, das Heulen sich immer mehr in die Höhe schraubte und es schien, als näherten sich die Schakale der Stelle, an der wir uns befanden. Wir standen und lauschten, bis sich das traurige Heulen der Schakale mit den anderen Stimmen der Winternacht vermischte und Vater mit einemmal ruhiger wurde, einen anderen Ton anschlug und meinte, er wolle nicht nach

Hause zurück, weil es für ihn nichts mehr gebe, wohin er zurückkehren könne, Mutter sei nicht mehr da, das Haus leer, er verspüre keinerlei Drang mehr, etwas zu essen oder zu trinken, sein Magen sei tot, er benötige ein Krankenhaus, was er mehrmals mit Nachdruck wiederholte, ein Krankenhaus und keine Aussätzigenverwahranstalt. Bei diesen Worten warf er sich zu Boden und begann, sich im Sand zu wälzen. Ich stand dabei und betrachtete ihn ohnmächtig, lauschte auf das Konzert der Grillen und Zikaden, das ringsumher anschwoll, als hielte das ganze Universum den Atem an, um ihnen zuzuhören. Vater klagte nun, er sei voller Ameisen, schwarzer Ameisen, die ihm unter die Haut kröchen, und fing an, sich am ganzen Körper zu kratzen, meinte, er brauche ein Bad, ein Bad aus siedendem Öl, damit alle Würmer aus den Wunden gekrochen kämen, im heißen Öl krepierten und frittiert an der Oberfläche treiben würden. Dann streckte er seine Hände aus und sagte, schau dir meine Hände an, ich habe keine Hände mehr, meine Hände sind weg, so daß ich einen Blick auf seine Hände warf, die noch immer größer und kräftiger als die meinen waren, und ein resigniertes Lachen ausstieß, während er seine Elegie auf sich selbst schon fortsetzte, behauptete, sein Blut sei vergiftet und das Gift ströme zum Herzen, zum Kopf, habe vielleicht schon das Gehirn erreicht, das ist es, was mit mir los ist, das Gift hat das Gehirn erreicht, ich bin verloren, verloren. Da erklang von jenseits der Pflanzungen das Motorengeräusch eines nicht weit entfernten Fahrzeugs, und ich nutzte die Ablenkung, um mich auf ihn zu stürzen und ihn vorwärts zu schieben, wie man ein Auto anschiebt, das sich im Sand festgefahren hat, worauf Vater wieder in sein mechanisches Lamento verfiel, wohin stößt du mich, das hat doch keinen Sinn, ich werde es nicht bis zum Dorf schaffen, ich schaffe es nicht mehr bis zum Haus, Schalom, Dorf, Schalom, Haus, Schalom, Leben, weshalb ich nicht an mich halten konnte und erneut ein kurzes, entnervtes Lachen hören ließ, das Vater erzürnte, der mich beschuldigte, ein »Zyniker und Nihilist« zu sein, immer sei ich so gewesen, seit frühester Kindheit an, seit dem Augenblick, in dem ich beschlossen hätte, nicht zu sprechen, ich weiß, daß dein Schweigen kein echtes Stummsein ist, bellte er, sondern ein bewußter Entschluß, der kalte und arrogante Entschluß eines herzlosen Menschen, den die Gefühle und das Leid der Menschen, die ihm nahestehen, nicht im mindesten berühren, ich kann hier vor deinen Augen krepieren, und du fährst fort, mich wie ein gefühlloser Roboter vor dir herzustoßen, denn so hast du entschieden, und keine Macht der Welt kann dich von deinem Entschluß abbringen, so wie dich auch keine Macht der Welt dazu bringen wird, zu sprechen, denn so hast du nun mal entschieden. Warum hast du uns das angetan, wie konntest du dir so etwas erlauben? Egoist, du bist ein hoffnungsloser, ein absoluter Egoist, anstatt den Gesang von Vögeln aufzunehmen, hättest du ein Gedicht über dich selbst verfassen sollen: Die ganze Welt dreht sich um mich, ein unverbesserlicher Egoist bin ich. Was bildest du dir überhaupt auf dein Schweigen ein, was denkst du, daß nur für dich das Leben schwer ist, meinst du, nur du findest keinen Geschmack am Leben? Du bist ein grausamer Mensch, attackierte mein Vater mich weiter, all die Jahre hast du uns allen das Leben verdorben, deine Mutter ist deinetwegen vor lauter Kummer krank geworden, weißt du, was passiert wäre, wenn du nur den Mund aufgemacht und angefangen hättest, mit ihr zu reden? Das hätte sie geheilt, das hätte sie wieder auf die Beine gebracht, aber du hast dich in dein Schweigen verkrochen, hast sie vor deinen Augen dahinsiechen, krepieren sehen und kein Wort gesagt, du bist schuld, du bist schuld an ihrem Tod. Urplötzlich ging Vater mit erhobenen Fäusten auf mich los, und ich schreckte zurück, doch er schlug weiter auf mich ein und rief: Wenn du es wenigstens genossen hättest, aber nicht einmal richtig genießen kannst du, nur schweigen wie ein Idiot, es gibt für mich nichts mehr, worüber ich mit dir reden wollte, geh mir aus dem Weg. Dann stieß er mich zur Seite, um erneut in Richtung Meer zu gehen, als mich meine Kraft jäh verließ, und ich versperrte ihm nicht länger den Weg, trat zur Seite, breitete hilflos die Arme aus und ließ mich auf den Stamm der gefällten Zypresse sinken, den wir im Verlauf unendlich langer Minuten, die mir wie eine Ewigkeit erschienen, miteinander ringend umkreist hatten. Aus der Finsternis brach jetzt das Lachen einer Hyäne, worauf Vater wie angewurzelt stehenblieb und mich mit vor Schreck weit aufgerissenen Augen anstierte, keine Kraft mehr hatte, zu entscheiden, ob er weitergehen oder bleiben sollte, nur dastand und völlig willenlos wirkte. Auch ich war mit meinen Kräften am Ende, nahm den Kopf zwischen beide Hände, was Vater mit einem Blick quittierte, und dann begann er, leise vor sich hin zu reden, die Worte wurden mit seiner tiefen Stimme aus seinem Mund gespült, als er mich bat, ihn allein zu lassen, wegzugehen und ihn zu vergessen, denn das sei für alle das beste, ja, ich solle ihn einfach vergessen, und wenn es doch einmal passieren sollte, daß ich mich an ihn erinnern und mich fragen würde, wo er denn stecke, könne ich mir sagen, daß er verschwunden sei, daß Vater verschwunden sei, daß er vielleicht irgendwo durch die Weltgeschichte streife und eines Tages womöglich wiederkommen werde, vielleicht ja tatsächlich, auf jeden Fall solle ich mir keine Sorgen machen, da er sich ganz bestimmt nichts antun werde, und zu befürchten hätte ich ebenfalls nichts, da mein Gewissen nicht belastet werde. Du kannst weiter mit reinem Gewissen herumlaufen, sagte Vater, und ich werde einfach gehen, werde bis zur Hauptstraße gehen, bis zu den Gleisen, werde den Fluß überqueren und in die Dünen steigen, wo der Sand kühl und weich ist, und dort werde ich ausruhen, denn ich bin müde, sehr, sehr müde, hörst du, ich möchte einfach ein, zwei Tage ausruhen und dann vielleicht weiter zum Meer zu gehen, vielleicht, während du nach Hause gehst, und wenn sie fragen, wo ist dein

Vater, weißt du von nichts, du hast ihn nicht gefunden, hast gesucht und ihn nicht gefunden, denn das wird ein Geheimnis zwischen uns bleiben, nur zwischen uns beiden, für immer, ein Geheimnis, das du mit ins Grab nehmen wirst, wie du es ja liebst, da du ein verschwiegener Mensch bist, denn was ist dein Schweigen anderes als ein Geheimnis, das du hütest? So ist es richtig, und du weißt es, du bist nicht so dumm wie die anderen, im Grunde deines Herzens weißt du, was ich weiß, daß das Leben keinen Sinn hat, also steh auf und tu einmal in deinem Leben das Richtige, was hält dich zurück? Das Was-werden-die-Leute-sagen? Die Konventionen? Sei mutig, sei ein beherzter Mensch, sieh die Dinge, wie sie sind, Auge in Auge, ich bin keinem einzigen Menschen mehr von Nutzen, sagte Vater zu mir, der sich inzwischen neben mich gesetzt hatte, auf den Stamm der gefällten Zypresse. Keiner braucht mich, und ich brauche niemanden, denn wer wüßte besser als du, daß der Mensch nichts hat, was er einem anderen geben könnte. Das ist doch der eigentliche Sinn deines Schweigens, fuhr Vater fort, daß es nicht einmal einen Sinn hat, Worte zu geben, denn anstelle dessen, was Menschen nicht zu geben haben, tauschen sie Worte aus, ständig will irgend jemand von dir gute Worte hören, die du bereit bist, ihm zu sagen, um irgendeinen Nutzen daraus zu ziehen – also wen kümmert's, was man sagt. Aber ich will von niemandem mehr einen Gefallen, so daß ich ganz einfach nichts mehr zu sagen habe, nichts. Ich werde jetzt gehen, schließ für einen Moment die Augen, mach sie wieder auf, und ich werde nicht mehr sein. Es wird leichter für dich werden, denn im Augenblick füge ich dir nichts als Leid zu, du schaust und begreifst nicht, was mit deinem Vater passiert ist, plötzlich rührt er kein Essen mehr an, trinkt nicht, singt nicht, lacht nicht, ist den ganzen Tag in Traurigkeit versunken, weint, seufzt. Ich schaue dich an und sehe, daß meine Augen dir Angst einjagen, man sieht den Tod in meinen Augen, nicht wahr, ei, ei, ei, du Ärmster, siehst den

Tod in den Augen deines eigenen Vaters. Ich will dir dein Leben nicht zerstören, du hast dein eigenes Leben, wirst Liebe finden, eine junge Frau, auf diesen Dichterkongressen, zu denen du immer fährst, laufen bestimmt nicht wenige junge Frauen herum, solche Dichtermusen finden sich doch immer. Gründe eine Familie, setz Kinder in die Welt, gib ihnen Freude, Kinder brauchen Freude, nicht Traurigkeit, keine Depressionen, keinen Wahnsinn, gib ihnen Liebe, Glauben, Hoffnung, nicht, was ich dir gegeben habe, denn wie sollen sie sonst groß werden, was anderes soll ihnen die Kraft, den Willen geben? Und wenn du Kinder haben wirst, ist es besser, daß ich schon nicht mehr da bin, denn wenn sie mich anschauen würden, würden sie sehen, daß es am Ende weder Freude noch Liebe, weder Glauben noch Hoffnung mehr gibt. Also werde ich gehen, ich gehe einfach, nu, Schalom, Schalom, murmelte Vater, als plötzlich zwei Fledermäuse mit ihren knatternden Flughäuten über uns hinwegzogen, Vater stockte und ihnen nachschaute. Ich saß die ganze Zeit über reglos auf dem Stamm des gefällten Baums, meinen Kopf in die Hände gestützt, und ging im Geiste den ganzen Wortschatz der Sprache durch. Doch selbst wenn ich gesprochen hätte, was hätte ich ihm sagen sollen, da ich nicht einmal mit einem Blick auf seine Worte antworten konnte. Vaters Hand begann, ganz langsam in die Höhe zu steigen, wie der Sekundenzeiger einer großen Uhr, fror einen Moment lang zaudernd in der Luft fest, vielleicht dort vergessen, vielleicht zum Gruß ausgestreckt, doch da keine Reaktion kam, setzte die Hand ihre langsame Reise nach oben fort, eine Reise, die fünfzehn Sekunden dauerte, so lange, wie ein Sekundenzeiger braucht, um von der Neun zur Zwölf zu wandern. Zuletzt stand Vater wie eine Statue, die Hand hoch erhoben, das Gesicht zum Meer gewandt, die Augen in die Ferne gerichtet, ein versöhnliches Lächeln eingefroren auf seinem im Mondschein wie weißer Kalkstein leuchtenden Gesicht, und murmelte unverständliche, bedeutungslose Verse, und ich bereute die Rückkehr der Söhne und Töchter, von der Kante des Westens, von Söhnen und Töchtern. Ich wußte nicht, woher diese Worte, die gerade aus seinem Mund geschlüpft waren, kamen, sah sie in meiner Phantasie wie kleine Ameisen durch die finsteren Windungen seines Gehirns laufen, eingezwängt zwischen Tausenden anderer Worte, ähnlich den Worten, die in mir wimmelten, übereinanderpurzelten, sich gegenseitig schubsten und drängten, nach einem Ausgang suchten, bis einige von ihnen in seinen Mund gelangten und in die kühle Nachtluft herausfielen. Dann begann Vaters Hand im Zeitlupentempo herabzusinken wie ein von Flammen gezüngelter Ast, der sich dem eigenen Gewicht ergibt, wenn seine Lebenssäfte durch die rissig gewordene Rinde entweichen und der Tod ihn besiegt, bis sein Finger auf der rechten Seite seines Hinterkopfs aufsetzte, dort umherwanderte, tastete und etwas abschabte, worauf aus Vaters Mund das Wort »Wunde« kam, er den Finger vor die Augen führte und ihn angsterfüllt betrachtete, »im Kopf« sagte, die Hand ausstreckte und mir mit schreckensweiten Augen seinen blutbefleckten Finger präsentierte. Das Fledermauspärchen kam zurückgeflogen, verwirbelte durch das Fächeln der Flughäute die Luft über unseren Köpfen, und Vater flüsterte verstört, es ist im Kopf angekommen, nichts hilft mehr, du sagst nichts, weil du nicht weißt, was du sagen sollst, niemand weiß, was dazu zu sagen ist, dieser minderbemittelte Arzt meint, ich müsse essen, was für ein Blödsinn, essen wie ein normaler Mensch, sagt er, es kann sein, daß Ihnen etwas fehlt, behauptet dieser Idiot, meine Haut verfault, und er sagt mir, es fehle mir vielleicht an Salz, ich will nicht ins Krankenhaus gehen, hörst du, sie werden mir die Haut abziehen, das weiß ich, man muß mir die gesamte Haut transplantieren, das ganze Blut müssen sie mir austauschen, das weiß ich. Irgendwo in den Obstpflanzungen begann in jenem Moment eine Brunnenpumpe zu arbeiten, Vater lauschte einen Augenblick lang, erkannte den Klang des Motors und sagte, Brunnen zwölf, während die Drehzahl des Motors immer mehr zunahm, bis das Motorengeräusch zu einem spitzen Geheul und danach zu einem dünnen Wimmern wurde, das wie alle vorherigen Stimmen gänzlich mit den Geräuschen der Nacht verschmolz. Ich legte meine Hand auf Vaters kräftigen Arm, hörte ihn flüstern: Spendest du mir die Hälfte von deinem Blut? Ich schaute ihn an, verstand nicht, was er meinte, als Vater fortfuhr: Wir haben dieselbe Blutgruppe, weißt du, ich kann eine Infusion direkt aus deinen Venen bekommen, schau dir nur deine Fußknöchel an. Ich senkte die Augen, musterte meine Knöchel, wußte nicht, was ich dort sehen sollte, als Vater sagte: Hast du dich mal gefragt, woher diese Narben an deinen Knöcheln stammen? Mit einemmal erinnerte ich mich an die Sandalen, die Sandalen, die Mutter mir im Frühling kaufte, als sich die Luft erwärmte und die Kinder zu kurzen Hosen übergingen, als Beine, die im Winter gewachsen und bleich geworden waren, zum erstenmal der frischen, noch mit leichter Feuchtigkeit getränkten Luft ausgesetzt wurden, an den kühlen Wind, der durch die sich zwischen den Kalksteinhügeln windenden Schluchten weht, in die Beine der kurzen Hosen fährt, die in Stoff verpackten Glieder berührt und ihnen ihre Wärme nimmt. Vater nahm dann sein rasiermesserscharfes Okuliermesser zur Hand und kappte die Spitze der alten, für die inzwischen gewachsenen Füße zu klein gewordenen Winterschuhe, um den Zehen zu ermöglichen, vorn herauszuschauen. Aber schon bald reichte auch das nicht mehr aus, und ich ging mit Mutter zum Konsum, wo auf der obersten Auslage, zwischen Biskuitbüchsen, in langen Reihen die weißen Pappkartons übereinandergestapelt standen, mit den neuen Sandalen der Saison, die in allem den Sandalen des Vorjahres glichen. Wenn man die Kartons vom Regal nahm und sie öffnete, schlug einem der strenge, animalische Geruch von neuem Leder entgegen, denn da ruhten sie, die Sandalen mit der glänzenden Metallschnalle auf dem vorderen Riemen und dem Verschluß an den sich schräg über dem Knöchelgelenk treffenden Lederstreifen. Dann zog Mutter den Knöchelriemen stramm und schob den Dorn des Verschlusses durch eines der gestanzten Löcher, die nackte Unterseite des Fußes berührte das Leder, in dem von der Feuchtigkeit des Tieres noch etwas bewahrt war, das in die Haut der Fußsohle einsickerte und den starken Drang weckte, rauszulaufen, durch den Sand zu rennen und den Kontakt mit den Elementen zu erneuern. Bei diesem Rennen, wenn die Sandalen noch ungewohnt am Fuß saßen, die richtige Einstellungsstufe, bei der die Sandale sich an den Fuß schmiegte und beide eine Einheit wurden, noch nicht gefunden war, so daß die Sandale unter der Fußsohle hin und her rutschte, schlug die scharfe Innenkante der Absatzsohle gegen die Innenseite des anderen Fußgelenks, riß die Haut über dem Knöchel nach drei, vier solch ungewollter Schläge, und eine Wunde entstand, aus der Blut quoll, gerann und von einer Sandkruste bedeckt wurde. Doch noch ehe sich die rostbraune Kruste von selbst ablösen konnte, schlug die Absatzkante von neuem gegen die Wundstelle, brach die Kruste auf und legte die noch nicht verheilte Wunde wieder frei, aus deren Heilgewebe nun gelbliche Tröpfchen austraten und mit Sandkörnchen verklebten, worauf Mutter am Abend den Knöchel verband, um die Wunde vor weiterer Verunreinigung zu schützen, bis schließlich nach einigen Tagen die Verletzung verheilt war und eine Narbe zurückblieb. Und so wurde Jahr für Jahr an derselben Stelle der Innenseite des Fußgelenks die Narbe erneuert und zu jenem Erkennungszeichen fürs ganze Leben, das ich nun betrachtete, während ich auf dem Stamm der gefällten Zypresse an der Kreuzung des im Mondlicht einer kalten Winternacht hellleuchtenden Sandwegs saß, ein Mann, der im letzten Sommer vierundvierzig Jahre alt geworden war. Als ob er meine Gedanken lesen könnte, meinte Vater nun: Sie haben dir das ganze Blut ausgetauscht, haben es aus dem linken Fußgelenk abgesaugt und dir neues Blut durch den rechten Knöchel zugeführt. In jenem Augenblick ertönte aus den Obstplantagen das Jammern eines Schakaljungen, doch Vater fuhr fort: Nach deiner Geburt fuhr ich jeden Tag nach der Arbeit ins Krankenhaus, um Mutter und dich zu besuchen, und eines Tages hielt ich dich – du warst vier oder fünf Tage alt – im Arm und fragte, was mit dem Jungen los sei, er sei so traurig, und Mutter meinte, vielleicht komme es mir nur so vor, doch ich trug dich zum Fenster, ins Licht, und sah, daß du ganz gelb warst, worauf ich die Schwester rief und ihr sagte, sie solle unverzüglich einen Arzt holen. Morgen früh ist wieder Visite, teilten sie mir mit. Was, erst morgen früh, und ich machte dort einen Aufstand, daß die Scheiben wackelten, bis sie Doktor Binjamini und Professor Marcus alarmierten, die im Laufschritt erschienen, sich berieten und dann anordneten, dir augenblicklich das gesamte Blut auszutauschen. Dich legten sie auf einen Tisch, mich auf einen anderen, und mein Blut lief direkt in deine Adern, da du dieselbe Blutgruppe wie ich hast, in Mutters Blut aber ein Bestandteil war, der dich zerstörte, die roten Blutkörperchen verklumpte und dein Blut zu tödlichem Gift in deinen Adern werden ließ. Als sie mit der Bluttransfusion fertig waren, meinte Doktor Binjamini zu mir: Sie haben den Jungen gerettet. Du und Mutter, ihr seid danach noch eine Woche im Krankenhaus geblieben. Noch immer saß ich mit heruntergerollten Socken da und beäugte die Überbleibsel der Narben an meinen Knöcheln, erinnerte mich genau daran, daß sie durch die von den Sandalen verursachten Wunden stammten, als Vater sich neben mich setzte, auch seine Socken herunterkrempelte und mir die passenden Narben an seinen Fußgelenken zeigte. Wieder drang aus den Plantagen das Jammern des Schakaljungen, wir hockten beide einen Augenblick lang schweigend da, ich wollte Vater schon sagen, daß Bluttransfusionen niemals direkt von einer Vene in die andere gemacht würden, aber Vater kam mir zuvor und sagte, sein Blut fließe in meinen Adern, und nichts würde mir helfen, die Krankheit sei schon auf mich übergegangen, genauer gesagt, der Fluch, denn ich sei zwar jetzt auf dem Höhepunkt des Lebens, erfolgreich im Beruf, erfolgreich bei Frauen, aber all dies sei vergebens, das Laufen werde mir ebensowenig nützen wie alles andere, denn auch mir werde eines Tages widerfahren, was ihm jetzt geschehe, ich käme nicht ungeschoren davon, der Tag werde kommen, und zwar eher früher als später, an dem es aus mir herausbrechen werde, wie es aus ihm herausgebrochen sei, auch wenn ich es nicht glauben wolle, denn das habe er auch nicht gewollt. Ich dachte, ich wäre auf ewig kerngesund, sagte Vater, daß ich gegen die Krankheit des Todes gewappnet sei, daß mich die Traurigkeit des Lebens niemals zu fassen bekommen würde, ich hatte eine Geliebte, wir fuhren nach Frankreich, amüsierten uns, lebten ausschweifend, sie weinte eine ganze Nacht lang, als sie begriff, daß sie mich verloren hatte, doch ich raffte mich auf und kehrte zurück, als sei nichts geschehen, ich war ein ziemlicher Heißsporn damals, gestand Vater. Erst Jahre nach seinem Tod würde ich Schwarzhubers Version über Vaters Reise auf der *Route du vin* hören, so daß ich in jener Nacht noch nicht wußte, daß ihr Name Ehuda war. Vater verfiel nun in kurze, abgehackte Satzfragmente, kehrte zu Geschichten zurück, die ich schon in meiner Kindheit gehört hatte, wie er Pferde im wilden Galopp geritten hatte, auf die Jagd gegangen war, des Nachts Räuber vertrieb, wie er am Nachmittag eines Schabbats ganz gemütlich lag und ein Buch las, als er plötzlich jemanden »Hilfe« schreien hörte, sich seine französische Pistole schnappte und barfuß in die Obstplantage lief. Genau hier, an der Stelle, an der du sitzt, lag Britantschuk mit gespaltenem Schädel, und Friedmann versuchte noch, sich mit seiner Schaufel, gegen die beiden Mörder, die mit Schabrijas und Hirtenknüppeln bewaffnet waren, zu wehren. Vater kam wie ein Wirbelwind mit der Pistole in der Hand aus dem Unterholz gebrochen, machte jetzt den furchtbaren Schrei nach, der sich damals seinem Mund entrang und das Blut der Schurken gefrieren ließ, jebiwaschumatsukin-sin, ihr Schmeißfliegen, und peng, peng, peng, fauchten drei Schüsse über die Köpfe der Hundesöhne hinweg, denn Vater vergaß, während er feuerte, nicht, ihnen ihre Herkunft in Erinnerung zu rufen, worauf die beiden ihre Knüppel und Dolche wegwarfen und Reißaus nahmen. Ich aber nahm Britantschuk auf die Schultern, erinnerte sich Vater, und brachte ihn zur Krankenstation, wo sie sein Leben retteten, ja, so ein Mensch war ich, was Angst ist, wußte ich nicht. Und all die Jahre habe ich mir gesagt, das mit Brunja war ein Zufall, aber wenn ich dich anschaue, sehe ich sie. Vater fixierte mich mit seinen Augen, in die sich ein tieftrauriger Blick gestohlen hatte, während ich den Atem anhielt, da Vaters Schwester Brunja und deren Schicksal immer eines der dunklen Familiengeheimnisse gewesen waren und es jetzt zum erstenmal geschah, daß ich über irgendeine Ähnlichkeit zwischen mir und meiner Tante Brunja hörte, die ich nie kennengelernt habe. Auch sie war ein großer Dickschädel, in der Lage, über lange Zeit zu schweigen, sagte Vater, nicht so wie du, nicht jahrzehntelang, aber doch Wochen und Monate, und nie konnte man wissen, was in ihrem Herzen vorging. Sie war eine echte Schönheit, zart, stark, begabt, von Verehrern umgeben, alle liebten sie, und nichts hat geholfen. Was gibt es da groß zu reden, auch sie wollte Rache nehmen, dein Großvater verstand nicht, für was, er versuchte, sich mit Doktor Binjamini zu beraten, einem Russen, wie er einer war, zu dem er Vertrauen hatte, dein Großvater, der sonst an keinen Menschen glaubte. Doktor Binjamini lachte, Menschen suchen immer nach einer rationalen Erklärung, sagte er, sie versuchen, alles zu verstehen. Aber was gibt es hier zu verstehen, wir werden doch niemals den Wunsch zu leben noch den zu sterben begreifen, zitierte Vater Dokor Binjamini, der Zigaretten aus Virginiatabak Kette rauchte und hustete wie eine altersschwache

Lokomotive, obwohl seine Lungen von Schwindsucht zerfressen waren und niemand besser als er selbst wußte, daß er mit jeder Zigarette, die er sich ansteckte, das eigene Leben verkürzte. Nachdem Doktor Binjamini an einer ganzen Serie von Hustenanfällen, nach denen er jeweils pfeifend und röchelnd nach Luft rang, beinahe erstickt wäre, so daß Vater und Großvater schon dachten, jeden Augenblick müsse er die Augen verdrehen und sterben, bevor er dazu gekommen wäre, ihnen einen Rat in Brunjas Angelegenheit zu geben, erholte sich Doktor Binjamini urplötzlich, kam zur Ruhe, zündete sich eine neue Virginiazigarette an, sog gierig ihren scharfen Rauch ein, um schließlich mit seiner tiefen, vom Nikotin heiseren Stimme zu diagnostizieren, daß man einfach auf Brunja achtgeben müsse, bis sich ihre innere Wetterlage geändert habe. So bewachten wir sie Tag und Nacht, bis dann am Nachmittag eines Schabbats, als nach dem Schabbateintopf alle in ein süßes Nickerchen fielen ... und ich sie bewachte, flüsterte Vater, der gespannt den eigenen Worten nachlauschte. Es war ein heißer Sommertag, ich döste nur für einen Moment auf meinem Stuhl ein, doch als ich die Augen aufschlug, war ihr Bett leer, weshalb ich dachte, sie sei zur Toilette gegangen, aber die Tür zum Badezimmer war verschlossen, und ich fing an, gegen die Tür zu hämmern und zu brüllen, Brunja, Brunja, worauf alle sogleich angelaufen kamen, mein Vater mich zur Seite stieß und sich gegen die Tür warf, bis diese nachgab. Das Badezimmer war leer, als mein Vater unvermittelt sagte, deine Pistole, wo ist deine Pistole, ich zum Bücherschrank rannte, alle Schriften von Brenner wegrückte und sah, daß die Pistole verschwunden war. Wir stürzten aus dem Haus, suchten im Hof, im Lagerraum, aber sie war nirgends, bis ich urplötzlich dachte, auf dem Dach, hinaufstürmte, und da, auf dem Flachdach, saß sie mit der Pistole in der Hand. Bei Vaters Worten sah ich ihn auf der Erde hocken in jenem fernen Winter, als ihn zum zweitenmal sein Lebenswille verließ, er den Lauf der Pistole an seine Schläfe drückte, um es seiner Schwester nachzutun. In dem Augenblick, als sie mich sah, berichtete Vater nun stokkend, richtete sie den Lauf auf ihre Schläfe, riß ihre blauen Augen, die vor Angst plötzlich grau und kalt waren, so weit auf, bis ihre Wimpern verschwunden waren. Mit einemmal verstand ich, daß ich meine Neigung, Einzelheiten wahrzunehmen, von ihm geerbt hatte, daß es diese Fähigkeit gewesen war, die es ihm unmöglich machte, an Allgemeinplätze zu glauben, weshalb Vater auch, wenn Onkel Chaim sich mal wieder aufschwang, die Lage der Welt zu analysieren, und schneidige Szenarien für die Zukunft entwarf, ganz und gar auf die Speicheltropfen konzentriert war, die unbeabsichtigt von Onkel Chaims im Redefluß schäumenden Lippen katapultiert wurden, und sich beeilte, seine Hand über sein Teeglas zu halten, um das geliebte Getränk vor Splittern zu schützen, die umherflogen, wenn das Beil der Revolution ganze Wälder abholzte. Daher ließ sich Vater auch nie auf eine regelrechte Diskussion mit Onkel Chaim ein, sondern warf ihm nur hin und wieder spitze Bemerkungen zu, die Onkel Chaim nur noch mehr in Rage brachten, was Vater veranlaßte, mit einer Hand seine Mundpartie zu schützen, während die andere sein Teeglas beschirmte, da ihm nichts verhaßter war als Speichelspritzer von anderen, schon ein Spritzer genügte, um einen Teller Suppe oder eine ganze Portion Fleisch für ihn ungenießbar zu machen, und wenn wir am Tisch saßen, war meine Mutter daher peinlichst darauf bedacht, Diskussionen bis zur Nachspeise zu unterbinden. Ich schaffte es noch, sie beim Namen zu nennen, flüsterte Vater nun, wollte mit einem Satz bei ihr sein, machte aber statt dessen einen Schritt zurück, sah, wie sich ihr Finger am Abzug krümmte, ihr Kopf vor meinen Augen zerfetzt, die Dachbrüstung von Knochensplittern und Hirnspritzern bedeckt wurde. Ich hob meinen Arm und legte ihn behutsam um seinen breiten Rücken, zögerte, diesen harten Mann, meinen Vater, zu berühren, den ich noch nie in meinem Leben als Zeichen der Zuneigung zärtlich berührt hatte, versuchte, ihm zu übermitteln, was sich mit Worten nicht sagen ließ. Er schob meine Hand nicht weg, hockte nur zusammengesunken auf dem Stamm der gefällten Zypresse, als von der weit entfernten Straße das Geräusch eines dahinrasenden Wagens zu hören war, dann das Quietschen von Reifen und das Zerbersten von Metall und Glas. Für einen Augenblick herrschte Stille, ehe der Wind ein Heulen herantrug, von dem sich nicht sagen ließ, ob es das Heulen eines Menschen oder das Heulen des kalten Windes war. Dann erstarb das Geräusch. Als ich versuchte, Vater hochzuziehen und ihm auf die Beine zu helfen, zog es ihn in die Zitrusplantagen, doch ich hielt ihn zurück, stellte mich ihm in den Weg, weil ich spürte, daß in dem Augenblick, in dem wir die dunklen Obsthaine beträten, er mir entwischen und ich ihn nicht wiederfinden würde. Vater bettelte, geh weg, laß mich für eine Sekunde in die Plantage, ich platze, sogar einen Schwerverbrecher läßt man seine Bedürfnisse ungestört erledigen, laß mich nur ein paar Schritte in die Pflanzung gehen, ich kann hier nicht auf den Weg machen, jemand könnte vorbeikommen. Um ihm zu zeigen, daß ich nicht hinschauen würde, wandte ich für einen Moment den Kopf ab, aber er beharrte, ich kann nicht hier mitten auf der Wegkreuzung, ich bin doch kein Tier, sogar eine Katze geht beiseite, laß mich in die Plantage, ich komme bestimmt zurück. Am Ende gab ich nach und trat beiseite. Als er sah, daß der Weg für ihn frei war, zögerte er eine Sekunde, als traute er seinen Augen nicht, wandte sich dann um und begann, auf die Plantage zuzumarschieren. Doch als er sah, daß ich ihm folgte, blieb er stehen, seine Augen huschten wie wild umher, hingen an mir, glitten auf den Weg, zu den nachtschwarzen Zypressen, ehe er mit einemmal einen Satz machte und auf das Gebüsch unter den Zypressen zustürzte, ich losschnellte, ihn überholte und ihm den Weg versperrte. Als nächstes versuchte ich, ihn zurück auf den Weg zu stoßen, aber er rammte die Füße in den sandigen Boden, wimmerte, ich kann nicht mehr laufen, ich kann mich nicht bewegen, schlag mich tot, wenn du willst. Ich versuchte erneut, ihn kräftig vorwärts zu stoßen, als er wie aus dem Nichts die Hände hob und mich zurück in die Richtung stieß, aus der wir gekommen waren, ich ihm im Gegenzug einen Stoß versetzte und er wiederum mir, wobei ich seine gewaltige Kraft zu spüren bekam, der weder seine Niedergeschlagenheit und das fortgesetzte Fasten, das er sich selbst auferlegt hatte, noch die Tatsache, daß er, wäre er noch ein halbes Jahr länger am Leben geblieben, die Achtzig überschritten hätte, etwas anhaben konnten. Von Stoß zu Stoß wurde Vater gewalttätiger, warf sich plötzlich mit enormer Kraft auf mich, wobei er sein ganzes Körpergewicht in seine Arme verlagerte, so daß ich nach hinten flog und in den Sand des Weges fiel, aber schnell rappelte ich mich hoch, und wir beide standen einander mit geballten Fäusten und vor dem Körper angewinkelten Armen wie zwei Boxer im Ring gegenüber. Mit einemmal wirkte Vater befreit, herausgefordert, ja beinahe amüsiert, als er mir zurief: »Komm, komm her, du Held, komm schon!« Sogleich sah ich den betrunkenen englischen Soldaten, der, sich mit Mühe auf den Beinen haltend, über diesen Weg schwankte, hier zwischen den Zitrusplantagen, an einem winterlichen Schabbatmorgen vor vielen Jahren. Er trug einen langen Uniformmantel und eine Schirmmütze, eine, wie sie Offizieren zustand, rollte wie ein betrunkener Dampfer über den Weg und sang aus vollem Hals: »It's a long way to Tipperary.« Vater zügelte sein Pferd im Schatten der Zypressen, strich über die schwarze Mähne des Tieres und flüsterte ihm beruhigend zu, damit es nicht wieherte und die Aufmerksamkeit des Betrunkenen erregte, und gleichzeitig zog er mich mit seiner starken Hand an sich, als wollte er mich vor einer befürchteten Kurzschlußhandlung des berauschten Soldaten schützen. Aber dieser bemerkte uns überhaupt nicht, seine wackligen Beine steuerten plötzlich auf eine einzeln stehende hohe Zypresse zu, die der Soldat erst sah, als er mit dem Baum zusammenprallte, was ihn veranlaßte, zurückzutaumeln und der Zypresse zu befehlen, aus dem Weg zu gehen, und seine betrunkene Stimme hallte durch die Obstpflanzungen, als er wie ein Löwe brüllte: »Get out of my way.« Als der Baum dem Befehl nicht nachkam, streifte der Engländer seinen Mantel ab und warf ihn zu Boden, hielt sich schwankend auf den Beinen, krempelte die Ärmel seines Hemdes hoch, schwang die Arme, ballte die Fäuste und knurrte den stolzen, stattlichen Baum an: »Come on, fight!« Und da die Zypresse mit völligem Gleichmut reagierte, schwoll dem betrunkenen Engländer der Kamm, war er nicht zu besänftigen, bis er über den rauhen Stamm der riesigen Zypresse hergefallen war und ihn mit seinen Fäusten bearbeitet hatte. Als er aber sah, daß die Zypresse nicht ohne weiteres vor ihm Reißaus nahm, zog er kurzerhand seinen großen schwarzen Revolver und jagte ein paar Kugeln in den Baum. Und als auch diese Maßnahme ohne greifbare Resultate blieb, wankte der Engländer einige Schritte zurück, stürmte dann los, stürzte sich auf seinen übermächtigen Gegner und rammte seinen Kopf gegen ihn, worauf ein dumpfer Aufprall zu hören war, der betrunkene Soldat sich um die eigene Achse drehte, zu Boden stürzte, noch »What a fight« lallte, sich in seinen Mantel rollte und im Sand einschlief. Vater wendete sein Pferd und trieb es im Galopp ins britische Armeecamp. Auf dem Weg dorthin kamen wir an den Koben der schwarzweiß gefleckten Schweine vorüber, ehe uns genau am Tor der Garnison Captain Drury auf seinem Motorrad über den Weg fuhr, der unterwegs war, seine Geliebte Klara Kosbizki zu besuchen, unsere Sportlehrerin, die Onkel Samson nur »dos zezke von Ezechiel« nannte, womit er sagen wollte, daß Klara ihrem Gatten, der in Griechenland in deutsche Kriegsgefangenschaft geraten war, als Spielzeug diente. Vater bedeutete Captain Drury anzuhalten, so daß dieser seine B. S. A. abbremste, einen Fuß auf die Erde setzte und auf englisch fragte, was los sei. Vater berichtete ihm, was dem betrunkenen englischen Soldaten in den Obstplantagen zugestoßen war, worauf der Captain ihm dankte und sagte: »I'll take care of him!« Als mir einige Zeit danach Cervantes' *Don Quichotte* in die Hände fiel, in einem Einband von der Farbe geronnen Blutes und der Übersetzung Chaim Nachmam Bialiks mit einer persönlichen, von dem großen Dichter handschriftlich hinterlassenen Widmung an Vater, war ich nicht im geringsten verwundert über die sonderbaren Taten des Ritters von der traurigen Gestalt, da mich sein Kampf gegen die Windmühlen an das Schauspiel erinnerte, das sich mir in den Obstplantagen geboten hatte, auf der sandigen Wegkreuzung, auf der ich nun mit geballten Fäusten Vater gegenüberstand. Obwohl Vater, der sich seiner Haut bei Handgreiflichkeiten zu erwehren wußte, mich immer gelehrt hatte, den Gegner zu überrumpeln und den ersten Schlag anzubringen, um dann nicht erst auf eine Reaktion zu warten, sondern gleich den zweiten und dritten Schlag hinterherzuschicken, brachte ich es nicht übers Herz, die Hand gegen meinen Vater zu erheben, und wartete, daß er mich zuerst schlüge. Aber Vater versetzte mir keinen Hieb, sondern umklammerte nur mit beiden Händen meine Schultern, und wir begannen erneut, stumm miteinander zu ringen, wobei ich seine Angriffe abfing, mir jedoch versagte, selbst in die Offensive zu gehen, und mich so Schritt für Schritt vor ihm zurückzog, in die Richtung, aus der ich ihn mit soviel Mühe hergeschleift hatte. Vater, der meine Passivität sah, provozierte und beschuldigte mich, nicht richtig zu kämpfen, da ich nicht siegen wolle, denn in Wahrheit würde ich ihn gar nicht zu Hause wollen, weil ich nicht wolle, daß er am Leben bleibe, denn ich wünschte, daß er verschwände, es wäre eine Erleichterung für mich, wenn er nicht mehr wäre, weshalb ich nur so täte, als kämpfte ich, nur zum Schein, ohne es tatsächlich zu wollen, doch damit würde ich mich selbst betrügen, denn ich sei eine Fälschung, »weil du immer schon eine Fälschung gewesen bist«, hielt er mir vor, die Fälschung eines Sohns, die Fälschung eines Mannes, die Fälschung eines Menschen, eine Null! Doch dann legte sich Vaters Angriffslust genauso plötzlich, wie sie aufgeflammt war, seine Hände sanken am Körper herab, er stand entkräftet vor mir und bat still in sachlichem Tonfall, töte mich. Ich nahm ihn in die Arme, als in einiger Entfernung die Sirene eines Krankenwagens, der irgendwo durch die Nacht hetzte, aufheulte und die Stimmen der Nacht für einen Moment verstummen ließ, als hielten die Insekten, die Nachtvögel und Kröten die Luft an, während wir uns gegenüberstanden, verschwitzt, am ganzen Körper mit Sand bedeckt und schwer atmend, ehe die Stimmen wieder erwachten, anfangs einzeln und vorsichtig, als riefen sie probehalber, um danach zu lauschen, ob es schon wieder gestattet sei, sich Gehör zu verschaffen, ohne den Zorn jener furchtbaren Bestie, der Sirene des Krankenwagens, zu wecken. Schließlich, als die verschiedenen Lebewesen glaubten, die Bestie sei offenbar zufriedengestellt und besänftigt, brachen auf einen Schlag Hunderte von Kröten in lautes Quaken aus, und die Grillen und Zikaden schlossen sich an, bis die Nacht von neuem vibrierte und sang. Vater sagte, ich will sterben, ich habe keine Kraft mehr, ich fürchte mich, laß mich hier sterben, warum schleppst du mich gewaltsam nach Hause, du kannst mir nicht helfen zu leben, ich hatte ein Zuhause, solange deine Mutter am Leben war, jetzt habe ich kein Heim mehr, das ist ein zerbröckelndes Gebäude, kein Haus, die Wände sind seit dem letzten Winter mit schwarzem Schimmel überzogen, die Decke blättert ab, die Dachpfannen sind bei einem Sturm zerbrochen, der Hof ist voller Unkraut, Skorpione, Schlangen, hast du eine Ahnung, bis zu welcher Tiefe die Wurzeln des Hundszahngrases reichen? Es hilft alles nichts mehr, die Bäume sind voller Würmer, nachts höre ich ihr gefräßiges Knabbern aus allen Richtungen, zchik-zchik-zchik-zchik-zchik, und irgendwann mitten in der Nacht kommt dann eine schwache Brise auf, brechen plötzlich – krach, krach – ganze Äste weg und stürzen auf das trockene Gestrüpp. Der Stamm ist von innen zerfressen, verfault, hilf mir zu sterben, flüsterte Vater, als plötzlich aus der Nacht, von woher genau war nicht klar, der ferne Klang eines Radios brach, offenbar aus einem Auto, das auf der Straße fuhr, denn dem hochtourigen Motorengeheul nach, das die Nacht wie eine Kettensäge zerschnitt, dem Gesang und lautstarken Lachen, das die Melodie aus dem Radio begleitete, mußte es sich um einen offenen, mit jungen Frauen und Männern beladenen Sportwagen handeln. Die Musik war von jener sich Musik schimpfenden Sorte, die sich in den letzten beiden Jahrzehnten des vorigen Jahrhunderts so großer Beliebtheit erfreute und die ich zum erstenmal Ende der achtziger Jahre hörte, als ich vom Flughafen Gatwick nach London fuhr, in einem Minitaxi, das ein junger Schwarzafrikaner steuerte, der, nachdem ich ihm das Fax mit der Adresse des Hotels, zu dem ich wollte, gezeigt hatte, bestätigend nickte und, als wir das Flughafengelände verließen, sein Radio auf ohrenbetäubende Lautstärke stellte. Aus den Lautsprechern dröhnte in endlosem Schwall rhythmisch monotoner, vulgärer und aggressiver Sprechgesang, zu dem der Fahrer auf seinem Sitz wie von Sinnen hin und her wippte, seine Hände trommelten auf das Lenkrad, während er einen wilden und alles andere als guten Fahrstil an den Tag legte, der mir klarmachte, woher die zahlreichen Beulen an seinem Wagen kamen. Unterdessen spie der Mund des jungen Schwarzen salvenweise amerikanische Slangausdrücke von sich, mit denen er als Untermalung dieser provozierenden, knirschenden Musik, die sich wie das Schaben einer Muskatnuß über eine grobe Reibe anhörte, durch das offene Seitenfenster auf die anderen Fahrzeuge auf der Straße feuerte. Ich hatte den Eindruck, daß der junge Mann mit diesem monotonen Krach die ganze Welt um sich herum herausfordern wollte, zog mein schwarzes Notizbuch hervor, um die Bezeichnung zu notieren, die mir als erstes für diese Art von Musik in den Sinn gekommen war, schrieb »Reibeisenmusik« und begann, die Klangfolge dieses eigenartigen Slangs des Fahrers in der phonetischen Umschrift, die ich zur Wiedergabe von Vogelsprachen entwickelt hatte, festzuhalten. Immer wieder lauschte ich auf die Töne, die aus seinem Mund kamen, und beeilte mich, sobald ich einzelne unterscheiden konnte, sie in mein Notizbuch zu übertragen. Der Fahrer, der im Rückspiegel mein Treiben mit wachsender Neugier verfolgte, stellte die Musik noch etwas lauter, was mich erkennen ließ, daß bei lauterer Musik Töne auftraten, die ich bei niedrigerer Lautstärke nicht wahrgenommen hatte, weshalb ich dem Fahrer auf die Schulter tippte und ihm ein Zeichen machte, er solle das Radio noch weiter aufdrehen. Er verstellte den Innenspiegel, um mich besser sehen zu können, warf mir einen erstaunten Blick zu und brüllte: »Wollen Sie's noch lauter?«, was ich mit einem Kopfnicken bejahte. Aber anstatt die Lautstärke noch weiter zu erhöhen, stellte er das Radio nun ganz leise und richtete im Spiegel wieder seine großen Augen mit ihrem leuchtenden Weiß auf mich, ehe er mich mit Südlondoner Akzent fragte, was ich da täte, worauf ich ihm das Notizbuch reichte und ihm die Seite zeigte, auf der ich seinen Singsang in meiner phonetischen Lautschrift festgehalten hatte. Daraufhin hielt der Fahrer auf dem Seitenstreifen an und begann, äußerst interessiert in meinem Notizbuch zu blättern, wollte wissen, was das für eine Sprache sei, und als ich ihm mit der Hand bedeutete, dies sei seine Sprache, schaute er mich an, als hätte ich den Verstand verloren, legte dann den Gang ein und ordnete sich rücksichtslos wieder in den Verkehr ein, zog den Hals zwischen den Schulterblättern ein und fuhr den ganzen restlichen Weg bis zum Hotel, ohne noch einmal sein Radio einzuschalten. Dies war genau die Musik, die nun von jenseits der Obstplantagen zu hören war, als Vater sagte, Nacht für Nacht gehe ich ins Bett, schalte das Radio an und lasse es die ganze Nacht spielen, obwohl es jede Nacht denselben Schwachsinn zu hören gibt, »Mir ist ein Pudel entlaufen, der auf den Namen Rocky hört«, »Der Sex mit meinem Mann langweilt mich«, »Vor fünfzig Jahren hat sich ein Schuster an mir vergangen, und seitdem ist meine Ehe dreimal gescheitert, onaniere ich im Alter von einundsechzig Jahren noch immer wie ein Sechzehnjähriger, was soll ich nur tun«. Und als ob das noch nicht genug wäre, fuhr Vater fort, ruft eine alte Witwe an und erzählt aufgeregt, wie sie es geschafft hat, mitten in der Nacht eine Maus zu ertränken, worauf der dämliche Moderator ihr alle möglichen Fragen stellt und sie ganz aufgelöst berichtet, wie sie ein Lineal auf den Tisch gelegt hat, das zu einem Drittel über die Tischkante hinausragte, dann Käsebrocken auf das Linealende gelegt und direkt neben den Tisch, genau unter die Spitze des Lineals, einen Eimer halb voll mit Wasser und Chloroform gestellt hat, um sich zu guter Letzt in ihren Sessel zu setzen, zu stricken und das Schauspiel zu verfolgen, denn um zwei Uhr morgens ist die Maus erschienen, ist auf den Tisch geklettert, zu dem Käse gehuscht, der auf der Spitze des Lineals lag, und in die Chloroformlösung gefallen, worauf sich die pfiffige Dame aus ihrem Sessel erhob, das arme Mäuschen mitsamt der tödlichen Mischung ins Klo schüttete, und dann zum Telefon eilte, um das Radio anzurufen. Und ich liege des Nachts da und lausche den Belanglosigkeiten dieser stolzen Witwe, die sich selbst für eine Art weiblichen General Montgomery hält, der es gelungen ist, Rommels Divisionen in der arabischen Wüste in eine Todesfalle zu locken. Und wenn ich das Radio ausmache, höre ich die Würmer in den Bäumen, zchik-zchik-zchik-zchik, Tausende von Uhren, die die ganze Nacht hindurch ticken, zchik-zchik-zchik-zchik. Als ich versuchte, meinen Arm sanft um Vaters Schulter zu legen, um ihn nach Hause zu führen, schüttelte er brüsk meine Hand ab und kollerte, rühr mich nicht an, ich kann jetzt nicht gehen, ich fühle mich nicht gut. Über den Obstplantagen war das Schwirren der Rotorblätter eines nahenden Hubschraubers zu hören, der über unsere Köpfe hinwegzog und durch die Luft stampfte und drosch, sich entfernte und zu der Unfallstelle flog. Vater legte die Hand auf sein Herz und sagte, ich weiß nicht, was das ist, mein Herz hört manchmal zu schlagen auf, da, jetzt arbeitet es wieder, mein Herz setzt hin und wieder aus, da, jetzt wieder. Tak-tak, tak-tak, tak ..., tak ..., tak-tak, tak-tak, versuchte mein Vater seinen Herzschlag nachzumachen. Wind kam auf und zerrte an den Wipfeln der Zypressen, ließ das Blattwerk der Zitrusplantagen rascheln und verbreitete Unruhe. Ich setzte mich wieder auf den Stamm der gefällten Zypresse, und Vater, der darin eine Aufforderung sah, meinte, nein, wenn ich mich hinsetze, werde ich nicht mehr aufstehen, besser, wenn ich stehe. Aber ich will dir sagen, daß es nichts gibt, was sich mit Bestimmtheit wissen läßt, nichts, was zu tun, und nichts, auf das zu hoffen wäre. Ich habe gesehen, daß du verschiedentlich in deinen Gedichten über dieses Gefühl sprichst, aber ich glaube, daß du es nicht wirklich kennst, du bist noch mit zu vielen unterschiedlichen Angelegenheiten beschäftigt, der Sprache der Vögel, Veröffentlichung von Gedichten, Reisen zu Kongressen, Frauen, du lebst noch in dem Gefühl, daß es für dich etwas zu entdecken gibt, etwas zu tun, auf etwas zu hoffen lohnt. Erlaube, daß ich dir etwas in bezug auf deine Gedichte sage, setzte Vater an, um dann in Schweigen zu versinken. Ich wußte, daß auch er einst geschrieben hatte, Mutter hatte mir kurze Zeit vor ihrem Tod davon erzählt, als ich sie eines Abends mit meinem Wagen zu einer Visite bei dem Spezialisten brachte, bei dem sie in Behandlung war. Dieser Arzt war ein gelbgesichtiger, verschrumpelter Mann mit Brille und moralinsaurer Miene, der Mutter kurz untersuchte, sich dann hinter seinem Schreibtisch niederließ, eine Zigarette anzündete, einen Stoß

Blätter im Folioformat vor sich plazierte, einen tiefen Zug aus der Zigarette nahm und den Rauch in einer Art Stoßseufzer ausstieß, ehe er seinen schwarzen Montblanc-Füllfederhalter von der Größe einer Zigarre in die Hand nahm, sich über die Bögen beugte und eifrig zu schreiben begann, ja sich mit derartiger Hingabe in das Schreiben vertiefte, daß es so aussah, als hätte er Mutter, die auf der anderen Seite des Schreibtisches vor ihm saß, vergessen. In dem trostlosen Raum herrschte Totenstille, die nur durch das Kratzen der Feder des Arztes zerteilt wurde. Mutter wandte mir den Kopf zu und zuckte ratlos mit den Achseln. Von der Zimmerdecke baumelte eine Glühbirne in einem alten Lampenschirm aus Wachspapier und goß trübes Licht über die mit alten Aktendeckeln beladenen Bücherborde. Inmitten dieser Ödnis nahm mein Auge mit einemmal eine unmerkliche Bewegung auf der schmalen grünlichen Querkante der Glasplatte wahr, die den betagten Schreibtisch des Arztes bedeckte, und als ich meine Aufmerksamkeit auf den über das Glas wandernden Punkt konzentrierte, sah ich, daß es eine kleine Ameise war, die mit erstaunlicher Sicherheit ihres Weges ging, als sei sie auf diesem schmalen Glasgrat unterwegs zu einem klaren Ziel. Jetzt hatte sie den Punkt erreicht, an dem Seitenkante und Längskante der Platte aufeinandertrafen, bog um die Ecke, hielt einen Moment lang inne, um abzuwägen, in welche Richtung sie ihren Marsch fortsetzen sollte, kam dann zu einem Entschluß und begann, der Längskante folgend, sich auf die Tischmitte zuzubewegen. Als sie dort angelangt war, wobei sie genau zu wissen schien, daß hier die Mitte des Tisches war, erklomm sie mit größter Selbstverständlichkeit die Oberfläche der Glasplatte und nahm Kurs auf die Bögen im Folioformat, die der Arzt weiterhin wütend vollschrieb, wobei er, sobald er eine Zigarette aufgeraucht hatte, die nächste an ihrem Stummel entzündete, was erklärte, warum seine Finger vom Nikotin schon braun verfärbt waren. Einmal hob er auch die

Augen von dem Papierstapel und bedachte Mutter mit einem konzentrierten Blick, wirkte für einen Moment, als habe er erst jetzt ihre Anwesenheit entdeckt und sich verwundert gefragt, was sie hier tue, um dann wieder wie in einem Anfall zum Schreiben zurückzukehren, so daß Mutter sich zu mir beugte und mir ins Ohr flüsterte, sie hoffe, wir störten ihn nicht bei seinem literarischen Schaffen, worauf ich prustend lachte, der Arzt unmerklich den Kopf hob und mich über das Bernsteingestell seiner Brille mit seinen Augen anvisierte, wir uns einen Moment lang taxierten und ich in seinen Augen Wut, Abscheu und grenzenlosen Hochmut mir und meiner Mutter gegenüber sah, die er mit Methoden behandelte, von denen heute bekannt ist, daß sie aus völliger Fehleinschätzung und totaler Unkenntnis der Krankheitsauslöser resultierten, der Kranken in keinster Weise nutzten und ihr nur Schaden und unnötige Qualen zufügten. Als er schon im Begriff war, sein zwanghaftes Schreiben wiederaufzunehmen, bemerkte er plötzlich eine Bewegung auf der Glasplatte seines Schreibtisches, und sein Blick fiel auf die kleine Ameise, die stehengeblieben war und für einen Augenblick orientierungslos in der gläsernen Einöde wirkte. Der Arzt spreizte seine linke Hand, reckte den Ringfinger, setzte ihn auf die Ameise und preßte sie ans Glas, bis sein Fingernagel sich rosa verfärbte und das Fleisch zu beiden Seiten des Nagels weiß anlief. Dann zerquetschte er die Ameise mit einer drehenden Bewegung seines Fingers, so daß, als er den Finger hob, um das Ergebnis seines Feldzugs zu begutachten, auf dem Glas ein schwarzer Fleck von der Größe einer Kaffeebohne zurückblieb. Der Finger des Arztes versuchte den Fleck zu beseitigen, der aber von der Struktur der Glasoberfläche gehalten wurde, weshalb der Finger des Arztes, der sich nicht davon abbringen ließ, den Fleck zu entfernen, nun dazu überging, ihn mit ein paar spitzbübischen Schnipsern über die glatte Fläche zu treiben, wodurch der Verlauf der Beseitigungsaktion der Ameisenleiche als schmutziger, gewundener Strich auf der Oberfläche der Glasplatte zurückblieb. Bei diesem Anblick dachte ich, daß ich ohne Mutters Bemerkung über die schriftstellerische Betätigung des Arztes nicht in Lachen ausgebrochen wäre, weshalb er nicht den Kopf von seinen Blättern gehoben und die kleine Ameise nicht bemerkt hätte, die wohlbehalten auf die andere Seite der Glasplatte gelangt, am Schreibtischbein hinabgeklettert und unbehelligt in ihr Nest zurückgekehrt wäre oder weiter durch die sonderbare Welt, in die es sie verschlagen hatte, gestreift wäre. Aber dann kam mir der Gedanke, das Schicksal dieser winzigen Ameise sei schon Jahre zuvor besiegelt worden, viele Jahre, ehe sie überhaupt auf die Welt kommen sollte, als eines Tages oder eines Nachts der Selbsttötungsmechanismus der Zellen in einem der Gewebe von Mutters Körper außer Kontrolle geriet, was sie zu diesem Facharzt brachte, der Kette rauchte und wenige Jahre danach an ebenjener Krankheit, für die er als Spezialist galt, sterben würde, in jenen Tagen des letzten Drittels des vorigen Jahrhunderts, die einen in Anbetracht dessen, was man damals über die Kontroll- und Selbstheilungsmechanismen des lebenden Organismus wußte, heute wie das finsterste Mittelalter erscheinen müssen, eine ferne Epoche, in der man noch den Begriff der »Seele« verwandte und glaubte, sie stelle eine eigene Konstante dar, weshalb seinerzeit die allgemeine Vorstellung herrschte, der Zusammenhang zwischen schweren körperlichen Erkrankungen und Leiden der »Seele« sei von immenser Bedeutung. Vielleicht war es auch der Einfluß der Schriften des Thure von Uexküll, in deren Lektüre ich in jenen Tagen vertieft war, die meine Gedanken auf der Suche nach dem Augenblick, in dem das Schicksal der kleinen Ameise besiegelt worden war, abschweifen und sich auf alle möglichen Krisen im Leben meiner Eltern richten ließen, so daß mir ein Morgen im Spätsommer des Jahres 49 in Erinnerung kam, kurze Zeit nachdem mein Vater seine erste Depression überwunden hatte, auf deren Höhepunkt er an mein Krankenbett kam und die Hand öffnete, in der eine Gewehrpatrone zur Wildschweinjagd lag. An jenem Morgen war die Luft schwer und aufgeladen von Hitze und Feuchtigkeit, Mutter wischte den Fußboden in der Diele, stand über den Zinkeimer gebeugt, der die Form eines abgeschnittenen Kegels hatte, drehte ihre Hände, deren Haut vom Wasser glänzten, gegeneinander und wrang den Baumwollfeudel aus, der ursprünglich weiß gewesen und mit der Zeit grau geworden war. Vater nahm seine Ledermappe und den Strohhut, den er in jenen Tagen zu tragen anfing, und war im Begriff, das Haus zu verlassen, doch als er noch einen prüfenden Blick auf seine Gestalt im Spiegel warf, richtete sich Mutter über dem Eimer auf und fragte ihn, wohin er wolle, und Vater sagte, in die Stadt, worauf sie ihn bat, nicht zu fahren, er aber meinte, er müsse fahren, da er ein Treffen mit Geschäftsleuten habe, denn in jenen Tagen, kurze Zeit nachdem im Land ein Staat ausgerufen und der Unabhängigkeitskrieg beendet war, wurde unser Dorf über Nacht überflutet durch Hunderte von Neueinwanderern, die aus Europa und den Ländern des Orients kamen und in einem Zeltlager untergebracht wurden, das man auf einem brachliegenden Acker am Rande des Dorfes errichtete. Einige Bewohner des Dorfes begannen daraufhin, sich in verschiedenen Geschäften zu versuchen, die einen wurden Bauunternehmer, andere eröffneten einen Laden, bis wenig später kleine, gebrauchte Personenwagen der Marken Austin, Morris und Hillman im Dorf zu bestaunen waren, die Angestellte der Mandatsverwaltung und britische Offiziere an lokale Autohändler verkauft hatten, bevor sie das Land verließen. Diese kleinen, betagten Autos symbolisierten die sich verbessernde wirtschaftliche Lage ihrer Besitzer, der Neureichen, die Onkel Chaim aus tiefstem Herzen verabscheute und denen er ein schmähliches, bitteres Ende prophezeite, denn an dem Tag, an dem die Rote Armee einmarschierte, würde man sie zusammen mit den Handlangern der neuen Regierung an den Strommasten aufknüpfen. Um dieses freudige Ereignis vorzeitig feiern zu können, verfaßte Onkel Chaim ein Lied auf russisch, das mit den Worten begann: »Das Maschinengewehr geladen, Genossen, die ganze Bande gehört erschossen«, das er, sich die Hände reibend und mit federnden Schritten den langen Flur in Großmutters Haus hinunterparadierend, voller Inbrunst sang, in Pantoffeln und seinem alten seidenen Hausmantel, in dem er wenige Jahre zuvor schon den Sieg der Sansculotten gefeiert und die Totenrede auf Marat gehalten hatte. Vater aber scherte sich nicht um Onkel Chaims Vorhersagen, sondern begann, die unterschiedlichsten Pläne zur Anhebung unseres Lebensstandards zu entwickeln, die allesamt mit der Zauberformel »Wenn es uns erst bessergeht« in Verbindung standen – wenn es uns erst bessergeht, bekommen wir einen Chrysler, wenn es uns erst bessergeht, haben wir ein Schwimmbecken, wenn es uns erst bessergeht, werden wir edle Reitpferde haben. Zu diesem Zweck kaufte Vater eine lederne Aktenmappe, wie Geschäftsmänner sie hatten, und einen italienischen Strohhut, und so stand er nun im Begriff, das Haus zu verlassen, in seinem neuen Erscheinungsbild, das Mutter nicht mochte, bereit, seine ersten Schritte in der Geschäftswelt zu machen. Mutter richtete sich auf, feuerte den nassen Putzlappen auf den Fußboden, hob ihre Stimme und sagte zu Vater, daß er nicht fahren werde, worauf Vater brüllte, er sei kein Sklave, der nur für den Unterhalt zu sorgen habe und ansonsten unter Hausarrest stehe, ehe er türeschlagend hinausstürmte, Mutter in Tränen ausbrach und Tante Batja, die zufällig zugegen war, sie auf jiddisch fragte, was passiert sei. Mutter schluchzte, alle möglichen zwielichtigen Gestalten hätten sich an Vater herangemacht und nutzten seine Naivität schamlos aus, und er setze das bißchen Geld, das sie angespart hätten, bei windigen Geschäften aufs Spiel, von denen er nicht das geringste verstehe, weil er einfach nicht zum Geschäftsmann geboren sei, und jetzt, da ihn der Teufel reite, könne man auch nicht mehr mit ihm reden. Aber nun gut, meinte Mutter, während sie ihre feuchten Augen und nassen Hände an ihrer Schürze trocknete, er will noch ein Kind, und ich werde ihm kein Kind mehr schenken. Bei diesen Worten geriet Tante Batja ganz plötzlich in Wallung, ihr Gesicht rötete sich, als sie versuchte, Mutter gut zuzureden, sie müßten noch ein Kind haben, aber Mutter meinte erneut, nein, ich werde ihm kein Kind mehr schenken, was Tante Batja noch aufgeregter werden ließ, die nun begann, mit verführerischem Unterton zu reden, und sagte, ihr werdet euch versöhnen und noch ein Kind machen. Mit einemmal kam mir der Gedanke, daß meine Mutter damals gerade mal neunundzwanzig gewesen war, zehn Jahre jünger, als ich selbst es war, da ich nun hier saß, im Untersuchungszimmer des Spezialisten, und versuchte, offenbar beeinflußt durch Thure von Uexküll, den Augenblick zu orten, an dem ein seelischer Vorfall für eine Funktionsstörung gesorgt hatte, in deren Folge Mutter in die Behandlung dieses gelbgesichtigen Arztes geriet, und dies alles im Rahmen meiner Bemühungen, den Augenblick ausfindig zu machen, in dem das Schicksal der kleinen Ameise, die nach der Hälfte ihres Lebens auf der Glasplatte zerquetscht wurde, besiegelt war. Dann sagte ich mir, vielleicht war dies gar nicht der Augenblick, vielleicht wurden die Weichen erst Jahre später gestellt, an jenem naßkalten Wintertag, als ich mit einemmal bemerkte, daß Vater nicht im Haus war und seine Pistole nicht an seinem Platz im Kleiderschrank lag, ich auf den Hof stürzte, wo ich Vater auf dem Boden sitzen sah, die Mündung seiner Pistole an die Schläfe gedrückt, den Rücken gegen die hintere Wand des Hauses gelehnt, das er in seinem kleinen Notizblock geplant und mit eigenen Händen gebaut hatte. Ich sah seine Augen auf mich gerichtet, spürte, daß in dem Moment, in dem ich einen Schritt auf ihn zumachte, sein Finger auf den Abzug drücken würde, weshalb ich »Mama« rufen wollte, den Mund zum Schrei aufriß, aber kein Ton über meine Lippen kam. Doch als hätte sie meinen stummen Schrei gehört, kam meine Mutter angelaufen, sah Vater auf dem Boden hocken, die Pistole gegen seine Schläfe gerichtet, und eilte mit ausgestreckten Armen, weichen Knien und unsicheren Beinen auf ihn zu und rief mit einer Stimme, die aus ihren Eingeweiden gerissen schien, seinen Namen. Als wir dann aus der Arztpraxis kamen, in den Wagen stiegen und in die Nacht hineinfuhren, war es, als hätte sie meine Gedanken gelesen, denn sie begann, über die Zeit zu sprechen, als sie Vater kennenlernte. Sie sagte, daß er sehr schöne Erzählungen geschrieben habe, von denen Bialik einige gelesen und ihn ermutigt habe, mit dem Schreiben weiterzumachen, aber eines Morgens habe Vater all die Kladden mit seinen Erzählungen genommen, darunter auch einen großen, fast fertigen Roman, und sie verbrannt. Von allem, was er damals geschrieben habe, sei nichts übriggeblieben. Sie war damals schockiert und fragte ihn, warum er das getan habe, worauf er behauptete, seine literarischen Ergüsse seien wertlos gewesen, aber heute denke sie, daß es mit dem schweren Zerwürfnis zwischen ihm und dem Maler Oded Paretzki zusammengehangen habe, seinem Jugendfreund aus den Jahren ihrer gemeinsamen Schulzeit auf der Montefiore-Schule. Beide träumten davon, am Rand eines Dorfes eine Künstlerkolonie nach dem Vorbild Barbizons zu gründen, und so kamen sie in den an unser Dorf grenzenden Moschaw, wohin dein Vater auch seine Eltern brachte. Aber dann betrat der Schriftsteller die Bildfläche, stahl Oded Paretzkis Herz, brachte ihn auf seine Seite und fügte ihn dem Haufen seiner Verehrer hinzu, die in ihm einen Geistesriesen sahen und sich vollkommen sicher waren, daß er eines Tages auch international Anerkennung erlangen würde. Dein Vater haßte ihn, verabscheute seine Sprache und hegte Geringschätzung für seinen Stil, der das genaue Gegenteil zu seiner eigenen Prosa darstellte, die rein und klar wie Quellwasser war, sagte meine Mutter. Doch da der Schriftsteller von der örtlichen Literaturgemeinde als großer, bedeutender Autor gefeiert wurde, auch wenn seine wenigen Werke, die in andere Sprachen übersetzt wurden, keinerlei Aufmerksamkeit erregten, beschloß dein Vater, jede Verbindung zum Schreiben abzubrechen, und wie ein Pianist, der ein Beil nimmt und sich die Finger abhackt, nahm dein Vater seine Erzählungen und verbrannte sie. Und so, wie du nicht sprichst, versuchte sich dein Vater, der dir in Dickköpfigkeit in nichts nachsteht, nie wieder am Schreiben. Genaugenommen ist er seit jenem Tag, an dem er seine Schriften ins Feuer warf, zu genau solch einem Schweiger geworden, wie du einer bist. Und es ist sehr schade, daß sich die Dinge so entwickelt haben, fügte Mutter hinzu, da dein Vater einen sehr schönen Stil hatte, klar, rein und genau. Der Roman, den er fast vollendet hatte, war eine Geschichte von Menschen, die in den zwanziger und dreißiger Jahren mal hier, mal dort im Land lebten, über Träume, Liebe, über Bindungen und Abschiede, denn viel mehr Dinge gibt es nicht, über die sich zu reden lohnte, grübelte Mutter laut. Und als Vater jetzt zu mir sagte: »Erlaube, daß ich dir etwas in bezug auf deine Gedichte sage«, wartete ich, daß er fortfahren würde, aber Vater kam und setzte sich neben mich. In der sich ausbreitenden Stille war der Hubschrauber zu hören, der von der Unfallstelle aufstieg und der Wegkreuzung, an der wir auf dem Stamm der gefällten Zypresse saßen, immer näher kam, so daß Vater wartete, bis der Hubschrauber mit schwirrenden Rotorblättern erneut über unsere Köpfe hinweggezogen war, der Lärm allmählich verebbte, ehe er feststellte, daß die Sprache meiner Gedichte sehr stark durch die des Schriftstellers beeinflußt sei, die man zwar nicht gänzlich abtun dürfe, da sie in ihrem jugendlichen Fieber auf der einen Seite die Hilflosigkeit unserer Schriftsteller, intakte Beziehungen zwischen erwachsenen Menschen auszugestalten und komplexe, vielschichtige Zustände wie etwa Liebe zu beschreiben, widerspiegele. Auf der anderen Seite jedoch verstehe es diese kranke Sprache so hervorragend, erbärmliche Gefühlsregungen wie Abscheu, Haß und Widerwillen auszuformen und vulgäre, abstoßende zwischenmenschliche Kontakte wie gegenseitige Erniedrigung zu beschreiben, daß das ja vielleicht tatsächlich alles sei, wozu Menschen in der rauhen, aggressiven Realität, die wir hier in diesem Land geschaffen haben, überhaupt noch fähig sind, bemerkte Vater spöttisch. Dann fügte er hinzu, er habe sich daher all die Jahre über meine Entscheidung gewundert, ausgerechnet die Nähe des Schriftstellers zu suchen, dieses langweiligen Mannes, eines Menschen, der andere nur für seine Bedürfnisse auszunutzen wisse, der es verstehe, sich mit bigotten Verehrern zu umgeben, die ihn priesen und derart in den Himmel hoben, daß es Jahre gegeben habe, in denen kein Artikel in irgendeiner Literaturbeilage zu finden war, in dem nicht der Name des Schriftstellers wenigstens dreimal erwähnt wurde, ob sinnvoll oder nicht. Doch lassen wir sein Schreiben ruhen, so wie die Zeit es hat ruhen und unter einer dicken Staubschicht verschwinden lassen. Hättest du damals bloß gewußt, was dieser Mann Menschen, die ihn liebten und ihm vertrauten, angetan hat. Als Vater dies sagte, ahnte er nicht im entferntesten, daß ich Dinge wußte, die er selbst sich nicht einmal in seiner Phantasie ausgemalt hätte, da an dem Tag, an dem das Begräbnis des Schriftstellers stattfand, zu dem alle Veteranen des Dorfes und auch Gäste von außerhalb erschienen, unter ihnen das gesamte Who's who der längst vergessenen literarischen Gemeinde jener Jahre, das miteinander wetteiferte, dem Verstorbenen in endlos gestelzten, ermüdenden Reden an seinem Grab Lorbeerkränze ums Haupt zu winden, was die Zeremonie in die Länge zog, die um vier Uhr am Nachmittag begann und dauerte, bis es völlig finster war – an jenem winterlich kalten, verregneten Tag der Beerdigung, als sich die Trauergemeinde in der Dunkelheit zerstreute, die Menschen sich in ihre Mäntel hüllten, die Krägen hochschlugen und ihre Schals enger wickelten, um sich vor dem kalten Wind, der vom Meer herüberwehte, zu schützen, nahm auch ich den Weg, der vom Friedhof hinab zum Dorf führte, als ich eine Gestalt bemerkte, die hinter mir herging. Als ich den Kopf wandte, sah ich das Profil einer Frau in elegantem, schwarzem Regenmantel, deren blasses Gesicht unter einem schwarzen Kopftuch hervorleuchtete, das ihr Haar bedeckte, und als ich erkannte, daß es sich bei der Unbekannten um Klara Kosbizki, meine ehemalige Sportlehrerin handelte, war sie bereits neben mir, an mich gedrängt, streckte schon ihre Hand aus und faßte meinen Arm, als wollte sie auf dem holprigen Pfad, auf dem es sich mit den extravaganten, hochhackigen Lederstiefeln, die sie trug, nicht besonders gut laufen ließ, von mir gestützt werden. Ich spreizte meinen Arm ein wenig vom Körper ab, um ihr zu erleichtern, sich an mir festzuhalten, worauf sie sich bei mir unterhakte und ich nun aus nächster Nähe die Parfümwolke, die sie einhüllte, wahrnahm. Als ich meine Lungen mit der kalten, würzigen Luft füllte, machte ich darin auch den Geruch von Buchfäule aus, jenen muffigen Duft, der mich Jahre später auf einen Schlag in Gedanken wieder in ihre Arme, ihren Schoß und zurück zu jener fernen Nacht am Ende des Tages, an dem der Schriftsteller beigesetzt worden war, versetzen würde, als die Frau mit dem honigfarbenen Haar meine Hand nahm, sie auf ihre amputierte Brust legte und ich von ihrer seidigen Haut den Duft von Klaras Patschuli einatmete, deren Finger nun suchend nach den meinen tasteten und, als sie sie gefunden hatten, mit einer weichen, trägen Wellenbewegung dazwischenglitten. Eine mir unbekannte Süße tröpfelte in alle Fasern meines Körpers, der bis dahin noch mit keiner Frau zusammengewesen war, und als wir den Punkt erreicht hatten, an dem sich der Weg teilte, überließ ich es Klara, die zweiundzwanzig Jahre älter als ich und die Mutter von Se'evik, meinem Klassenkameraden, war, mich zu führen, wohin sie wollte. Sie führte mich zu der Klippe über dem Meer, von der Avital, um Noga zu beeindrucken, in den Tod gesprungen war. Als wir schließlich dort standen, auf der Felsnase, die Vater in der Nacht unseres Marsches vom Meer nach Hause immer wieder zu erreichen suchte, lehnte Klara ihren Kopf an meine Schulter und flüsterte, wie gut, daß wir nicht reden müssen, was mich an die Dutzenden von Seiten denken ließ, die der Schriftsteller ihrem Liebesverhältnis gewidmet hatte, von denen ich einen Teil aus seiner verstümmelten Handschrift ins reine schrieb, die allermeisten jedoch von ihm flüsternd und mit zittriger Stimme diktiert bekam, als die Krankheit ihn besiegte. Klara, die die genaueste Gedankenleserin unter all den Frauen war, die ich im Laufe der Jahre kennenlernen sollte, beeilte sich, mir zuzuflüstern, ihr sei bekannt, daß der Schriftsteller mir Dinge diktiert habe, und da sie ihn kenne, sei es witzlos, daß wir einander etwas vormachten, denn ihr sei klar, daß vieles davon mit ihrer Beziehung zu diesem unglücklichen Mann zu tun habe, dessen sterbliche Überreste nun in der Erde ruhten und dessen Bücher sie nicht einmal lesen könne. Ich weiß nicht, was mich bei ihm hielt, nachdem unsere Affäre, die zwanzig Jahre währte, zu einer derart pathetischen Angelegenheit geworden war, denn trotz seiner andauernden Beteuerungen, schon morgen würde er seine Frau verlassen, würden wir beide dem Dorf den Rükken kehren und in die Stadt ziehen, hat er nie gewagt, diesen Schritt zu tun, obwohl ich nicht weiß, was ihn außer den Schuldgefühlen, die er ihr gegenüber empfand, bei dieser Frau hielt, die ihre Freundinnen, die alten Jachness – olle Schachteln –, zu mir schickte, um mir Moralpredigten zu halten, ich würde eine Familie zerstören. Dutzende Male beschloß ich, ihn nicht mehr zu sehen, aber jedesmal, wenn er mit eingeklemmtem Schwanz zu mir kam, öffnete ich ihm die Tür und ließ ihn ins Haus, und es vergingen keine zwei Minuten, und wir waren im Bett. Wie ein Ertrinkender klammerte er sich an mich, heulte in meinem Schoß und flüsterte, ich täte ihm so wohl wie keine andere Frau in seinem Leben, und auch er tat mir wohl, aber gut möglich, daß dieses ganze Wohlgefühl nichts weiter als irgendeine Form von Intimität war, die sich mit den Jahren zwischen uns entwickelte. Denn nach ein, zwei Stunden, die wir zusammen waren, wartete ich mit einemmal ungeduldig, daß er verschwände und mich allein ließe, doch kaum war er gegangen, fing ich schon an, ihn zu vermissen. Und jetzt stehe ich hier und weiß, er liegt dort begraben, weiß, daß ich ihn bis an mein Lebensende nicht wiedersehen werde, seine starke Umarmung nicht spüren werde, mit der er mich umfing und die nicht so sehr eine Liebesumarmung, sondern eher das verzweifelte Festhalten eines Menschen war, der sich an die Überreste seines Lebens klammert. Tatsächlich flüsterte er mir immer zu, Klara, meine Seele, mein Körper, mein Blut, mein Leben, und manchmal, wenn eine Woche verging, ohne daß er zu mir kam, verspürte ich solche Sehnsucht nach ihm, daß mir die Wimpern schmerzten, aber, wie ich dir bereits sagte, wenn er dann kam, fielen wir gierig übereinander her, waren im Nu im Bett. Doch dann vergingen keine zwei Stunden, und schon wollte ich wieder, daß er ginge, denn wenn er nur den Mund aufmachte und versuchte, etwas zu sagen über das, was sich zwischen uns abspielte, oder über seine Gefühle, brachte er es fertig, daß ich nach zwei Worten schon außer mir war, da ich meine innere Stimme nicht zum Schweigen bringen konnte, die mir zuflüsterte, hör dir an, was für einen Blödsinn er redet, nichts zu machen, der Mann ist dumm, und du kannst dumme Menschen nun mal nicht ertragen, also, was hält dich noch bei ihm? Aber anscheinend bin ich mein Leben lang auf der Suche gewesen nach einem Menschen, der mich liebt, und er liebte mich, soweit er lieben konnte. Irgendwie haben sich immer Männer zu mir hingezogen gefühlt, die keinen Platz im Leben gefunden hatten. Bei Klaras Worten dachte ich, sie meine mich, da ich in jenem

Augenblick spürte, daß ich mich zu ihr hingezogen fühlte, doch als könnte sie meine Gedanken lesen, lachte sie und fügte hinzu, vielleicht habe der Mensch generell keinen Platz in der Welt, weshalb er vagabundiere und ständig auf der Suche sei. Ich bin so froh, daß du derjenige bist, der die Dinge aus erster Hand weiß, sagte sie, ohne näher darauf einzugehen, warum sie so froh war, daß ausgerechnet ich derjenige war, aber ich begriff, daß es mit meinem Stummsein in Verbindung stand, worauf sie, als wollte sie die Überlegung, die mir durch den Kopf ging, bestätigen, für einen Moment meine Finger, die mit den ihren verflochten waren, drückte, ihren Griff lockerte und dann den Druck erneut verstärkte. Mit ihren Fingern tat sie in jener Nacht, was sie eines Tages mit ihrem ganzen Körper an mir tun würde, denn Klara beherrschte jeden Muskel ihres Körpers, der fester und jugendlicher war als der der jüngeren Frauen, die mich nach ihr lieben sollten, weshalb mir in jenem Augenblick die Worte des Schriftstellers vor Augen traten, die zerstückelt aus seinem Mund fielen, dessen violette, fleischige Unterlippe zitterte und bebte, als er mir flüsternd diktierte, niemals werde er die Nacht vergessen, in der Klara ihn nahm und … Mitten im Satz brach er ab und verfiel in eines jener langen Schweigen, aus denen er manchmal mit einem ganz neuen Satz, der in keinerlei Zusammenhang mit dem abgebrochenen stand, wieder auftauchte, während es ihm zuweilen auch gelang, den Faden wiederaufzunehmen. Ich saß dann da, den Füllfederhalter schreibbereit in der Hand, und wartete, daß er die Sprache wiederfände. Bei jenem besagten Mal kehrte die Sprache tatsächlich zu ihm zurück, als er plötzlich mit klarer Stimme verkündete, sie habe ihn erobert, denn so und nicht anders müsse man es nennen, da sie der dominante, aktive Part in ihrer beider Beziehung, die sich über viele Jahre hingezogen habe, gewesen sei. Und jetzt, da ich in diesem Augenblick die Dinge niederschreibe, kann ich mich des Gedankens nicht erwehren, daß der Schriftsteller auch meine Beziehung zu Klara von Anfang an diktiert hat, denn vom ersten Moment an, als sie in der Nacht seiner Beisetzung ihren Arm unter den meinen schob, konnte ich seine erregende Beschreibung voller Verlangen nach dieser Frau, die ihn fast um den Verstand gebracht hatte, nicht vergessen. Nacht für Nacht, bevor er in sein Bett stieg und sich neben seine Frau legte, betete er flüsternd: »Und DEINEN heiligen Geist nimm nicht von mir«, denn wie er später mit meiner Hilfe dem Papier anvertraute, wurde er von der panischen Angst getrieben, eines Nachts wegen seines unbändigen Verlangens nach dieser Frau, die in seinen Träumen erschien, vor ihn trat und ihn schweigend anstarrte, wahnsinnig zu werden. Am Ende jedoch sollten seine Gebete ihm nicht helfen, denn wenn er mit dem Begriff »heiliger Geist« die Worte und Wendungen meinte, mit deren Hilfe ein Mensch sich auszudrücken vermag, dann wurde ihm der heilige Geist mit den Worten, die ihm allmählich entfielen, schrittweise entzogen, bis dieser Mann des Wortes am Ende seiner Tage aller Worte beraubt war, und jedesmal, wenn er etwas sagen wollte, sein aufgerissener Mund und die bebenden Lippen der einzige Beleg dafür waren, daß noch irgendeine Geistesregung in ihm war, von der sich aber nicht sagen ließ, ob sie nun heilig oder nur noch wirr war. Denn wenn manchmal trotz allem noch irgendein Wort aus seinem Mund purzelte, dann war es in aller Regel ohne jede Bedeutung, wie »Rübe« oder »zehn«. Und während ich so vor ihm hockte und der Worte harrte, die auf sich warten ließen, kam mir mehr als einmal der Gedanke, dieser Mann sei dafür bestraft worden, daß er trotz all der Worte, die er zu Papier gebracht hatte, niemals ehrlich zum Ausdruck brachte, was er tatsächlich fühlte, und dafür, daß er nicht gewagt hatte, mit jemandem offen darüber zu reden, denn mit mir sprach er ja nicht, sondern benutzte mich nur als Schreibinstrument, nachdem das Zittern über seine Hände gekommen war. Als

Klara viele Jahre nach seinem Tod begann, unter Verfolgungswahn zu leiden, und Rina, ihre Schwiegertochter, sie in ein Altenheim einwies, weil Klara sie Nacht für Nacht zwischen zwei und drei Uhr morgens anrief und mit der Behauptung, sie höre jemanden auf dem Dach oder im Keller, zu sich bestellte, ehe sie eines Nachts eine Laterne nahm und aufs Dach kletterte, um zu überprüfen, ob nicht jemand dort war, am Kabel der Fernsehantenne hängenblieb, vom Dach stürzte und sich das Becken brach, so daß man sie nicht länger in ihrem Haus wohnen lassen konnte, kehrte ich gerade von einem längeren Aufenthalt in Südamerika zurück, hörte, was ihr passiert war, und ging sie auf der Pflegestation besuchen. Ich fand sie zusammengesunken in einem Rollstuhl sitzend, ihr Gesicht verschrumpelt und von Falten zerfurcht wie eine vertrocknete Tomate, und nur ihr Haar, das wie immer in feurigem Kastanienbraun gefärbt war, türmte sich zu einer pompösen Frisur, die an ihre besten Zeiten erinnerte. Als sie mich sah, hob sie ihre zittrige Hand in die Höhe und murmelte auf englisch: »I lost you.« Und während ich dann neben ihr saß und ihre zuckende, schlaff und kraftlos gewordene Hand hielt, hallten die Worte des Schriftstellers in meinem Kopf wider, erstand vor meinen Augen die Szene, in der er in *Das verbotene Dorf* jenes erste Mal beschrieb, als sie ihn mit in ihr Bett nahm, sah ich sie ihren Finger zwischen ihren Lippen befeuchten und dann auf seine legen, seinen Kopf in beide Hände nehmen und ihre Lippen gegen die seinen pressen, ihre Hand unter sein Hemd, sein Unterhemd schieben und mit den Fingerspitzen seine Brustwarzen streicheln, die Ströme über seinen ganzen Körper bis in seinen Unterleib entsandten. In meiner Hand ruhte nun ihre welke Hand, die ich im Geiste ohne zu zögern unter den Gürtel seiner Hose gleiten sah, ihre Finger flatternd sein anschwellendes Glied umspielend, sich vortastend und es sanft umschließend, drückend, nachgebend, bis es pulsierend ihre Hand ausfüllte, um dann weiter bis zu seinen Hoden zu gleiten und sie mit den Fingerspitzen flüchtig zu streicheln, bis deren Haut sich zusammenzog und erschauerte, ehe sie ihm mit kundigen, nichts überstürzenden Händen zärtlich und selbstsicher die Kleider abstreifte, sich zugleich der ihren entledigte, um ihn dann rücklings auf ihr Bett zu drücken, die Beine zu spreizen und sich mit weit geöffneten Schenkeln auf seinen Mund zu setzen, sein Kinn in ihre Hand zu nehmen, ihre Schamlippen seinen Lippen darzubieten und ihm zuzuflüstern, leck mich. Ihre Scheide verströmte Mandelgeruch, ihr Guavengeschmack behagte ihm sehr, und während er sie mit seiner Zunge leckte, durchfuhr ihn der Gedanke, daß sie diese »mündliche Thora«, wie er es nannte, bestimmt von dem englischen Offizier gelernt hatte, der sein Wissen aller Wahrscheinlichkeit nach aus den Kolonien in Übersee mitgebracht hatte, denn eines Nachts, als er zu Gast bei dem Schriftsteller S. Sch. war, fand er in der Bibliothek dieses notorischen Lüstlings ein Buch über die Liebesbräuche der Inka und Maya, die offenbar eine ganz ähnliche Technik pflegten, um bei ihren Frauen einen starken Sexualtrieb zu fördern. Doch während er noch derartigen Gedanken nachhing, entzog sie sich ihm, hob ihr Becken und nahm mit einer fließenden Bewegung sein Geschlechtsteil in sich auf, begann sich langsam auf und ab zu bewegen, ließ ihn immer tiefer in sie eindringen, bis die Spitze seines Glieds im Innern ihres Körpers einen verborgen Schlund mit hungrigen Lippen erreichte, die sich fest um seine Eichel schlossen, nachgaben, zupackten und wieder nachgaben, bis er die schwere, gallertartige Substanz durch sein eingekeiltes Geschlechtsteil brodelnd aufsteigen spürte, immer höher, immer schneller, die Augen schloß und das Gefühl hatte, zu vergehen in dieser siedenden Substanz, die in ein paar Spritzern aus ihm herausbrach wie ein Strahl von Blut aus der durchtrennten Kehle eines geschächteten Rinds, sein ganzer Körper unter ihren Händen erzitterte und sich ihm ein Schrei entrang. Hätte ich mit ihr sprechen können – das wäre es gewesen, was ich ihr dort auf der Pflegestation gesagt hätte, denn was sie mit dem Schriftsteller anstellte, sollte sie schon bald, nachdem wir ihn an jenem Wintertag auf seinem letzten Weg begleitet hatten, auch mit mir anstellen. Und als ich mich nun erhob, um zu gehen, lächelte sie traurig und stellte fest: »You are happy to go«, worauf ich das Gegenteil beteuernd den Kopf schüttelte, sie erneut lächelnd flüsterte: »Don't lie to me«, und, als ich schon an der Tür war, mir mit ihrer zitternden Hand zuwinkte und rief: »Good bye, dearest, I don't think we shall ever meet again.« Ich verstand, daß auch sie bereits in ihrer eigenen Vergangenheit lebte, der großen Liebe ihres Lebens zu Captain Drury, der ebenfalls eines Tages aufgestanden war und sie verlassen hatte, um in seine Heimat zurückzukehren, wohin sie mich Jahre später auf jener Reise nach Nordengland und Schottland auf den Spuren einer lang zurückliegenden Liebesreise, die sie und Captain Drury dorthin einst unternommen hatten, mitnehmen sollte. Auf jener Reise würde sie endlich reden, denn bis dahin hatte sie mir nur immer wieder beteuert, eines Tages werde sie mir alles erzählen, was sie über den Schriftsteller wisse, aber eines Nachts, in einem Landgasthof zwischen Glasgow und Edinburgh, bei einem Abendessen, das mit sechs verschiedenen Sorten Whisky begossen wurde, von denen meinem Gaumen bis auf den heutigen Tag der Geschmack des rauchigen Glen Goyne, den sie uns zum Nachtisch servierten, in Erinnerung geblieben ist, denn es war beim genüßlichen Schlürfen dieses sanften Whiskys, als sie plötzlich ihr Herz ausschüttete und zu reden begann, sagte, sie wisse, daß ich ihre Worte irgendwann einmal zu Papier bringen würde, doch das störe sie nicht, genaugenommen sei sie sogar daran interessiert, denn zu diesem Zweck habe sie mich schließlich zu ihrem Liebhaber gemacht. Sie lachte, wollte mich jedoch gleich versöhnlich stimmen, obwohl dazu überhaupt keine Notwendigkeit bestand, da ich mich selbst nie für einen großen Liebhaber gehalten hatte, und wenn es in meinem Erwachsenenleben überhaupt Liebesbeziehungen gegeben hat, dann immer nur dank der Frauen, die die Initiative in die Hand nahmen, so wie Klara es tat, als sie mich aus meiner Unschuld erlöste. Nie habe ich verstanden, warum Frauen mich wollten und was sie an mir fanden, nachdem sie mich ein wenig kennengelernt hatten, und wenn sie mir sagten, daß ich ihnen etwas gäbe, wußte ich nicht, wovon sie sprachen, denn was konnte ich ihnen mit meinem Schweigen schon geben außer der Aufmerksamkeit, mit der ich ihnen zuhörte. Daher ist mir bis heute jene Frau mit dem honigfarbenen Haar und dem schwarzen Lederoverall so schmerzlich in Erinnerung geblieben, die mich auf jenem Semiotikkongreß mit ans Ufer des Sees nahm, unser beider Namensschilder entfernte, den Reißverschluß ihres Overalls öffnete, meine Hände nahm, sie auf die Narben legte, die einmal ihre Brüste gewesen waren, und mich danach die ganze Nacht lang liebte, ohne auch nur ein Wort zu sagen. Als der Morgen graute und wir uns auf den Weg vom Seeufer zum Kongreßgebäude machten, war die weitläufige Rasenfläche von engumschlungenen, in intimer Umarmung aneinandergeschmiegten Paaren übersät. Wir nahmen damals wortlos voneinander Abschied, doch noch immer suche ich sie mit den Augen, wenn ich durch die Straßen einer fremden Stadt streife, und jedesmal, wenn ich eine honigfarbene, weiche Haarkaskade sich in wellenförmiger Bewegung auf den Nacken einer schlanken Frau, die vor mir hergeht, ergießen sehe, was mir in London, Tokio und Tampere widerfahren ist, beginnt mein Herz heftig zu schlagen, gehe ich schneller, um sie zu überholen, einen verstohlenen Blick in ihr Gesicht zu werfen und festzustellen, daß sie es nicht ist, worauf etwas in mir verwelkt. Als Klara also ihre Hand ausstreckte, mein Gesicht berührte und meinte, hei, ich hoffe, ich habe dich nicht gekränkt, schüttelte ich verneinend den Kopf und setzte ein versöhnliches Lächeln auf, und

Klara sagte, du öffnest mich, du hast gar keine Ahnung, wie sehr du mich öffnest, noch nie war ich so offen zu jemandem, und glaub nicht, ich wüßte nicht, daß du es auch mit Amalia machst, was ich nicht abstritt, denn kurze Zeit, nachdem Klara mich an jenem Tag, an dem der Schriftsteller beigesetzt wurde, mit in ihr Haus nahm, begegnete mir nachmittags auf der Straße Amalia und lud mich ein, zu Kaffee und Kuchen zu ihr zu kommen. Erfreut und neugierig folgte ich ihrer Einladung, da der Schriftsteller sie in *Das verbotene Dorf* als eine Frau beschrieben hatte, die dem Mann, den sie liebte, grenzenlos ergeben war. Zunächst jedoch verlor sie mir gegenüber kein Wort über den Schriftsteller, forderte mich nur auf, wann immer ich wolle, bei ihr reinzuschauen, ihr Haus stehe mir stets offen, so daß ich mich von Zeit zu Zeit bei ihr einfand und sie mir Kaffee und köstlichen, selbstgebackenen Kuchen servierte. Bei meinen Besuchen lief entweder das Radio, oder sie legte eine Schallplatte auf, so daß immer irgendwelche Musik spielte, deren Melodie sie mitsummte und dabei nicht viel sprach. Genauer gesagt, sprach sie so gut wie überhaupt nicht, aber mit der Zeit lernte ich ihr lang anhaltendes Schweigen zu schätzen, das nichts von Anspannung hatte, da ihr ganzes Wesen Ruhe und Milde ausstrahlte, man spürte, daß sie nichts von einem erwartete, außer man selbst zu sein, denn solange man das war, war sie gerne mit einem zusammen. Nur selten sagte sie etwas, und auch das wie nebenbei, aber ihren sparsamen, beiläufigen Bemerkungen entnahm ich, daß nichts von all dem, was sich im Dorf ereignete, ihren Augen entging. Zu guter Letzt war ich auch mit ihr im Bett, obwohl ich mich in der ersten Phase unserer Annäherung nicht zu ihr hingezogen fühlte und mir ihre Gesellschaft nur unkompliziert und angenehm war, denn unter anderem fiel mir auf, daß, wenn sie sich mit einer Frage an mich wandte, sie immer darauf achtete, diese so zu formulieren, daß ich darauf bejahend oder verneinend mit einer Kopfbewegung antworten konnte. Und dies war nur ein Teil des Gefühls, das sie mir vermittelte, daß, solange ich mich in ihrer Gesellschaft befände, mir ihre ganze Aufmerksamkeit gehöre, was sie ebenfalls auf eine unbeschwerte, natürlich-selbstverständliche Art tat, ohne etwas zur Schau zu stellen oder über Gebühr zu betonen, bis sie mich in einer Winternacht, die besonders stürmisch, regnerisch und kalt war, ganz zwanglos einlud, in ihrem Haus zu übernachten, mich in ihr Schlafzimmer führte, die Decke zurückschlug und ihre Kleider abstreifte. Ich folgte ihrem Beispiel, und als ich in ihr Bett schlüpfte, öffnete sie ihre Arme und zog mich in ihren Schoß, wo ich es warm und gut hatte. Daher bestritt ich nichts, als Klara bemerkte, ich weiß, daß du es auch mit Amalia machst, aber was interessiert es mich, ob du auch mit ihr schläfst, denn was du mir gibst, wenn du mit mir zusammen bist, kann keine andere Frau von dir bekommen, und was du anderen Frauen gibst, nimmt mir nichts weg, denn ich bekomme von dir, was ich will. Dann sagte sie, jetzt will ich reden, rief nach dem Kellner und bat, er solle uns eine ganze Flasche Glen Goyne bringen, damit wir ihn nicht jedesmal für ein paar Tropfen belästigen müßten, und nachdem sie sich selbst einen halben Tumbler eingegossen hatte, schenkte sie auch mir dieselbe Menge ein, nahm einen Schluck, ließ das Getränk über ihre Zunge rollen, schluckte es und sagte, dieser Mann, dieser furchtbare Mann, der Liebe weder geben noch empfangen konnte, der kein Gefühl und kein Gespür hatte, der sowenig wußte, was ein Mann ist, wie er wußte, was eine Frau ist, dessen Erzählungen, Romane und Gedichte sämtlich Kopfgeburten sind, voller Geschwafel darüber, was Frauen Männern und Männer Frauen antun. Ich muß dir ja nicht erzählen, wie er diese Sache beschreibt, da du seine Werke zur Genüge kennst, sagte sie, und wieder mußte ich an *Das verbotene Dorf* denken, das zu vollenden ihm nicht vergönnt war, denn in den letzten Stadien der Krankheit, bevor seine Söhne kamen und ihn in ein heruntergekommenes, nach Altmännerpisse stinkendes Sterbehospiz mitten in der Stadt brachten, an dessen Stelle heute ein riesiger Appartementturm in den Himmel ragt, gab es nur noch wenige lichte Augenblicke geistiger Klarheit, entrangen sich seinem Mund folgenschwere Geständnisse, die plötzlich in Ermangelung der Worte abrissen. So begann er einen Satz mit den Worten: »Heute werde ich Dinge sagen, die ich nicht ...«, um dann zu verstummen, als suchte er nach dem treffenden Ausdruck, den Satz fortzusetzen, wobei er seine unkontrolliert zitternden Hände knetete. Doch sein Schweigen zog sich endlos in die Länge, bis das Leuchten in seinen Augen erlosch und verging, sich ein Ausdruck leeren Glotzens auf seinem Gesicht breitmachte und man den Eindruck haben konnte, daß er in jenen Momenten verzweifelten Suchens nach dem fehlenden Wort für sich entsetzliche Dinge sah und begriff, weshalb ich mich fragte, welche Qualen ein Mensch wohl durchleiden mußte, dem seine Sprache ein Leben lang zu Diensten und hörig wie eine demütige Sklavin gewesen war, ehe sie sich mit einemmal gegen ihn auflehnte und sich weigerte, ihm sogar für einfachste, fundamentale Bedürfnisse zur Verfügung zu stehen. So kam es vor, daß er den Mund aufsperrte, sagte: »Bring mir ...«, und dann trotz aller Anstrengungen nicht in der Lage war, die Bezeichnung für den Gegenstand, den ich ihm bringen sollte, zu finden. Langsam einen Schluck Glen Goyne schlürfend, den Klara mir nachgeschenkt hatte, sinnierte ich bei der Erinnerung an derartige Szenen darüber, daß am Ende des Lebens, wenn der Mensch nicht mehr die Kraft besitzt, die Realität zu vergewaltigen und sich nach außen so zu präsentieren, wie er gesehen werden will, die Wahrheit in ihrer ganzen Nacktheit zutage tritt, so daß dieser Mann, der sein Leben lang die Dinge, über die er schrieb, ohne wirklich etwas von ihnen zu verstehen, mit ungenauen Worten zugekleistert hatte, ehe er in den letzten Jahren seines Lebens viel über den Tod zu schreiben begann – »Da er wußte, wovon er spricht«, wie mein

Vater zynisch bemerkte –, und die kleine literarische Gemeinde, die von seiner unheilbaren Muskelschwundkrankheit wußte, seine letzten Todesallegorien in den Stand einer Heiligen Schrift erhob, seine Strafe fand, als die exakten, einfache Gegenstände bezeichnenden Begriffe wie »Füllfederhalter« oder »Papier« sich plötzlich weigerten, zu ihm zu kommen, wenn er sie benötigte, und ihn mit amputierten Satzfragmenten wie »Bring mir …« zurückließen. Klara nahm einen Schluck Whisky und flüsterte mir im Halbdunkel der schottischen Schenke zu, ich würde mich bestimmt fragen, was sie all die Jahre, in denen er ihr Liebhaber gewesen sei, an ihm gefunden habe, und um die Wahrheit zu sagen, müsse sie gestehen, daß sie es nicht wisse, einmal abgesehen davon, daß er den Reiz des Erfolgs an sich gehabt habe, den Glanz, ein großer Schriftsteller zu sein, und dazu das Bedürfnis, geliebt zu werden, verehrt, beachtet, ja den großen, mitreißenden Ehrgeiz, eine noch unerreichte Stellung zu erlangen. Aber was hatte er noch, daß ich seinem Werben beim erstenmal nachgab, fragte sich Klara vernehmlich, was ließ mich ihn empfangen, wenn er plötzlich auftauchte, zu den unpassendsten Momenten, und genauso plötzlich wieder verschwand, ohne eine Erklärung, abgesehen von der Tatsache, daß er ständig mit der vagen Angst lebte, die Wahrheit könnte herauskommen, und wenn ich von Wahrheit spreche, meine ich nicht die Wahrheit über mein Verhältnis mit ihm, sondern irgendeine viel fundamentalere, tiefere Wahrheit, die wie eine Tretmine am Grunde seiner Persönlichkeit verborgen lag. Manchmal schien mir, als habe er Angst davor, daß seine eigentliche Infantilität, die er über Jahrzehnte erfolgreich mit tiefschürfenden Aussagen über die Nichtigkeit des Lebens verschleiert hatte, aufgedeckt und ans Tageslicht kommen würde. Denn die Wahrheit ist, daß er schlicht ein Lügner war, im wahrsten Sinne des Wortes ein notorischer Lügner, denn nicht ein Satz von all dem, was er geschrieben hat, birgt Wahrheit, obwohl sich alles als Wahrheit geriert, doch keine Ansicht, die er zum Ausdruck brachte, war in Wahrheit seine eigene, kein Satz, den er sagte, war eigentlich von ihm selbst, so daß mich zuweilen das Gefühl beschlich, dieser Mann habe einen monumentalen Text auswendig gelernt, aus dem er jedesmal zitierte, wenn er gezwungen war, etwas zu jemandem zu sagen oder auf Fragen zu antworten, die ich ihm stellte, denn manchmal, wenn ich ihn bat, er möge mich etwas fragen, war er so betreten, daß er nicht in der Lage war, ein Wort über seine Lippen zu bringen, vielleicht ja, weil ich ihn im Grunde genommen überhaupt nicht interessierte und ihm darum nicht einmal die simpelste Frage in den Sinn kam, etwa, was ich den Tag über gemacht hatte oder ob ich ihn liebe. Interessant, sie lächelte bei sich, jetzt, da ich darüber nachdenke, wird mir klar, daß er mich nicht ein einziges Mal gefragt hat, ob ich ihn liebe, offenbar beschäftigte und interessierte ihn auch dies nicht, weshalb ich zu gern wissen würde, was ihn denn interessiert hat, wenn es überhaupt etwas gab ... Ich hörte ihr zu und dachte an die Dinge, die der Schriftsteller mir über Klara diktiert hatte, »meine schlechte Seele«, wie er sie bezeichnete, und wußte nicht, ob er, als er ihr ein ganzes Bündel schlechter Eigenschaften andichtete, über Klara als Mensch oder als Ausdruck seiner eigenen dritten Anima im jungschen Sinne des Begriffs gesprochen hatte, und ich sage »andichtete«, da ich, nachdem ich Klara näher kennengelernt hatte, zu meiner Bestürzung an ihr das genaue Gegenteil all jener Eigenschaften entdeckte, die der Schriftsteller auflistete, als er über ihre Falschheit sprach, über ihre Tricks, ihren ständigen Hang zum Feilschen, ihre Leichtfertigkeit, die Tränen, die sie vorschnell vergoß, ihre Sprunghaftigkeit, ihre Unverschämtheiten, ihre Geschwätzigkeit, Vergeßlichkeit, ihre Häme, Undankbarkeit, ihre Fähigkeit, etwas und das genaue Gegenteil dazu in einem Atemzug zu behaupten, ihre wechselnden Stimmungen, ihr anmaßendes Wesen und ihre Arroganz, ihren Stolz und ihre falsche Bescheidenheit, ihre perfide Selbsterniedrigung, ihre Schwatz- und Klatschsucht, ihre Bereitschaft, sich aller Mittel zu bedienen, um ihre Ziele zu erreichen, ihre fehlende Logik, die Gewissensbisse, die sie nie hatte, und über ihre Fähigkeit, dich in einem intimen Augenblick zu verwöhnen und mit Wonnen zu überhäufen, um dich hernach in aller Öffentlichkeit zu verunglimpfen. Als ich Klara, die gerade ihr Whiskyglas an die Lippen führte und das Getränk mit derselben Hingabe kostete, mit der sie ihre Lippen zum Kuß darbot, betrachtete, überlegte ich bei mir, ob es angebracht wäre, daß sie erfuhr, was der Schriftsteller mir diktiert hatte, dachte einen Moment lang, daß ich ihr bei unserer Rückkehr die Seiten, auf denen ich seine Tiraden über sie festgehalten hatte, bringen sollte, damit sie vielleicht endlich von dem fruchtlosen Disput loskäme, den sie mit sich selbst über den Sinn ihrer Beziehung zu dem Schriftsteller führte, eine Verbindung, der sie, wie sie sagte, etliche der schönsten Jahre ihres Lebens geopfert hatte. Je tiefer die Dunkelheit wurde, die den Landgasthof einhüllte, und je weiter der Pegel der goldgelben Flüssigkeit in der Flasche absackte, desto stärker schwoll der Redefluß an, der aus Klaras Mund strömte. Daß alles, was er von ihr gewollt habe, die bloße körperliche Vereinigung gewesen sei, sei schlechterdings unmöglich, fing sie immer wieder von neuem an, denn zu diesem Zweck habe er ja Amalia gehabt, die mit Sicherheit alles, was er auf diesem Gebiet zu entbehren hatte, wettmachte, aber wozu benötigte er dann mich, mit meiner ständigen Forderung an ihn nach einer anderen Form von Beziehung, nenn es eine sublimierte Zweisamkeit? Doch von allen Männern, die ich hatte, und ich hatte einige, war ausgerechnet er, der Schriftsteller, der am wenigsten sublime, denn wenn er auf seine Kosten gekommen war, begann er, Anzeichen von Ungeduld zu zeigen, weshalb ich nie länger als eine, eineinhalb Stunden mit ihm zusammensein konnte, da ich sonst anfing, fieberhaft darauf zu warten, daß er ging. Daß er endlich ging, daß er verschwände und nicht zu mir zurückkäme, wiederholte Klara mit wachsendem Groll. Aber er hat mich geliebt, er hat mich geliebt, obwohl er es nie ausdrücklich gesagt hat und mich auch nie gefragt hat, ob ich ihn liebe, auch als ich ihn bat, er solle mich fragen, was er wolle. Aber ich weiß, daß er mich geliebt hat, und wären da nicht die Schuldgefühle gegenüber seiner kranken Frau gewesen, bin ich sicher, daß er das Dorf verlassen hätte, daß wir in die große Stadt gezogen wären, ich weiß, daß er das getan hätte, denn die Hoffnung, daß wir es eines Tages tun würden, nur sie war es, die ihn am Leben gehalten hat – und auch mich, flüsterte Klara. In jenem Moment wußte ich mit Bestimmtheit, daß ich ihr die Seiten mit den furchtbaren Dingen, die der Schriftsteller im Augenblick eines unkontrollierten Gefühlsausbruchs über sie gesagt hatte, niemals würde zeigen können, doch als hätte sie meine Gedanken gelesen, streckte Klara ihre Hand über den kleinen Tisch, der uns trennte, legte sie auf die meine, schaute mir in die Augen und beschwor mich, ihr bei unserer Rückkehr ins Land die Seiten zu bringen, auf denen er über seine Verbindung zu ihr spricht. »Ich weiß von ihm, daß er dir Dinge diktiert hat, die er niemals offen ausgesprochen hat, denn dir hat er vertraut, also versprich mir, daß du mir diese Seiten bringst, tu es für mich, er wird es ohnehin nicht mehr erfahren, versprich es mir«, flüsterte sie, und ich nickte. Nach unserer Rückkehr öffnete ich die braune Kartonmappe mit der Kopie von *Das verbotene Dorf*, die ich jedesmal, wenn ich aus dem Haus des Schriftstellers zurückkehrte, aus dem Gedächtnis niedergeschrieben hatte, und zog unter den Hunderten von Manuskriptseiten jene Seiten heraus, auf denen er über Amalia sprach, ohne ihren Namen auch nur einmal zu erwähnen, so wie er auch Klara niemals namentlich erwähnte und sich auf sie bezog, indem er von ihr als »meine verkommene Seele« sprach, sie zuweilen auch »die schwarze Kerze meines Lebens« nannte, während er Amalia als »meine Gedächtniskerze« und manchmal auch als »Honigkerze meines Lebens« bezeichnete. Ich steckte alle Seiten, auf denen er von seiner Liebe zu Amalia berichtete, in einen großen Umschlag und nahm wie gewöhnlich den schmalen Pfad, der durch den verwilderten Weinberg zum offenen Brachland zwischen den Hinterhöfen der Häuser des Dorfes führte, jenen Weg, auf dem sich auch der Schriftsteller immer klammheimlich zu Klara geschlichen hatte, wie ich aus *Das verbotene Dorf* wußte. Klara erschien in einem schwarzen, nachlässig geschlossenen Seidenkimono, durch dessen halbdurchsichtiges Gewebe ihre Brüste, ihr Bauchnabel, ihre Schenkel und Schamhaare zu sehen waren, öffnete mir die Fliegengittertür, die auf den kleinen, gepflegten Rosengarten hinter ihrem Haus ging, und eine Parfümwolke ihres schwindelerregenden Patschulis empfing mich mit seinem leicht modrigen Duft. Als ich ihr den Umschlag hinhielt, nahm sie ihn mir aus der Hand, warf einen Blick hinein, legte ihn auf den Tisch und goß mir ein Glas eiskalte Limonade ein, die durch die frischen Minzeblätter aus ihrem Garten eine grünliche Färbung hatte. Dann endlich nahm sie den Umschlag, setzte ihre Lesebrille mit dem Bernsteingestell auf, warf sich aufs Sofa und vertiefte sich, meine Handschrift entziffernd, begierig in die Lektüre. Anhand der Bewegung ihrer Pupillen wußte ich zu jeder Sekunde, welche Zeilen und welche Worte sie gierig verschlang, während ich sie beobachtete und sah, wie sich ihre Mundwinkel nach der Anspannung, die sie anfangs ergriffen hatte, entkrampften, sah ihr Gesicht leuchten und lächeln, als sie die Dinge las, die der Schriftsteller mir über seine süße »Honigkerze« diktiert hatte. Ich erinnerte mich auch an die genauen Umstände jenes Diktats, am Nachmittag eines heißen Sommertags, als der Schriftsteller, bekleidet mit einem weißen, vom vielen Tragen ausgeleierten Unterhemd, das wie ein bauchiger Sack an seinem schlaffen Körper hing, in seinem schwarzen, abgewetzten Ledersessel saß, nach Worten suchte, um seine »Gedächtniskerze« zu beschreiben, und, indem er sich in der Beschreibung einer Reihe mächtiger, finsterer Zypressen erging, mir unbeabsichtigt zu verstehen gab, daß er über die Zypressen sprach, die sein Anwesen und Amalias Anwesen trennten. Während er noch nach Worten suchte, die glaubhaft das Gefühl zum Ausdruck bringen sollten, das diese Frau in ihm geweckt hatte, schwang er von Mal zu Mal die Fliegenklatsche in seiner Hand, die in jenen fernen Tagen, wohl unter dem Eindruck der Erinnerungen an den damals schon einige Zeit beendeten Weltkrieg, auch »Bomber« genannt wurde. Seine hoch erhobene Hand schlotterte, sein Atem stockte, seine wäßrigen Augen fixierten die lästige Fliege, die nervös durch den Raum schwirrte und von Zeit zu Zeit auf dem Arm des Schriftstellers, auf seiner Stirn oder seiner Hose aufsetzte. Jedesmal, wenn der Schriftsteller im Begriff war, die Drahtnetzfläche des Bombers, der mit einem von der Gattin des Schriftstellers mit wenigen Stichen mehr schlecht als recht zusammengenähten Stoffband verziert war, auf der Fliege landen zu lassen, war diese einen Sekundenbruchteil schneller und schwirrte davon, so daß der Bomber mit pfeifendem Peitschen auf dem Arm oder der Hose des Schriftstellers aufschlug. Aber die lästige Fliege brachte den Schriftsteller trotz allem dazu, wacher und konzentrierter zu sein, als er es über Monate hinweg gewesen war, unbeeindruckt von seinen erfolglosen Versuchen, die Fliege zu erlegen, sprudelten die Worte in stetem Fluß aus seinem Mund, er sprach über seine ersten Jahre im Land, in das er geweht wurde wie ein loses Blatt, das es im Sturm von einem großen Baum, der in einem dichten Wald wuchs, gerissen hatte, und aus dem Wust von Metaphern und Phrasen, die er benutzte, erstand das Bild eines jungen Mannes, der in einem kleinen, abgelegenen Städtchen im Kreis Wolhyn geboren und in einem streng religiösen Elternhaus aufgewachsen war, mit einem Vater, der ihn auserkor, Rabbiner zu werden, so daß er sich eines Tages in einer Jeschiwa wiederfand, in der er seine Tage mit dem Studium des Talmuds, der Mischna und der Sammlungen rabbinischer Entscheidungen verbrachte, um in den Nächten heimlich seine Russischkenntnisse zu verbessern und begierig die Meisterwerke der großen russischen Literatur zu verschlingen, bis eines Tages einer der Jeschiwaschüler ihn denunzierte und der Aufseher ihn mitten in der Nacht überraschte, als er über den großen Talmudband in der Ausgabe der Witwe Ram aus Wilna gebeugt saß, zwischen dessen Seiten er Tolstois *Kreutzersonate* versteckt hatte, in deren Lektüre er so vertieft war, daß er den Aufseher, der sich herangeschlichen hatte und nun hinter ihm stand, nicht bemerkte. Noch in derselben Nacht wurde er aus der Jeschiwa geworfen, bestieg am anderen Morgen einen Zug und fand sich schon bald durch die Straßen einer fremden Stadt streifend wieder, lief mit dem Gefühl, die ganze Welt stünde ihm offen, durch die Straßenschluchten der Großstadt, feierte berauscht die ihm mit einemmal gegebene Freiheit, von der er geträumt und nach der er sich insgeheim gesehnt hatte, ohne daß er je gewagt hätte, »ihrer habhaft zu werden«, wie er sich ausdrückte, ehe ihn die Leere überkam, die »die eingestürzten Gewölbe und Ostmauer der Synagoge« hinterlassen hatten und die er schon bald mit dem nationalen Gedanken zu füllen trachtete. Nach einer wahren Odyssee würde er im Lande Israel landen und versuchen, seinen Platz in einem Arbeiterkollektiv zu finden, aber da sein weicher, verzärtelter Körper für schwere körperliche Arbeit nicht geeignet war, zog er von einer landwirtschaftlichen Siedlung zur nächsten und versuchte ein Auskommen als Lehrer zu finden, bis ihn schließlich ein Jugendfreund in ein Dorf bestellte, wo eine neue Schule gegründet worden war und man noch Lehrer suchte, die die Kinder der Arbeiter und Angestellten einer Plantagengesellschaft, die im Besitz einer wohlhabenden englischen Jüdin war, unterrichten sollten. So ließ er sich hier nieder, ein entwurzelter Mensch, der nicht mehr wußte, ob er von dort oder von hier war, der wieder ganz von vorne begann, fremd in einem Land, zu dessen Erbauern er so gern gehört hätte, dessen neue, starke Bewohner samt ihren freizügigen Bräuchen, ihren Tänzen und Liedern ihm jedoch fremd blieben, ihm, dem alles Körperliche Unbehagen verursachte, weil er ein Leben lang von frühester Jugend an seinen Körper als Mißerfolg erfahren hatte, während hier die jungen Arbeiter ihre Schuhe von sich schleuderten, ihre Hemden zur Seite warfen, die Oberkörper entblößten und ihre muskulösen Arme mit denen der jungen Frauen verschränkten, die ihre knappen Shorts mit Gummizug an den Oberschenkeln so weit hochkrempelten, daß die Rundungen ihrer Hintern zum Vorschein kamen. Und wenn alle ihre nackten Beine beim Tanz in die Höhe schwangen, stand er abseits und beobachtete verschämt diesen Ausbruch unbeschwerter Jugendlichkeit, wagte nicht, seine Schuhe abzustreifen und seine rosigen Füße mit ihren durch die zu engen Schuhe gekrümmten Zehen zu entblößen. Er schmachtete förmlich nach dieser Freiheit und Unbefangenheit, hatte aber nicht den Mut, den entscheidenden Schritt zu tun und sich in diese tosenden Fluten zu werfen, bis eines Tages »sie« in sein Leben trat, die »Honigkerze von jenseits der Zypressenallee«, sie mit ihren vorstehenden Wangenknochen unter einem Paar schräger, grüner, einladender, lachender Augen, ihrem wallenden, sich in Wellen auf ihre Schultern ergießenden Haar, dem Feuer, das in ihr brannte, ihrer überbordenden Vitalität, ihrer Liebe zum Leben, ihrer Lebenslust, den Rundungen ihrer muskulösen Unterschenkel, den wohlgeformten Marmorsäulen ihrer Oberschenkel, die für einen Moment zu sehen waren, wenn sie im stürmischen Tanz um sich selbst wirbelte. »Fürwahr, das ist das Land Israel, das ist die junge, wilde, wagemutige Heimat, verlockend und gefährlich, nach der ich mich mit ganzer Seele verzehre«, rief der Schriftsteller wie aus tiefstem Herzen seufzend und schlug mit dem

Bomber nach der flinken Fliege, die erneut mit schwindelerregendem Kreisen rechtzeitig aufstieg, während der Schriftsteller schon wieder glühend von der Frau sprach, die für ihn einen ganzen Stamm, archaisch und neu zugleich, verkörpert habe und durch deren wunderschönen, biegsamen Körper, vor allem jedoch durch ihre starke Seele und ihren edlen, freien Geist es ihm endlich gelungen sei, eine Bindung zu dem Ort und der Zeit zu entwickeln, und jedesmal, wenn er sich mit ihr vergnügte, habe er zugleich auch das Land geliebt. In dem Augenblick, da Klara diese Zeilen las und glucksend kicherte, sah ich vor meinem geistigen Auge Eli, der eine Mulde in den Sand grub, sich darauf legte, sein Glied aus der Hose zog, es in die Mulde hielt und hineinpinkelte, und Ruta, Amalias Tochter, die ihn fragte, ob das angenehm für ihn sei, worauf Eli »Ja« erwiderte, sich vom Sand erhob, mit einer Hand den trockenen Sand um den uringetränkten Sandkuchen entfernte, dann mit beiden den Kuchen ausgrub, ihn hochhob und Ruta reichte, die ihn nahm, ihr Trägerhemdchen hochschob, das Loch im Kuchen an ihre bloße Brust führte und ihre Brustwarze hineingleiten ließ, als Klara nun laut sinnierte, wie bemitleidenswert die Männer in jenen Tagen waren, wenn dies die Bilder waren, die sie vor Augen hatten, wenn sie Liebe machten, um sogleich hinzuzufügen: »Ich hoffe, daß wenigstens du nicht das Gefühl hast, die Wüstenei zu erobern, wenn du mit mir schläfst, das Gefühl hast du doch nicht, oder? Eines Tages wirst du mir schreiben, was du fühlst«, flüsterte sie, küßte mein Ohrläppchen und kehrte zu den mit meiner Handschrift bedeckten Blättern zurück. Ich hätte gern gewußt, ob sie aus den auf dem Papier festgehaltenen Wörtern hörte, wie die Stimme des Schriftstellers geklungen hatte, als er mir die Dinge diktierte, denn an diesem Punkt begann er plötzlich, in der Gegenwartsform direkt zu Amalia zu sprechen, wobei er die Stimme senkte, damit nichts von dem Gesagten seiner Frau im Nebenraum zu Ohren kam. »Und jetzt, da ich meine

Stimme höre«, flüsterte der Schriftsteller, »begreife ich, daß das erst der Anfang meiner Liebe zu dir war, weil du für mich viel mehr als ein Stamm, ein Volk und ein Land warst, weil du zuallererst ein kompletter, runder Mensch warst, ein Mensch, der über menschliche Fähigkeiten jenseits von Ort und Zeit verfügte, jedes Ortes und jeder Zeit.« An diesem Punkt erging er sich in einem Hymnus auf ihre Hellsichtigkeit, die alle Masken, die Menschen aufsetzen, zu durchdringen vermochte, eine Eigenschaft, die er ihrer Direktheit und ihrer an Grobheit grenzenden Ehrlichkeit zurechnete, ihrer klaren, rasiermesserscharfen Sprache, mit der sie den anderen stets kompromißlos wissen ließ, was ihre Meinung war und wie sie über ihn dachte, über seine Worte, sein Verhalten, sein Tun, auch wenn dies harte und wenig angenehme Worte erforderte. »Vielleicht gehört diese deine Eigenschaft ja wirklich zu den Eigenschaften der neuen Kinder dieses Landes, doch wie dem auch sei, dank deiner Schwäche, immer um jeden Preis und ohne Zugeständnisse die Wahrheit zu sagen, ist es in deiner Gesellschaft nicht eine Sekunde langweilig. Was aber das Anziehendste an deiner Persönlichkeit ist, ist deine Musikalität, deren starke Verbindung mit dem dämonischen, finsteren Ursprung des Universums der Schriftsteller Thomas Mann schon erkannte, und ebenso, wie die Seele der meisten Männer unmusikalisch ist und ihnen alles, was aus der Finsternis kommt, unzugänglich, so bist du der tiefste Ausdruck von Musikalität, der mir je begegnet ist«, bekannte der Schriftsteller und ließ die Schlagfläche des Bombers ein weiteres Mal vergeblich auf seinem Oberschenkel landen, ehe die flugs von dort aufsteigende Fliege ihn bewegte, wieder in der dritten Person zu sprechen und festzustellen, man müsse nur den geschmeidigen Körper dieser Frau betrachten, ihren katzenhaften Gang oder die Bewegung ihrer Hand, wenn sie ihr wallendes Haar hinter ihren schlanken Hals schob, um zu spüren, daß das Mark von Ziegenhirtinnen, von Töchtern der Berge und Wälder durch jede Faser ihres Körpers ströme. Ich erinnere mich an seine wäßrigen Augen, die die meinen fixierten, als sähen sie darin, was sich nach seinem Tod ereignen würde, denn nach kurzem Schweigen sagte er plötzlich: »Und all diese Wonnen und diese Fülle vermacht sie dir großzügig, wenn sie dich in ihren warmen, überquellenden Schoß aufnimmt.« Wer weiß, bis wohin der Schriftsteller noch vorgedrungen wäre, hätte nicht die Fliege für einen Moment Station auf seinem Knie gemacht, um mit Hilfe ihrer Hinterbeine ihre Flügel zu ordnen, zu striegeln und dabei ganz die drohende Gefahr zu vergessen, weshalb sie einen Sekundenbruchteil zu lange dort verweilte, denn wie aus dem Nichts fuhr die Gitternetzfläche des Bombers mit einem scharfen Peitschen auf sie nieder und verwandelte sie im Nu in einen Brei aus zerquetschtem Zellgewebe, als Klara die Seiten aus der Hand legte, die Arme nach mir ausstreckte, wodurch ihr nachlässig übergestreifter Seidenkimono von selbst zur Seite rutschte und den Blick auf ihre Brüste und ihren sonnengebräunten Bauch freigab, sie mir zuflüsterte, danke, danke für diese Seiten, und ihre Lippen sich den meinen öffneten. Wieder brach das Jammern des Schakaljungen aus der Tiefe der Nacht, von jenseits der düsteren Zitrusplantagen, als Vater seinen letzten Satz wiederholte und sagte: »Was dieser Mann Menschen, die ihn liebten, angetan hat«, und in jenem Moment dachte ich, daß Vater Klara meinte, aber dann sagte er, eines Tages würde er mir vielleicht erzählen, was der Schriftsteller Oded Paretzki angetan hatte, so daß ich auf diesen Tag wartete und am Ende Vaters Version der Geschichte, der auf seine halsstarrige, sture Art aus dem Leben schied, ohne mir sein Herz in dieser und noch einigen anderen Angelegenheiten auszuschütten, nicht zu hören bekam und gezwungen war, mich mit der Version von Ditha Soroka zu begnügen, die ich einige Tage nach der Beerdigung von Juval, dem Enkel Klaras, durch die Obstpflanzungen irrend traf. Als sie mich sah, sprach sie mich an wie einen Fremden, und mir war klar, daß sie mich tatsächlich nicht erkannte, obwohl sie erst wenige Tage zuvor im Garten hinter Klaras Haus, wo wir während der Trauerwoche für Juval saßen, aus eigenem Antrieb auf mich zugegangen war und resolut behauptet hatte, ich müsse dazu übergehen, Prosa zu schreiben. Aber jetzt, als sie mich in den Obstplantagen traf, sagte sie zu mir, Schalom, junger Mann, hielt mir ein Stück Papier hin und sagte, vielleicht können Sie lesen, was hier steht, ich habe meine Brille irgendwo vergessen, ich kann mich nicht entsinnen, wo, und ohne Brille kann ich nicht lesen. Ich warf einen Blick auf das Papier und sah, daß es eine uralte Stromrechnung war, auf dünnen Karton gedruckt und mit rechteckigen Aussparungen gelocht, die in unregelmäßigem Abstand in Reihen angeordnet waren, aus jenem fernen Zeitalter, als Computer noch mit Lochkarten gefüttert wurden. Der Rechnungsbetrag war in einer Währung angegeben, die Ende der siebziger Jahre des vorigen Jahrhunderts abgeschafft worden war, nachdem ein Regierungswechsel im Land stattgefunden hatte. Ditha Sorokas Name war am Kopf der Karte mit quadratischen, aus kleinen Punkten gebildeten Buchstaben eingestanzt, die mich an die lang zurückliegenden Tage der Nadeldrucker erinnerten, die es auch schon seit Ewigkeiten nicht mehr gab. Als sie sah, daß ich ihren Namen mit großem Interesse betrachtete, rief sie erfreut: »Dort steht Ditha Soroka, stimmt's? Ditha Soroka, das bin ich! Stimmt's?« Ich nickte und bestätigte mit einer Kopfbewegung, daß dies tatsächlich ihr Name war, und als seien die folgenden Worte eine sich daraus ergebende Schlußfolgerung, fragte mich Ditha, ob ich die Güte besäße, sie zum Haus von Oded Paretzki zu bringen, der auf sie warte, doch sie könne den Weg dorthin nicht finden. Da ich ihr nicht sagen konnte, daß der Mann, den sie suchte, an einer Hirnblutung gestorben war, nachdem er dem Trinken verfallen war, und es auch keinen Sinn hatte, sie daran zu erinnern, daß sie an der Beisetzung ihres ehemaligen

Geliebten teilgenommen und auf sein frisches Grab sogar einen Strauß Kugeldisteln gelegt hatte, die sie aller Wahrscheinlichkeit nach am Fuße des Kalksteinhügels gepflückt hatte, wo sie Jahr für Jahr ihre violetten Köpfe gegen den Hintergrund der am Ende des Sommers verdorrten, gelb gewordenen Vegetation in die Höhe reckten, und daß, als sie ans Grab getreten war und die langen, harten Stengel dieser stachligen Wildblumen in den weichen Erdhügel gesteckt hatte, zwischen die Chrysanthemen- und Liliensträuße, die einige der greisen Witwen, die aus jener ausgestorbenen und vergessenen Generation noch am Leben waren, auf das Grab gelegt hatten, und ein empörtes Flüstern und Zischeln durch die kleine Trauergemeinde ging, die sich dort versammelt hatte – da ich ihr all dies also nicht sagen konnte, bot ich der hutzeligen Greisin, die auf den sandigen Pfaden durch die Zitrusplantagen irrte und, obwohl sie mit Sicherheit ihren eigenen Namen nicht mehr wußte, noch immer nach dem Weg zum Haus ihres verlorenen Geliebten suchte, meinen Arm. Sie hängte sich daran, und ich führte sie zu ihrem alten Haus, das versteckt zwischen riesigen Araukarien lag, während auf dem ganzen Weg dorthin aus ihrem Mund Ketten von Worten rasselten, die gedrängt und verschreckt hintereinander herjagten, als fegte jemand in ihrem Hirn die Worte, die sich über die Jahre dort angesammelt hatten, häufchenweise zusammen. Die Wortkaskaden setzten mit dem unverständlichen Satz »Man muß das den Männern sagen, sie werden verstehen, die Frauen nicht, aber die Männer werden verstehen« ein. Ich wußte nicht, was man den Männern sagen mußte, das die Frauen nicht verstehen würden, aber mir war klar, daß, selbst wenn Ditha gefragt würde, was man den Männern sagen mußte, sie nicht imstande gewesen wäre, zu sagen, was sie meinte, denn schon sprudelten aus ihrem Mund neue Worte, die in keinerlei Verbindung mit den Worten standen, die Männer verstehen würden, wobei in den Wortgießbächen, die sich mit dünner, zarter Stimme aus ihrem Mund ergossen, immer wieder einzelne Sätze mitschwammen, die das Verhältnis zwischen Oded Paretzki und dem Schriftsteller berührten. Obwohl ich in den Jahren, die ich mit dem Abschreiben der Werke des Schriftstellers beschäftigt war, und vor allem in dem Zeitraum, als er mir mit zitternder, gebrochener Stimme kapitelweise *Das verbotene Dorf* diktierte, ein beinahe absolutes Gedächtnis für Worte entwickelt hatte und die exakte Formulierung eines ganzen Kapitels wiedergeben konnte, nachdem ich es nur einmal gehört hatte, gelang es mir nicht, den Wust von Worten, der in jener kühlen Dämmerstunde aus Ditha Sorokas Mund kam, im Gedächtnis zu behalten. Dennoch entstand, je länger mich Ditha mit sinn- und zusammenhangslosen Worten und Sätzen überschüttete, auf höchst eigenartige Weise in meiner Vorstellung ein klares, scharfes Bild von dem, was sich zwischen dem Schriftsteller und Oded Paretzki in jener Phase, als die beiden einander näherkamen und sich angefreundet hatten, ereignet haben mußte. Der Schlüsselsatz, der sich mit schöner Regelmäßigkeit und in immer kürzeren Abständen wiederholte, lautete: »Bevor er ihn kannte, hat er nicht getrunken«, um manchmal auch in umgekehrter Reihenfolge, »Er hat nicht getrunken, bevor er ihn kannte«, wiederholt zu werden. Trotz der mit der Rekonstruktion von Dithas wirren Ausführungen verbundenen Schwierigkeit werde ich versuchen, in etwa jene Sätze wiederzugeben, die mir, als ich nach Hause kam, noch im Gedächtnis waren und mit denen ich eiligst meinen Computer fütterte, obgleich ich schon da wußte, daß es mir nicht möglich sein würde, mehr als nur eine Synopsis dessen, was ich im Gedächtnis bewahrt hatte, festzuhalten, da nichts schwieriger ist, als Unordnung und das Fehlen jeglicher Logik zu rekonstruieren. Da aber der Sachverhalt von entscheidender Bedeutung für das Verständnis jenes einschneidenden Kapitels im Leben meines Vaters ist, das indirekt auch großen Einfluß auf mein Leben gehabt hat, versuchte ich, mein Bestes zu geben, damit die Dinge, die ich bei jener nächtlichen Wanderung aus Ditha Sorokas Mund erfahren hatte, nicht verlorengingen. Doch jetzt, da ich erneut lese, was ich damals auf die Festplatte meines Computers gebannt habe, wird mir klar, daß ich den Dingen eine Ordnung aufgezwungen habe, die sie nicht hatten, als sie aus Dithas Mund kamen, und daß ich, anstatt ihre Worte bloß zu rekonstruieren, festgehalten habe, was ich selbst aus ihrem langen Monolog verstand, der mit jenem Satz begann, den ich als einzigen wortwörtlich wiedergeben kann: »Man muß das den Männern sagen, sie werden verstehen, die Frauen nicht, aber die Männer werden verstehen.« Was sie danach sagte, war in etwa, daß alles damit zusammenhänge, daß er nicht getrunken habe, bevor er ihn gekannt habe, aber er habe ihn verführt, während er selbst trocken geblieben sei oder fast trocken, weil er niemals die Kontrolle verloren habe, und um sich seiner Seele zu bemächtigen, habe er sich des jüdischen Themas bedient, weil er von *dort* gekommen sei mit all den Komplexen und hier einen jungen, begabten Menschen getroffen habe, bei dem die Landschaft und die Luft und die Hitze und die Farben, bei dem alles, alles gestimmt habe, weil er nicht nur für alles ein Gespür gehabt habe, sondern auch einen erleuchtenden Spiegel vorzuhalten gewußt habe, wie er ihm einmal über seine Bilder gesagt habe, wir irren durch die Dunkelheit, tasten uns in der Finsternis voran, sehen den Weg nicht, erkennen keinen Ausgang, und du hältst uns einen erleuchtenden Spiegel vor, denn ein einfacher Spiegel, den man gegen die Dunkelheit richtet, spiegelt nur Dunkelheit wider, so daß man in ihm nicht das geringste sehen kann, aber ein erleuchtender Spiegel, so habe er ihm erklärt, erleuchtet die Dunkelheit und spiegelt wider, was sich in ihr befindet, weshalb Menschen plötzlich ein Bild bekommen, sehen, daß sie Teil irgendeines Seins sind und nicht nur bloße verlorene Kreaturen, die eine höhere Macht in Abgründe von Finsternis geworfen hat. Und er beneidete ihn, obwohl er das niemals zugegeben hat, ich weiß, daß er ihn beneidete, wiederholte Ditha mit großer Überzeugung, er beneidete ihn darum, daß es ihm gelungen war, eine Sprache zu finden, daß er eine Sprache hatte, eine reiche, lebendige und exakte Sprache aus Linien, Formen und kräftigen Farben, die mit Genauigkeit übermittelten, was hier geschah, und daß es ihm leicht von der Hand ging, ohne jede Anstrengung, ein Strich von ihm, und schon hatte man den Horizont, wie er hierzulande ist, der Schattenriß eines Hügels, der mit Mühe ein wenig ansteigt, darüber irgend etwas Gekräuseltes, vielleicht ein magerer Baum, vielleicht ein paar staubige Sträucher, die sich im Wind bauschen, Knäuel der stachligen Gundelia, schon spürte man die Hitze und den weißen Himmel, was soll man sagen, er mußte nur die Malkohle in die Hand nehmen, und schon wurde Gold daraus, wohingegen *er* Wörter und immer mehr Wörter setzte, sich bemühte und bemühte, und am Ende nur Kacki dabei herauskam, stellte Ditha mit kindlicher Freude fest und wiederholte den Ausdruck unter komischer Betonung zweimal. Er war nämlich nicht von hier, und es hat ihm alles nichts genützt, bei der größten Hitze in Hemd und Jackett mit Hut spazierenzugehen, als wäre er im Herzen Europas, also hat er ihn beneidet, und wie er ihn beneidet hat, alles fing mit Neid an, denn zu fassen bekommen hat er ihn mit der jüdischen Sache, man muß es den Männern sagen, sie werden verstehen, die Frauen nicht, aber die Männer werden verstehen. Ich saß dabei, hörte, wie alles anfing, reden konnte er ja, wenn er bloß fähig gewesen wäre, so zu schreiben, wie er reden konnte, denn er zog ihn wie mit Zauberstricken in die Schwäche, in Fäulnis und Krankheit, suchte und suchte, bis er seinen Schwachpunkt gefunden hatte, die Hingabe an etwas, und das war der Schnaps, denn aus der Synagoge brachte er eine Flasche Sprit mit, dieser Gerechte, sie saßen bei einem Stück gesalzenen Fisch zusammen, den seine kranke Frau zurechtschnitt und ihnen auf einem kleinen Teller zusammen mit Zwiebelringen und Schwarzbrot servierte, und er lehrte ihn sechsundneunzigprozentigen Schnaps zu trinken, Bronfn nannte er das Zeug, »nu, lomir trinken a glesl bronfn«, und Oded plapperte ihm nach wie ein Papagei, versuchte, diese Sprache zu erlernen, lomir trinken a glesl bronfn, über die Sprache trichterte er es ihm ein, und plötzlich begann er, in dieser Sprache zu quatschen, wie von Zauberhand zog er ihn, man muß das den Männern sagen, sie werden verstehen, die Frauen nicht, aber die Männer werden verstehen. Bevor er ihn kannte, hat er nicht getrunken, wie die Gazellenböcke versuchen, einer den anderen mit ihren Hörnern zu kastrieren, so ist er ihm mit dem verfluchten Schnaps in die Hose gefahren, lomir trinken a glesl bronfn, so hat es angefangen, so ist er in diese Schwärze gezerrt worden, und dieser Bastard hat nie sein Glas ausgetrunken, hat den ganzen Abend höchstens eineinhalb kleine Gläschen geleert, aber ihm hat er die ganze Zeit nachgeschenkt, nu, trink, trink noch a glesl. Bald hat er ihm auch das nicht mehr sagen müssen, hat nur noch die Flasche auf den Tisch gestellt, und er hat getrunken, ein Glas nach dem anderen, hemmungslos, bis er einen Alkoholiker aus ihm gemacht hatte. Ich sah, wie er ihm von der Seite auflauerte, wartete, daß es ihn packen und nicht mehr loslassen würde, und er fing an, eine rote Nase und rote Wangen vom Alkohol zu bekommen, rote Augen, die vom Alkohol tränten. Und dann setzte er ihm die Leuchter in den Kopf, ein zutiefst jüdisches Motiv, die Schabbatleuchter, saß Stunden und verwirrte ihm das Hirn mit diesen Leuchtern, bis er nicht mehr in der Lage war, irgend etwas anderes als Leuchter zu malen, verschnörkelte Leuchter und gewundene Leuchter, Leuchter, die im Kreis tanzen, und Leuchter, die am Galgen hängen, von Kugeln durchlöcherte und blutüberströmte Leuchter, die sich haufenweise neben Hinrichtungsmauern und Massenerschießungsgruben wälzen, Leuchter, die im Meer ertrinken, Leuchter in Krankenbetten, die an Herz-Lungen-Maschinen hängen, und Leuchter bei einer Beerdigung, die einen Leuchter, der in ein Totengewand gehüllt auf einer fahrbaren Totenbahre liegt, zum Grab rollen. Obwohl die Kritiker weiterhin seine Werke enthusiastisch feierten und sichtbare und versteckte Bedeutungen in seinem Leuchtermotiv fanden – er war nicht dumm, wußte, daß er aus einem alkoholgeschwängerten Hirn heraus kindische Allegorien malte, daß er nicht mehr in der Lage war, einen präzisen, tiefschürfenden Gedanken zu fassen, sondern sich nur noch an große Dinge klammerte, die Nichtigkeit des Seins, das Leben und der Tod, Symbole, Symbole und noch mal Symbole, und *er*, der ihn in die Welt der jüdischen Symbole gezerrt und ihm das Motiv der Leuchter in den Kopf gesetzt hatte, er übte in jener Phase grenzenlose Macht über ihn aus. Mit dem Zerfall seiner Persönlichkeit wurde nach und nach auch sein Sprechen immer fahriger und zerstreuter, begann er einen Satz, verfing sich in der Mitte, geriet in alle möglichen Irrgärten, vergaß, woher er gekommen war und wohin er gehen wollte, so daß, was in der Vergangenheit eine liebenswerte Macke gewesen war, die alle mochten, mit der Zeit zu unverständlichem Gequassel wurde und es nur noch hin und wieder vorkam, daß Formulierungen aus ihm herausbrachen, die an das erinnerten, was seine überraschende Auffassung der Realität gewesen war, denn bevor er ihn traf, hat er nicht getrunken, und jetzt wurden solche Geistesblitze immer seltener, eine Art Abglanz der Zerstörung, bis auch die Leuchter anfingen, ihm zwischen den Fingern zu zerbröseln. Wenn du wüßtest, wie viele Gemälde er angefangen und nicht vollendet hat, man muß das den Männern erzählen, sie werden verstehen, die Frauen nicht, aber die Männer werden verstehen. Auch als ein Galeriebesitzer bei ihm eine ganze Serie von Leuchtergemälden bestellte, weil sich das Zeug, diese gefälschte Ware, als jüdische Kunst weiß Gott nicht schlecht an die Touristen verkaufen ließ, und ihm sogar einen dicken

Vorschuß zahlte, war er nicht in der Lage, dieses Gemälde, nu, ich hab vergessen, wie er es nannte, zu Ende zu malen, acht geschlagene Monate hat er daran gearbeitet und es nicht mal geschafft, wenigstens die erste Sektion fertigzustellen, bis er eines Tages einfach vor dem Bild zusammengebrochen ist, das kannst du glauben oder nicht, er ist einfach hingefallen und hat das Bewußtsein verloren. Ich hab dann zugesehen, daß diese Leinwand wegkam, auf der nach acht Monaten Arbeit nichts weiter als Schmierereien über Schmierereien waren, bis man nicht mehr sehen konnte, wo es anfängt und was das überhaupt sein sollte, denn er hat Buchstaben, Hieroglyphen, Zahlen hineingestopft, was hat er nicht alles hineingestopft, und je mehr er reinstopfte, desto weniger wurde es ein Gemälde, und das über ihn zu sagen, glaub mir, das tut weh, aber es war nichts zu machen, denn als er aufwachte, gab er auch noch den Rest des Geldes, das er von dem Galeriebesitzer erhalten hatte, fürs Trinken aus, fand dann das Bild, das ich versteckt hatte, weil ich nicht gewagt hatte, es zu zerstören oder in den Müll zu werfen, obwohl ich genau das hätte tun sollen, all diese Leuchter in den Müll werfen oder sie verbrennen, aber die meiste Zeit lag er ohne Bewußtsein da, und wenn er es für einen Augenblick wiedererlangte und seine Augen aufschlug, die mit einemmal so verletzlich aussahen, versuchten, sich an irgend etwas festzuhalten, hatte ich solches Mitleid mit ihm, liebte ich ihn, diesen starken, impulsiven Mann, der plötzlich kraftlos wie ein Baby vor mir lag, so sehr, daß ich nicht das Herz hatte, dieses Bild zu nehmen und es wegzuwerfen, was ein Fehler war, denn als er wieder ein wenig zu Kräften kam, fand er dieses Kunstwerk, auf das er acht Monate verschwendet hatte, stellte es vor sich auf eine Staffelei, hockte stundenlang davor und stierte auf diesen Dreck, der für mich ein Symbol für all den Dreck war, den *der* ihm mit all diesen jüdischen Symbolen und Motiven in den Kopf gesetzt hatte. Seine Augen klappten alle paar Momente zu, sein Kopf sank auf die Brust, und wenn er erwachte, streckte er die Hand nach der Flasche aus, um das Glas zu füllen, weshalb ich die Flasche hätte wegräumen sollen, aber das konnte ich ihm nicht antun, denn ich sah, wie er in den Momenten, in denen er wach war, litt, so daß ich ihm die Flasche ließ, obwohl ich spürte, die ganze Zeit über spürte, daß etwas sehr Schlimmes passieren würde. Und eines Nachts geschah es dann auf die allerdümmste Weise, als ich im Bett lag und ein Buch las, weil ich kein Auge zumachen konnte, und er neben mir schlief. Mir schien sogar, daß er ruhig schlief, weshalb ich vollkommen überrascht war, als er sich plötzlich im Bett aufsetzte, »Was war das?« sagte, und, noch bevor ich »Was?« fragen konnte, nach hinten fiel, als hätte er eine Kugel in den Kopf bekommen, und das war's, Blutgerinnsel im Gehirn, doch als *er* kam, um ihn im Pflegeheim zu besuchen, und an seinen Rollstuhl treten wollte, der auf dem langen Balkon zum Garten stand, ließ er ihn nicht herankommen, und so schwer es auch für ihn war, beinahe unmöglich, einen Ton aus seinem halbgelähmten Mund zu bekommen, nahm er alle physische und psychische Kraft zusammen und stieß wie ein waidwundes Tier ein Knurren hervor, aus dem verkrüppelte Worte ohne Kopf und ohne Beine hüpften, und obwohl es unmöglich war, ein Wort zu verstehen, begriff er die unmißverständliche Intention, da das fürchterliche Knurren deutlicher als hundert Worte sagte, verschwinde auf der Stelle von hier und wage es nicht, deine Visage noch einmal blicken zu lassen. Er drehte sich um und verschwand, wie er gekommen war, versuchte danach noch, den Naiven zu mimen und sich bei mir zu erkundigen, ob dieser unerklärliche Wutausbruch inzwischen vorüber sei und ob er kommen könne, aber er weigerte sich einfach, ihn zu sehen, und murmelte in einem Moment relativer Klarheit: »Ag i, a er iht eruchn oll, ir u ahe u ommn«, was heißen sollte: »Sag ihm, daß er nicht versuchen soll, mir zu nahe zu kommen«, und als ich ihn fragte, warum, erzählte

Ditha genau in dem Augenblick, als ich ihr die unverschlossene Tür ihres Hauses öffnete und wir das große, leere Haus betraten, das berühmte Soroka-Haus, das ihr Vater, der reiche Herr Soroka, in Form eines Hufeisens erbaut hatte. In dem einen Bogen befand sich das Eßzimmer, die geräumige Küche mitsamt dem großen Keller, den man darunter ausgehoben hatte, sowie der breit angelegte Flur mit der Treppe, die zu einer Aussichtsplattform mit Schießscharten führte, die auf die Obstplantagen hinausgingen und auf das Dorf, das einst dahinter gelegen hatte, eine Ansiedlung von Beduinen, die zu Beginn des Jahrhunderts aus der Wüste gekommen waren und sich dort dauerhaft niedergelassen hatten, bis sie das Dorf mit Ausbruch des Krieges verließen, ihre Behausungen untergepflügt und darauf weitere Obstplantagen angelegt wurden. In dem anderen Bogen des Hufeisens lagen hintereinander vier Zimmer, ein jedes mit eigenem Bad und Toilette, und am Ende das großzügig bemessene Schlafzimmer von Herrn Soroka und seiner Frau Lilli, die jetzt nebeneinander auf dem Friedhof des Dorfes neben den Opfern der blutigen Unruhen liegen, in dem Feld, das den Veteranen der Hagana, zu deren Begründern Herr Soroka zählte, vorbehalten war. Ein Blick genügte, um den Traum zu sehen, den Herr Soroka gehabt hatte, als er dieses sonderbare Hufeisenhaus plante und errichtete, das gedacht war, die Familien seiner drei Söhne und seiner Tochter zu beherbergen, die mit ihren kleinen Kindern kommen und das Haus mit Freude und Jauchzen erfüllen würden. Und nicht von ungefähr entschied sich Herr Soroka, dem Haus die Form eines Hufeisens zu geben, um den bösen Blick und alles Unglück von seiner Familie abzuwenden. Aber sein Traum vom Glück sollte nicht in Erfüllung gehen, denn im Dorf erzählte man sich gern, daß sich nur ein einziges Mal alle Mitglieder der Familie Soroka in dem Haus, das für sie maßgeschneidert war, einfanden und, nachdem sie zwei oder drei Tage dort verbracht hatten, sich wieder in alle vier Himmelsrichtungen zerstreuten, der älteste Sohn Itamar zurück nach Arizona, wo er mit seiner amerikanischen Frau und seinen Kindern lebte, die niemals das Dorf und das Hufeisenhaus zu Gesicht bekommen würden, die Zwillinge heim nach Kanada und Ditha, die nie heiraten und Kinder haben sollte, in die große Stadt, wo sie in einem Film Furore machte und man ihr eine große Zukunft prophezeite, bis sich ihre Seele an die von Oded Paretzki kettete, und das große Haus blieb verwaist, die Zimmer standen all die Jahre leer, und am Ende starben Herr Soroka und Lilli. Nun verbrachte Ditha den Rest ihres Lebens in einem Winkel dieses Horts der Einsamkeit, kamen von überall her die Katzen zu ihr gelaufen, denen sie, die stammelnde Sprache Oded Paretzkis nach seinem Gehirnschlag imitierend, »I ae n, di'e ann at mi umeracht« zuzischelte, was anscheinend heißen sollte: »Ich hasse ihn, dieser Mann hat mich umgebracht.« Danach fuhr sie fort, in diesem ununterbrochenen Redefluß mit ihren Katzen zu sprechen, zwitscherte ihnen zu, was ist denn, was ist los, Felix, ja, ja Sabina, ihr kriegt ja schon Milch, gleich, gleich, und als ich mich vom Stamm der gefällten Zypresse erhob, der am Wegesrand lag, Vaters Hand ergriff und begann, in Richtung Dorf zu gehen, gehorchte mir Vater und trottete ohne körperlichen Widerstand neben mir her, begann dann aber, wir waren noch nicht sehr weit gekommen, zu murren und sich zu beklagen, ich schleifte ihn nach Hause, und wenn du dich wirklich um mich sorgen und mein Bestes wollen würdest, hättest du mich gehen lassen, wohin ich will, sagte er, hättest mich nicht gewaltsam hingeschleppt, wohin ich gar nicht will, aber dir geht es ja gar nicht um mein Wohl, nein, nein, du bist immer nur um dein Wohl besorgt, um dein kleines Wohl, deine Annehmlichkeiten, du hast Angst vor einem Skandal, willst nicht, daß in der Zeitung steht, der Vater des Dichters ... der Vater des Dichters ... Hier verstummte Vater, ohne zu sagen, was ich nicht in der Zeitung über den »Vater des Dichters« stehen haben wolle, als plötzlich ein einsamer Schuß die Nacht zerriß, erst das Pfeifen des Projektils und eine Sekunde später das Bellen des Knalls zu hören war. Vater sagte, du kannst nach Hause gehen, mach dir keine Sorgen um mich, ich bleibe noch ein bißchen draußen, ich kann ohnehin nachts in diesen Stunden nicht schlafen, obwohl ich müde bin, fügte er wie ein Geständnis hinzu. Ich bin sehr müde, sehr, sehr müde, das Leben wird wertlos weggeworfen für Menschen, die kein Interesse an uns haben, ich bin niemandem mehr etwas schuldig, aber niemand hat wirklich Interesse an jemand anderem, oder vielleicht hast du ja ehrliches Interesse an irgend jemandem, ein Interesse, das nichts mit bloßer Lust oder dem Verscheuchen der Einsamkeit gemein hat, ja, ja, der Mensch öffnet das Tor, und die Diebe schlüpfen herein, die Plagiatoren, Betrüger, Blender, Scharlatane, wozu sonst schreibst du deine Gedichte, das Leben ist doch nichts als Augenwischerei und jedes Wort darüber überflüssig, wenigstens in dem Punkt mußt du mir zustimmen, du mit deinem Entschluß, das Recht zu schweigen in Anspruch zu nehmen, ich hab das Motto gelesen, das du deinen Vogelgedichten vorangestellt hast: »Die Worte beschmutzen die Erhabenheit der Stille.« Ein großer Dichter, der Mann, der das gesagt hat, aber wenn es das ist, was er wirklich denkt, warum hat er dann nicht geschwiegen, fragte Vater und schien darauf zu warten, daß ich auf seine Behauptung antwortete, so daß ich darüber nachdachte, was ich ihm hätte antworten sollen, und nichts fand. Vater zog ein weißes Taschentuch hervor, betrachtete es, nachdem er sich damit den Schweiß von der Stirn gewischt hatte, und sagte, in dieses Taschentuch hatte ich am Tag unserer Hochzeit den Ehering deiner Mutter und meinen gewickelt, es steckte in meiner Tasche bei der Trauung und bei der Beerdigung deiner Mutter, und jetzt geht auch der Sommer vorüber. Tatsächlich kam in dem Augenblick eine Brise auf, die raschelnd durch das Blattwerk der Obstplantagen fuhr, als ich ihn wieder in die Richtung des Dorfes zog, Vater sich nicht widersetzte, sich aber auch nicht fügte, sondern nur laut vor sich hin sinnierte: »Eine nicht wiedergutzumachende Vergeudung«, wobei ich nicht wußte, was er diesmal meinte, das Leben allgemein oder nur die Energie, die ich in meine Hartnäckigkeit setzte, ihn nach Hause zu schleifen, doch dann bestätigte er meine zweite Annahme, indem er sagte, geh nach Hause, dir fallen schon die Augen zu, um dann beruhigend hinzuzufügen, du mußt nicht mehr auf mich aufpassen, ich werde mir nichts antun. Seine Worte wurden vom gedämpften, fernen Echo einer Maschinengewehrsalve begleitet, das von den Bergen im Osten kam und von Vater aufgegriffen wurde, der sagte, ich habe keine Angst, du kannst gehen, ich habe mich zu weitaus gefährlicheren Zeiten in den Plantagen herumgetrieben, als die Arbeiter jeden Augenblick auf eine Mine treten oder auf dem Weg zur Arbeit aus dem Hinterhalt ermordet werden konnten. Diese Zitrusplantagen waren unser Quell des Lebens und des Todes. Ich wollte zu ihm sagen, Vater, aber da kam der dumpfe Knall einer explodierenden Handgranate, und als wieder Stille eintrat, meinte Vater, geh nach Hause, schade um deine Energie, warum beharrst du darauf, mit mir zu leben, es gibt keinen mehr, mit dem du leben könntest, ich bin schon kein Mensch mehr. Im selben Moment stürzte sich ein Greifvogel auf das Nest der Gelbsteißbülbüls im Geäst der nahen Zypresse, auf einen Schlag brachen lautes Flattern, verschreckte Schreie und verzweifeltes Zirpen los, dann erneuter kräftiger Flügelschlag und das Geräusch eines davonrauschenden Vogels, ehe Totenstille eintrat und Vater sagte, es war ein Leben, und nun ist es das nicht mehr, ich frage dich, kann man einen toten Körper wieder zum Leben erwecken? Antworte mir, es ist doch unmöglich, einen toten Körper wiederzubeleben, also warum denkst du, daß man eine tote Seele wieder zum Leben erwecken kann? Du rühmst dich doch, ein Dichter zu sein, vertiefst dich in die Sprache der Vögel, sag mir nur eines, dem Körper wird Ehre gewährt, man begräbt ihn tief in der Erde, bevor er anfängt, vor aller Augen zu verwesen und zu stinken, also warum gewährt man diese Ehre nicht der toten Seele, frage ich dich, meine Seele ist tot, glaub mir, in mir herrscht Stille, nicht ein Wort oder eine Gefühlsregung »beschmutzen« sie, wie dieser Dichter von dir gesagt hat. Aber in ihr ist keinerlei Erhabenheit, in dieser unbeschmutzten Stille, eine stinkende Totenstille ist das, ohne Begierde, ohne Gefühl, ich liebe niemanden mehr, keine Frau, keinen Mann, kein Kind, keinen Hund, keine Katze, ich interessiere mich für nichts mehr, mache den Fernseher an, verliere nach fünf Minuten das Interesse, schalte ab, und dasselbe passiert mir mit Büchern, ich nehme ein Buch in die Hand, fange an zu lesen, und nach einem Absatz oder zwei sehe ich nur noch Myriaden von Wörtern, ich hab keine Geduld mehr für diesen Quatsch, erst neulich, in einer der letzten Nächte, hab ich irgendein neues Buch aufgeschlagen, habe den ersten Absatz gelesen und mich so aufgeregt, daß ich das Buch zum Teufel geschickt habe, so eine Mixtur aus Behördensprache, Zeitungssprache und Poesie, alles eilig und mit grober Hand zusammengefügt, ohne das geringste Sprachgefühl, wie die Architektur in unseren Städten, wie die neuen Häuser, die hier im Dorf wie die Pilze aus dem Boden schießen, eine vollkommen ungenießbare Mischung von Stilen und Geschmacksrichtungen, ein jeder bemüht, die anderen zu beeindrucken. Schufuni an-nass, sagte Vater auf arabisch und lieferte gleich auf jiddisch die Erklärung hinterher, oh, do bin ich, was mich an unsere Katze denken ließ, der ich zugesehen hatte, wie sie den Dchikslik-Lurch verspeiste. Auch Otobinich lebt schon lange nicht mehr, dachte ich. Wohin führt das nur alles, sinnierte Vater, hin auf irgendeinen großen Zerfall, erst gestern kam ich vom Hof ins Haus, sah mich um, und unendliche Trostlosigkeit überkam mich, als ich vor den leeren Räumen stand und mir sagte, schau, ein Leben, das war – und nun vorbei ist, und was ist geblieben, Erinnerungen etwa? Was für Erinnerungen denn, was soll das sein, Erinnerungen, meine Seele ist tot, sage ich dir, spürt nichts mehr, keine Liebe, keinen Haß, gar nichts mehr, null, hörst du, null, das Problem ist, daß die Medizin den klinischen Tod der Seele bislang nicht anerkennt, was besagt, daß die Medizin ein schwerwiegendes Problem hat, ein sehr schwerwiegendes Problem, denn die meisten Menschen sterben lange Zeit, bevor ihr Leben tatsächlich zu Ende geht, doch ein solches Leben will ich nicht, ich will sterben, laß mich gehen, bitte, was willst du denn, willst du mich, tot, wie ich bin, etwa gewaltsam unbeerdigt lassen, bis ich anfange zu verwesen, zwei Monate habe ich schon nicht mehr geschlafen, hörst du, zwei Monate habe ich kein Auge mehr zugemacht und einen Monat schon nichts mehr gegessen, ich gehe, Schalom. Vater machte kehrt und wandte sich zum Meer, doch ich war mit einem Satz bei ihm und versperrte ihm den Weg, worauf er mir einen Stoß versetzte und mich anherrschte, weg da, ich gehe nach Hause, ich habe meinen eigenen Weg, habe mich auf diesen Pfaden herumgetrieben, als ringsum die Schakale heulten, laß mich meinen Weg nehmen, durch die Felder, da, man kann schon das Pfeifen des Zugs hören, ich gehe zu den Gleisen, ich nehme den Zug, der Zug pfeift schon, auf Wiedersehen, geh weg, laß mein Bein los, nu, laß mein Bein los und steh vom Boden auf, bist du verrückt geworden, am Ende sieht dich noch jemand, ein erwachsener Mann von über vierzig sitzt auf der Erde und klammert sich an das Bein seines Vaters, das Gerücht wird sich in Windeseile verbreiten, sie werden sagen, du hast den Verstand verloren, das wird deiner Karriere schaden, sie werden dich nicht mehr zu internationalen Kongressen und zu Dichter- und Ornithologentagungen einladen, denn wer würde einen Menschen, der sich so aufführt, entsenden, um unser Land zu repräsentieren oder sogar nur die Vögel, die auf ihrer Wanderschaft hier durchkommen, oder wen auch immer du da vertrittst, auf diesen Kongressen, auf einmal sorgst du dich um mich, auf einmal ist es dir so enorm wichtig, daß mir nichts zustößt, du klammerst dich an mich, weil du Angst hast, ich könnte dir die Reise verderben, wer wartet da auf dich, daß du so besessen darauf bist, zu fahren, wurde Vater stutzig, während ich an die Frau mit dem Honighaar dachte, in meinem Inneren mit ihr sprach, wo bist du, wo bist du. Aber Vater unterbrach mich und sagte, du hast nie erfahren und wirst nie erfahren, was Liebe ist, du bist ein Kind geblieben, und ich behandele dich wie einen Erwachsenen, wie an einen erwachsenen Menschen wende ich mich an dich. Da erwachte ein erster Vogel und zirpte, slik-slik-slik, ripitschupislik – ein Gelbsteißbülbül, der seine Nachbarn rief und noch nicht wußte, daß ihr Nest in der Nacht von einem Greifvogel ausgeraubt worden war, weshalb er nun seinen Ruf mit einem Fragezeichen wiederholte, tschupisripislik, tschupislik, tschupislik, piup-piup-piup-piup-piup, ripitschupislik, ehe er plötzlich die grausige Entdeckung machte und mit panischem Kreischen aufstieg, um die Nachricht von einem Ende der Welt zum anderen zu verbreiten, aufgeregt twiet, twiiet, twiiiet schreiend. Vater sagte, hilf mir zu verschwinden, das wird dein Geheimnis sein, vielleicht werden dann auch deine Gedichte erwachsen, denn du mußt aufhören, in der Vogelsprache zu schreiben und endlich anfangen, in der Sprache der Menschen zu schreiben und vielleicht auch zu sprechen, du denkst, daß ich krank bin, ich bin nicht krank, schau, ich war im Krankenhaus, und sie haben mich entlassen, ich leide, aber ich bin nicht krank, ich habe auf alle ihre Fragen geantwortet wie ein gesunder Mensch, ei, ei, ei, seufzte Vater und lachte, diese Ärzte, Professoren, was ein Mumpitz, ich hab ihnen gesagt, daß mir manchmal ein bißchen traurig zumute sei, wenn ich ganze Tage und Nächte allein zu Haus sitze und niemand vorbeischaut, so eine Art seelische Traurigkeit, hab ich zu ihnen gesagt, eine Art Bedrücktheit, und der Professor, ein Oberschlauer, hat mich gefragt, ob ich keinen Fernseher hätte, und ich hab ihm geantwortet, ich hätte einen, aber der mache mich nur noch trauriger, worauf er fragte, wieso, und ich ihm gesagt habe, die Nachrichten seien schrecklich und die Serien dämlich, worauf alle Kommissionsmitglieder gelacht und mir beigepflichtet haben und er, der Professor, mich gefragt hat, was ich denn täte, um die Einsamkeit zu vertreiben. Da habe ich zu ihm gesagt, ich läse all die Bücher, die ich schon immer hätte lesen wollen und nie die Zeit dazu gehabt hätte, hörte klassische Musik und schriebe meine Memoiren, ein netter Mann, der Professor, ich wollte ihm eine Freude machen. Und als er mich gefragt hat, was mir angst mache, habe ich gesagt, ich hätte Angst davor, eines Tages meinem Sohn zur Last zu fallen. Außerdem fürchtete ich physisches Leid, die Einsamkeit, ein Nachlassen der geistigen Fähigkeiten und des Gedächtnisses. Und ich wolle nicht, daß mich die jungen Krankenschwestern anfaßten, was den Professor zu der Bemerkung veranlaßte, das sei nun mal ihre Arbeit, aber ich habe gesagt, ich wolle das nicht, weshalb er schließlich meinte, ich verstehe Sie, und mich aus dem Krankenhaus entlassen hat. Im selben Moment hob ein erstes Passagierflugzeug vom internationalen Flughafen ab, ließ das Dröhnen seiner Triebwerke alle Stimmen der Tier- und Pflanzenwelt ersterben, lauschte die Schöpfung angespannt dem keuchenden, schnaufenden Riesen bei seiner Besteigung der Wolkenberge, bis das Pfeifen der Maschinen des behäbigen Kolosses immer mehr entschwand und sich mit dem kosmischen, alles aufsaugenden Lärm vermischte. Vater sagte, auf Wiedersehen, und fügte dann hinzu, wenn ich eine Chance habe, dann ist es diese, ich gehe zu einem Treffen, ich habe ein wichtiges Treffen, ein Treffen, auf das ich viele Jahre gewartet habe, ich muß gehen, ohne sie gibt es kein Leben für mich, laß mich gehen, ich will nicht, daß du mit mir kommst, hör zu, ich werde dir jetzt etwas anvertrauen, was ich noch niemandem gesagt habe: Als ich das Haus verließ, hatte ich ein Ziel, ich muß zu einem bestimmten Ort gelangen, ich weiß genau die Adresse, kenne den Weg, den ganzen Weg dorthin kenne ich, ich steige aus dem Zug, verlasse den Bahnhof, gehe über den Vorplatz, wende mich nach rechts, überquere die vielbefahrene Straße und biege sogleich nach links in die Allee ein, nehme die erste Straße nach rechts und folge ihr geradeaus, überquere eine kleine Straße, noch eine, und da ist das große Haus schon, worauf ich nach links in eine Sackgasse einbiege, bis zu ihrem Ende gehe und an einem Eisentor läute. Als er sich abwandte, um zu gehen, packte ich ihn kräftig am Arm und begann, ihn in Richtung des Dorfes zu zerren. Vater wehrte sich nicht, sondern greinte nur, du kannst mir ein Geschenk machen, das schönste Geschenk, das ich in meinem Leben bekommen habe, ehe er mich wie aus dem Nichts mit ganzer Kraft von sich stieß, und ich in den Sand fiel. Bevor ich auf die Beine kommen konnte, war Vater losgestürmt, stob wie ein Stier mit gesenktem Kopf davon und zertrümmerte im nächsten Augenblick seinen Schädel am Stamm einer Zypresse, ein Krachen und Splittern war zu hören, und ein Schwarm verschreckter Vögel flatterte verängstigt kreischend aus dem Baumwipfel auf, als Vater zu meinen Füßen zusammenbrach.

DREI

AUF EINER FÄHRPASSAGE ÜBER DEN ZUGEFRORENEN Øresund zwischen dem dänischen Helsingør und dem schwedischen Helsingborg, bei einer Temperatur von minus 20° Celsius, als die Fähre, die jeden Augenblick zermalmt zu werden schien, wie bei einem Erdbeben taumelnd und torkelnd hin und her geworfen wurde zwischen gewaltigen Eisblöcken, die sie brach und zur Seite schob, wo sie sich knirschend und berstend wie liebestolle Riesenschildkröten übereinanderschoben, hörte ich plötzlich und rein zufällig bei einem Gespräch, das in dürftigem, langsamem Englisch mit starkem Akzent zwischen einem Franzosen mit vergeistigtem, von einem Bärtchen verziertem Gesicht und einem kahlköpfigen deutschen Arzt aus Hamburg geführt wurde, den Namen jenes Medikaments, das Vater während seiner letzten Tage verabreicht worden war. Die Erwähnung des Medikaments durch den deutschen Arzt schreckte mich auf einen Schlag aus meinen Gedanken und rief mir den Moment, in dem ich die Einverständniserklärung zu seiner Anwendung unterschrieben hatte, in Erinnerung. Aus den Ausführungen des Arztes bekam ich nun jedoch mit, daß die Verordnung des Medikaments schon seit einiger Zeit untersagt war, nachdem sich herausgestellt hatte, daß es hoch giftig und äußerst gefährlich war, worauf mir unwillkürlich mein Vater vor Augen trat, mit Lederriemen an sein Bett fixiert, an Händen und Füßen festgeschnallt, um den Kopf einen weißen Verband, und neben seinem Bett ein mit abblätternder, grauer Ölfarbe gestrichener eiserner Infusionsgalgen, auf dem in weißen, mit schwarzen Schmutzstippen gesprenkelten, amputierten Schablonenlettern »Eigentum der Krankenkasse« stand, als wenn jemand ohne diese Aufschrift auf die Idee gekommen wäre, dieses graugestrichene Eisenmonstrum zu stehlen, an dem ein durchsichtiger Plastikbeutel herabhing, dessen obere Hälfte platt und zusammengezogen war, während sich nach unten ein Schmerbauch wölbte, gefüllt mit der trüben Lösung jenes Medikaments, das tröpfchenweise durch einen durchsichtigen, gewundenen Plastikschlauch bis zu der Infusionsnadel rann, die in Vaters an das Bett geschnalltem Arm steckte. Am Kopfende seines Bettes hingen Monitore, auf denen flimmerndgrüne Linien auf grauem Hintergrund tanzten, deren ausgelassenes Treiben von Zirp- und Pieplauten begleitet wurde, die Vaters Herzrhythmus entsprachen und sich mit dem Scheppern von Töpfen und Metallkesseln vermischten, die von jenseits der Wand kamen. Genau in dem Moment, als ich mich vom Stuhl erhob, um in den Speisesaal zu gehen und ihm sein Abendessen zu holen, wurde ein Flügel des blauen Wandschirms, der Vaters Bett von drei Seiten umgab, da es an der vierten Seite von der Außenwand des Zimmers begrenzt wurde, hinter der komprimierte Dunkelheit lag, die sich im großen Fenstergeviert widerspiegelte, beiseite geschoben, und eine hübsche, großgewachsene junge Frau trat zwischen die blauen Schirme, in Jeans und weißem T-Shirt, die ihre volle, aber nicht dickliche Figur betonten. Sie trug ein Nirostatablett mit Edelstahlschüsselchen, in denen sich Quark, Joghurt und Kartoffelpüree befanden, und eine Plastiktasse mit dünnem Tee. Als sie mich sah, nahm sie eine Hand unter dem Tablett weg, reichte sie mir und stellte sich vor, während sie mit der anderen das

Tablett ausbalancierte. Als sie mir ihren Namen nannte, verstand ich, woher mir ihr großflächiges, offenes Gesicht mit den rosigen, ein wenig hervorstechenden Wangen, den vollen Lippen und den Augen voller Vitalität bekannt vorkam, denn in den sechziger und siebziger Jahren des vorigen Jahrhunderts, als sich das Leben im Land in immer schnellerem Rhythmus zu verändern begann und Begriffe wie Glamourgirl, Lustknabe, Partykönig, Königin des Nachtlebens und ähnliches in die Sprache Einzug hielten, zierte ihr Konterfei Titelseiten und Klatschspalten, und ihr Name wurde mit dem wilden Nachtleben und vor allem den Liebesaffären eines Playboys in Verbindung gebracht, eines Mannes mit dem glatten Gesicht eines zu groß geratenen Babys und kahlem Schädel, der barfuß und in ein langes Hemdgewand gekleidet, das an den Maler der Wiener Secession Gustav Klimt erinnerte, durch die Straßen der Stadt lief, wobei Schandmäuler zu erzählen wußten, daß unter diesem Talar seine großen Hoden und sein mächtiges Glied vollkommen frei hin und her pendelten, weil dieser Lebemann seinen Geschlechtsteilen keine Unterhose aufnötigte, damit er nur sein Gewand hochschlagen und seine Pracht präsentieren mußte, um sich flugs einem sich unverhofft ergebenden Geschlechtsakt widmen zu können, ohne auch nur eine Sekunde auf das Entkleiden und andere damit verbundene Verzögerungen zu verschwenden. Dieser wichtige biographische Umstand sollte einige Jahre später entsprechend gewürdigt werden in den Nachrufen, die seine Freunde auf ihn hielten, eine verschworene Gemeinschaft gegenseitiger Trauerredner, die füreinander rührende Nekrologe verfaßten, in denen sie dem gerade frisch aus ihrer Mitte Verschiedenen stets die Krone eines Geistesriesen aufs Haupt setzten, bis der letzte dieser Nachrufer verstarb und niemand mehr da war, um eine Grabrede auf ihn zu halten, und der ganze Haufen in Vergessenheit geriet. Als ich diese gutaussehende Frau, die mit dem Nirostatablett in den Händen vor mir stand, erneut betrachtete, bemerkte ich ein leichtes, fast nicht wahrzunehmendes Zucken, das wie eine Wolke unter ihrer Haut durchzog, trat mir in dem furchtsamen Ausdruck, der wie ein Schatten in ihren strahlenden Augen nistete, aus denen ein Aufblitzen ständiger Erregung kam, die dionysische Gestalt ihres barfüßigen Geliebten vor Augen, und plötzlich sah ich, daß das Tablett in ihren Händen zitterte, worauf ich die Hand ausstreckte, um es ihr abzunehmen, aber sie beeilte sich, das Tablett an ihren Bauch zu drücken, und sagte, nein, nein, bitte entschuldigen Sie meine Unverschämtheit, aber ich möchte ihn selber füttern, Sie sind sein Sohn, ich weiß, er hat mir von Ihnen erzählt, wir haben uns hier ein wenig angefreundet, Sie haben einen wundervollen Vater, wir waren im Garten spazieren, bevor er aufgehört hat zu essen und bevor sie mit der neuen Therapie begonnen haben, sagte sie und deutete mit ihrem energischen Kinn auf die Lederriemen, die meinen Vater ans Bett fesselten. Ich verstehe, daß Sie eine Einverständniserklärung unterzeichnet haben müssen, andernfalls wären sie nicht so mit ihm verfahren, aber ich mißbillige Ihr Verhalten nicht, Sie können ganz ruhig sein, die wissen hier, was sie tun, und ich sage das nicht aus Angst, es könnte mich einer hören, sie holen Menschen aus sehr kritischen Zuständen und bringen sie zurück in ein vollkommen normales Leben, nehmen Sie mich zum Beispiel, ich bin schon das dritte Mal hier, und diesmal bin ich aus freien Stücken hergekommen, als ich spürte, daß es wieder losging, plötzlich erwacht das in einem, so eine schwarze Welle, man spürt sie kommen und kann nichts dagegen tun. Ich hatte Angst, in meiner Wohnung zu bleiben, denn wenn es einen erwischt, wenn man alleine ist, das ist nicht gut, also bin ich gekommen und habe gebeten, sie sollen mich aufnehmen, und in zwei, drei Wochen werde ich wieder entlassen, obwohl ich schon jetzt entlassen werden könnte, wenn ich wollte, aber ich habe gebeten, noch hierbleiben zu dürfen, dem medizinischen Personal zu helfen, ich kann schon so gut wie alles machen bis auf Spritzengeben. Die Stadt vermisse ich überhaupt nicht, glauben Sie mir, wer sich für Menschen interessiert, kann sogar ein Jahr hierbleiben. Und ich schreibe, die ganze Zeit schreibe ich hier, wenn Sie einen Augenblick Zeit haben und es Ihnen nichts ausmacht, würde ich mich freuen, Ihnen die Gedichte zu zeigen, die ich hier geschrieben habe, aber nur, wenn Sie wirklich möchten, nicht bloß aus Höflichkeit, weil Ihr Vater mir erzählt hat, daß sie auch so eine Art Gedichte verfassen, Vogelgedichte oder so etwas Ähnliches. Verstanden habe ich, daß Sie irgendeine besondere Schrift erfunden haben, die den Gesang der Vögel genau wiedergibt, und daß man sich sogar im Ausland für Ihre Arbeiten interessiert, also wenn Sie tatsächlich einverstanden wären, würde ich mich freuen, Ihnen meine Gedichte zu zeigen, sagte sie, das zitternde Tablett in der Hand. Obwohl sie sich bestimmt sehr von den Sachen unterscheiden, die Sie schreiben, von denen ich mir denke, daß man sie lesen und gleichzeitig Aufnahmen von Vogelstimmen hören muß, wenigstens am Anfang, bis man dieses Alphabet, das Sie erfunden haben, beherrscht. Und danach sollen Sie, wenn ich richtig verstanden habe, alle möglichen anderen Kombinationen geschaffen haben, die die Bedeutung der Botschaften, die Vögel einander übermitteln, verändern, aber wenn man ihnen lange genug lauschte, würde man plötzlich entdecken, daß die Vögel eines Tages auch die Kombinationen verwenden, die Sie erfunden haben, ohne zu verstehen, was sie besagen, das heißt, wir verstehen es nicht, aber sie allem Anschein nach schon, denn warum sollten sie sonst plötzlich Gebrauch von den neuen Kombinationen machen. Wieder wollte ich ihr das zitternde Tablett aus der Hand nehmen, aber sie drückte es gegen ihren Bauch, als wollte sie es vor mir schützen, und fuhr fort, mit wachsender Erregung zu sprechen, sagte, daß sie, nachdem Vater ihr davon erzählt habe, was ich täte, begonnen habe, darüber nachzudenken.

Über diese besondere Sache, die Sie da machen, sagte sie, das hat mich die ganze Zeit beschäftigt, und plötzlich ist mir der Gedanke gekommen, wenn es wirklich so ist, wie Ihr Herr Vater mir erzählt hat, würde das bedeuten, daß die Vögel, wenn man ihnen genug Zeit ließe, alle Kombinationen verwenden würden, die die Zeichen ihrer Sprache zulassen, ich war mal sehr gut in Mathematik, hab eine Eins minus bekommen, im naturwissenschaftlichen Bereich, und alle haben gedacht, ich würde Wissenschaftlerin werden, aber Gott hat sich was anderes gedacht, denn genaugenommen kann es sein, daß sie sie alle schon einmal verwendet haben, denn wer weiß, was die Vögel in den Zehntausenden, Hunderttausenden oder Millionen von Jahren, die ihre Spezies existiert, schon alles geschafft haben, denn bevor Sie auf die Idee gekommen sind, hat ja nie jemand überprüft, ob die Vögel von allen Kombinationen, die sich mit dem Zeichensatz ihrer Sprache erstellen lassen, Gebrauch machen oder nicht, und im Grunde genommen gibt es dasselbe ja auch in unserer Sprache ... Je länger die Worte aus ihrem Mund wie aus einem gebrochenen Staudamm wogten, desto schneller und lauter wurde ihre Rede, als sei in ihrem Kopf eine Maschine angesprungen, die sich nicht mehr anhalten ließ. Ich sah, daß sie selbst bemüht war, den Schwall ihrer Worte einzudämmen, ihn aber nicht mehr kontrollieren konnte, und als ich ihr erneut das Tablett aus der Hand nehmen wollte, schrie sie, nein, ich will ihn füttern, und wandte sich brüsk an meinen Vater, der die ganze Zeit über mit geschlossenen Augen dagelegen hatten, so daß ich nicht wußte, ob er wach war oder schlief. Bei meiner Ankunft hatte er mich jedenfalls gesehen, hatte mir einen funkelnden Blick zugeworfen und mir mit erbitterter Feindseligkeit zugezischt, wag nicht, mir zu nahe zu kommen, verschwinde von hier, hatte dann den Kopf von mir weggedreht und die Augen geschlossen, die er auch während ihres langen Monologs nicht aufschlug, nicht einmal, als sie nun das Tablett auf der schmalen Holzplatte des Beistelltischs absetzte, die an einem Ende an einem langen Metallarm befestigt war, der wiederum in einem schweren Gestell mit kleinen Rädern mündete. Mit großer Gewandtheit justierte die junge Frau die Höhe der Tischplatte, so daß sie sie ungehindert über das Bett schwenken konnte, ließ sich selbst auf einem Stuhl neben dem Krankenbett nieder, streckte ihre Hand aus und begann, zärtlich Vaters Gesicht zu streicheln, dessen Haut sich unterhalb der Augen durch den Bluterguß, den er sich selbst zugefügt hatte, als er seinen Kopf gegen den Stamm der Zypresse rammte, violett verfärbt hatte. Ich betrachtete ihre sanfte Hand, die mit solcher Leichtigkeit und Natürlichkeit dieses Gesicht berührte, das ich selbst zu berühren nie gewagt hatte, dieses markante Gesicht meines Vaters, wobei ich mit einemmal unseren mit stahlgrauem Stoff beklebten hölzernen Grammophonkoffer vor Augen hatte. Vaters Hände öffneten den Verschluß der Abdeckklappe, hoben den Deckel, der sich wie das Maul des Krokodils in dem Buch *Das Krokodil und die Puppe* öffnete, das mir Captain Drury mitgebracht hat, der nicht nur Klaras Liebhaber, sondern auch ein ständiger Gast in unserem Haus und mit Vater befreundet war, der wiederum der Hagana erlaubt hatte, in den Zitrusplantagen unter einer der Baracken, in denen zur Erntezeit das Obst sortiert und verpackt wurde, zu graben und dort eine Waffenfabrik einzurichten, ohne daß die englische Lady, in deren Besitz die Pflanzungen waren, davon etwas gewußt hätte. Ich sah Vaters starke Hand die Kurbel, mit der die Mechanik des Grammophons aufgezogen wurde, aus den in der Innenseite des Deckels befestigten Federklipphalterungen nehmen, das eckige Ende der Kurbel in eine Öffnung an der Seite des Grammophonkastens stecken und dann die Handkurbel kräftig drehen, um die Feder des Geräts zu spannen. Und schon hatte er den Tonarm angehoben, dessen Kopf wie der einer Eule aussah, anstelle des Schnabels die von einer Schraube gehaltene Chrom-Nickel-

Nadel, löste die Arretierung des mit rotem Samt bezogenen eisernen Plattentellers, auf den er eine schwarze Schellackplatte gelegt hatte, ließ, als sich die Platte mit leisem Säuseln zu drehen begann, vorsichtig den Tonarm herab und setzte die Nadel mit äußerster Behutsamkeit auf den Rand der Platte, worauf aus der Vorderseite des Grammophons, aus den Aussparungen in Blatt- und Rankenform, die mit goldfarbener Seide hinterlegt waren, das Lied ertönte, das Vater dahinschmelzend und mit aschkenasischer Aussprache immer mitsang – »eine zärtliche Hand sie gehabt, o Mama«. Jetzt strichen die Finger der Königin des Nachtlebens mit ihren – allem Anschein nach – samtigen, weichen Kuppen über Vaters Wangen, aus denen graue Bartstoppeln sprossen, sie fragte ihn, wie geht es dir, doch Vaters Lippen blieben zusammengekniffen, er schwieg beharrlich, auch als sie ihn in sanfterem Tonfall erneut fragte, wie geht es dir, dann seinen kräftigen Hals streichelte und die Frage ein drittes Mal wiederholte, wie geht es dir, worauf sie, als er auch diesmal nicht antwortete, zu ihm sagte, ich habe dir Essen gebracht, willst du nichts essen? Vater ließ auch diese Frage unbeantwortet, so daß sie sie mehrfach wiederholte, wobei sie sich an mich wandte und mir erklärte, man dürfe nicht resignieren und keinesfalls aufgeben, da Menschen in einer solchen Lage nicht sogleich antworteten, sie wisse das aus persönlicher Erfahrung, man brauche viel Geduld. Dann bedrängte sie Vater abermals mit der Frage, willst du nichts essen, willst du nichts essen, als mit einemmal der blaue Wandschirm zur Seite geschoben wurde und das Gesicht der für die Nachtwache verantwortlichen Krankenschwester hereinlugte, die, als sie die Frau neben Vaters Bett sitzen sah, in Vorhaltungen ausbrach: Schon wieder Sie hier, was machen Sie denn hier, wie oft habe ich Ihnen gesagt, Sie sollen ihn in Ruhe lassen. Und als die Gespielin des barfüßigen Playboys in seinem Hemdgewand, unter dem seine Geschlechtsorgane wie Klöppel einer großen Glocke hin und her schwangen, aufsprang, packte die Krankenschwester sie an der Hand und forderte sie in resolutem, aber beherrschtem Tonfall auf, sie zu begleiten, um ihre Tablettenration zu bekommen, worauf diese Frau, die in den sechziger und siebziger Jahren des vorigen Jahrhunderts eines der am meisten verehrten Sexsymbole gewesen war, auf einen Schlag ihre Lebendigkeit verlor und, verwelkt wie eine Anemone, die abgepflückt und achtlos weggeworfen am Wegesrand liegt, hinter der Krankenschwester hertrottete, die sie an der Hand gefaßt hielt. Kaum waren die beiden hinter dem Wandschirm verschwunden, öffnete Vater die Augen und murmelte durch die Zähne, Gott sei Dank, daß sie weg ist, wie geht es dir, wie geht es dir, wie geht es dir, schlecht, sehr schlecht, ich sterbe, und dieses Weib, willst du nichts essen, willst du nichts essen, willst du nichts essen, nichts werde ich essen, nimm das Tablett weg, ich kann kein Essen sehen, und diese Verrückte verfolgt mich Tag und Nacht, willst du nichts essen, willst du nichts trinken. Vater verzog die Lippen, sein Gesicht lief vor Anstrengung rot an, als er die ganze Aggressivität, die in ihm war, gegen sich selbst richtete und, anstatt laut zu schreien, nach innen brüllte, so daß nach außen nur ein gequetschtes Ächzen zu hören war, das aus den Tiefen seines Bauchs kam und wie bei einem Menschen klang, der versucht, eine schmerzhafte Verstopfung zu überwinden. Als ich dann den flachen Holzspatel zur Untersuchung des Rachenraums nahm, dessen Ende mit weißem Mull umwickelt war, und ihn in einen halb mit Wasser gefüllten Plastikbecher tauchte, blickten seine Augen mich voller Abscheu an. Und als ich schließlich seine trockenen Lippen mit dem Spatel befeuchten wollte, wie mich die Krankenschwester angewiesen hatte, drehte Vater abrupt den Kopf zur Seite und herrschte mich an: Sadist, warum hast du mich hierhergebracht, diese Verbrecher haben dich geschickt, um mich zu foltern, diese Henker, dieser Ort ist schlimmer als ein Konzentrationslager, dort hat man genommen und getötet, hier foltern und mißhandeln sie einen, erledigen dich ganz, ganz langsam, warum hast du mich hier einliefern lassen, ich rede mit dir, hör endlich mit deinem verfluchten Schweigen auf und antworte mir einmal im Leben, antworte mir. In jenem Augenblick war das Geräusch einer Tür zu hören, die geöffnet und wieder geschlossen wurde, und dann das eines Menschen, der angestrengt dabei war, sein Geschäft zu erledigen, was Vater verstummen und angespannt lauschen ließ. Es war, als hielte das ganze Universum in Erwartung eines großen Ereignisses, das jeden Augenblick geschehen mußte, den Atem an, als in diese erhabene, an den Augenblick des Todes erinnernde Stille hinein das Plumpsen von festen Gegenständen in Wasser ertönte und danach ein Seufzer der Erleichterung, ehe eine Stimme, die mich an die von Lejb Dobkes erinnerte, verzückt zu singen begann: »Und läutre unsre Herzen, und läutre unsre Herzen, die DIR in Wahrheit zugetan.« Der Sänger geriet immer mehr in Verzückung, klang mitten in seiner Darbietung erneut, als müsse er sich gewaltig anstrengen, und zog unter diesem Druck die Betonung des »äuuu« in dem Wort »läutre« in die Länge, genau wie die des »Herrr« in »Herzen«, so daß die Worte, die aus seinem Mund kamen, gepreßt und gedehnt klangen, ehe er bei »in Wahrheit zugetan« angelangt war und erneut das Ins-Wasser-Plumpsen von drei festen Körpern zu hören war, die in kurzen Abständen nacheinander kamen. Dann erklang von dort ein tiefer Seufzer der Erleichterung, war das Abreißen von Papier und gleich darauf das Kratzen von Papier auf Haut zu hören, was sich dreimal wiederholte, bis schließlich das Rauschen der Wasserspülung ertönte und ich mit einemmal alle Familienmitglieder um den großen Tisch, auf dem mich einst ein Paar kräftige Hände dem Schächter dargeboten hatten, sitzen sah, als der Schriftsteller plötzlich verstört und unter Hilfeschreien aus der Toilette in Großmutters Haus gestürzt kam, durchnäßt und wassertriefend, seine durchweichte Hose in der Hand, und ein Schwall von Wasser sich in seinem Gefolge im Raum ergoß, so daß alle von ihren Plätzen aufsprangen, Stühle umkippten, Großmutter fragte, was passiert sei, und der Schriftsteller sagte, ich saß auf der Toilette, worauf Tante Lea plötzlich in lautes Lachen ausbrach und rief, wej, gwald geschrign, wir haben vergessen, dir zu sagen, daß der Spülkasten kaputt ist und man nicht abziehen darf. Der Schriftsteller, von dessen Glatze Sturzbäche liefen, stand noch da und fluchte, als meine Mutter sich in der ganzen Konfusion vernehmlich fragte, wie das Wasser denn auf den Kopf des Schriftstellers gelangt sei, und dieser erklärte ihr, er habe, während er noch auf dem Klotopf gesessen sei, an der Strippe des Spülkastens gezogen, worauf sich ein Wasserfall auf seinen Kopf ergossen habe, was Mutter wiederum zu der verwunderten Frage bewegte, wie man denn an der Strippe ziehen könne, während man noch auf dem Klosett sitze, worauf der Schriftsteller ihr erzürnt erwiderte, so habe er es schon immer gehalten. Schließlich führte man den Schriftsteller ins Badezimmer, gab ihm ein Handtuch, Unterwäsche, ein Hemd und eine Hose von Vater, die sich über seinem Schmerbauch nicht schließen ließ, und da konnte ich nicht mehr an mich halten und lachte prustend los, weshalb mich Vater aus seinem Krankenbett, in dem er an Händen und Füßen gefesselt lag, erstaunt anstarrte und wütend meinte, was lachst du wie ein Idiot, bring mich weg von hier, ich werde hier weder essen noch trinken, ich werde hier sterben, sie leiten mir Gift ins Blut, sie vergiften mich, flüsterte er mir bebend zu, sie vergiften mich. Jahre nach seinem Tod dann hallte seine Stimme in meinen Ohren wider, als ich auf dem Weg von Helsingør nach Helsingborg an Bord des Eisbrechers stand, das Deck unter meinen Füßen vibrierte, der Bug des Schiffes durch das Eis pflügte, riesige Schollen beiseite schob und aufeinandertürmte und ich den deutschen Arzt seinem französischen Gesprächspartner lang und breit Vorträge über die Nachteile jenes Medikaments halten hörte, das wegen seiner Nebenwirkungen und Gefahren ganz vom Markt genommen worden war. Ich sah Vaters Bartstoppeln, die seit meinem letzten Besuch gewachsen waren, öffnete die Schublade seines Nachtschränkchens und holte den elektrischen Rasierapparat heraus, den ich ihm gekauft hatte, als sie ihn ins Krankenhaus brachten, nachdem er sich am Stamm der Zypresse den Schädel zertrümmert hatte. Doch als ich an sein Bett trat und versuchte, sein Kinn zu fassen, um ihn zu rasieren, warf Vater den Kopf von einer Seite auf die andere und knurrte, komm mir nicht zu nahe, rühr mich nicht an, geh weg von mir, und durch die Zimmerwand drang eine Frauenstimme, von der mir schien, daß es die Stimme der einstigen Königin des Nachtlebens war, die in monotoner Stimmlage und mit vorwurfsvollem Unterton immer wieder rief, Schwester, Schwester, Schwester, Schwester, dann die Stimme einer anderen Frau, älter und mit fremdländischem Akzent, die ebenfalls in ein mit kurzen Unterbrechungen sich wiederholendes Rufen ausbrach, Frau Doktor Lisa, Frau Doktor Lisa, Frau Doktor Lisa, worauf sich erneut flehend die Stimme des Glamourgirls vernehmen ließ, Schwester, Schwester, Schwester, so daß sich ihre beiden Stimmen zu einem traurigen Duett vermischten, Frau Doktor Lisa, Schwester, Frau Doktor Lisa, Frau Doktor Lisa, Schwester, Schwester, ehe sich Vaters Stimme dem Chor anschloß, indem er mir mit komplizenhaftem Unterton beschwörend zuflüsterte, mach mich los, sie haben mich wie ein Tier zum Schächten festgebunden. Ich schwieg, doch Vater ließ sich nicht beirren, mach mich los, die Ärztin, die mich festgeschnallt hat, ist eine Verbrecherin, keine Ärztin, eine Mörderin im weißen Kittel, mach mich los und laß mich von hier verschwinden, und als ich den Kopf schüttelte, bedeutete mir Vater mit einer Kopfbewegung, ich solle näher kommen, worauf ich mich über ihn beugte und er mir wispernd zuflüsterte, diese Ärztin sei eine Hure und Verbrecherin, die wisse, daß er über ihr nächtliches Treiben im Bilde sei, weshalb sie sich an ihm rächen wolle und ihm dieses Gift, das ihn ganz langsam umbringe, in die Venen pumpe, und als ich erneut den Kopf schüttelte und mich von ihm entfernen wollte, packte mich Vater, indem er mir flehend und eindringlich zuflüsterte, ich habe gehört, was diese Hure mit ihrem Geliebten, einem deutschen General, getuschelt hat, sie mißhandeln die Kranken, und er besucht sie Nacht für Nacht in seiner Luftwaffenuniform, ihr Geliebter, du kannst ihn an seinen schwarzen Tränensäcken erkennen, sie verständigen sich flüsternd auf jiddisch und vereinbaren geheime Treffen in Hotels. Als spürte Vater den Widerspruch, der zwischen dem Jiddischen und einem deutschen General bestand, korrigierte er sogleich seine Version der Geschichte und erklärte mir, daß dieser General, der der Geliebte der Ärztin sei, versuche, Jiddisch zu sprechen, jedoch immer nur Deutsch dabei herauskomme. Die beiden planten einen Mord, sie hätten vor, den Mann der Ärztin zu beseitigen, ja, ja, sie vergifte ihn mit Medikamenten, die Depressionen erzeugten, und er sei schon ganz dicht vor dem Ende, er, Vater, habe gehört, wie sie ihrem Geliebten versprochen habe, daß er, ihr Mann, in Kürze Selbstmord begehen werde, so daß sie nach Südamerika fahren und endlich die Millionen verprassen könnten, die er, der Geliebte, der Armee gestohlen und auf den Kanalinseln und in Dänemark versteckt halte, weshalb man unverzüglich der Polizei melden müsse, daß sie einen Mord planten. Ich bin bereit, unter Eid auszusagen, flüsterte Vater, nur mach mich los und bring mich zu einer Polizeiwache, du darfst mich nicht eine Nacht länger hierlassen, weil sie jetzt, da sie gehört hat, was ich dir erzählt habe, weiß, daß ich alles weiß, denn es gibt hier Abhörvorrichtungen, sie hört und sieht alles, du bist jetzt verpflichtet, mich sofort von hier wegzubringen, und wenn du es nicht tust, wirst du es an dem Tag bereuen, an dem du in der Zeitung über ihre Verbrechen liest. Und wenn das rauskommt, wirst du dich an mich erinnern, aber ich werde schon nicht mehr sein, sie werden längst mit mir fertig sein, hilf mir, aus dieser Hölle zu fliehen, ich werde hier sterben, du hast mein Todesurteil unterschrieben, die Mörderin hat es mir gesagt: Was wollen Sie denn von uns? Ihr Sohn hat Ihr Todesurteil unterschrieben. Keine Infusion, habe ich sie angefleht, pumpt mir nicht dieses Gift in die Venen, und sie sagt zu mir: Ihr Sohn hat unterschrieben. Im selben Moment war durch die Wände die Stimme der diensthabenden Nachtschwester zu hören, die ihre Runde durch die Zimmer machte, die Lichter ausschaltete und den Kranken in autoritärem Ton, fast als wollte sie ihnen eine solche befehlen, gute Nacht wünschte. Dann folgte das Geräusch ihrer Schritte und das Knipsen des Lichtschalters, als Vater sagte, ich möchte, daß du mir eine Sache versprichst, sie dürfen mir auf keinen Fall Stromstöße verpassen, worauf ich nickte, doch Vater wiederholte sein Anliegen, nur keine Stromstöße, als ihn die Stimme der Nachtschwester erneut unterbrach, die von jenseits der Wand mit ihrem »Gute Nacht« kam, begleitet von Schritten und dem Klicken der Lichtschalter, ehe Vater monoton wiederholte, keine Stromstöße, nur keinen Strom, ich erneut zur Bekräftigung nickte, man werde ihm keine Stromstöße geben, und Vater sagte, schade, daß du nicht verheiratet bist und keine Kinder hast, und während ich mich noch verwundert fragte, was die Sache mit dem Verheiratetsein und den Kindern hier plötzlich zu suchen hatte, meinte Vater, als läse er in meinen Gedanken, wenn du Kinder hättest, würde ich dich bitten, auf das Leben deiner Kinder zu schwören, daß sie mir keine Stromstöße geben, nur keine Stromstöße. Wieder bestätigte ich mit einer beschwichtigenden Kopfbewegung, ja, wenn ich Kinder hätte, würde ich bei ihrem Leben schwören, daß man ihm keine Stromstöße gäbe, aber Vater beäugte mich ungläubig, denn allein die Tatsache, daß ich mit derartiger Leichtigkeit zu allem, worum er bat, meine Zustimmung gab, weckte bei ihm handfestes Mißtrauen, so daß er schließlich in einer Art resignierter Verzweifelung feststellte: »Sie werden mir Stromstöße geben.« Ich schüttelte verneinend den Kopf, Vater nickte beharrend, wiederholte seine Behauptung und heftete seine verängstigten Augen starr auf die meinen, sie werden mir Stromstöße geben, und wieder die Stimme der Nachtschwester, die den Kranken eine gute Nacht befahl, begleitet vom Geräusch ihrer Schritte, die von ihrem Körpergewicht zeugten, dann das Knipsen des Lichtschalters, und Vater flüsterte, sie werden mich verbrennen. Er hob seine furchtsamen Augen zu dem sich leerenden Infusionsbeutel und sagte, das ist ein Narkosemittel, sie geben mir ein Narkosemittel, um mir dann Stromstöße zu verpassen, aber es wird ihnen nicht helfen, ich werde nicht einschlafen, ich werde nicht einschlafen, ich werde nicht einschlafen, und die Stimme der Schwester, die gute Nacht befahl, ihre Schritte und das Betätigen des Lichtschalters und Vater, der flüsterte, ich werde nicht zulassen, daß sie mich betäuben, nein, nein, nein, sie werden mich nicht betäuben, gute Nacht und Schritte und das Knipsen des Schalters und Vaters Stimme, ich sehe alles, ich höre alles, ich weiß alles, zwei mal zwei macht vier, mal zwei macht acht, mal zwei macht sechzehn, mal zwei macht zweiunddreißig und die Stimme der Krankenschwester, die sich auf dem Flur entfernte, fast könnt man's beschwören, daß Meer und Strand sich je verlören, der Wellen Lied in Dur, des Firmaments Azur, des Kopftuchs Himmelsbläue, o Wonne ohne Reue und Vaters kräftige, junge Stimme, die das Lied mit ti-na-na-ni-na, ti-na-na-ni-na, ti-na-na-ni-na-nam unterlegte und, wenn er bei des Kopftuchs Bläue und o Wonne ohne Reue angelangt war, sich warm ergoß, die Melodie genüßlich, mit viel Gefühl und ohne sich im geringsten um das Original zu scheren verfälschte, während er seinem Pferd einen halben Eimer Gerste hinschüttete, mit seiner starken Hand die breite Stirn des Tieres tätschelte, das seinen Schädel in die Höhe warf, senkte und seine Nüstern zutraulich an Vaters nackter Schulter rieb, des

Kopftuchs Bläue, o Wonne ohne Reue. Und so ging der Traum zu Ende, gute Nacht, die sich entfernenden Schritte der beleibten Nachtschwester, noch ein Lichtschalterknipsen und die Stimme von Vater, der gegen die imaginäre Narkose ankämpfte und seine unendliche Multiplikationskolonne vorantrieb, mal zwei macht vierundsechzig, mal zwei macht einhundertachtundzwanzig, mal zwei macht zweihundertsechsundfünfzig und gute Nacht mal zwei macht fünfhundertsechzehn. Ich sagte bei mir, fünfhundertzwölf, nicht fünfhundertsechzehn, aber dieser Irrtum blieb scheinbar folgenlos, denn Vater fuhr unbeirrt fort, mal zwei macht eintausendzweiunddreißig, mal zwei macht zweitausendvierundsechzig. Der Irrtum wird immer größer, sagte ich mir, denn zwei hoch elf sind zweitausendachtundvierzig und nicht zweitausendvierundsechzig, doch auch die Nachtschwester machte unverdrossen weiter, gute Nacht, Schritte, Lichtausknipsen, während Vater schon bei mal zwei macht viertausendeinhundertachtundzwanzig angelangt war und ich über diesen einmaligen Irrtum nachsann, der sich unbemerkt ins Leben einschleicht, anfangs nur die winzige Differenz zwischen fünfhundertzwölf und fünfhundertsechzehn ausmacht und von dem Augenblick an zu wachsen und größer zu werden beginnt, ehe man bei achttausendzweihundertsechsundfünfzig angelangt ist, die Vater gerade mit zwei multiplizierte, und schon nicht mehr in der Lage ist, festzustellen, wo einem jener Irrtum unterlaufen ist. Doch Vater machte stoisch weiter, mal zwei macht sechzehntausendfünfhundertzwölf, mal zwei, was mich an den Kater denken ließ, der genüßlich Geflügelinnereien gefressen und sich satt in den Schatten des Dodoniabusches gelegt hatte, um ein Nickerchen zu machen, wo ich ihn fand, als ich nach draußen trat, um ihm den Witz über den Juden mit dem geteilten Bart zu erzählen, der, wenn er will, bezahlt, und wenn er nicht will, nicht bezahlt, was den Kater dazu bewegte, die kleine Hand, die nach seinen Barthaaren faßte, zu kratzen und zu beißen. Mal zwei macht dreiunddreißigtausendvierundzwanzig, sagte Vater und kam mit seiner silberläufigen Jagdbüchse aus der Küche, das Krachen eines Schusses, und der Kater erhob sich in die Höhe, flog in der Luft in Stücke und landete als Klumpen aus zerfetztem Fleisch, Blut und Knochen auf der Erde, mal zwei macht sechsundsechzigtausendachtundvierzig und alles, was sich zwischen jenem Augenblick und diesem ereignet hatte, in dem von jenseits der Wand die Stimme der Gespielin jenes barfüßigen Playboys erklang, dessen Nachrufer seine unter dem Hemdgewand vom Joch der Unterhose befreit hin und her pendelnden Geschlechtsorgane verewigt hatten. Worte aus jenem alten Gedicht, ruft eine Stimme in meinem Blut, gingen mir durch den Kopf, verbanden sich irgendwie mit Rachel, der kleinen Hirtin aus dem Tal, und ich sah die Beine der Mädchen beim Tanz, die sich unter Anleitung von Klara, der Sportlehrerin, die danach die Geliebte des Schriftstellers war, im Kreis um sich selbst drehten, bei der Willkommenszeremonie für die Gefangenen, die aus deutscher Kriegsgefangenschaft zurückkehrten und durch den Triumphbogen aus zwei Zypressen schritten, deren Spitzen auf Vaters Initiative zusammengebunden wurden, der auf eine der beiden Zypressen kletterte und das Seil warf, das sich durch die Luft wand und vor dem Hintergrund des blauen Himmels öffnete wie eine wunderschöne Schlange, während das ganze Dorf am Fuß der grünen Zypressen in khakifarbenen Hosen, blauen Röcken und weißen Blusen stand, als Vater, der von seiner Rechnerei ermüdet war, schnaubte, du hättest mir einen schönen Tod geben können, aber du bist ein armseliger Feigling und verschaffst mir den häßlichsten Tod, den es gibt. Der Augenblick hätte dramatisch sein können, wäre ihm Stille gefolgt, aber auch er wurde durch den pausenlos währenden Lärm des Universums besudelt, als sich plötzlich eine neue Stimme zum Chor des gute Nacht, Lichtschalterknipsen und der Schwester-Schwester-Frau-Doktor-Lisa-Rufe gesellte, die

Stimme eines Mannes, der mit großem Verlangen und unendlicher Sehnsucht den Namen einer Frau rief, Mina, Mina, und gute Nacht und Schritte und Lichtschalterknipsen und Frau Doktor Lisa, Frau Doktor Lisa und Mina, Mina. Mit einemmal, vielleicht unter dem Einfluß des Multiplizierens mit zwei, wandte sich Vater in vernünftigem, sachlichem Tonfall an mich und sagte, unterschreib, daß du mich auf eigene Verantwortung mitnimmst, und hol mich hier raus, ich will nach Hause, ich bin nicht aus dem Haus geflohen, nur ein bißchen losmarschiert, du hättest mir nicht nachgehen und mich gewaltsam zurückholen dürfen, hättest du das nicht getan, wäre ich jetzt an dem Ort, an dem ich sein müßte, wo meine Gedanken sind und die Seele und mein Leben, weit weg von diesem Raum, weit weg von diesem Bett, weit weg von dieser Anstalt, als die Stimme des Mannes, dessen Seele sich vor Sehnsucht verzehrte, erneut mit ihrem verzweifelten Ruf durch die Zimmerwand drang, Mina, Mina, und Vater mich mit einem sonderbaren Blick bedachte, als nähme er mich zum erstenmal wirklich wahr, mich dann anherrschte, warum krallst du dich an mir fest, hast du kein eigenes Leben? Was klettest du dich wie ein Blutegel an mein Leben? Ich hab mich auf den Weg gemacht, und du hast mich verfolgt, hast mich gegen meinen Willen aufgehalten, hast mich gewaltsam nach Hause zurückgebracht, unter Stößen, Schlägen, und jetzt hast du mich hier, ist es das, was du wolltest? Einen ans Bett gefesselten Fleischklops? Jetzt geht es dir gut, jetzt bist du zufrieden, meinte Vater, wobei unklar blieb, ob er eine Feststellung traf oder fragte. Und nach kurzem Schweigen fügte er hinzu: Ich hasse dich, verstehst du, du bist mein schlimmster Feind, verschwinde von hier, geh, ich kann dich nicht mehr sehen, du hast dich gewaltsam in mein Leben gedrängt, hast dich rücksichtslos in etwas eingemischt, das dich nichts anging, hol mich hier raus, tu es noch diese Nacht, morgen werde ich schon nicht mehr sein, mein Herz flimmert, doch als ich die Hand auf sein Herz legen wollte, kam von jenseits der Zimmerwand das langgezogene, schrille Läuten einer elektrischen Glocke und dann vom Flur das Geräusch eiliger Schritte, und Vater sagte, rühr mich nicht an, ich verbiete dir, mich anzufassen, so daß ich von ihm abließ und mich zurückzog, worauf er ruhiger wurde und flüsternd seine beklommene Rede fortsetzte, meine Adern sind voller Blutgerinnsel, mein Blut fließt nicht mehr, mir ist heiß, nimm mir die Decke nicht weg, ich friere, das Blut kocht in meinen Adern. Und als ich schon dabei war, aus dem Zimmer zu gehen, hielt er mich mit dem Ruf zurück, wohin gehst du, keinen Arzt, ruf keinen Arzt, hol mich hier raus, sie vergiften mich, bis zum Morgen werde ich nicht mehr am Leben sein, sie bringen mich um, und du läßt sie gewähren, bring mich nach Hause, ich habe ein Zuhause, noch habe ich ein Zuhause, ich werde mit den Füßen zuerst hier rauskommen, ich will in mein Haus zurück, und durch die Wand drang wieder die Stimme eines jungen Mannes, der mehrfach, als stellte er eine Tatsache fest, sagte, das bin ich, das bin ich, das bin ich, wobei man an seiner Stimme hören konnte, daß er sich selbst zu überzeugen versuchte, tatsächlich derjenige zu sein, der dort auf der anderen Seite der Zimmerwand im Bett lag, doch mit einemmal war seiner Stimme anzumerken, daß er nicht glaubte, was er da sagte, und je öfter er die Worte »Das bin ich« wiederholte, desto stärker sickerte der Zweifel durch seine Stimme, deren Lautstärke immer mehr zunahm, bis sie in einem hysterischen Schrei gellte: »Das bin ich! Das bin ich! Das bin ich!« In diesen gepeinigten Schrei mischte sich nun die verlangende Stimme des Mannes, der Mina, Mina rief, und die Stimme der Frau, die die ganze Zeit über nicht aufgehört hatte zu flüstern, Schwester, Schwester, während über allem der Schrei des jungen Mannes hallte, der jetzt zu einem langgezogenen Wimmern geworden war, das bin ich, das bin ich. Ich dachte an das Haus, in das Vater unbedingt zurückkehren wollte, das Haus, das er eigenhändig erbaut hatte aus den Steinen, die mit seiner rostigen Maschine der fromme Lejb Dobkes gefertigt hatte, der versuchte, meinem Herzen die Angst vor Schlangen einzuflößen, und ihm so die Gottesfurcht austrieb, da, nachdem ich aufhörte, sinnlose Gebete vor mich hin zu murmeln, die Schlangen auf sich warten ließen. Mit der Zeit wurde ich, ehe ich mich dann später ganz dem Erlernen der Vogelsprache verschrieb, sogar zu einem Schlangenliebhaber und zog während meiner Jugend in meinem Zimmer eine schwarze Schlange auf, die ich jeden Tag, wenn ich von der Arbeit zurückkehrte, überall suchen mußte, bis ich sie schließlich zusammengerollt zwischen den Sockenpaaren in der untersten Schublade des Kleiderschranks oder versteckt im Lakenkasten unter dem Bett fand. Und eines Mittags fing ich an einem Wintertag sogar eine große, fette Kreuzotter, die herausgekommen war, um ein bißchen Wärme zu tanken, und nun mitten auf der asphaltierten Straße lag, die Mitte der vierziger Jahre des vorigen Jahrhunderts von Arbeitern angelegt worden war, die ins Dorf kamen und in grünen Bauwagen auf dem Platz neben dem Bewässerungsbassin hausten. Als ich den schmalen Nacken der Schlange zwischen Zeigefinger und Daumen faßte, versuchte sie, ihren glatten Körper um meinen Arm zu winden, so daß ich mich beeilte, mit der anderen Hand ihr Ende zu packen und sie mit aller Kraft zwischen meinen beiden Händen in die Länge zu ziehen, da ich Angst hatte, das gefährliche Reptil nicht unter Kontrolle halten zu können, wenn es sich erst einmal um meinen Arm gewickelt hatte. So trug ich die Kreuzotter wie ein dickes Tau zwischen meinen Händen gespannt nach Hause, wo ich sie mit mächtigem Schwung in einen Eimer warf, den ich, bevor es ihr gelang herauszuschnellen, mit einem Stück feinem Maschendraht abdeckte, das an einem rostigen Nagel auf dem Balkon vor der Küche hing und zum Sieben des Kieses gedient hatte, als Vater das Haus baute, in dessen verwildertem Garten voller Gestrüpp und vertrockneter Gräser nun in Winternächten ganze Äste im Wind brachen und zu Boden stürzten. Dorthin wollte Vater zurückkehren, in die verlassenen Räume, deren Holzläden vor den Fenstern schon Jahre nicht mehr gestrichen worden waren, wo die alte Farbe rissig wurde und abblätterte, das gräuliche Holz über Jahre ungeschützt die Unbilden des Wetters, im Winter die Regenfälle und die sengende Hitze der Sonne im Sommer, zu erdulden hatte, bis es so aufgequollen und verzogen war, daß keine Möglichkeit mehr bestand, die Läden zu schließen. Mehr als einmal hatte ich mich verwundert gefragt, wie Vater dort wie ein Fuchs in seinem Bau hausen konnte, wobei ich nicht verstand, warum er den Hof nicht in Schuß hielt, die Bäume beschnitt, von Zeit zu Zeit einen Traktor bestellte, der ihm den Boden umpflügte, sich keine Frau nahm, die saubermachte und ihm die Fußböden, die Badewanne und die Küche wischte, und weshalb er nicht die Türen und Fenster reparierte, anstatt in einem nicht mehr abzuschließenden Haus am Tage zu leben und in der Nacht zu schlafen. Also sagte ich mir, jetzt, wo er hier an sein Krankenbett gefesselt liegt, werde ich einen Traktor bestellen, der den Boden umpflügt, werde mir einen Arbeiter nehmen, um die Bäume im Garten zu beschneiden und zu wässern, Unkraut zu jäten, zu harken und den Zaun zu reparieren, während ich Fertigrasen verlege und Blumen setze, und wenn alles fertig ist, werde ich ihn in ein sauberes, frisch verputztes und gestrichenes Haus zurückbringen. Doch als läse er meine Gedanken, unterbrach Vater diese rücksichtslos und befahl mir mit harter Stimme: »Verschwinde von hier.« Ich wandte mich schon, um zu gehen, als plötzlich ein Schmerzensschrei durch die Wand gellte und eine Frauenstimme mehrfach »Luft! Luft!« rief und eine kindliche Frauenstimme wie als Antwort aus einer anderen Richtung: »Entschuldige dich nicht bei mir! Entschuldige dich nicht bei mir!« Schließlich war es Vaters Stimme, die mich an der Türschwelle innehalten ließ, als er höhnte, geh, schreib Gedichte, schnell, pitsch-patsch, geh sie rasch veröffentlichen, pitsch-patsch, geh zu deinesgleichen, rühmt euch gegenseitig, verkündet eure Rülpser als Sensationen der Weltlyrik, spendet einander Beifall, leckt einer dem anderen den Hintern, geh schon, tu so, als wüßtest du alles, zitier deine Vogelstimmen, nicht ein wahrhaftiges Wort steckt in all deinen Gedichten, geh, häuf weiter unverständliche Buchstabenkombinationen ohne jeden Bezug zum wirklichen Leben auf, das Tor steht doch weit offen für euer Geplapper, man wartet nur noch auf einen Scharlatan, der bereit ist, hindurchzuschreiten, beeil dich, daß andere dir nicht zuvorkommen. Das war Vater wie in seinen besten Tagen, scharfzüngig, unbarmherzig austeilend, jedes Wort ein Peitschenhieb. Ich liege hier verschnürt vor dir, fertig wie ein Hammel zum Schächten, und du, du hast unterschrieben und dich aus dem Staub gemacht, zischte er, worauf ich die Arme ausbreitete und lächelte, denn was hätte ich ihm sagen sollen, außer, ich bin hier bei dir, Tag und Nacht sitze ich an deinem Bett. Doch er ließ sich nicht besänftigen, grollte, drei Schlägertypen sind reingekommen und haben mich gewaltsam, brutal und niederträchtig zu Boden geworfen und gefesselt, was habe ich dir denn getan, wie ein Ochse habe ich mich für die Familie einspannen lassen, habe mein ganzes Leben gearbeitet, dafür gesorgt, daß es niemandem im Haus an etwas mangelte, habe mich immer gefreut, dir zu geben, was ich hatte, sei ein Mensch, hör endlich auf, ständig den Verstand wie eine Mauer zwischen dich und das wahre Leben zu stellen, nimm dein Gefühl wahr, sei nicht so ängstlich, wie kannst du nur so dastehen und untätig bleiben, wenn ich dich anflehe, zieh mir diese Nadel raus, die mich mit Gift füllt, und wenn nicht für mich, dann tu es um deinetwillen, denn wie willst du mit dem Wissen leben, daß du an meinem Bett gestanden, mich schreckliche Qualen hast durchleiden sehen, mich mit einem Handgriff hättest retten können und keinen Finger krumm gemacht hast. Wieder ertönte hinter der Wand die Frauenstimme, die verzweifelt rief: Luft, Luft, worauf ihr die kindliche Frauenstimme antwortete, entschuldige dich nicht bei mir, entschuldige dich nicht bei mir, ehe beide durch die Stimme des jungen Mannes übertönt wurden, der immer wieder verkündete, das bin ich, das bin ich, das bin ich, bis sich die Stimme des Mannes dazugesellte, der rief, Mina, Mina, und Vater sagte, mein Herz schlägt wie verrückt, ich kann meinen Puls nicht verlangsamen, es schlägt immer schneller, wohin soll das noch führen, das Herz wird platzen, schnall die Riemen los, befreie mich, hilf mir. Fast hätte ich der Versuchung nachgegeben, seine Bitte zu erfüllen, aber dann erinnerte ich mich an die Stimme der Schwester, die mir mit schwerem argentinischem Akzent erklärt hatte, zunächst einmal müsse man seinen Widerstand brechen, wozu diese Substanz unter anderem bestimmt sei, denn wenn sein Widerstand gebrochen wäre, würde Vater bereit sein, Hilfe zu akzeptieren, und dann erst könne die Therapie Wirkung zeigen, würde seine chronische Angst schwinden, sein Puls sinken und die metabolische Funktion, so sagte sie, auf ein normales Niveau zurückkehren. Also sagte ich mir, bis dahin wäre auch die Renovierung seines Hauses beendet, wo er genesen und schrittweise wieder beginnen könnte, sein normales, alltägliches Leben zu leben, die Pflanzen wässern, Einkäufe machen, für sich kochen und zu guter Letzt auch einen alten Traum in die Tat umsetzen und seine Lebensgeschichte aufschreiben. Doch als läse er erneut meine Gedanken, knurrte Vater, dieses Mittel, das sie ihm in seine Venen tröpfelten, werde ihn nicht brechen und nicht beeinflussen, da er sich selbst die Venen abklemmen und das Gift daran hindern würde, sich in seinem Körper auszubreiten. Ich werde diesen Schmutz mit aller Kraft bekämpfen, beteuerte er mir, ich werde ihn Tropfen für Tropfen auseinandernehmen, werde diesen Dreck zerstören, geh von meinem Bett weg, geh, verschwinde von hier, geh, keifte Vater, als von jenseits der Wand Schüsse, eine wilde Verfolgungsjagd und die Schreie von Verwundeten aus einer Fernsehserie ertönten, und Vater flehte, hol mich aus dieser Hölle, ich werde nicht mit Huren und Mördern kooperieren, ehe er plötzlich eine andere Tonart anschlug und bat, ich solle näher kommen, da er mir etwas zuflüstern wolle. Als ich mein Ohr an seinen Mund brachte, fragte er mich flüsternd, ob ich wissen wolle, mit wem er bereit wäre zu kooperieren, worauf ich nickte, und Vater fragte, ob ich ein Geheimnis für mich behalten könne und ob ich ihm versprechen könne, daß ich es niemandem weitersagen würde, wozu ich von neuem nickte, und Vater flüsterte mir zu: »Ich auch!« Ich brach in Lachen aus, Vater schloß sich mir an, wir lachten beide, bis er bemerkte, ich könne ohnehin keine Verbindung zwischen ihm und diesem Menschen, so er denn noch am Leben sei, herstellen, aber wie auch immer, er wolle nicht, daß sie ihn in einem derartigen Zustand sehe, woraus ich verstand, daß von einer Frau die Rede war, und wartete, daß er fortfahren würde, als Schreie, das Weinen einer Frau und jede Menge Schüsse aus der Fernsehserie herüberdröhnten, danach die Schlußmelodie, gefolgt von der Nationalhymne, die zur Hälfte erstarb, als das Gerät ausgeschaltet wurde, und bald darauf drangen Schnarch- und Ächzlaute durch die Wand. Doch plötzlich, als führte er einen Gedanken laut weiter, flüsterte Vater, dort sind meine Gedanken, meine Seele, mein Leben, und als ich ihn konzentriert betrachtete, fuhr er fort, weit weg von diesem Zimmer, weit weg von diesem Bett, weit weg von diesem Gefängnis, ich war auf dem Weg dorthin, und du hast mich gewaltsam aufgehalten, du hattest kein Recht dazu, es ist nur noch eine Frage der Zeit, ich werde nicht ins Leben zurückkehren, einen Menschen bewahrt man nicht gegen seinen Willen auf, eine Leiche läßt sich aufbewahren, ein lebender Mensch nicht, du weißt nicht, was du angerichtet hast, Menschen verzeihen sich selbst so leicht. Ich verstand nicht, was er sagen wollte, bis er hinzufügte, auch daß du mich umgebracht hast, wirst du dir ohne weiteres verzeihen, wirst weiterleben, als wäre nichts geschehen, als hätte ich nie gelebt, ein eigenständiges Leben mit einem eigenen Willen, den du gebrochen hast. In dem Augenblick war von der anderen Seite der Wand die tiefe Stimme eines Mannes, der eine Frau liebte, zu hören, dann das erregte Kichern einer Frau, wobei die beiden in einer sonderbaren Mischung aus Hebräisch und eingedeutschtem galizischem Jiddisch miteinander flüsterten, und Vater grinste und sagte, die Ärztin und ihr Liebhaber, jede Nacht hör ich sie, befrei mich, mach mich los, laß mich von diesem schrecklichen Ort verschwinden. Als ich nicht auf seine Worte reagierte, verzweifelte Vater offenbar an mir und schloß die Augen, bis ich seinen ruhiger und gleichmäßiger werdenden Atemzügen nach meinte, er sei eingeschlafen, worauf ich eine Decke nahm und mich in dem Sessel, der neben Vaters Bett stand, darin einrollte, während durch die Wände weiter die Stimmen des sich liebenden Paares drangen, bis auch sie verebbten und das Geräusch über den Flur schlurfender Schritte zu hören war, eine Tür, die sich öffnete und schloß, Wasser, das gelassen wurde, das Rauschen der Klospülung, und schließlich nur noch Seufzer und Schnarchen, das sich von überall her erhob und den Raum zersägte. Ich weiß nicht, wie lange ich geschlafen hatte, ob eine oder zwei Stunden, als ich plötzlich durch Vaters Gemurmel geweckt wurde, der verhalten rief, hei, hei, ist hier jemand? Ist jemand hier? Hört mich jemand? Ich sprang aus dem Sessel auf, trat an sein Bett und berührte ihn, worauf er sagte, wer sind Sie? Nehmen Sie Stift und Papier und schreiben Sie, wo bist du, ich kann nicht ertragen, daß … ich habe keine … das ist die Wahrheit, die … ich vegetiere dahin … ich dachte, daß die Zeit … es wird immer schlimmer … ich habe das Leben bis jetzt ertragen … habe nicht geglaubt, daß dies das Ende sei … die endgültige Trennung ist schlimmer als … ich spreche zu dir … irgendwo befindest du dich … du hörst mich … du spürst … was du … Ein Telefon klingelte, dann war die

Stimme der Schwester, die allen eine gute Nacht befohlen hatte, zu hören, die rief, hallo, ja, wer, Doktor Etgar, wer möchte sie sprechen, ja, ja, ja, sie ist hier auf der Station, einen Moment bitte, worauf sogleich das Schlurfen von Füßen über den langen Flur ertönte, dann ein Klopfen an einer Tür, die Stimme der Schwester, die flüsterte, Telefon für Sie, und eine verschlafene Frauenstimme fragend, wer, ich komme sofort, und eine tiefe, heisere, nikotingetränkte Männerstimme, die fragte, wer war das, und gleich darauf erneutes Schlurfen, eine Tür, die geöffnet und wieder geschlossen wurde, und Schritte auf dem Flur. Ich hielt das Blatt in der Hand, auf dem ich die letzten Worte von Vater notiert hatte, und wollte ihn fragen, an wen ich es schicken solle, aber Vater kam mir zuvor, indem er sagte, du kommst aus der Bahnstation, wendest dich nach links in eine Sackgasse und am Ende der Gasse ist eine Autowerkstatt, an deren Rückwand lehnt ein altes Fahrrad von vor dem Krieg, auf dem ihr Vater sie jeden Morgen zum Kindergarten fuhr, und links von der Werkstatt gibt es ein kleines Eisentor, und auf dem eisernen Türsturz links vom Tor ist eine Glocke, man muß zweimal läuten, denn einmal Läuten ist für die Witwe des Veterinärs, die Hauswirtin, die im Erdgeschoß wohnt, und man muß ein Momentchen nur warten, dann öffnen sich die Pforten, und unsere Blicke treffen sich im Garten, trällerte Vater nun einen alten, vergessenen Schlager aus den dreißiger oder vierziger Jahren des vergangenen Jahrhunderts, so daß ich schon nicht mehr wußte, ob er sich über mich lustig machte oder ob Vater durch die Kraft der Worte, die uns oft zu anderen Worten locken, mit denen sie durch unsichtbare, starke Verbindungen korrespondieren, auf diesen alten Schlager verfallen war, der vielleicht – vielleicht aber auch nicht – irgendeine Beziehung zu jenem Tor und der links von ihm angebrachten Glocke hatte, an der man zweimal läuten mußte, und während ich mich noch fragte, welche dieser Möglichkeiten denn nun der Wahrheit entsprach, drang hektisches Flüstern und der Knall einer zugeschlagenen Tür an meine Ohren, doch Vater trällerte weiter »Zweimal läuten sei dir geraten und ein Momentchen zu warten«, brach dann mit einemmal das Lied ab und sagte, ja, sie hat ihr immer die Zeitung auf die Treppe zu ihrer Wohnung im ersten Stock gelegt, und gegenüber vom Eingang gibt es eine kleine Küche, auf der Ablage stehen Bordeauxflaschen, Honiggläser und Gewürze aus dem Land Israel, und vor dem Fenster im Treppenhaus wächst ein Papageienbaum, so nennt sie ihn, denn in der Stadt gibt es einen Schwarm gelber Papageien, die aus dem Tiergarten ausgebüxt sind, von Ort zu Ort ziehen, plötzlich unter Getöse und Gekreische angeflattert kommen, auf dem Baum landen und krakeelen, während sie auf der anderen Seite des Tisches sitzt und ihr Französisch verbessert, manchmal lange Briefe schreibt, das Zusammentreffen, die Fahrten, die Wanderungen, die Träume, die Freunde, und schon ist der Sommer vorüber, die Abende werden kühl, die Papiere werden zur Seite geräumt, eine Flasche Rotwein entkorkt, Brot und Käse geschnitten, man ißt, trinkt, und plötzlich kam von jenseits der Wand die Stimme eines Mannes, der vielleicht im Schlaf, vielleicht aus einem Alptraum heraus redete und sich fragte, wie nennt man das, nu, wie nennt man das, diesen Übergang, über dem Wasser, wie nennt man das, bis die Stimme schwächer und zu einem undeutlichen Gemurmel wurde, das mit einem Seufzer endete und im kosmischen Lärm verschluckt wurde. Unversehens wandte sich Vater direkt an mich und sagte, die Angst, das zu verlieren, was du hast, wird dir nicht einen Moment im Leben versüßen, und ich wartete, daß er mir sagen würde, an wen ich schicken solle, was er mir diktiert hatte, aber da brach es aus Vater heraus: »Bist du für oder gegen mich?« Und gleich fügte er hinzu, befreie mich, antworte nicht sofort, laß dir eine Minute Zeit, fünf Minuten, eine Viertelstunde, denk gut nach und beantworte mir meine Frage, bist du für oder gegen mich, ich will dich einmal die Wahrheit sagen hören, obwohl mich nicht interessiert, was du sagen wirst, mich interessiert, was du tust, bist du für oder gegen mich, rede endlich, antworte mir, willst du mich mit deinem Schweigen um den Verstand bringen, willst du mich umbringen, willst du mir hier und jetzt den Kopf einschlagen, sieh zu, daß du wegkommst, verschwinde aus meinem Leben, ruf nicht an, schreib nicht, versuch nicht, mich zu suchen, und wage nicht, dich meinem Grab zu nähern, zischte Vater, schloß die Augen und kniff die Lippen zusammen, und im selben Moment hob ein großes, schweres Flugzeug vom internationalen Flughafen ab, der sich ganz in der Nähe befand, die Maschine zog an Höhe gewinnend über das Krankenhaus, bis das Dröhnen ihrer Triebwerke in ein schwächer werdendes, sich immer mehr entfernendes Pfeifen verwandelte und gleichfalls von dem kosmischen Lärm aufgesaugt wurde. Ich machte einige Schritte bis in die Ecke des Raumes, blieb dort einen Moment lang stehen und sah mich auf einen Schlag in der Ecke eines anderen Zimmers, des großen Zimmers, in dessen Mitte der ausladende Tisch stand, sah mich als kleinen Jungen in der Ecke jenes Zimmers, auf dem Kopf ein Deckchen, das Tante Batja mit nur einer Nadel gestrickt hatte, neben Lejb Dobkes mit seinem puterroten Gesicht stehen, mich vor und zurück wiegen und zu Gott beten. Ich drehte mich zum Krankenbett, wollte den Mund aufmachen und reden, aber die Worte blieben mir im Hals stecken, so daß ich nur den Kopf bewegte, sich unter meiner Haut etwas regte und ich die Worte wieder hinunterschluckte, als vom Flur Laufen zu hören war, die Schritte immer näher kamen, bis sie stoppten und in die Richtung zurückkehrten, aus der sie gekommen waren. Ich stand vor Vaters Bett und legte mir im Kopf die Worte zurecht, ging sie durch, unterstrich Zeilen, verbesserte unpräzise Formulierungen, wollte bei der Wahl meiner Worte so genau wie möglich sein, als plötzlich Fragen, die ich ihn sein Leben lang nie gefragt hatte, in mir hochkamen, von innen gegen meine Lippen drängten, um herausgelassen zu werden, und unter ihnen die Frage, warum er den Schriftsteller so sehr gehaßt hatte und was genau zwischen dem Schriftsteller und Oded Paretzki geschehen war und was Vater gegen Onkel Chanoch hatte, der mit Tante Lea verheiratet war und zu dem Oded Paretzki kam, um Cognac, Kümmel oder Curaçao zu trinken, die Onkel Chanoch von ganz hinten aus dem Kleiderschrank holte, wo er seine Spirituosensammlung aufbewahrte. Und ich fragte mich, wohin Oded Paretzki wohl entschwunden sein mochte, an den sich heute niemand mehr erinnerte, so wie sich auch niemand mehr des Feuilletonisten Aaron Matat entsann, der die Wochenendbeilagen mit Oded-Paretzki-Interviews und Artikeln zu dessen Wirken überschwemmte, bis eines Tages, als er vor der Großen Synagoge aus einem Bus der Marke Chusson steigen wollte, der in jenen Jahren neu im Land war und an dessen Eigenheiten sich die Leute noch nicht gewöhnt hatten, sein Mantelaufschlag in der zuschnappenden Automatiktür hängenblieb, so daß Aaron Matat, als der Bus an der Haltestelle ruckartig anfuhr, nach hinten stürzte, sich das Genick brach und auf der Stelle tot war und von einem Tag auf den anderen die Flut der Artikel über Oded Paretzki aus den Wochenendzeitungen verschwand, ehe kurz darauf, vielleicht ja gerade deswegen, der Niedergang Oded Paretzkis und seine endgültige Trinksucht einsetzte, bis auch er verschwand, wie auch Ditha Soroka aus der Welt entschwand, die für eine gewisse Zeit als das große Versprechen unseres Kinos gegolten hatte, als dieses vor fünfzig oder sechzig Jahren noch in den Windeln steckte und ihm eine Hoffnung auf Erfolg beschieden schien. Heute gab es niemanden mehr, der sich an ihren Namen erinnerte, konnte sich niemand mehr vorstellen, daß »Dithas Augen« einst ein fester Begriff gewesen waren, der Schriftsteller hatte sie »die Augen eines Zickleins« genannt, doch wohin war das übermütige Zicklein verschwunden, das die graue Ziege von Amalia zur Welt gebracht hatte und das die Bande der Kinder rund um die Uhr bewachte, nachdem Ruta Eli berichtet hatte, ihre Mutter habe vor, dem Zicklein die Kehle durchzuschneiden, doch alles Wachehalten sollte vergebens sein, denn eines Sommertags nach dem Unterricht trommelte Eli die ganze Bande im verwilderten Hinterhof von Amalia zusammen, und alle kamen, standen stumm und betrachteten neugierig und mit fassungslosem Erstaunen die Blutlache und die Spritzer, die auf den geknickten, verdorrten Grashalmen geronnen waren. So verschwand das Zicklein, und einige Zeit später der Schächter, ehe auch Amalia selbst verschwand. Wann hatte ich diese Frau zum letztenmal gesehen, deren Lebensbahn sich einmal mit der meinen gekreuzt hatte, bei der ich in meiner Jugend ein und aus ging und in deren Nähe ich viele Stunden schweigend verbrachte, ehe ich mich aufmachte, die Welt zu bereisen? Waren wir tatsächlich in einer Winternacht, einer windgepeitschten Nacht, aus einem leeren Restaurant auf einen weiten, gepflasterten Platz getreten, hatte ich meine Jacke geöffnet und ihr Schutz vor dem eisigen Wind geboten, oder war das bereits eine andere Frau, deren Lebensbahn die meine viele Jahre danach gekreuzt hatte, als Amalia schon lange aus meinem Leben verschwunden war, doch wo war jene Frau, und wo war Tante Lea, die mich mit ihrer hartnäckigen Beharrlichkeit lesen gelehrt hatte, und Großmutter, die mir auf ihre Weise die jiddische Sprache vermacht und eine ganze Welt eröffnet hatte, als sie mir die Bücher von Scholem Alejchem vorlegte, in denen ich die Geschichte über den Hund Rabtschik fand, die mir vor Augen trat, als ich auf der Bühne der Turnhalle stand, vor allen Schülern, um auf jiddisch die Waisenkinder zu begrüßen, die zu uns kamen, nachdem sie aus den Schlünden der Verbrennungsöfen gerettet worden waren, wie Rosa, die Schulleiterin sagte, die auch eines Tages mit ihrer Goldgestellbrille und ihrem Dutt verschwunden war, und wo war Marika Tscherner, die aus meinem Leben verschwunden war, bis sie eines Tages einen

Hilferuf sandte, bevor ihre Stimme endgültig aus meinem Leben verschwand, und Chanoch, der tagaus, tagein dieselbe Zeremonie des Hosefaltens und -aufhängens wiederholte, ehe er seine Hauskleidung anlegte und sich auf seinen Marsch den Flur hinunter zu dem geschlossenen Balkon hinter der Küche machte, dann vom Milchtrinken zurückkam, sich in sein Zimmer begab, wo er sich mit einer langsamen, gemessenen Bewegung auf dem Bett ausstreckte und den Kopf, den er stets an demselben Punkt an die Wand lehnte, exakt ausrichtete, um sich nun ganz in die Lektüre seiner amerikanischen Magazine über allgemeine Mechanik zu versenken, wobei sein Kopf im Laufe der Jahre eine Delle in den Putz grub? Und wann und wohin war Lejb Dobkes verschwunden, der mich von Gott befreite, und wohin war Dobka, seine kleine gewiefte Frau verschwunden, die mit ihm in einem schummrigen, muffigen Keller im Hinterhof eines alten Hauses in der Mohilever-Straße wohnte, sie und ihre Schwester Mitka, deren Mann, der Schneider, einen Batzen Geld in der Zeit der Prosperity machte, als er auserkoren wurde, hohen britischen Regierungsbeamten ihre Anzüge zu schneidern, so daß er und Mitka es sich leisten konnten, eine Wohnung in einem neuen Haus im Bauhausstil zu mieten, das einen umlaufenden Balkon und in Karos unterteilte Glastüren hatte? Und wohin war ihr Sohn verschwunden, dem sie sagten, er solle mit mir spielen, und an dessen Namen ich mich nicht einmal mehr erinnere, und Libi, der in den Sommerferien zu Besuch bei Ruta war, mich piesackte und drängte zu reden, und Muhammad, der Planierraupenfahrer, und Onkel Chaim, der nach seiner Rückkehr aus dem Krieg einen gehäuften Teelöffel Salz in sein Sauermilchglas gab, weil er nichts mehr essen oder trinken konnte, das weniger salzig als Meerwasser schmeckte, da er sich in der Zeit, als er im Hafen von Andamischk amerikanische Waffen auslud, die für die Rote Armee bestimmt waren, die in Stalingrad gegen die Nazibestie kämpfte, angewöhnt hatte, Salzwasser zu trinken? Die Wasserrationen waren äußerst knapp bemessen, und die durstigen Soldaten stahlen einander bei der Arbeit in der glühenden Hitze Trinkwasser aus den persönlichen Wasserschläuchen, die sie zum Kühlen an die Hafenkräne hängten. Onkel Chaim jedoch pflegte kräftig Salz in seine tägliche Wasserration zu geben, so daß alle wußten, es lohnte nicht, das Wasser von Korporal Chaim anzurühren, weil es noch salziger als das Wasser des Persischen Golfs war. Als er diese Geschichte bei einem seiner Heimaturlaube am großen Tisch zum besten gab, um Großmutter zu beruhigen, die nicht verstand, wie er in der furchtbaren Hitze von Andamischk überleben konnte, lachte Großmutter und schloß voller Bewunderung, das sei genau ihr Sohn, womit Onkel Chaim gemeint war, denn nur sein Kopf sei in der Lage, einen derart sonderbaren Einfall auszuhecken, was sie an den Kopf ihres Bruders Alter erinnerte, von dem seit Beginn des Krieges kein Lebenszeichen mehr eingetroffen war, und als der Krieg beendet war, stellte sich heraus, daß auch Alter verschwunden war, und Onkel Chaim selbst, der mit absoluter Sicherheit zeitlebens den Endsieg der Revolution vorausgesehen hatte, verschwand ebenfalls aus dieser Welt, wenige Tage bevor zum Ausklang der achtziger Jahre des vorigen Jahrhunderts die Berliner Mauer und mit ihr Onkel Chaims Welt von Morgen verschwand, wie so viele Dinge und so viele Menschen, die unseren Weg queren, für einen Moment im Mittelpunkt unseres Erlebens stehen, unser Leben ausfüllen, ehe der Strom des Lebens sie plötzlich mit sich reißt und weit von uns wegträgt, so daß sie in das Ungewisse verschwinden, immer mitten in irgend etwas, mitten in einer Angelegenheit, mitten in einem Satz, einer Beziehung, die sich anbahnt oder scheitert, manchmal auch auf ihrem Höhepunkt, stets wie eine Geschichte, die abgebrochen wird, wie ein Buch, das aus den Händen sinkt, wenn nachts mitten in einem Satz die Augen plötzlich zuklappen und uns der Schlaf überkommt. So blieb ich zurück, ohne zu wissen, was genau zwischen Vater und dem Schriftsteller vorgefallen war oder was im Kopf des Wächters Schwarzhuber vor sich ging, als er seinen schweren Fuß auf den nassen, verrußten Sack setzte, den Vater hinter sich herzog. Ich betrachtete Vater, der mit geschlossenen Augen und vor Wut fest zusammengepreßten Lippen an sein Krankenbett geschnallt dalag, und wußte, daß auch er sich bereits anschickte zu verschwinden, und deshalb wollte ich ihn fragen, wessen Hände es gewesen waren, die meine Beine festhielten, sie spreizten und meinen Unterleib dem Schächter darboten, einen Augenblick bevor der Schriftsteller hinter dem Rücken des über mich gebeugt stehenden Schächters auftauchte und verkündete, die Deutschen seien in Polen eingefallen, worauf es totenstill in dem großen Raum wurde und sich mir auf einen Schlag die gesamte Sprache offenbarte, so daß ich von da an jedes Wort, das in meiner Gegenwart gesagt wurde, hörte, verstand und in Erinnerung behielt. Ich suchte noch nach genauen Worten, um Vater zu sagen, was ich für ihn empfand, breitete die Hände aus, als mir Tränen in die Augen schossen, die ich mit aller Macht zurückhielt, sich ein Kloß in meinem Hals festsetzte und mich beinahe erwürgte, ich schluckte, weinte stimmlos und ohne Tränen nach innen, als erneut Stapfen auf dem Flur zu hören war, eine Tür geöffnet und zugeschlagen wurde, und hinter der Wand Fetzen eines Gesprächs zwischen dem Mann und der Frau, die sich vorher geliebt hatten, erklangen, geräuschvoll Gegenstände zusammengeklaubt wurden, Schritte in dem Zimmer hin und her hasteten, das man offenbar eiligst verlassen wollte, ein Wasserhahn aufgedreht wurde und Wasser zu rauschen begann, was mir eine andere Stunde vor Morgengrauen in Erinnerung rief, wenn Vater zur Arbeit aufstand, in der Küche den Wasserhahn kräftig aufdrehte und das Wasser gurgelnd in den Bauch des großen Emaillekessels schoß, danach von dort das Geräusch kam, das beim Komprimieren der Luft in der Pumpe des Primuskochers entstand, der gleich darauf brüllend zu feuern begann, wobei ich mir vorstellte, wie sein schwarzer Brennkopf unter dem Boden des roten Emaillekessels allmählich rot glühend wurde wie eine große Anemone, als die Fliegengittertür der Küche, begleitet vom Kreischen der gespannten Rückholfeder, weit aufgestoßen wurde und mit lautem Knall wieder zufiel, wenn Vater auf den Hof trat und ein herzliches Gespräch mit den Ziegen und dem Pferd begann, dann einen Schwall von Flüchen über den Kopf des Esels ausgoß, der sich im Verlauf der Nacht in dem Seil verheddert hatte, mit dem er im Stall an den Futtertrog gebunden war, und schließlich in fröhliches Lachen ausbrach, als er rief, ja himar ibn himar, was arabisch ist und du Esel, Sohn eines Esels bedeutet, worauf der Esel ihm mit lautem Brüllen antwortete. In jenem Augenblick wurde die Tür des Beischlafzimmers aufgerissen, zwei Personen hasteten über den Flur, eine Wagentür wurde zugeworfen und gleich darauf die Tür eines zweiten Fahrzeugs, schon lief der Motor des ersten Wagens, der mit quietschenden Reifen den Parkplatz verließ, ehe der andere Wagen gleichfalls angelassen wurde und hinter dem ersten herraste, bis irgendwann Stille eintrat und mich plötzlich große Müdigkeit überkam. Obgleich Frau Doktor Lisa Etgar mir gesagt hatte, daß, wie die Untersuchungen bewiesen hätten, aus physiologischer Sicht alle Systeme in Vaters Körper makellos funktionierten und sein Körper noch viele Jahre leben könnte, war mir klar, daß Vater verschwinden wollte und ich nicht mehr die Kraft hatte, ihn zu halten, wie ich es in jener Nacht getan hatte, als er sich das Gesicht wusch, saubere Kleidung anlegte und sich auf den Weg zu der Klippe machte, von der Avital in den Tod gesprungen war, als er der schönen Noga, die auch längst aus meinem Leben verschwunden war, imponieren wollte. Und seit jener Nacht hatte ich in ständigem Kampf mit ihm gelegen, daß er bliebe und sich nicht aus dem Staub machte, doch er hatte mir die ganze Zeit gesagt, er wünsche zu verschwinden, aber vielleicht wollte er auch nur an einem anderen Ort und in einer anderen Zeit sein, vielleicht ja an jenem Ort und in jener Zeit, als man an das eiserne Tor treten und zweimal läuten mußte, in jener Stadt, in der ein Schwarm gelber Papageien aus dem Tiergarten geflüchtet war und eine Frau in einem Zimmer, dessen Fenster auf den Papageienbaum ging, saß und ihr Französisch verbesserte, wobei ich niemals erfahren würde, von welchem Ort und welcher Zeit die Rede war, auch nicht, als ich viele Jahre nach Vaters Tod in meinem E-Mail-Briefkasten die Mitteilungen des ehemaligen Wächters Schwarzhuber finden würde, die Andeutungen über eine Frau namens Ehuda enthielten und über eine Reise die *Route du vin* entlang, irgendwann in den dreißiger Jahren des vorigen Jahrhunderts. Und plötzlich begriff ich, daß Vater allem Anschein nach zu einer Zeit und einem Ort gehen wollte, die nur in seinem imaginären Gedächtnis existierten, wie jene Stadt mit einem See in der Mitte und Statuen von Menschen in alltäglichen Körperhaltungen auf dem Weg zu einem Kongreßzentrum, in der ich die Frau mit den Honighaaren und dem schwarzen Lederoverall getroffen hatte und von der ich, sosehr ich mich auch bemühte, nicht sagen konnte, wo und wann das gewesen war. Mit einemmal war mir zweifelsfrei klar, daß auch Vater einen solchen Ort und eine solche Zeit hatte, irgendwo und irgendwann, und daß er dorthin gewollt hatte, als er in jener Nacht das Haus verließ und durch die Zitrusplantagen zu der über das Meer ragenden Klippe lief. Plötzlich verstand ich, daß dieser Ort und diese Zeit, die nur in seiner imaginären Erinnerung vorkamen, ihm wichtiger waren als alles andere, und fragte mich fassungslos, wie ich das die ganze Zeit nicht hatte sehen können, vielleicht nicht hatte sehen wollen. Weshalb ich meinen Mund aufmachen und ihm sagen wollte, Vater, was halte ich dich hier gewaltsam fest, gegen deinen Willen, an ein Bett gefesselt mit Infusionen und Medikamenten? Dabei ist alles, was du von mir erbittest, daß ich dich gehen lasse, bitte, du möchtest gehen – geh, ich mach dich vom Bett los und zieh dir die Infusionsnadel raus, dann bist du frei und kannst gehen, wohin du willst. Inzwischen stahl sich das erste Licht der anbrechenden Morgenröte durchs Fenster, lösten sich die Wände des Krankenhauses immer mehr auf und gaben den Blick frei auf eine noch im Dunkeln liegende Obstplantage, und ich streckte die Hände aus und begann, die Lederriemen, die Vater ans Bett fesselten, zu lösen, tat dies unter vollkommenem Schweigen, während es draußen langsam heller wurde und sich die Plantage jenseits des Fensters immer weiter aus der Dunkelheit abhob und klare Konturen annahm. Ich hielt einen Moment inne, und wieder kamen in mir die Worte hoch, wollte ich ihm sagen, ich kann nicht mit dir reden, du machst es mir schwer, das ganze Leben hast du es mir schwergemacht, du hast nicht einmal die Hand gegen mich erhoben, bist nie laut geworden, nicht einmal, als ich das Buch, das mich aufregte, weil ich spürte, daß man es nicht von etwas anderem abgeschrieben hatte, auf den Boden schleuderte, immer hast du mir meine Freiheit gelassen, du bist der Mensch, der mir den Geschmack an der Freiheit gegeben hat, ich erinnere mich nicht, daß du jemals nein gesagt hättest, auch nicht, als ich Dinge tat, die dir nicht gefielen, nicht einmal, als ich losging, die Manuskripte des Schriftstellers, den du haßtest, zu kopieren, hast du mir gesagt, ich solle nicht zu ihm gehen, ich weiß, du willst, daß ich den Mund aufmache und mit dir rede, was soll ich dir sagen, Vater, du hast mir Sicherheit gegeben, auf höchst sonderbare Weise hast du mir die Sicherheit gegeben, allein stehen zu können, meinen eigenen Weg wählen zu können, das Leben zu leben, und wenn dieser Weg im Schweigen bestünde, dann sollte es eben Schweigen sein, du warst derjenige, der den Ärzten nicht gestattet hat, mich mit aller Macht zu heilen, der mich vor dem Skalpell des Professors Rosenbaum bewahrt hat, du warst derjenige, der mich ins Meer geworfen und gesagt hat, schwimm, und ich bin geschwommen, weil du selbst dich immer in Gefahr gestürzt hast, Leute in den Plantagen hast »Hilfe« schreien hören, deine französische Pistole gepackt hast und barfuß losgerannt bist, um sie zu retten, alleine den Mördern mit ihren Messern und Knüppeln gegenüberstandest und über ihre Köpfe geschossen hast, um sie nicht zu töten oder zu verletzen, über ihre Köpfe hinweg, obwohl du zu treffen wußtest, wenn du wolltest, aber das ist gar nicht mal die Hauptsache, das ist es nicht, was ich dir sagen will, du warst ein eigenständiger Mensch, das ganze Leben, ohne Rückhalt, ohne Glauben, immer hast du Menschen verabscheut, die sich versammeln und zusammenglucken, um das Grauen der Einsamkeit zu verscheuchen, und auch jetzt bist du allein, und wenn du jetzt gehst, dann ist es das, was mir von dir bleibt: Allein, du und deine Tiere, deine Pflanzen und Bäume, alles, was du aufgezogen hast, wurde zu etwas Einmaligem, Ungezähmtem, Außergewöhnlichem, dein Esel fraß Zwiebeln und heulte wie ein gefühlsdusliger Jude, aber wenn du ihm »srrrrr« ins Ohr geflüstert hast, verdrehte er die Augen, aus denen mit einemmal Mordlust und Wahnsinn blitzten, und stürzte sich wie ein Raubtier auf die Diebe, trat ihre Krüge in Stücke und jagte ihren Maultieren panische Angst ein. Sogar die Bäume hast du mit deinen aberwitzigen Pfropfungen um den Verstand gebracht, Pampelmusen, Blutorangen, Tangerinen, Pomelos, Satsumas, Kumquats, Limquats, alles an einem Baum. Wie soll ich mit dir sprechen, wie soll ich dir sagen, was ich wirklich von dir denke, ich sehe dich, ich sehe dich, wie nie jemand dich gesehen hat, wie kein Mensch dich kennt, weil ich dich betrachtet habe, als ich noch ein Kind war, als meine Augen noch sahen und bevor deine Seele dem Körper sagte, genug, ich kann diesen Schmerz nicht länger ertragen, und der Körper das Licht ausmachte. Ich sehe einen Menschen, der allein durch die Welt geht, mit den Tieren spricht und sie mit seinen starken Händen füttert, am Morgen mit lauter Stimme singt, in kraftstrotzendem, breitem Russisch: »Unser Streben gilt nicht der alten Welt«, seine Jagdbüchse nimmt, das Pferd besteigt und in die Obstpflanzungen galoppiert. Ich halte dich nicht länger mit Gewalt zurück, wir sind fertig, hier, du bist nicht mehr angeschnallt. Ich warf die Riemen, die seinen Körper festgehalten hatten, beiseite, tastete nach dem Infusionsschlauch, drehte den Hahn zu, zog die Nadel aus Vaters Arm, hängte den durchsichtigen Schlauch mit der herabbaumelnden Nadel über den eisernen Ständer und schob ihn vom Bett weg, das unter dem Fenster inmitten blühender Zitrusplantagen stand, deren überreife Vorjahresorangen golden durch die Blätter leuchteten, das mit den Strahlen der Sonne erwachende Gesumm der Bienen begann die Luft zu erfüllen, und ich wollte ihm mit dem anschwellenden Summen sagen: »Wir sind frei!« Als mir klar war, daß dies genau die Worte waren, die ich ihm sagen wollte, die ich ihm das ganze Leben hatte sagen wollen, beugte ich mich über ihn, berührte seine Stirn und war schon dabei, ihm diese drei Worte zu sagen, wir sind frei, als er dies zu spüren schien, seine geschlossenen Lider plötzlich zuckten, er seine klaren Augen aufschlug, die blau und hart wie Stahl waren, und mich einen Moment lang Auge in Auge anblickte, und ich sah, daß seine Lippen sich bewegten, als wollten sie etwas sagen, beugte mich noch dichter über ihn, legte mein Ohr an seinen Mund und hörte, wie seine Lippen sich voneinander lösten und ein Wort formten, das keinen Irrtum zuließ: »Schweig.«

Sammlung Luchterhand – das literarische Taschenbuch

Carl Amery, Die Wallfahrer

Amerys wesentliche Motive und Gegenstände, die seine literarische Arbeit beherrschen, kritische Durchdringung der katholischen Tradition, bayerische Historiographie, Sorge um die biosphärische Bewohnbarkeit unserer Erde, aber auch seine komödiantische Begabung und seine Vorliebe für spekulative und phantastische Erzählweisen – alles ist in diesem Roman kompakt präsent und wirksam wie sonst nirgendwo. »Amerys dichterisches Hauptwerk ist der große Roman DIE WALLFAHRER, der vier Geschichten von der Indienstnahme der Religion vom siebzehnten Jahrhundert bis heute erzählt ...« F.A.Z.

400 Seiten. Sammlung Luchterhand 2048

Daniil Charms, Zwischenfälle

Daniil Charms gilt als ein Meister des Paradoxen in der russischen Tradition von Gogol über Dostojewski zu Tschechow. Er ist ein Klassiker des Absurden, vor Ionesco und Beckett.

384 Seiten. Sammlung Luchterhand 2049

Abilio Estévez, Dein ist das Reich

Ein magischer Roman von großer Suggestionskraft über den Untergang des vorrevolutionären Kuba. »Ein Erdbeben, eine literarische Erscheinung, die Abilio Estévez in den Rang der ganz großen Schriftsteller erhebt.« El Pais

480 Seiten. Sammlung Luchterhand 2054

Sammlung Luchterhand – das literarische Taschenbuch

Christian Haller, Die verschluckte Musik

»Hallers Erzählkunst ist eindrucksvoll, glänzend und dicht wie realistisches Erzählen im späten neunzehnten Jahrhundert.« Neue Zürcher Zeitung

272 Seiten. Sammlung Luchterhand 2053

Etgar Keret, Pizzeria Kamikaze / Der Busfahrer, der Gott sein wollte

Etgar Kerets Erzählungen, Comics und Kurzfilme treffen das Lebensgefühl der jüngeren Generation in Israel, jedes seiner Bücher wurde ein Bestseller. Poesie und Brutalität, Komik und Verzweiflung, Alltägliches und Absurdes liegen in Kerets Geschichten nah beisammen. Er macht keine Zugeständnisse an die Political Correctness, und das gilt in ganz besonderem Maß für den vorliegenden Band, der die Erzählsammlungen PIZZERIA KAMIKAZE und DER BUSFAHRER, DER GOTT SEIN WOLLTE vereint. »Etgar Kerets Prosa steht nicht nur auf den Bestsellerlisten Israels, sie hat ihren Autor auch zur Kultfigur einer ganzen Generation gemacht.« F.A.Z.

304 Seiten. Sammlung Luchterhand 2045